Andreas Varesi

Die Gräfin Báthory

ANDREAS VARESI, geb. 1964, betätigt sich seit seinem Ingenieurstudium in München als Schriftsteller, Bildhauer und Maler. Zehn Jahre arbeitete er an dem vorliegenden Roman, der sich eng an die historischen Tatsachen und Prozessakten des Falls Erzsébet Báthory lehnt.

Ungarn um 1610: Im Hoheitsgebiet der Gräfin Báthory (1560–1614) verschwinden zahllose junge Frauen und Mädchen. Sind sie einem Schattenwolf zum Opfer gefallen, der hier sein Unwesen treibt? Die Bevölkerung der Gegend lebt in Angst und Schrecken. Der Vizekönig sieht sich gezwungen, sich höchstpersönlich an den Ort des Geschehens zu begeben. Doch was man schließlich entdeckt, übersteigt alle Befürchtungen.

Andreas Varesi

# Die Gräfin Báthory

Historischer Roman

aufbau taschenbuch

ISBN 978-3-7466-2525-6

Aufbau Taschenbuch ist eine Marke der Aufbau Verlag GmbH & Co. KG

2. Auflage 2009

Umschlaggestaltung Mediabureau Di Stefano, Berlin
unter Verwendung eines Fotos von Neleman Initiative/getty images
und eines Fotos von iStockphoto
Druck und Binden CPI Moravia Books, Pohořelice
Printed in Czech Republic

www.aufbau-verlag.de

## INHALT

## Erstes Kapitel
## *Der Zorn Gottes*

Tessin, Val Leventina, 1457. Etwa zweihundert schwerbewaffnete Reiter näherten sich mit beängstigender Geschwindigkeit einem zwischen hohen Bergen gelegenen Ort, dessen Name im Strudel der Zeit verloschen ist. Obwohl es noch früh am Nachmittag war, hatten die langen Schatten der eisgekrönten Gipfel den Ort bereits in ein kränklich diffuses Licht getaucht. So wirkten die herannahenden Ritter in ihren eisernen Rüstungen mit den weiten Umhängen noch bedrohlicher, als dies ohnehin der Fall war. Niemand war in diesen Zeiten erpicht darauf, einem unbekannten Ritter gegenüberzutreten. Oft trieben sich versprengte Söldnertruppen der untereinander verfeindeten norditalienischen Stadtstaaten sengend, plündernd und vergewaltigend durch die entlegenen Gebirgstäler. Insbesondere in dieser Gegend waren Fremde selten und nicht willkommen.

So kam es, dass die Menschen, die hier lebten, ihre eigenen Bräuche und ihren eigenen Dialekt aus Rätoromanisch, Italienisch und Schwyzerdütsch entwickelt hatten. Auch von ihrer äußeren Gestalt her hatten sie in den Jahrhunderten ihrer Abgeschiedenheit eine Reihe merkwürdiger Eigenarten. Die Männer hatten schwere, plumpe Gliedmaßen, helles Haar, das ihnen oft schon im Jugendalter ausfiel, und derbe, animalische Züge. Die meisten männlichen Bewohner der Stadt hatten eine wulstige Stirn, eine flache Nase und seltsam schmale Augen. Auch die Frauen entsprachen diesem Äußeren, wenngleich ihr langes, goldblondes Haar ihrer Erscheinung etwas Sinnliches verlieh. Die Kinder schienen entweder ein Abbild der Erwachsenen zu sein oder wirkten, als gehörten sie einer völlig fremden, abstoßenden Rasse an. Diese bemitleidenswerten Geschöpfe, von denen die Alten munkelten, sie seien von Dämonen gezeugte Wechselbälger, starben meist vor Erreichen der Geschlechtsreife oder verschwanden bereits kurz nach ihrer Geburt.

Der Glaube dieses eigentümlichen Volksschlags war ähnlich seiner Sprache eine krude Mischung aus Christentum, Naturreligion und Dämonenfurcht. Als die Reiter nahe genug an die Stadt herangekommen waren, zeigte sich zum Erschaudern der Stadtwache, dass es sich um Krieger unter dem Banner der päpstlichen Inquisition handelte. Vor plündernden Horden hätte sie ihre starke Stadtmauer geschützt, doch dem päpstlichen Zorn waren sie wehrlos ausgeliefert. Wer noch hoffte, sie befänden sich auf der Durchreise, der irrte. Das Ziel ihrer Suche lag irgendwo in den engen Gassen der Stadt. Niemand wagte es, sich ihnen in den Weg zu stellen. Wer sie kommen sah, zog sich rasch in sein Haus zurück. Die Krieger im Namen Gottes kümmerten sich aber nicht um die Furchtsamen. Ihr Ziel war es nicht, zu rauben und zu brandschatzen, ihr Auftrag war es, die Inquisitoren Jaques de Perigot und Vittorio da Urbino in ihrer gottgefälligen Pflicht zu unterstützen. An Häusern, die einer gewissen Beschreibung entsprachen, machten sie Halt und begehrten Einlass. Ward nicht umgehend geöffnet, brachen sie die Türen auf und nahmen ohne Ansehen der Person alle Bewohner in Gewahrsam.

Das gnadenlose Treiben wurde von einem angsterfüllten Augenpaar verfolgt. Es gehörte zu Harold, dem Schüler des Gelehrten und Alchemisten Victor Mordrac, der im Dachgeschoss eines Lagerhauses kauerte. Obwohl ein Kind seiner Zeit und abgestumpft durch viele Gräuel, die er in seinen jungen Jahren mit angesehen hatte, bestürzten ihn die Vorgänge aufs äußerste. Denn alles an dem Handeln der Ritter zeigte deutlich, dass sie erbarmungslos Jagd machten auf all diejenigen, die versucht hatten, sich aus der tumben Umklammerung der katholischen Kirche zu befreien.

Fieberhaft überlegte er, wie er seinen Meister vor der drohenden Gefahr warnen konnte. Dessen geheimnisvolles Labor lag in einer engen Gasse des elenden Gerberviertels. Wenn er den halsbrecherischen Weg über die spitzen Dächer wählte, hatte er eine geringe Chance, der präzise arbeitenden Inquisitionsmaschinerie zuvorzukommen. Er wusste nicht, woher die päpstlichen Schergen ihre Informationen hatten, doch wie er sah, waren sie über jeden einzelnen Anhänger seines Herrn informiert. Offensichtlich war ein Verräter in ihren Reihen, der zweifelsohne auch ihn und seinen Meister der heiligen römischen Inquisition preisgegeben hatte.

Harold war kein Held, er war als Waise in einem Kloster aufgewachsen und hatte dort lesen und schreiben gelernt. Doch ihn interessierten weniger die heiligen Schriften als vielmehr dunkle und orakelhafte Werke kabbalistischer und alchemistischer Natur. Schon sehr früh traf er seinen sonst so verschlossenen Meister, der ihn mit den Schriften berühmter Geheimwissenschaftler wie Roger Bacon vertraut machte. Seine Oberen mussten zu ihrem großen Bedauern feststellen, dass ihr Spross trotz oder gerade wegen seiner überaus hohen Intelligenz für das devote Leben als Mönch verloren war. So entließen sie ihn widerstrebend bei Erreichung der Volljährigkeit aus ihrer Obhut und begnügten sich damit, um sein Seelenheil zu beten. Denn das sahen sie bei den zweifelhaften Forschungen, denen er und Victor Mordrac sich hingaben, mehr als nur gefährdet. Und nun sollte er, Harold, dessen Körper weder in dem klammen Scriptorium des Klosters, noch in dem finsteren Labor des Alchemisten gestählt worden war, sich zum Fenster hinausschwingen und in schwindelerregender Höhe über die Dächer hetzen. Ein Fehltritt konnte seinen Tod bedeuten, doch war dieser weitaus rascher und schmerzloser als alles, was er seitens der Inquisition zu befürchten hatte. Also gab er sich einen Ruck und kletterte unbeholfen auf die mit moosüberwucherten Schindeln gedeckte Schräge.

Unten hörte er das Schnauben der Schlachtrösser, das Klappern der Hufe, die scharfen Befehle der Ritter und das Wehklagen der Verdächtigen. Er wagte es nicht, auf die tief unter ihm gelegene Straße zu blicken, doch seine Phantasie malte ihm das, was dort geschehen mochte, zur Genüge aus. Angsterfüllt krabbelte er auf allen vieren von Dach zu Dach, stets bedacht, keine lockere Schindel loszutreten. Seine große Furcht war es auch, von unten erblickt und durch einen gezielten Armbrustschuss wie ein Spatz vom Dach geholt zu werden. Doch die päpstlichen Schergen waren so damit beschäftigt, ihre abtrünnigen Schäfchen zusammenzutreiben, dass keiner die Muße fand, nach oben zu blicken. Nachdem er vor Angst schier unzählige Tode gestorben war, erreichte Harold unversehrt die finstere Gasse seines Herrn.

Zu seiner Erleichterung erkannte er, dass die Truppen noch nicht bis dorthin vorgedrungen waren. Er ließ sich unbeholfen von einem niedrigen Dach gleiten und verstauchte sich den rechten Fuß. Nur mit Mühe konnte er dabei einen Schmerzensschrei unterdrücken. So rasch es ging, humpelte er zu dem halbverfallenen, uralten Haus seines Meisters und öffnete mit einem kunstvollen Schlüssel die massive Eichentür. Es bedurfte einer gewissen Fingerfertigkeit, die komplizierte Mechanik in Bewegung zu setzen.

Als die Tür endlich aufsprang, lag vor ihm das in ewiges Dämmerlicht getauchte Labor seines Meisters. Harold musste sich bücken, als er durch die niedrige Tür den Raum betrat. Wie jedes Mal, wenn er die Schwelle zu diesem geheimnisvollen Ort überschritt, überkam ihn ein unergründliches Frösteln. Aus dem Athanor, dem Ofen des Alchemisten, glomm ein diabolisches, rötliches Feuer, das bizarre Schatten an die

Wände zauberte. Es roch nach Schwefel und anderen beißenden Chemikalien. Doch der typische Geruch eines alchemistischen Labors wurde durch einen eigenartigen Duft wie von Weihrauch überlagert. Neben ganz gewöhnlichen Instrumenten, wie Trichtern, unterschiedlichen Mörsern bis hin zur Größe eines Kübels, einem ledernen Blasebalg und zahlreichen Messlöffeln, Bechern, Messern, Schmelztiegeln, Pfannen, Zangen und einer großen hölzernen Presse befanden sich auch äußerst merkwürdige Instrumente im Labor. Am meisten faszinierten Harold kunstvoll geblasene gläserne Gefäße, die zu merkwürdigen Destillationen dienten. Da gab es so einfache Formen wie den Bär, der aus zwei übereinanderangeordneten und miteinanderverbundenen Glasballons bestand, von denen der kleinere, oben liegende, eine schnabelförmige Öffnung an der Seite besaß. Andere Gefäße, wie der Pelikan, waren in sich verschlungene Kunstwerke des Glasbläserhandwerks, die zu besonderen Formen der Rückflussdestillation genutzt wurden. Mordracs größter Stolz in dieser skurrilen Sammlung war die Hydra, die aus einem ausgeklügelten System von neun untereinanderverbundenen Glaskugeln bestand. Es gab aber auch metallene und irdene Gefäße, die dann genutzt wurden, wenn eine Transmutation unter Ausschluss jeglichen Lichts erfolgen sollte. Besonders wertvoll waren einige höchst empfindliche Instrumente, wie eine Goldwaage, die sich zum Schutz vor Staub in einem kunstvoll gearbeiteten Glaskasten befand, oder ein mit feinstem Saharasand gefülltes Stundenglas, das zum exakten Messen kurzer Reaktionszeiten diente.

Harold kannte die Bestimmung der meisten Instrumente sehr genau, doch gab es auch Dinge in diesem Haus, die ihm unbekannt und ungeheuerlich waren. Im Dunkel der verwinkelten Laborecken standen zahlreiche Phiolen und Gefäße mit obskurem Inhalt. Sie dienten Mordrac zur Aufbewahrung von ätzenden oder giftigen Sekreten von Kröten und Schlangen, ebenso wie von Destillaten und Pulvern, die aus Pflanzen, aber auch aus Insekten gewonnen wurden. Natürlich besaß Mordrac eine umfassende Sammlung von Mineralien, Kristallen und anderen seltenen Elementen. Von der durch rohe Balken getragenen niedrigen Decke, die im Rauch der Jahrhunderte geschwärzt worden war, hingen getrocknete Pflanzen, aber auch so mancher Tierbalg und eine mumifizierte Fledermaus herab. Mordrac besaß eine nahezu vollständige Sammlung aller erdenklichen alchemistischen Grundstoffe, die ihn in die Lage versetzten, wohl jedes in seinen Büchern beschriebene Experiment durchzuführen. Und ebendiese Bücher waren der eigentliche Schatz in Mordracs Labor – er besaß über ein Dutzend handgeschriebene Folianten. Nur wenige Klöster verfügten zu diesem Zeitpunkt über eine umfangreichere Bibliothek. Jedes von Mordracs alchemistischen Werken war ein Vermögen wert. Allein das Pergament, aus dem ein solcher Foliant bestand, war kostbarer als die meisten Bauernhöfe im Umland. Was die teils reich bebilderten, handschriftlichen Minuskeln tatsächlich wert waren, konnte Harold nur erahnen. In den Skriptorien der Klöster arbeiteten ein Kopist und ein Miniaturenmaler monatelang an einem solchen Kunstwerk. Gutenbergs Erfindung war zwar bereits ein knappes Jahrzehnt bekannt, doch hatte sie der Buchdruckerei noch nicht zum Durchbruch verholfen. Darüberhinaus wurden nur sehr wenige Kopien alchemistischer Werke angefertigt, sodass eine drucktechnische Vervielfältigung keinen Sinn gemacht hätte.

Eine besonders bedrohliche Aura ging von einem uralten, reichbeschnitzten Laborschrank aus, der aus einem schwarzen, sehr harten Holz gearbeitet war. Er diente zur Aufbewahrung von Dingen, die nicht für neugierige Augen bestimmt waren. Selbst Harold wusste nur sehr wenig über dessen Inhalt, und es war ihm strengstens untersagt, ihn zu untersuchen. Nur einmal, als sein Meister sich unbeobachtet fühlte und dem Schrank etwas entnahm, konnte Harold einen flüchtigen Blick in sein Inneres werfen. Was er dabei sah, bereitete ihm Angst. Er beobachtete, wie Mordrac eine kleine Phiole aus einem lederartigen Material entnahm und sie kurz öffnete. Sofort drang eine bläuliche Flüssigkeit hervor, deren Tropfen sich entgegen aller Naturgesetze von dem eigentümlichen Gefäß lösten und nach oben zur Decke strebten, wo sie eine kleine fluoreszensierende Pfütze bildeten. Mordrac schien das seltsame Verhalten der Substanz nicht weiter zu beeindrucken, während Harold fasziniert beobachtete, wie die Flüssigkeit scheinbar mühelos die massive Holzdecke durchdrang.

Vieles in diesem Labor war ihm unerklärbar und flößte ihm Furcht ein. Insbesondere die seltsamen Exponate, die sein Meister zu unchristlichen Zeiten von verlassenen Friedhöfen beschafft hatte, sorgten dafür, dass Harold nur höchst ungern allein hier verweilte. Zu seiner Erleichterung entdeckte er die schlanke Silhouette seines Mentors, sodass er atemlos keuchte: »Herr, etwas Furchtbares ist geschehen! Ein riesiges Heer päpstlicher Truppen ist in die Stadt eingefallen, sie haben alle Eure Anhänger aus ihren Häusern gezerrt und treiben sie wie Vieh zusammen. In Gottes Namen, Ihr müsst, so rasch es geht, fliehen!«

Es blickte ihn ein hagerer, schwarzhaariger Mann mit markanten Zügen und hypnotischen, wasserblauen Augen an, der sich in seiner Erscheinung nicht deutlicher von den restlichen Einwohnern dieser Stadt hätte unterscheiden können. Niemand, auch nicht Harold, wusste, in welchem Lebensjahr sich der Meister befand, doch man munkelte, dass er weit älter war, als man es ihm ansah. Selbst in diesem Augenblick höchster Gefahr blieb er völlig ruhig und entgegnete: »Hast du das Banner des Vittorio da Urbino erkennen können?«

»Nicht nur das, sondern auch das von Jaques de Perigot.«

»Dann, mein Sohn, ist es wahrhaft schlimm um uns und unsere Freunde bestellt. Rasch, gehe und packe zwei Bündel mit meinen wichtigsten Aufzeichnungen. Verteile sie so, dass jedes der Bündel nur einen unzusammenhängenden Teil davon enthält. Wir werden versuchen, die Stadt auf getrennten Wegen zu verlassen. Sollte einer von uns beiden gefasst werden, so ist zumindest nicht mein gesamtes Lebenswerk verloren. Falls es dir gelingen sollte, zu entkommen, so warte in der morgigen Nacht am Hügel über dem Eingang ins Val Leventina auf mich. Sollten sie dich oder gar mich unter der Folter zur Preisgabe dieses geheimen Treffpunktes zwingen, so kann der Wartende rasch einen Hinterhalt erkennen und flüchten.«

Bei dem Wort Folter riss Harold angsterfüllt seine Augen auf. Doch fasste er sich rasch und fragte unsicher: »Herr, was soll ich tun, wenn Ihr nicht erscheint?«

Ein Schatten umspielte die Züge des Alchemisten, als er entgegnete: »Dann bete für meine Seele und wende dich Richtung Osten. Dort liegt im fernen Persien die Stadt Ispahân. Suche dort einen Gelehrten namens Achmed Ibn Ben al-Saud auf. Mit seiner Hilfe wirst du es schaffen, die verlorenen Teile meines Werkes zu rekonstruieren. Und nun leb wohl, mein treuer Freund. Möge Fortuna uns hold sein.«

Bepackt mit einem schweren Bündel, humpelte Harold die schmale Gerbergasse in die eine Richtung, während sein Meister in die entgegengesetzte Richtung davoneilte. Schon nach wenigen Metern versagte Harold jedoch sein arg geschwollener Fuß die Dienste, und er wurde sich der grausamen Tatsache bewusst, dass es ihm wohl nicht beschieden sein sollte, seinen Meister in der nächsten Nacht an besagtem Hügel zu treffen. Verzweifelt ließ er sich auf der verfallenen Stiege eines windschiefen Fachwerkhauses nieder. Außer den Aufzeichnungen, einer prallen Börse und dem, was er am Leibe trug, hatte er nichts bei sich. Er hatte weder einen

Dolch oder Gift zur Hand, um seinem Leben ein rasches Ende zu setzen, noch konnte er Feuer entfachen, um die verbotenen Schriften zu vernichten, bevor sie in die Hände der Inquisitoren fielen. Er hörte, wie die Reiter näher kamen, und pochte verzweifelt an eine Tür, in der Hoffnung, Einlass zu finden. Ein dickleibiger Mann um die Sechzig öffnete ihm. Als er den Schüler des gefürchteten Alchemisten erkannte, zog er verächtlich die Augenbrauen hoch und sagte: »Was willst du, Knecht des Magiers?«

»Herr, gewährt mir Zuflucht, man trachtet mir nach dem Leben.«

Als der Mann das vernahm, umspielte seine Lippen ein zynisches Lächeln. »Scher dich davon, ich möchte mit dir und deinesgleichen nichts zu schaffen haben.« Und schlug ihm die Tür vor der Nase zu.

Als Harold zu seinem Entsetzen die Reiter auf sich zukommen sah, versteckte er sein Bündel unter der Türschwelle und schloss ab mit seinem Leben. Er machte die Augen zu und hob abwehrend die Hände über seinen Kopf. Er spürte, wie neben ihm ein Pferd zum Stehen kam. Er hörte, wie ein Ritter schwer zu Boden sprang, dann wurde er mit starken Armen emporgerissen. Unwillkürlich öffnete er die Augen und blickte einer martialisch behelmten Gestalt ins Gesicht. Wie aus großer Entfernung hörte er sie fragen: »Ist das einer von denen?«

Ein anderer meinte beiläufig: »Ist doch egal, wir nehmen ihn einfach mit, die Kirchenmänner werden schon herausbekommen, ob er zu dieser Höllenbrut gehört oder nicht.«

Harold konnte sich lebhaft vorstellen, was sie anstellen würden, um das herauszufinden. Doch der erste entgegnete mürrisch: »Wir können nicht die ganze Stadt in Haft nehmen, wir haben ohnehin schon viel zu viele Gefangene. Frag den Mönch, der uns hierhergeführt hat, er wird wissen, ob es einer von ihnen ist.«

In Harold keimte ein Hoffnungsschimmer auf, als sich der Reiter anschickte, einen Mann in der Kutte eines Dominikanermönchs zu holen. Es war der gleiche Orden, dem auch Harold angehört hatte. Als er jedoch das Gesicht des Mönchs erblickte, wusste Harold, dass er verloren war. Es war Jerome, der jüngste Sohn des Stadtschreibers. Sie waren etwa gleich alt und kannten sich aus dem Kloster. Jerome war, wie sein Vater, ein höchst gottesfürchtiger und sehr pflichtbewusster Mensch. Ganz das Gegenteil von Harold, hatte er eine blühende Ordenskarriere vor sich. Nun wusste Harold auch, wer seinen Meister und dessen Bruderschaft bei der heiligen Inquisition denunziert hatte. War es Jeromes Vater, der ihn dazu angestiftet hatte, oder war es Jeromes eigener blinder Ehrgeiz, der ihn hoffen ließ, durch eine erfolgreiche Ketzerverfolgung zu einem hohen Ordensamt zu gelangen? Egal was seine Beweggründe waren, Harold wusste, dass Jerome ihn verraten würde. Wenigstens wollte er diesem Verräter ins Gesicht spucken, bevor er in einem feuchten Verlies landen würde. Doch zu seinem Erstaunen bedachte ihn dieser mit einem milden Lächeln und gab ihm den Bruderkuss. Harold starrte ihn entgeistert an. War dies der Judaskuss, mit dem der Stab über ihn gebrochen ward? Jerome aber sagte: »Lasst ihn laufen, er ist ein ehemaliger Ordensbruder, der zwar nicht zum Mönch taugt, aber ein viel zu gutes Herz hat, um mit diesen Satansjüngern im Bunde zu stehen.«

Sie zogen weiter und ließen Harold völlig verstört zurück. Es dauerte eine Weile, bis er diesen Schreck überwunden hatte und sein Bündel unter dem Türstock hervorzog. Harold humpelte unbehelligt bis zur Stadtmauer. Zu seinem Entsetzen fand er die Tore verschlossen und von päpstlichen Wachen besetzt vor. Was sollte er tun? Zurück konnte er nicht, niemand würde ihm Unterschlupf gewähren, denn alle Anhänger seines Meisters befanden sich in Arrest. Er drückte sich in einen finsteren Hauseingang in einer schmalen Gasse und überlegte fieberhaft, wie er aus der verfluchten Stadt flüchten sollte. Während er da so kauerte, passierten zwei Wachen in Hörweite sein Versteck, wobei er ihre Unterhaltung belauschen konnte. »Ich habe schon mehrere Ketzerverfolgungen erlebt, doch diese stellt alles Dagewesene in den Schatten. Die Stadt ist hermetisch abgeriegelt und soll es auch die nächsten Tage bleiben. Fast erscheint es mir, als ob sie Satan höchstpersönlich in diesen Mauern verfolgen.«

»Ich fürchte, dass du damit gar nicht so weit fehlst. Wir einfachen Soldaten erfahren zwar nie die wahren Hintergründe, doch sind die Vorkehrungen immens. Diejenigen, die mit dem Aufspüren der Ketzer betraut sind, tragen geweihte silberne Kruzifixe sowie seltsame Amulette bei sich. Jede Gruppe wird stets von einem Mönch begleitet, der, während sie diese Höllenbrut ausheben, lateinische Psalmen rezitiert und die Umgebung mit Weihwasser besprengt. Wen sie festnehmen, dem wird die Kleidung vom Leib gerissen, und ihm werden die Haare geschoren, um sicherzugehen, dass er keine Zauberpulver mit sich führen kann. Die, die sie für besonders gefährlich halten, stecken sie geknebelt und gefesselt in enge Käfige, die mit sonderbaren Symbolen und komplizierten Schlössern versehen sind.«

Mehr konnte Harold nicht verstehen, da die beiden bereits weitergegangen waren. An ein Verlassen der Stadt war also nicht zu denken. Die einzige Zufluchtsstätte, die er sich noch vorstellen konnte, war das Lagerhaus, von dem aus er die Truppen erblickt hatte. Also humpelte er im Schutz der einbrechenden Dunkelheit zu der Stelle, von der aus er wieder auf die Dächer klettern konnte. Langsam gewöhnte er sich an die Angst beim Balancieren in schwindelnder Höhe. Aufgrund seiner Verletzung und des schweren Bündels erreichte er das Lagerhaus recht spät, erkannte aber zu seiner großen Erleichterung, dass die Dachluke noch immer offen stand.

Müde legte er sich auf einem Kornsack zur Ruhe und schlief vor Erschöpfung sofort ein.

Am nächsten Morgen wurde er durch eifriges Treiben am Marktplatz geweckt. Von dem Lagerhaus hatte er einen guten Ausblick auf den Platz. Was er aber sah, ließ ihm das Blut in den Adern gerinnen. Mit beängstigendem Eifer wurde eine große Richtstätte aufgebaut. Dutzende von Scheiterhaufen wurden aufgetürmt, darunter ein besonders hoher, der in einem eigentümlichen Galgen gipfelte. Die Inquisitoren beabsichtigten offensichtlich, kurzen Prozess zu machen und die eitrige Wunde, die sie hier vorzufinden glaubten, ein für alle Mal auszubrennen. Harold verbrachte diesen Tag in banger Erwartung. Zum einen befürchtete er, im Speicher aufgegriffen zu werden, zum anderen ängstigte er sich, mit ansehen zu müssen, was den armen Getreuen seines Meisters bevorstand. Von Selbstzweifeln geplagt, fragte er sich, welche schrecklichen Vergehen sie begangen haben mussten, um eine solch grausame Strafe zu verdienen. Obwohl er der Schüler seines Meisters war, hatte er nur bruchstückhaften Einblick in sein Handeln. Den geheimen Versammlungen seines Meisters mit dessen Getreuen hatte er nie beiwohnen dürfen, da er lediglich Lehrling war. Ebenso kannte er so gut wie nichts von den eigentlichen Forschungen des Meisters. Zwar unterwies ihn dieser in der geheimen Bildersprache, in der sein Werk verfasst war, doch an Versuchen hatte Harold nie teilgehabt. Selbst der eigentliche Zweck der Forschungen war ihm unbekannt.

Neugierig blätterte er nun in den Aufzeichnungen, die für ihn bisher tabu gewesen waren. Es war der erste Teil des Lebenswerks seines Meisters. Der Text war sehr vage und vieldeutig und in altgriechischer Sprache abgefasst. Bilder mit versteckten Geheimbotschaften machten es erst möglich, ihn zu entziffern. Nur mit großer Mühe gelang es Harold, einzelne Seiten zu deuten, doch der Zusammenhang blieb ihm unklar.

Das Einzige, was er begriff, war, dass es sich um ein sehr düsteres und bedrohliches Thema handelte. Nach einer Weile schlug er verängstigt das Buch zu, da etwas von ihm Besitz zu ergreifen schien, was er als bösartige dunkle Macht empfand. Welches schreckliche Geheimnis mochte sein Meister mit seinen Anhängern geteilt haben? Sorgenvoll und von Hunger und Durst geplagt, sank Harold eine zweite Nacht in seinem Versteck in tiefen Schlaf. Doch diese Nacht suchten ihn fürchterliche Albträume heim. Er träumte von unbeschreiblichen satanischen Orgien, von unheiligen Ritualen und von bestialischen Opfern. In seinen Träumen hatte er mit erschreckender Deutlichkeit das Gesicht seines Meisters vor Augen, der all diesen Scheußlichkeiten vorstand. Beteiligt an der Orgie waren die braven Bürger und Handwerker, die der geheimen Bruderschaft des Meisters angehörten. Vermummt mit dunklen Mänteln und Kapuzen, suchten sie, ihre Identität zu verbergen. Doch Harold erkannte sie an ihren typischen Gesten, an ihrer Haltung und der Art, sich zu bewegen. Die Bigottesten unter ihnen trieben es am wildesten. Harold hatte das Gefühl, als heimlicher Beobachter den Geschehnissen beizuwohnen.

Plötzlich wurden die Türen aufgerissen und gesichtslose Inquisitoren stürmten die finstere Räumlichkeit. Auch Harold wurde von den Schergen gepackt und auf den Marktplatz gezerrt. Sosehr er versuchte, etwas herauszuschreien, um seine Unschuld zu beteuern, kein Wort kam über seine Lippen. Er wurde auf einen beängstigend hohen Scheiterhaufen gestoßen und an einen Pfahl gebunden.

In seinem Traum wirkte der Scheiterhaufen wie eine monströse Opferkerze, deren Docht er nun darstellte. Als er nach oben blickte, sah er einen riesigen brennenden Kienspan auf sich zukommen, der ein gleißendes Licht in ihm entfachte. Schweißgebadet erwachte Harold und stellte fest, dass bereits die Sonne hoch am Himmel stand. Als er zur Luke hinausblickte, sah er, dass eine große Menge herbeigeströmt war, um der Massenhinrichtung beizuwohnen. Am Galgen über dem höchsten Scheiterhaufen hing bereits ein eiserner Käfig, in dem sich ein Mensch befand. Obwohl der Person der Mund geknebelt und das Haupthaar geschoren war, erkannte Harold seinen Meister an dessen funkelnden Augen, die nichts an Ausstrahlung eingebüßt hatten. Harold erschauderte, als sich ihre Blicke trafen. In seinem Kopf bildeten sich die Worte, die sein Meister ihm zum Abschied zugeraunt hatte: »Wende dich Richtung Osten. Dort liegt im fernen Persien die Stadt Ispahân.« Harold verneigte sich ein letztes Mal, und sein Meister schien den Gruß zu erwidern. Dann verließ er das Lagerhaus, dessen Ausgang auf der dem Marktplatz abgewandten Seite lag. Er humpelte zum Stadttor, das er nun offen vorfand und zu dem noch immer Schaulustige hereinströmten. Als er ein Stück von der Stadt entfernt war, wagte er es, zurückzublicken. Über den Dächern der Häuser stand dichter schwarzer Rauch. Nach einer Weile erreichte ihn der süßliche Gestank verbrannten Fleisches.

Harold war nun wieder allein auf dieser Welt. Mit einem seltsamen Gefühl der Leere wandte er sich Richtung Norden, wo er das Val Leventina aufwärts wanderte. Das Tal erstreckte sich in nordwestlicher Richtung vom Lago Maggiore bis zum über 2000 Meter hochgelegenen St.-Gotthard-Pass. Sein Ziel war es, die Alpen über den bequemen Weg entlang des Vorderrheins zu verlassen, um dann auf der Donau in Richtung des Schwarzen Meeres zu reisen. Harold hatte mit seinem verletzten Knöchel große Probleme, den felsigen, teilweise von Muren verschütteten Weg zu passieren. Aus Angst vor Verfolgern verbrachte er die eisigen Nächte in Höhlen und verlassenen Bauernkaten. Völlig erschöpft und ausgemergelt, erreichte er erst nach eineinhalb Wochen das Rheintal.

Zwar wurde es für ihn jetzt weit bequemer, entlang der sanft abfallenden Wege zu wandern, doch musste er sich nun vor

Wegelagerern und Raubrittern in Acht nehmen. Allein sein heruntergekommenes Äußeres bewahrte ihn vor ernsthaften Nachstellungen. Was ihm viel schlimmer zusetzte, war ein für die Jahreszeit ungewöhnlicher Kälteeinbruch mit langanhaltenden Niederschlägen. Völlig durchnässt und halb erfroren, erreichte Harold die Donau, wo er Gelegenheit hatte, sich einem schwerbewaffneten Tross mit Händlern anzuschließen.

Die Handelskarawane brachte Silber, Waffen und Salz an den Hof des Fürsten der Walachei, was diesen im Kampf gegen die heidnischen Türken unterstützen sollte. Harold wähnte sich glücklich, Anschluss an einen solch gutbewaffneten Tross gefunden zu haben, denn das Reisen zu jenen Zeiten war höchst gefahrvoll. Mit ihm war eine bunte Gesellschaft von etwa fünfzig Personen unterwegs, die sich aus Händlern, Söldnern und sonstigem fahrenden Volk zusammensetzte. Die wohlhabenden Händler waren an ihrem guten Tuch, den pelzverbrämten Krägen, kostbaren Ringen und Ketten zu erkennen. Die Söldner waren meist verwegene Burschen im fortgeschrittenen Alter, die in ihrem Leben nichts anderes als zu kämpfen gelernt hatten und dennoch so redlich waren, dass ein reicher Kaufmann ihnen seine kostbare Ware anvertraute. Oft standen ihre Familien im Dienste dieses Kaufmannes, sodass er sich der Treue dieser Männer gewiss sein konnte. Die Söldner trugen leichte Lederrüstungen und Kettenhemden, die sie unter weiten unauffälligen Mänteln zu verbergen suchten, denn es war nicht in ihrem Sinne, schon von der Ferne aus auf den Wert schützenswerter Waren hinzuweisen.

Dem Tross hatten sich neben Harold eine Reihe anderer Personen angeschlossen. Kleinere Händler in ärmlicher Tracht und schlechtem Schuhwerk wollten von den Handelsverbindungen der Karawane profitieren. Marketenderinnen in grellen Kleidern und mit höchst zweifelhaftem Ruf suchten nicht nur in fernen Ländern nach Kundschaft, sondern versüßten den Söldnern und anderen Reisenden manch einsame Nacht.

Selbst Gaukler und ein Wunderheiler reisten im Schutz der Karawane Richtung Walachei. Und auch für den Führer der Handelsgruppe waren solche Begleiter von Interesse. Zum einen mussten sie sich an den Kosten für den Geleitschutz beteiligen, zum anderen war im Ernstfall jede Hand, die eine Waffe führen konnte, willkommen. Darüber hinaus konnten sich die Frauen ums Kochen und die Gaukler um den Zeitvertreib kümmern. Je nützlicher ein Reisender für den Tross war, desto geringer fiel das Schutzgeld aus, das er zu entrichten hatte.

Harold konnte nicht viel zum Gemeinwohl beitragen. Sein verletzter Knöchel und seine schwächliche Konstitution hinderten ihn daran, mitzuhelfen, wenn einer der schweren hölzernen Karren steckenblieb oder ein Rad brach. Und auch seine alchemistischen Kenntnisse waren für niemanden von Wert. Lediglich die Tatsache, dass er lesen und schreiben konnte, mochte ihnen etwas nutzen. So forderte der Führer der Karawane von Harold eine beträchtliche Summe für sicheres Geleit. Harold war darüber empört und versuchte den Preis herunterzuhandeln, doch der Mann, der von allen nur Venediger genannt wurde, blieb eisern in seiner Forderung. Er war ein abgebrühter Händler, mit faltenzerfurchtem Gesicht, prächtigem Gewand und einem breiten Tiroler Dialekt, denn sein Name hatte nichts mit seiner Abstammung zu tun. Er stammte aus Innsbruck, seinen Beinamen und seinen Geschäftssinn hatte er sich im Dienste eines venezianischen Kaufmanns erworben. Der Venediger wusste, dass Harold in den nächsten Tagen kaum eine ähnlich günstige Gelegenheit zur Mitreise finden würde, und dies wusste auch Harold, weshalb er sich schließlich bereit erklärte, die genannte Summe zu bezahlen.

Der Tross kam langsam, aber beständig voran. Die einfachen

Karren, die meist eine Plane zum Schutz vor Wind und Regen trugen, wurden durch schwere Kaltblüter und bullige Ochsen gezogen. Wann immer es möglich war, schifften sie sich auf Treidelschiffen ein, die ihre Last der Strömung anvertrauten und sie einige Kilometer die Donau abwärts beförderten. Diese Schiffe pendelten entlang von Treidelwegen, die nah am Ufer verliefen und über die sie am Ende ihrer Fahrt durch Zugtiere wieder flussaufwärts geschleppt werden konnten. Endeten diese Wege aufgrund von Landesgrenzen oder unpassierbarem Gelände, musste die Karawane auf dem Landweg weiterreisen.

Die Kosten für einen solchen Transfer, Wegezölle und Verpflegung hatte Harold mit dem Schutzgeld abgegolten. Als sie an die Grenze einer slowakischen Grafschaft gelangten, erkannte Harold, wie gut er sein Geld angelegt hatte. Ein wilder, bunt zusammengewürfelter Haufen von einem Dutzend schwerbewaffneter Krieger hatte sie aufgehalten. Ihr Anführer, ein heruntergekommener Kerl in einer zerbeulten Rüstung, wohl ein verarmter Ritter, stellte in slowakischer Sprache eine wahnwitzige Forderung für den Wegezoll. Der Venediger konnte darüber nur lachen. Selbst als die Rotte Anstalten machte, ihm zu drohen, blieb er ruhig und gelassen. Noch konnten die Krieger nicht ahnen, dass der Tross des Venedigers fast doppelt so viele Männer unter Waffen hatte wie sie selbst. Aber der Venediger legte keinen Wert auf eine blutige Auseinandersetzung, da er für Fälle wie diesen bestens gerüstet war. Lachend, als hätten sich die Krieger einen besonders gelungenen Scherz erlaubt, zog er eine gut verschlossene Lederrolle hervor, der er einige Pergamente entnahm. Nach kurzem Suchen reichte er seinem Gegenüber einen Geleitbrief, der von dessen Landesfürsten ausgestellt war.

Der slowakische Ritter blickte dümmlich auf das Schreiben, dessen Siegel er als das seines Herrn erkannte, dessen Inhalt er jedoch nicht lesen konnte. Dennoch tat er, als verstünde er das

Schreiben, und nannte nun eine Summe, die deutlich niedriger war als noch wenige Minuten zuvor. Nach kurzem Feilschen einigten sich die beiden Männer auf einen angemessenen Wegezoll, und Harold atmete erleichtert auf, als man sie weiterziehen ließ. Die folgenden Grenzen passierten sie auf ähnliche Weise, und Harold staunte über den gewaltigen Aufwand, mit dem eine solche Handelskarawane organisiert war. Er unterhielt sich darüber mit dem Venediger, der ihm stolz erzählte, welch riesiges Handelsnetz in den letzten hundert Jahren in Europa und dem gesamten Orient aufgebaut worden war. Mit Aufkommen des Raubrittertums suchten die großen Handelshäuser ihre Karawanen durch Allianzen und Abkommen mit den einzelnen Fürstenhäusern gegen Willkür und überhöhte Zölle zu schützen. Dennoch waren die Verluste unter den Handelszügen erschreckend hoch. Krankheiten, marodierende Söldnerheere und Naturkatastrophen vernichteten sie oft vollständig. Der Venediger zeigte sich sehr interessiert am Grund für Harolds Reise. Es war ihm suspekt, wenn jemanden andere Dinge als rascher Gelderwerb in die Fremde zogen. Meist waren solche Personen auf der Flucht, teils weil sie Verbrechen begangen hatten oder weil sie politisch oder religiös verfolgt wurden. Harold vermied es daher, zu schildern, dass er der Inquisition entkommen war; wer wusste schon, ob der Venediger ihn nicht gegen ein Kopfgeld an den nächsten Bischof ausliefern würde. So beteuerte er stets, dass er ausschließlich zu Studienzwecken in den Orient reisen wollte. Harold pflegte am Ende des Tages, nachdem sie zur Nachtruhe eine Wagenburg gebaut hatten, am Lagerfeuer einige Notizen in einem Buch zu machen. Als er eines Abends gedankenverloren über seinen Aufzeichnungen saß, entdeckte der Venediger in Harolds Tasche Mordracs Schriften. Neugierig ergriff er das Buch, obwohl Harold heftig protestierte, und blätterte darin herum. »Was ist das?«, fragte er kritisch.

Harold entgegnete verlegen: »Das sind die Aufzeichnungen meines Meisters, die er mir vermacht hat. Doch es ist mir nicht recht, wenn Ihr darin lest.«

Der Venediger lachte. »Darin lesen? Ich kann diese seltsamen Zeichen nicht entziffern. Sag mir, was darin steht?«

Harold war eingeschüchtert, aber auch verärgert, und so beschloss er, dem Venediger nichts über die Bedeutung von Mordracs Werk zu erzählen. Also entgegnete er: »Ich weiß nicht, was darin steht, das ist ja auch der Grund meiner Reise. Ich will im fernen Ispahân lernen, wie ich dieses Buch entschlüsseln kann.«

Doch entgegen seiner Hoffnung, damit die Neugierde des Händlers zu dämpfen, wurde dieser nur noch zudringlicher. Er wollte wissen, wer Mordrac war, was für Forschungen er betrieben hatte und welchen Todes er gestorben sei. Harold, der ein schlechter Lügner war, verstrickte sich mehr und mehr in Widersprüche. Als der alte Fuchs bemerkte, dass Harold ihn belog, änderte er seine Strategie und heuchelte Wissbegierde. Er befragte den jungen Alchemisten zu allen möglichen Phänomenen der Natur. Er wollte wissen, ob die Erde nun flach oder eine Kugel sei, ob Unwetter und Blitze durch Zauberei entstünden und ob die menschliche Seele stofflicher Natur sei. Harold war froh darüber, nicht weiter zum Grund seiner Reise befragt zu werden und beantwortete bereitwillig alle Fragen. Bald fiel ihm jedoch auf, dass es völlig gleichgültig war, was er erzählte, der Venediger tat jedes Mal so, als würde er seinen Ausführungen absolut Glauben schenken.

Harold wurde darüber nicht weiter argwöhnisch, sondern hatte viel Vergnügen daran, endlich einmal für den allwissenden Gelehrten gehalten zu werden, und der Venediger schien von Harolds Wissen tief beeindruckt zu sein. Schließlich fragte er Harold, ob er nicht Lust hätte, sie bis nach Tîrgovişte an den Hof von Fürst Vlad III., dem Woiwoden der

Walachei, zu begleiten. Trotz massiven Drängens des Venedigers lehnte Harold freundlich, aber bestimmt ab. Ein solcher Umweg hätte ihn um Tage, wenn nicht gar Wochen, zurückgeworfen. Und wer wusste schon, welchen Gefahren er sich dabei aussetzen mochte. Nach dieser Unterhaltung zeigte der Venediger kein besonderes Interesse mehr an Harold.

Als sie die Grenze der Walachei erreichten, staunte Harold nicht schlecht. Obzwar dies ein armes Land war, das zwischen dem Okzident und dem Osmanischen Reich lag und somit ständig Brennpunkt kriegerischer Auseinandersetzungen war, herrschten hier Ordnung und Gastfreundschaft. In einer Herberge befragte er einen Einheimischen, der gebrochen Deutsch sprach, über die Sicherheit im Land. Stolz erzählte ihm dieser, die Menschen hier seien so ehrlich, dass man selbst eine mit Gold gefüllte Börse an einem Platz offen liegenlassen könne, ohne dass es jemand wagen würde, sie zu stehlen. Im Inneren herrsche Frieden und Einheit, und der einst so räuberische Kleinadel, der das Volk ausgesaugt hatte, war in seine Schranken verwiesen worden. Nach außen aber hatte die Walachei die heidnischen Türken das Fürchten gelehrt, die schon seit langem keinen Einfall mehr in ihr Land gewagt hätten. Harold war überrascht, denn er kannte nur das Murren des kleinen Volkes gegenüber der Obrigkeit, nie aber hatte er derartige Lobreden vernommen. Als er jedoch fragte, wessen Verdienst das sei, bemerkte er eine seltsame Irritation bei seinem Gesprächspartner. Nur zögerlich berichtete ihm dieser von ihrem neuen Fürsten, dem Woiwoden Vlad III., dem Herrscher über die Walachei und Transsylvanien. Viel mehr aber wollte der einfache Mann nicht berichten, und als Harold etwas über die Methoden des Woiwoden erfragen wollte, gab der Mann plötzlich vor, kein Deutsch mehr zu verstehen. Ein seltsames Gefühl bemächtigte sich seiner, doch in Harold war bereits eine unstillbare Neugierde an diesem geheimnisvollen Fürsten entfacht worden. Die einzige Person, mit der Harold jetzt hauptsächlich Kontakt hatte, war ein schrulliger alter Wunderdoktor, der sich um Harolds verletzten Knöchel kümmerte. Der Venediger hatte entgegen Harolds Willen darauf bestanden, dass dieser sich behandeln ließ, denn er wollte keinen Halblahmen mit sich herumschleppen. Der alte Quacksalber handelte mit allen möglichen Tinkturen und Heilwässerchen, von denen Harold bezweifelte, dass auch nur eine davon etwas anderes enthielt als Alkohol. Der Mann hieß Rodriguez, war Spanier und behauptete, seines Zeichens ebenfalls Alchemist zu sein. Doch Harold fand bald heraus, dass der alte Quacksalber weder schreiben noch lesen konnte und keines der grundlegenden alchemistischen Prinzipien kannte. Doch umso talentierter war Rodriguez, wenn es darum ging, eine medizinische Prozedur mit dem notwendigen mystischen Gehabe in Szene zu setzen.

Bald schon hatte Harold durchschaut, mit welch albernen Taschenspielertricks Rodriguez seinen Patienten das Geld aus der Tasche zog. Umso verwunderlicher war es, dass er mit seinen Quacksalbereien erstaunliche Behandlungserfolge erzielte. Harold stellte in seinen Aufzeichnungen einige Mutmaßungen hierüber an. Er vermutete, dass die während der Zeremonie in spanischer Sprache heruntergeleierten Rezitationen entweder heilige Formeln oder Anrufungen heidnischer Dämonen waren. Nur der Beistand einer höheren Macht konnte den Erfolg des Spaniers erklären. Doch durch einen Zufall erfuhr Harold, dass dem nicht so war. Rodriguez hatte sich eines Abends zu viel von seiner eigenen Medizin genehmigt, die tatsächlich nur aus Alkohol bestand. Grund für sein Gelage war die Heilung des Venedigers, der an hohem Fieber gelitten hatte. Der Venediger hatte ihn für seine Dienste gut entlohnt. Harold sprach den Spanier an: »Werter Meister Rodriguez, nun verratet mir doch endlich, über welche geheimen

Zaubersprüche Ihr verfügt. Denn Eure Medizin ist zu kaum mehr wert, als um sich damit zu betrinken.«

Der alte Mann gluckste fröhlich und antwortete: »Ihr wollt wissen, welche finsteren Mächte ich in meiner Muttersprache anrufe? Es ist die Liebe, ich zitiere alte spanische Liebesgedichte, während ich meine Medizin verabreiche. Denn es gibt kein besseres Heilmittel als einen beflügelten Geist und ein verliebtes Herz!«

Harold war enttäuscht, denn er konnte nicht glauben, dass eine Krankheit mit so banalen Mitteln geheilt werden konnte. Dennoch zeichnete er das angebliche Geheimnis des Rodriguez gewissenhaft auf. Am nächsten Tag hatte der alte Mann einen fürchterlichen Kater und war sehr verärgert darüber, dass Harold seinen Zustand ausgenutzt hatte. Er weigerte sich, mit dem jungen Mann auch nur noch ein einziges Wort zu reden. Harold war darüber recht zerknirscht, da er bisher im Wagen von Rodriguez mitfahren durfte und nun von dem alten Spanier hinausgeworfen worden war. Doch am nächsten Tag würden sich ihre Wege ohnehin trennen. Der Tross musste sich dann ins Landesinnere Richtung Tîrgovişte wenden, Harold beabsichtigte jedoch, bis zum Schwarzen Meer der Donau zu folgen.

Aber die Dinge entwickelten sich ganz anders. Während er sich mit dem Venediger über seine weitere Reiseroute besprach, verschwand aus Harolds Gepäck das Buch mit seinen Aufzeichnungen. Harold verdächtigte sofort Rodriguez, der offensichtlich alle schriftlichen Belege seiner kleinen Betrügereien beseitigen wollte. Der Venediger hatte überraschenderweise Verständnis für Harolds Verdächtigung und ließ den Wagen des Spaniers durchsuchen. Doch war alles Suchen, Drohen und Verhören erfolglos. Rodriguez schwieg beleidigt, und das Buch blieb verschwunden. Harold war sich sicher, dass Rodriguez das Buch bereits vernichtet hatte. Als er sich dessen bewusst wurde, dankte Harold Gott, dass er Mordracs Apokryphen stets bei sich trug. Es war nicht auszudenken, hätte der des Lesens unkundige Quacksalber in seiner primitiven Rache das Lebenswerk Mordracs zerstört!

Zur Feier ihres letzten gemeinsamen Abends lud der Venediger Harold zum Essen an seinem Tisch ein. Doch nach diesem Essen, bei dem auch viel Alkohol floss, fühlte sich Harold nicht sehr wohl. In der Nacht litt er unter Magenkrämpfen und bekam hohes Fieber. Da er am nächsten Morgen kaum ansprechbar war und der Venediger ihn in diesem Zustand nicht am Scheideweg absetzen wollte, entschied dieser sich dafür, Harold nach Tîrgovişte mitzunehmen. Harold nahm das Ganze nur wie aus großer Ferne wahr. Sein Fieber glich einem Drogenrausch. Die Gesichter seiner Begleiter verzerrten sich zu grotesken Fratzen, und die immer hügeliger werdende Umgebung verwandelte sich in seinen Wahnvorstellungen in eine bizarre Hochgebirgslandschaft, deren schroffe Gipfel schier unendlich in den Himmel wuchsen, wo sie einander zu berühren schienen. Der Fluss Argeş aber, dem sie jetzt stromaufwärts folgten, schien wie rasend dahinzuschießen. In Harolds Fieberwahn wirkte er wie ein waagerecht stürzender Wasserfall. Doch mit der Zeit verließen ihn diese Visionen, und Mensch wie Landschaft gewannen ihre natürliche Form zurück. Obwohl oder vielleicht gerade weil er sich jeglicher Behandlung durch Rodriguez widersetzt hatte, erholte er sich nun recht schnell. Sie hatten mittlerweile den Argeş hinter sich gelassen und waren entlang des Dinboviţa nach Bukarest gelangt. Die Nacht verbrachten sie im Schutze der Stadtmauer. Harold litt noch unter Schüttelfrost, aber das Fieber hatte er überwunden.

Als er am nächsten Tag vom Venediger gefragt wurde, ob er nicht doch Interesse an einer Audienz bei besagtem Fürsten hätte, sagte er, entgegen eines in ihm aufkommenden unangenehmen Gefühls, zu. In Zeiten religiöser Wirren, Raubrittertums, Willkürherrschaft und heidnischer Bedrohung brannte Harold darauf, endlich einen gerechten Herrscher zu Gesicht zu bekommen, der erfolgreich gegen all das ankämpfte. Sie zogen noch immer flussaufwärts, und da ihnen wider Erwarten kein Unfall oder Achsbruch zugestoßen war, erreichten sie noch am selben Tag die Hauptstadt Tîrgovişte. Im Gegensatz zum dörflich wirkenden Bukarest war Tîrgovişte wesentlich großstädtischer. Die Straßen waren überraschend sauber, und die uralten Häuser, die zum Großteil aus reich beschnitztem Holz gebaut waren, wirkten sehr gepflegt. Der Weg zum Palast des Fürsten führte an zahlreichen Kapellen, Klöstern und Kirchen vorbei. Das Leben auf den Straßen war sehr betriebsam, und die Bevölkerung liebte es, farbenfrohe, weite Kleidung zu tragen. An dieser letzten Bastion der Christenheit trafen orientalische Pracht und abendländische Religion mit unvergleichlicher Heftigkeit aufeinander. Lediglich in der Nähe des Palastes ließ das bunte Treiben immer stärker nach. Selbst Bettler und Marktschreier schienen diese Gegend zu meiden.

Harold bemerkte plötzlich, dass auch die Marketenderinnen und Gaukler ihren Tross verlassen hatten. Und selbst der mürrische Rodriguez hatte kein Interesse daran, seine Wundermedizin für gutes, fürstliches Gold zu verkaufen. Er hatte nach dem Passieren der Stadtmauer den Tross verlassen.

Der Herrscherpalast war eher eine Trutzburg denn ein Palast. Die hohen, abweisenden Mauern und die stark bewachte hölzerne Zugbrücke machten deutlich, dass Fremde hier nicht willkommen waren, außer sie brachten Waffen und Silber. Trotz ihrer begehrten Ladung ließ sie Vlad III. lange warten. Erst Stunden nach ihrer Ankunft wurde der Venediger zum Fürsten gerufen. Mittlerweile hatte Harold alle Hoffnung begraben, Vlad III. persönlich gegenübertreten zu dürfen. Zusammen mit seinen Reisegefährten betrachtete er staunend den Palasthof, in dem sie sich gerade befanden. So unfreundlich das Gebäude von außen wirkte, so unerwartet entfaltete sich im Inneren eine üppige, orientalische Pracht. Filigrane Schnitzereien und geschmackvolle Steinmetzarbeiten bedeckten die Wände und Decken. Der Boden des Hofes war mit kleinen Steinen gepflastert, die kunstvolle Muster bildeten. Die Böden der umlaufenden Arkaden zierten farbenfrohe Mosaike. Durch ein Tor konnte Harold in weitere Höfe blicken, die in ähnlicher Pracht erstrahlten. Er fühlte sich an den sagenumwobenen Hof von Harun ar-Raschid, dem Kalifen von Bagdad, versetzt. Seine Augen konnten sich kaum sattsehen, als ein ganz in Schwarz gekleideter Lakai auf ihn zutrat und ihn aufforderte, ihm zu folgen. Er wurde in eine große, stark abgedunkelte Audienzhalle geführt, in deren Mitte der Fürst zusammen mit dem Venediger in eine Unterhaltung vertieft war.

Vlad III. war ein großgewachsener, schlanker Mann mit einem hageren, scharfgeschnittenen Gesicht, das von einem mächtigen schwarzen Schnurrbart und einer markanten Adlernase dominiert wurde. Sein langes, tiefschwarzes Haar war nur von wenigen silbergrauen Strähnen durchzogen und fiel ihm in kunstvollen Locken bis über die Schultern. Auf dem Kopf trug er eine prächtige rote Samtkappe, deren breite Krempe mit mehreren hundert großen Perlen bestickt war und in deren Mitte ein goldener Stern mit einem riesigen Rubin prangte. Darüber befanden sich fünf kirschgroße Perlen, aus denen ein Busch glänzendweißer Federn emporragte. Der Woiwode hatte sich einen weiten, kostbaren Pelzumhang übergeworfen, unter dem er ein Wams, ebenfalls aus feinstem, rotem Samt trug. In dieser Tracht wirkte er auf Harold fast wie ein Kirchenfürst, ebenso feierlich wie Ehrfurcht gebietend. Als sich sein Blick mit dem von Harold traf, erschauderte der junge Mann, denn in diesen großen dunklen Augen loderte ein eigentümliches, unheimliches Feuer. Er forderte

Harold mit einer lässigen Handbewegung auf zu sprechen. Dieser verbeugte sich tief und eröffnete auf Lateinisch: »Edler Fürst, es ist mir eine große Ehre, einem solch berühmten wie weisen Herrscher persönlich gegenübertreten zu dürfen.«

In einem überraschend guten Deutsch antwortete Fürst Vlad III.: »Dein gelbes Haar ist in meinem Land selten, was uns vermuten lässt, dass du ein Mann des Nordens bist. Dein kehliger Akzent erinnert uns aber an die Sprache der Heiden. Aus welchen fernen Gefilden stammst du?«

Stolz darauf, vom Fürsten in seiner eigenen Sprache angesprochen zu werden, erwiderte dieser: »Ich bin ein Spross der Gebirgstäler der Schweiz.« Als er dies vernahm, verdunkelte sich die Miene des Woiwoden. »Dieses Land ist mir leider nur zu gut bekannt. In Schweizer Klöstern werden abscheuliche Schmähbriefe zu unserer Person verfasst. Urheber ist ein Mönch, der an unserem Hof das Gastrecht genossen hatte. Als er Schande über Frauen des Hofes gebracht hatte, ließen wir ihn aus dem Lande jagen.«

Tatsächlich erinnerte sich Harold an ein Flugblatt, das Vlad III. auf einem Richtplatz zeigte, wie er zwischen zahlreichen Hingerichteten zu Tische saß. Mit ein wenig Phantasie waren die Züge dieses Schreckensherrschers als die des Fürsten der Walachei zu erkennen. Vorsichtig entgegnete Harold: »Edler Fürst, ich verstehe Eure Verbitterung, doch bitte ich Euch, Euren Zorn nicht gegen das gesamte Volk der Schweizer zu richten. Es ist dies das Werk eines einzelnen niederträchtigen Verbrechers. Ich kenne die Schmierereien, doch niemand schenkt ihnen Glauben. Denn wären seine Schmähungen wahr, so hättet Ihr ihn für eine derartige Verletzung des Gastrechts niemals gnädigerweise des Landes verwiesen, sondern ohne Zaudern dem Scharfrichter überantwortet. Und seit ich die Grenzen zu Eurem Reich überschritten habe, weiß ich, dass Ihr ein gerechter und guter Herrscher seid. Es herrschen

Ordnung und Frieden in diesem Lande, wie ich es an keinem anderen Ort zuvor erlebt habe.«

Vlad III. fixierte ihn prüfend, bevor er noch immer in scharfem Ton fragte: »Du bist kein Händler, deine Hände sind zu zart, dein Körper ist verweichlicht, deine Haut ist weder von Wind noch von der Sonne gegerbt. Solltest du vielleicht ebenfalls einer dieser doppelzüngigen katholischen Mönche sein, die weder unser Gastrecht noch unseren orthodoxen Glauben zu achten wissen?«

Heftig wehrte Harold ab: »Nein, mein Herrscher, nichts könnte mich dazu bewegen, das Leben eines Mönches zu führen. Ich bin der Schüler eines großen Gelehrten und Alchemisten.« Die Mundwinkel des Fürsten umspielte ein gewisses Schmunzeln. »Du bist also ein Alchemist. Was bewegt einen Mann des Geistes, an einen solch entlegenen Winkel der Welt wie die Walachei zu reisen?«

Harold stockte. Sollte er diesem Bekämpfer des Heidentums sagen, dass er auf dem Weg ins islamische Persien sei? Unter den prüfenden Augen des Herrschers wagte Harold jedoch nicht zu lügen. Also entschloss er sich, seine Geschichte preiszugeben. »Wie Ihr wisst, fürchtet die katholische Kirche um ihre Macht. Aus diesem Grund verfolgt sie nicht nur Abtrünnige vom wahren Glauben, sondern auch Wissenschaftler, deren Erkenntnisse ihr gefährlich erscheinen. Mein Lehrmeister wurde ein Opfer der Inquisition. Kurz vor seinem Tode bat er mich, sein Lebenswerk fortzusetzen. Im fernen Persien gibt es einen Mann, der mir bei diesen Forschungen helfen soll.«

Vlad III. nickte wissend und entgegnete: »Wissen ist Macht. Der Papst fürchtet jede Macht außer der eigenen. Ich hingegen bin bestrebt, alles Wissen zu nutzen, um meine Macht zu festigen. Welche finsteren Forschungen betrieb dein Meister, dass sie ihm den Tod brachten?«

Harold wirkte ratlos, wusste er doch hierüber nichts Genaues. »Herr, ich kann es Euch nicht mit Bestimmtheit sagen, auch wenn ich glaube, dass es etwas mit seinen geheimen Aufzeichnungen zu tun hat.«

Gewohnt, die leiseste Verlegenheit in den Worten von Diplomaten oder Angeklagten zu bemerken, fragte der Fürst: »Wie viel ist dir von diesen ominösen Aufzeichnungen überhaupt bekannt, da du lediglich einen solch vagen Schluss ziehen kannst?«

»Ich hatte bislang keinerlei Einblick in das Werk meines Meisters. Bisher ist es mir nur bruchstückhaft gelungen, seine Schriften zu entziffern. Doch was ich las, zeugte von einem finsteren Geheimnis, das mich aufs höchste beunruhigte.«

Der Woiwode brauste plötzlich auf. »Das ist also der Hintergrund deiner Reise. Zur Entzifferung dieser verbotenen Schriften kehrst du dem Christentum den Rücken und wendest dich dem Land der Heiden zu, die sich bekanntlich mit allerlei gotteslästerlichen Forschungen beschäftigen!«

Aufs äußerste erschrocken, bemerkte Harold, dass es ein Fehler gewesen war, dem Fürsten mit allzu großer Offenheit entgegenzutreten. Er versuchte daher, das Schlimmste zu bereinigen: »O nein, Herr, es ist nicht das Heidentum, dem ich mich zuwende. Ich bin von der alleinigen Wahrhaftigkeit des Christentums absolut überzeugt. Doch es war der letzte Wille meines Meisters, einen Gelehrten in Ispahân aufzusuchen.«

Vlad III. erwiderte: »Dass dein Meister nicht gottgefällig gehandelt hat, erscheint mir als erwiesen, somit hat sein letzter Wille keine bindende Wirkung für dich!« Als er aber bemerkte, dass er damit Harold nicht überzeugt hatte, fügte er hinzu: »Was also hindert dich daran, das Werk auf christlichem Boden zu entschlüsseln? Ist es dein mangelnder Verstand?«

In die Enge getrieben und in der Ehre gekränkt, antwortete Harold: »Ich fühle mich durchaus imstande, die Schriften, soweit sie in meinem Besitz sind, selbst zu entschlüsseln, die fehlende zweite Hälfte kann ich jedoch nicht ohne die Hilfe eines erfahrenen Meisters rekonstruieren.«

Der Woiwode wirkte zufrieden und lächelte geheimnisvoll. »Es fehlt dir also lediglich an der nötigen alchemistischen Unterstützung. Ich bin mir sicher, dass du gemeinsam mit Gelehrten meines Hofes das Rätsel entschlüsseln wirst. Fühle dich daher als mein Gast.«

Vlad III. klatschte in die Hände, und ein Lakai erschien. Harold fühlte sich jeder eigenen Entscheidungsmöglichkeit beraubt. Was sollte er entgegnen? Hatte er nicht den Auftrag des Meisters, nach Ispahân zu gehen? Andererseits gefiel ihm der Gedanke, seine Forschungen unter der Schirmherrschaft eines weisen, zwar christlichen, aber nicht katholischen Fürsten zu betreiben, weitaus besser, als dies im Land der Heiden zu versuchen. Zudem war sein Arabisch nur bruchstückhaft, sodass er große Bedenken hatte, überhaupt sein Ziel zu erreichen. Während er sich noch mit Selbstzweifeln plagte, gab der Woiwode Anweisungen für einen Aufenthalt unbestimmter Dauer.

Harold wurde klar, dass, egal wie er sich entschied, der Woiwode keine Gegenrede dulden würde. Er fühlte sich plötzlich weniger als Gast denn vielmehr als Gefangener. Weltgewandt kehrte sich der Fürst nun anderen Gästen zu, und der Lakai bedeutete Harold, ihm zu folgen. Umgehend wurde er mit einem überraschend jungen Mann bekannt gemacht, der sich als Nikolaus von Tschesko, Mathematicus, Ballistiker und Alchemist, vorstellte. Dieser vielbeschäftigte Vertraute des Fürsten verstand es, ähnlich seinem Herrn, mit wenigen, präzise gestellten Fragen den Dingen auf den Grund zu gehen. Nachdem er Harold befragt hatte, meinte er abschätzig: »Allein die Schnelligkeit und Gründlichkeit, mit der die Inquisitoren vorgegangen sind, lässt annehmen, dass das Werk deines Meisters von höchster Bedeutung ist, was den

Aufwand einer Entschlüsselung und Rekonstruktion rechtfertigt. Mit deinem Wissen dürfte das beim vorliegenden Band bald geschafft sein. Ob wir jedoch auf Basis des ersten Manuskriptes das gesamte Opus rekonstruieren können, erscheint mir zweifelhaft. Dies wird Monate, wenn nicht gar Jahre in Anspruch nehmen. Schon morgen werden wir beginnen, die Geheimnisse der Schriften zu lüften.«

Anfangs machte Harold sich mit großem Eifer an die Arbeit. Dem fürstlichen Alchemisten gelang selbst die Deutung der komplexesten Passagen. Und dennoch, trotz dieser fachlichen Hilfe und dem, was Harold von seinem Meister gelernt hatte, kamen sie nur mühsam voran. Die flüchtig hingeworfene Handschrift war nur schwer zu entziffern, und die altgriechischen Zeichen waren an vielen Stellen mit lateinischen Lettern durchmengt. Abschriften aus anderen Werken in deren ursprünglicher Sprache erweckten den Eindruck, als ob Mordrac aus Bequemlichkeit auf eine Übersetzung verzichtet hatte. Verfasst waren diese Anteile in unterschiedlichen arabischen Dialekten, in lateinischer Sprache, aber auch in Hebräisch und in einem speziellen aramäischen Dialekt, wie er im 5. Jahrhundert in Verwendung war.

Ohne die großen Sprachkenntnisse des Hofalchemisten und der fürstlichen Bibliothek wäre die Übersetzung dieser Passagen für Harold unmöglich gewesen. Doch alle Texte hatten nach ihrer Übersetzung eines gemeinsam: sie ergaben für Uneingeweihte keinen Sinn. Ihre Chiffrensprache war erfüllt von Korrespondenzen, Analogien und Metaphern. So standen Sagengestalten, Gottheiten und Fabelwesen meist für bestimmte Grundstoffe, Elemente oder deren Beschaffenheit. Erzählungen von Hochzeiten, Bluttaten oder anderen Ereignissen beschrieben in Wirklichkeit alchemistische Transmutationen. Fabelwesen und vielerlei Getier waren die Umschreibungen ganz bestimmter Laborgerätschaften. Verse oder Gebete, die während eines Experiments aufzusagen waren, sollten nicht nur göttlichen oder gar satanischen Beistand erflehen, sondern gaben auch Reaktionszeiten vor, die zwingend einzuhalten waren. Dies war einer der Gründe, warum Mordrac gewisse Passagen bewusst in deren ursprünglicher Sprache belassen hatte. Darüber hinaus enthielt der Text Wortspiele, die nicht übersetzbar waren und die die wesentliche Botschaft eines solchen Abschnittes enthielten.

Harold hatte bald begriffen, je weniger Sinn ein Satz ergab, desto wichtiger war dessen verschlüsselter Inhalt. An einer in Hebräisch verfassten Seite hatten sie mehrere Tage herumgerätselt, ohne dass deren Worte eine vernünftige Aussage lieferten. Der erste Satz umschrieb die Zahl Sieben, der Rest waren belanglose Phrasen. Doch als sie die Zahl Sieben auf diesen Teil anwandten, erschloss sich ihnen sein Geheimnis. Zusammengesetzt ergab jedes siebte Wort einen neuen Text, dessen letztes, aber entscheidendes Wort fehlte. Dieses wiederum setzte sich aus jedem siebten Buchstaben des rätselhaften Textes zusammen. Eine besondere Herausforderung lag auch darin, die Illustrationen und Abbildungen zu deuten. Hier war Harold dem Hofalchemisten weit überlegen. Er konnte sich besser in die phantastische Bildwelt seines einstigen Meisters einfühlen. In den Bildern standen ebenfalls Personen, Tiere und Handlungen für alchemistische Versuche und deren Durchführung. Doch war die eigentliche Botschaft oft in winzigen Details verborgen. Eine kleine Blume am Bildrand konnte dem Ganzen eine völlig neue Bedeutung verleihen.

Ähnlich wie die Textpassagen war auch die Bildwelt in einer beängstigenden Form pervertiert. Ein Bild, auf dem ein junger Prinz durch vier Pferde in Stücke gerissen wurde, stellte keine Warnung dar, sondern beschrieb, wie eine Verbindung in ihre vier Grundbestandteile zerlegt werden sollte. Ein anderes Bild hingegen, auf dem ein kleiner Knabe ein

Zicklein streichelte, erfüllte Nikolaus von Tschesko mit großer Sorge. Denn seiner Meinung nach stand das Kind für die reine Seele des Alchemisten, die sich dem Satan, symbolisiert durch den Ziegenbock, hingeben würde. Am meisten Angst bereiteten Harold aber gewisse Worte, die in Anrufungen enthalten waren und deren Sinn weder er noch Nikolaus von Tschesko entschlüsseln konnten. Bereits beim Lesen dieser Worte kroch Harold ein eisiger Schauer den Rücken empor. Wurden sie jedoch mit der korrekten Aussprache laut vorgelesen, so schien der Klang dieser Worte den Raum zu verdunkeln und eisige Kälte zu verbreiten. Es war, als würde etwas Fremdes, etwas Unbeschreibliches aus einer anderen Welt eindringen.

Es dauerte lange, bis ihn dieses Gefühl wieder verließ, und in den darauffolgenden Nächten wurde er von schrecklichen Albträumen heimgesucht. Und auch Nikolaus von Tschesko, der weitaus weniger empfänglich für diese Beeinflussungen war, benötigte oft mehrere Stunden, um nach einer solchen Beschwörung wieder ganz zu sich zu kommen. Er wirkte danach bleich und eingefallen, fast so als hätte er etwas von seiner Lebensenergie verloren. Das ganze Gegenteil bewirkten gewisse Verheißungen, die ebenfalls in Bildern als auch in Textform niedergeschrieben waren. Harold war sich über ihre Bedeutung nie so recht im Klaren, doch Nikolaus von Tschesko geriet stets in Verzückung, wenn er ihren Sinn zu entschlüsseln suchte. Oft wurden sie durch Symbole begleitet, wie einen Phönix, der aus der Asche steigt oder einem Drachen, der seinen eigenen Schwanz frisst. Harold war sich nicht sicher, ob es sich bei den Verheißungen um den Stein der Weisen, das Lebenselixier Aurum potabile, den Heiligen Gral oder um ein anderes großes Geheimnis handelte. Eines aber war ihm bewusst, dass das Erlangen dieser Sublimatio Ultima, dieser höchsten und reinsten Erkenntnis, auf dem gleichen alchemistischen Prinzip beruhte wie das zur Herstellung des Steins der Weisen. Dieses Prinzip besagt im wörtlichen wie übertragenen Sinn, dass im großen Werk die Materie, aber auch der Alchemist nach schrecklichen Leiden und grausamen Martern zur Vollendung gelangt. Je furchtbarer der Weg war, umso großartiger musste das Ziel sein. Daher war sich Harold bewusst, dass sie vor einer der größten Offenbarungen standen, nach der Legionen von Alchemisten seit Menschengedenken gesucht hatten. Doch auch wenn das Ziel die Erfüllung der höchsten Erkenntnis sein mochte, so beschritten sie einen Weg der absoluten Verdammnis. Und je mehr Harold begriff, welch düsterer Natur das Wissen war, das sie zutage brachten, desto geringer wurde sein Verlangen, das Werk zu vollenden.

Fürst Vlad III. hatte er seit seinem ersten Treffen mit ihm nicht mehr zu Gesicht bekommen, und je stärker seine Abneigung gegen seine Aufgabe wurde, umso deutlicher wurde, dass er nichts weiter als dessen Gefangener war. Seine Stimmung wechselte zwischen tiefer Verzweiflung und absoluter Euphorie. Die Verzweiflung nahm umso stärker zu, je mehr er sich der Blasphemie der Schriften bewusst wurde. Was er hier zu entziffern hatte, war finsterste schwarze Magie, gottes- und menschenverachtend, wahrlich wert, von der päpstlichen Inquisition samt allem, was mit den Schriften in Verbindung gebracht werden konnte, vernichtet zu werden. Harold erwog in vielen seiner durch entsetzliche Albträume geplagten Nächte, das satanische Werk und alle seine Aufzeichnungen zu zerstören. Doch weigerte sich etwas in seinem Inneren, diese Pläne in die Tat umzusetzen. Weder die Furcht vor der Rache des Fürsten noch die unheilvolle Ausstrahlung des Buches waren es. Es hatte etwas anderes von seiner Person Besitz ergriffen. Das Werk enthielt eben nicht nur Anleitungen zu uralten Beschwörungen und Ritualen, sondern daneben unendlich verlockende Verheißungen.

In den Momenten, in denen sich Harold bewusst wurde, dass womöglich auch er selbst an diesen finsteren Weihen teilhaben könnte, glomm in ihm ein seltsames Feuer auf, und er wiegte sich in euphorischen Zuständen. Doch als seine Freiheit unter fadenscheinigen Argumenten mehr und mehr beschnitten und ihm der alleinige Zugang zu den Apokryphen verwehrt wurde, begriff er, dass er niemals zu den Auserwählten zählen sollte, die Anteil an den finsteren Segnungen haben würden. Was ihn aber endgültig dazu bewog, nicht weiter an der Enträtselung der Schriften Mordracs mitzuarbeiten, war ein Auszug aus einer armenischen Schrift.

Diese enthielt nichts anderes als den Teil eines Evangeliums. Zunächst waren Nikolaus von Tschesko und Harold versucht, sich die Übersetzung zu ersparen und die entsprechende Bibelpassage in lateinischer Sprache zu übernehmen. Doch dann begriffen sie, dass Mordrac nichts zufällig niedergeschrieben hatte. Es musste also einen Grund dafür geben, dass er das Original und nicht die Übersetzung verwendet hatte. Sie wandten alle ihnen bekannten Formen der Entschlüsselung an, doch nichts führte zum Erfolg. Der Text war ohne direkten Bezug zu Mordracs Werk, und sie waren kurz davor, ihre Bemühungen an dieser Stelle einzustellen, als Harold die Idee hatte, ihre eigene Übersetzung mit der entsprechenden Bibelpassage zu vergleichen.

Das Ergebnis war verblüffend, die Übersetzungen unterschieden sich an fünf Stellen grundlegend. Und die Bibelworte dieser fünf Stellen ergaben einen neuen Satz mit einer grausigen Botschaft. Das, was da von ihnen verlangt wurde, überstieg alles, was Harold jemals bereit war, auf seine Seele zu laden, egal welche Verheißungen ihnen im Gegenzug gemacht wurden. Wenn sein Meister diese Dinge ersonnen oder gar getan hatte, so hatte er es tausendfach verdient, sein Leben auf dem Scheiterhaufen auszuhauchen! Umso größer wurde nun Harolds Niedergeschlagenheit, sodass er schließlich die Weiterarbeit verweigerte und auf eine Audienz beim Fürsten bestand.

Noch hatte er Hoffnung, einen Ausweg aus seiner verzweifelten Situation zu finden. Er vermutete, Nikolaus von Tschesko habe ihn eigenmächtig isoliert, um den Fürsten nicht über das wahre Wesen der verfluchten Schriften in Kenntnis setzen zu müssen. Denn war der Fürst ein guter Christ, so musste er umgehend die Vernichtung der Mordracschen Apokryphen anordnen, war er aber ein gottloser Mensch, so mochte es sein, dass er die Erkenntnisse allein für sich nutzen würde, um anschließend alle Mitwisser zu beseitigen. Folglich wurde Harolds Ansinnen nur widerwillig stattgegeben. Sein gelehrter Aufseher war bei dem Gespräch mit dem Fürsten anwesend, doch es verlief in einer für Harold unerwartet freundlichen Atmosphäre. Fürst Vlad III. blickte ihn gönnerhaft mit seinen unnahbaren Augen an und eröffnete eher beiläufig die Audienz: »Es ist nun schon eine Weile her, dass du in unserem Hause Aufnahme gefunden hast. Wir hoffen, dass es dir als unserem Gast an nichts fehlte.«

Harold war aus Erfahrung vorsichtig geworden und vermied es, seine Vermutungen über die Machenschaften des Nikolaus von Tschesko an solch hoher Stelle zu äußern, also beschränkte er sich darauf, seinem Wunsch nach Freiheit Ausdruck zu verleihen. »O Herr, ich wurde durchaus gut versorgt, sowohl Speis als auch Trank erhielt ich reichlich und in erlesener Qualität. Auch hatte ich Gelegenheit, viel Neues über Alchemie und Magie zu erlernen. Dennoch bin ich traurig. Wie soll ich es euch verständlich machen – es ist mein Herz, das nach meiner Heimat verlangt.«

Der Woiwode nickte, nachdem er einen vieldeutigen Blick mit seinem Vertrauten gewechselt hatte. »Wir haben vollstes Verständnis für deine Sehnsucht. Wir sehen es als unsere persönliche Pflicht an, deinen Wunsch, in die Heimat zurückzukehren, so bald wie nur möglich zu erfüllen.« An seinen Alchemisten gerichtet, fuhr er fort: »Mathematicus, bedarfst du noch weiterhin der Hilfe unseres Schweizer Gastes?«

Dieser schüttelte den Kopf und entgegnete: »Die geheime Bildsprache, in der das Werk verschlüsselt ist, haben wir entziffert. Alles was nun zu tun ist, werde ich auch ohne seine Hilfe verrichten können.«

Vlad III. blickte zufrieden auf Harold und meinte: »Junger Freund, wir sind dir sehr zu Dank verpflichtet, denn du hast uns große Dienste erwiesen und uns so manches Rätsel gelöst. Im Gegenzug möchten wir dir ein Licht auf deine lange Reise mitgeben. Gibt es etwas, womit wir deinen Wissensdurst stillen können?«

Harold überlegte kurz, bevor er entgegnete: »Ja, edler Herrscher. Seit ich in diesem Land weile, habe ich weder von Verbrechen gehört, auch wagte es keiner Eurer Untertanen, schlecht über Eure hohe Würde zu sprechen. Der Adel beugt sich ohne Murren Euren Befehlen, und das Volk lobt Eure Herrschaft in den höchsten Tönen. Mit welchem Zaubermittel ist Euch diese Leistung gelungen?«

Mehr als zufrieden über die Frage seines Gastes, erhob sich der Fürst und ging auf Harold zu. »Es freut uns, dass du gerade diese Frage gestellt hast, denn wir haben zu deiner Ehre etwas vorbereiten lassen, was dich sowohl heimführen wird, als auch alle Fragen nach den Pfeilern unserer Autorität erschöpfend beantworten wird.« Er trat mit dem jungen Mann ans Fenster, legte ihm väterlich die Hand auf die Schulter und deutete in den Hof. Dort standen einige Karren, und Handwerker waren damit beschäftigt, eine kleine Empore mit rotem Samt zu überziehen. In der Mitte aber glänzte ein zehn Fuß hoher, prächtiger, goldfarbener Mast in der untergehenden Abendsonne.

## Zweites Kapitel

### *Der Rote Megyery*

Einhundertfünzig Jahre später – Ungarn 1610. Die graue Stadt lag eingebettet in eine flache, aber unwirklich wirkende Winterlandschaft. Eine blasse, unansehnliche Schneedecke breitete sich wie ein Leichentuch über die kargen Äcker und Wiesen. Lange, uralte Pappelalleen säumten wie endlose Scharen riesenhafter Wächter die Wege. Obwohl die Bäume im Herbst ihre Blätter verloren hatten, schimmerte ein eigenartiger Grünton durch ihre Kronen. Wie krebsartige Metastasen hatten Myriaden von Misteln die Bäume befallen und wucherten bösartig zwischen dem kahlen Geäst. Hie und da huschten einsame Gestalten umher, die heimlich mit an langen Stangen befestigten Sicheln den Parasiten zu Leibe rückten. Doch war es nicht ihr Ziel, die Pappeln von ihrem Aussatz zu befreien, sondern sie befanden sich auf der Suche nach ausgefallenen Zutaten für schaurige Zaubertränke.

Es war eine Zeit, in der der Glaube an die magischen Kräfte der Alraunwurzeln und Misteln noch ungebrochen war. So dienten die weißen Beeren der Misteln zur Linderung von angehexten Wurmerkrankungen, die Blätter aber wurden gegen unerklärliche Krämpfe und Besessenheit verwendet. In der Nacht hatten Regenfälle den Boden angetaut und morastig werden lassen. Obwohl sich die Frühnebel gesenkt hatten, wollte das Tageslicht nicht so recht durchbrechen. Aussätzige hatten vor den Stadtmauern eine unangenehme Nacht verbracht und versuchten nun, sich vor dem abweisenden Westtor ein karges Frühstück zu erbetteln.

Ein Reiter war schon vor dem ersten Tageslicht aufgebrochen, um eine wichtige Botschaft nach Sárvár zu überbringen. Sein Pferd quälte sich in halsbrecherischem Galopp über den weichen Untergrund. Rücksichtslos sprengte er die Bettelnden auseinander, die ihn dafür mit heftigen Beschimpfungen bedachten. Ein paar Raben, die sich an einem Pferdekadaver sättigten, flatterten lauthals krähend beiseite, um aber gleich darauf den alten Platz wieder einzunehmen. Vor den Stadtmauern lag beeindruckend Schloss Kotburg, das Ziel des Boten. Uneinnehmbar auf einer Insel zwischen den Flüssen Güns und Raab gelegen, die sich an dieser Stelle vereinten, trug es immer noch Spuren des türkischen Versuchs, die Stadt 1532 zu erstürmen.

Ein dem Schloss etwas vorgelagerter Seitentrakt war halb verfallen und aufgegeben, jetzt diente er den Armen als Unterkunft. Mörser hatten große Löcher in das aus Felsquadern bestehende Gemäuer gerissen, abgebrochene Mauerteile sammelten sich am Fuß des Gebäudes. Aus den Trümmern hatten sich die Menschen dort primitive Hütten gebaut, die kaum Schutz vor dem feuchtkalten Wetter boten. Die anderen Flügel des Schlosses waren entweder unversehrt geblieben oder mittlerweile wieder aufgebaut. Eine große, teilweise überdachte, hölzerne Brücke führte vom Ort Sárvár über einen Wassergraben hin zum einzigen Zugang, dem Haupttor der Festung. Dieses gewaltige Tor bildete gleichzeitig auch den Bergfried, der den Bewohnern des Schlosses selbst nach einer Erstürmung durch einen übermächtigen Feind für geraume Zeit Schutz bieten konnte. Dieser alte, romanische Bergfried war ein trutziger quadratischer Turm, mit nur wenigen kleinen Fenstern in schwindelerregender Höhe. Seine Mauern wurden nach unten hin immer massiver und reichten bis ans Wasser heran. Der flache, pyramidenförmige Dachstuhl war von einem birnenförmigen Glockenturm gekrönt und ruhte auf einem kleinen Vorsprung.

Das letzte Stück der knapp hundert Meter langen Brücke konnte bei Gefahr mit zwei schweren Ketten emporgezogen werden, sodass der Feind ferngehalten wurde und das Tor zusätzlichen Schutz erfuhr. Wäre es jedoch einem Angreifer gelungen, durch List diese Hürde zu überwinden, wartete auf ihn ein massives, mit Eisenspitzen bewehrtes Fallgitter, das mit einem Schlag den Zugang versperren konnte. Die Befestigungsmauern waren in den letzten Jahrzehnten mehrfach verstärkt und an die neue Waffentechnik angepasst worden. Wo früher hohe, aber schlanke Mauern einen Angriff mit Sturmleitern und Wurfgeschossen abgewehrt hatten, dienten nun sternförmig vorgelagerte Schanzen zum Schutz vor den weitreichenden Kanonen mit gewaltiger Durchschlagskraft. Die Schanzen bestanden aus flachen, jedoch massiven und mehrere Meter dicken Mauern, die, um die Wucht einschlagender Geschosse am besten abfangen zu können, konisch nach oben zuliefen. Der sternförmige Aufbau der Anlage mit den spitz nach vorne zulaufenden Geschützplattformen vermied jeden toten Winkel und erlaubte den Beschuss des Feindes, selbst wenn sich dieser direkt an der Mauer befand. Sogar ein so furchterregendes Geschütz wie die mehrere Tonnen schwere »Schererin« konnte an dieser Festung kaum etwas ausrichten. Um die ganze Anlage herum verlief ein äußerer Befestigungswall, der vermeiden sollte, dass solche Kanonen überhaupt in Feuerreichweite Stellung beziehen konnten.

Die Anlage war wesentlich weitläufiger gestaltet, als dies ursprünglich der Fall war. Da mittlerweile die Gefahr weniger von einem Angriff aus nächster Nähe zu erwarten war und fensterlose Mauern die Gebäude bei weitem nicht so gut schützen konnten wie die vorgelagerten Bollwerke, hatten die Wohngebäude des Schlosses ihren trutzigen Charakter verloren und einer lichtdurchfluteten Renaissancearchitektur Platz gemacht. Die prächtigen Gebäude, die das Fünfeck um den Brunnenhof bildeten, waren ausnahmslos beheizt und besaßen große Glasfenster, deren bleigefasste Butzenscheiben ein Vermögen gekostet hatten. Mehrere Aufgänge und

Treppen führten von der Hofseite in das Innere der Anlage, einem mehrstöckigen Bau mit gaubenbesetztem Dachfirst. Eine prunkvolle, mit Steinmetzarbeiten und Kapitellen gerahmte Flügeltür bildete den Eingang zum Hauptgebäude, in dem sich mit Fresken und Stuckarbeiten verzierte Galerien und Prunksäle befanden. Selbst die Aufgänge besaßen Treppen aus Marmor und schmiedeeiserne Geländer.

Nicht umsonst wurde Schloss Kotburg auch die Wartburg Ungarns genannt, und auch hier fanden protestantische Vordenker Gehör und Zuflucht. So gehörten berühmte Theologen wie die ungarischen Lutherfreunde Dévay und Johannes Sylvester zu den Gästen in Sárvár.

Zum Schutze waren martialische Wachen vor den Eingängen postiert. Ihre von Wind und Wetter zerfurchten und von Narben entstellten Gesichter wurden durch riesige, geschwungene Schnurrbärte geziert. In der Rechten hielt jeder von ihnen eine lange Hellebarde. Diese kunstvoll ziselierte Waffe mit mehrfach durchbrochenem, beilförmigem Kopf diente nicht nur zur Zierde. Mit ihrer langen, vierkantigen Spitze war sie in der Lage, selbst schwere Reiterrüstungen zu durchbohren. Am Gürtel trugen die Wachposten gefürchtete Krummsäbel, die schon so manchen blutigen Zweikampf hinter sich hatten. Als Kopfbedeckung diente eine zwiebelförmige Lederkappe mit Pelzkrempe. Sie hatten schmutzige rote Pumphosen und hochschaftige, verschrammte Stiefel an. Unter ihren weiten, pelzgefütterten Umhängen waren nach vorn spitz zulaufende Brustpanzer zu erkennen, die ein eingeätztes Wappen zierte, ein Erpel zwischen Schilfhalmen – das Wappen der Nádasdy.

Im großen Saal des Schlosses hielt Emerich Megyery in einer Erzählung inne, lehnte sich in seinem schweren Sessel zurück und blickte nachdenklich in das Feuer, welches in einem großen Kamin brannte, der als Heizung und Lichtquelle diente. Megyery war eine imposante Erscheinung. Ein

Bart, so rot wie Feuer, stahlblaue Augen, von dichten, buschigen Brauen gerahmt. Es waren die Augen eines Mannes, der schon viel erlebt hatte, Schlachten, Triumphe, Plünderungen und auch manche Grausamkeit, von denen diese Zeit so voll war. Über seine breiten Schultern hatte er einen weiten Pelzumhang geworfen, der ihn noch kräftiger erscheinen ließ. Um ihn herum hatten auf einem großen Teppich, der aus einem türkischen Zelt stammen mochte, zwei junge Damen und ein Knabe Platz genommen. Sie blickten erwartungsvoll auf Megyery.

Plötzlich sprang dieser mit wild entschlossenem Blick auf und gestikulierte mit seinen riesigen Fäusten stürmisch in der Luft herum, wobei er seine tiefe, wohlklingende Stimme vernehmen ließ: »Rums machte es und der Boden im Umkreis einer halben Meile erbebte! Schlamm spritzte, und in einem weiten Bogen warf es Reiter und Pferde beiseite. Als sich der Rauch gelegt hatte, bot sich uns ein Bild des Schreckens.« Megyery deutete auf ein prunkvolles Fresko über ihnen, das die Schlacht um die Stadt Sziszek wiedergab. Ehrfurchtsvoll blickten die drei auf die grausige Szene, die Megyery so eindrucksvoll auszumalen wusste. »Überall abgerissene Gliedmaßen, Schwerverwundete, die mit fassungslosem Blick nach ihren verlorenen Armen oder Beinen griffen. Vor Schmerz wiehernde Pferde, deren Hinterleib nur mehr aus hervorquellendem Gedärm bestand. Wer noch nie gehört hat, wie ein Schlachtross im Todeskampf schreit, kann sich nur schwer vorstellen, welch furchteinflößendes Geheul unsere Reihen erschütterte.

Die Jungen, die zum ersten Mal bei einer Belagerung dabei waren, mussten mit Schrecken erkennen, dass eine Schlacht keine lustige Landpartie mit anschließender Plünderung, sondern tödlicher Ernst ist. Einige versuchten zu desertieren, und Panik machte sich unter unseren Männern breit. Keiner hatte vermutet, dass die Türken über solch weitreichende und verheerende Geschütze verfügten. Nur dem Einsatz unserer tapferen Husaren war es zu verdanken, dass der ganze Haufen nicht auf Nimmerwiedersehen auf und davon rannte. Wir zogen uns zurück, und euer Vater schäumte vor Wut. Wenn er eines hasste, dann war dies Feigheit. So ließ er zur Abschreckung die jämmerlichsten unter den Deserteuren kurzerhand hinrichten. Das war kein schöner Anblick, als wir sechzehn- und siebzehnjährige Bürschchen, die um ihr Leben winselten und weinend nach ihren Müttern riefen, am nächstbesten Ast aufknüpften. Doch hie und da muss ein Exempel statuiert werden, um die Moral der Truppe aufrechtzuerhalten. Am nächsten Tag waren das Murren und Zagen bereits vergessen, denn es erreichten uns endlich unter riesigem Jubel die seit langem erwarteten schweren Kanonen. Das waren nicht so kleine Röhrchen, wie ihr sie hier auf der Festung sehen könnt, nein, das waren sechs oder sieben Meter lange, mächtige Bronzegeschütze, dick wie alte Eichen und mit reichen Ornamenten verziert. Da gab es Griffe, so stark wie dieser Arm, in der Gestalt von Delphinen, die Mündungen waren schreckliche, aufgerissene Löwenrachen, und die Stoßböden trugen prächtige Porträts unserer Fürsten. Jeweils sechs riesige Kaltblüter waren nötig, um die Lafetten durch den morastigen Boden zu ziehen. Es dauerte Stunden, bis sie in Stellung gebracht und ihre unersättlichen Mäuler mit Unmengen von Pulver und zentnerschweren Steinkugeln gestopft waren. So mancher unerfahrener Söldner fragte sich, ob die ganze Schinderei überhaupt einen Sinn haben würde, denn die Mauern von Sziszek waren so weit entfernt, dass wir nicht einmal unsere Gegner auf den Zinnen erkennen konnten. Doch als die Lunten alle gleichzeitig entzündet wurden, kehrte ehrfürchtige Stille in unserem wilden Haufen ein. Habt ihr schon einmal den Lärm vernommen, wenn unsere Schützen eine Salve zur Sonnwendfeier abfeuern?«, fragte Megyery seine Zuhörer.

Diese nickten eifrig und taten so, als hielten sie sich wegen des Knalls die Ohren zu.

»Das ist im Vergleich zu den Geschützen, die wir damals hatten, das Husten eines Flohs. Der Donnerschlag, der dann aber folgte, lässt sich mit Worten nicht beschreiben. Es war, als ob alle Teufel mit der Macht ihrer vereinten Qualen einen Schrei gen Himmel schickten, als wollten sie damit selbst Gottvater vom Thron stoßen. Kein Gewitter war je so gewaltig. Es war derartig laut, dass unsere Ohren nicht mehr ausreichten, diesen Lärm zu ertragen, nein, unsere gesamten Körper, bis hinein in den Magen, schienen ein einziges Sinnesorgan geworden zu sein, nur dazu bestimmt, den bestialischen Donner unserer Kanonen zu vernehmen. Wer zu nahe stand, dem platzte das Trommelfell und Blut quoll aus Augen, Nase und Ohren. Es presste uns die Luft aus den Lungen, als hätte uns ein Riese mit seinen Fäusten den Brustkasten zertrümmert. Der Boden unter unseren Füßen erbebte, als wäre die gesamte Hölle in sich zusammengestürzt. Bevor uns beißender Schwefeldampf die Tränen in die Augen trieb, blendeten uns die gleißenden Flammen, welche meterlang aus den Löwenmäulern herausschossen. Es dauerte geraume Zeit, bis wir wieder so weit bei Sinnen waren, um das Ausmaß unseres Angriffs zu erkennen. Da, wo sich Sekunden zuvor noch unüberwindliche Mauern erhoben hatten, klafften nun scheunentorgroße Löcher. Waidwund lag sie vor uns, die einst so stolze Stadt. Vae victis! Wehe den Besiegten! Noch ehe die Verteidiger begreifen konnten, welch Schaden unsere Geschütze angerichtet hatten, kam das Husarenregiment des Generals als endgültiges Verderben über sie. Hunderte unserer wendigsten Reiter mit ihren typischen federgeschmückten Helmen stürmten unter unvorstellbarem Getöse die Stadt. Zuvorderst der General, euer Vater höchstpersönlich, mit mir an seiner Seite. Wer sich uns in den Weg stellte, wurde niedergehauen, wir kannten kein Erbarmen mit dem heidnischen Gewürm!«

Die jungen Frauen bekamen blasse Gesichter und fragten beklommen: »Hat unser Vater viele der Türken erschlagen? Hat er auch Frauen und Kinder getötet?«

Megyery, der kein besonderes Einfühlungsvermögen in die weibliche Psyche hatte, entgegnete stolz: »O ja, das hat er. Kaum einer hat mehr heidnisches Blut vergossen als er. Er hat den Osmanen ihre Schandtaten an der christlichen Bevölkerung des gesamten Balkans mit doppelter Münze heimgezahlt. Ihr fragt, ob er Frauen und Kinder getötet hat. Ja, auch das hat er. Denn aus heidnischen Kindern werden heidnische Unterdrücker. Und sind es nicht die Frauen, die diese Schreckensherrscher gebären und aufziehen?«

Der kleine Paul war empört. »Emerich, das ist nicht wahr! Unser Vater war ein großer Held, und Helden ermorden keine Frauen und Kinder!«

Megyery schien unangenehm berührt zu sein, waren ihm doch bisher solche Skrupel nicht gekommen. Sowohl die katholische Kirche als auch die protestantischen Würdenträger Ungarns hatten im Kampf gegen die Muslime alle Mittel gebilligt. Waffen wurden gesegnet, und die Befreiung einer ungarischen Stadt von den verhassten Besatzern galt als gottgefällige Heldentat. Dass dabei nicht nur Soldaten ihr Leben lassen mussten, schien niemanden weiter zu stören. Und nun kam sein Mündel mit knapp zwölf Jahren daher und brachte dieses gesamte Weltbild ins Wanken. War es wirklich richtig gewesen, ganze Städte niederzumetzeln, nur um des wahren Glaubens willen? Egal! Was geschehen war, war geschehen. Das Rad der Zeit ließ sich nicht mehr zurückdrehen. Darüber hinaus verfuhren die Türken mit den Einwohnern christlicher Städte bei einer Eroberung in gleicher Weise. Hübsche Mädchen und zarte Knaben wurden zwar nicht ermordet, sondern in die Sklaverei geführt, doch was für die Betroffenen schlimmer war, wusste Megyery nicht zu beurteilen.

Der junge, hagere Graf Niklas Zrinyi schritt durch einen langen Flur im Inneren der Burg. Ein Windhauch strich durch sein langes schwarzes Haar, das wie sein weiter dunkelblauer Umhang im Luftzug flatterte. Er wirkte nachdenklich und strich gedankenverloren über die dort angesammelten naturwissenschaftlichen Instrumente. Im Gegensatz zu seinem Schwager, Baron Georg Druget von Homonnay, mit dem er ein angeregtes Gespräch führte, war er ein gutaussehender junger Mann. Lediglich seine tiefliegenden Augen hinter der etwas hervorspringenden Stirn ließen ihn ein wenig finster erscheinen. Sein verschlossenes Wesen und das Andenken seines Vaters, eines berühmten, aber wegen seiner Grausamkeit gefürchteten Haudegens, hatten ihm den Ruf eines gestrengen und unbarmherzigen Adligen eingebracht. Doch zu Unrecht, Graf Zrinyi war einer der wenigen Vertreter seines Standes, der auf harte und unnötige Strafen gegenüber seinen Untergebenen verzichtete. Zum einen, weil er wusste, dass ein verkrüppelter oder gar toter Bauer ihm als Arbeitskraft verlorenging, zum anderen fand er nur wenig Vergnügen am Quälen anderer.

In Wirklichkeit war er durch das Erbe seines übermächtigen Vaters, den er schon in frühen Jahren verloren hatte, in eine Rolle gedrängt worden, in der er sich nicht wohl fühlte. Er war hin- und hergerissen zwischen ritterlichen Idealen, die ihm aus alten Minneliedern und Sagen geläufig waren, und dem Gedankengut der Aufklärung, das in den Reihen der protestantischen Intellektuellen Ungarns keimte. In seinen Träumen sah er sich als furchtloser Ritter, der sich um eines schönen Weibes oder des Grals willen in die draufgängerischsten Abenteuer stürzte. Andererseits musste er sich eingestehen, dass sein Heldenmut nicht übermäßig groß und das Zeitalter der Ritter seit etwa drei Generationen vorüber war.

So beschäftigte er sich mit humanistischen Ideen und bemühte sich redlich, die wissenschaftlichen Erkenntnisse und Theorien seiner Zeit zu verstehen. Insgeheim nutzte er jedoch seine Freizeit, um sich, mit Tinte und Feder bewaffnet, in das Mittelalter seiner Träume zu flüchten.

Sein Schwager hingegen unterschied sich von ihm nicht nur äußerlich. Baron Druget war etwas kleiner und schmächtiger als Graf Zrinyi. Die Züge seines Gesichtes strahlten Missgunst aus und waren von seinem unmäßigen Lebenswandel gezeichnet. Tiefe Augenringe, hängende Mundwinkel, eine scharf gebogene, spitze Nase, das fliehende Kinn und sein unbändiger rotblonder Haarschopf verliehen ihm die Ausstrahlung eines griesgrämigen alten Hahnes. Sein geckenhaftes Äußeres unterstrich noch diesen Anschein, zumal er sich ganz im Stile der Zeit kleidete, also mit breitkrempigen, federgeschmückten Hüten, voluminösen Umhängen, kurzen Pumphosen und enganliegenden Wadenstrümpfen. Zusammen mit seinen staksigen Beinen wirkte er aus der Entfernung wirklich wie ein aufgeplusterter Vogel. So kam es, dass seine Dienerschaft von ihm lediglich als dem Gockel sprach. Des Öfteren schon war ihm dieser Spitzname zu Gehör gekommen, und er hatte die Schuldigen aufs schärfste bestrafen lassen. Unfähig, den Ursprung dieses Spottnamens zu begreifen, unternahm er jedoch keine Anstrengungen, sein Äußeres oder gar sein Auftreten entsprechend zu korrigieren. Denn er war viel zu beschäftigt mit dem Spinnen von Intrigen und der neuesten Mode aus der Fuggerstadt Augsburg. Seine Ideale waren mehr weltlicher Natur, eine Affäre mit einer Frau von Stand, die Fuchsjagd oder die Einladung zu höfischen Festen, das waren die Dinge, die sein Herz höher schlagen ließen. Kein Wunder also, dass er und Graf Zrinyi sich nicht sonderlich gut verstanden. So war es umso erstaunlicher, dass sie sich an diesem Tag einmütig beratschlagten:

»Wisst Ihr, Baron Druget, mir ist das seltsame Verhalten

unserer Schwiegermutter unerklärlich. In den Jahren seit dem Tode ihres Gatten hat sie sich stark verändert. Sie fühlt sich mehr und mehr zum Okkultismus hingezogen und geht kaum noch ans Tageslicht, denn angeblich schade es ihrem Teint. Sie badet in Stutenmilch, in der Hoffnung, ihre Haut zu verjüngen. Sie trägt ständig ein Amulett mit einer Alraunwurzel bei sich, um sich vor dem bösen Blick zu schützen. Ich mache mir langsam Sorgen um sie.«

Der Angesprochene erwiderte beschwichtigend: »Eure Sorge scheint mir unberechtigt, Graf Zrinyi. Um uns herum leben überall vergessene und abscheuliche Riten wieder auf. Es ist nur ratsam, sich davor in Acht zu nehmen. Ich glaube hierbei sehr wohl an die Wirkung von Alraunwurzeln. Selbst der Kaiser besitzt derer zwei, die er hegt und pflegt wie seine Augäpfel. Und was ihre Versuche, jugendlich zu bleiben, anbelangt, gibt ihr der Erfolg recht. Seit ich sie kenne, scheint sie nicht gealtert zu sein.«

Graf Zrinyi war stehengeblieben, um seinen Worten mehr Nachdruck zu verleihen. »Findet Ihr es denn nicht verwunderlich, dass sie sich seit einiger Zeit wieder Báthory nennt? Alle Welt schätzt das ruhmvolle Andenken ihres verstorbenen Gatten. Nádasdy – eines der ältesten und mächtigsten Adelshäuser Ungarns. Sein Vater war Palatin, nach dem König der erste Mann des Landes, der höchste Richter, Sprecher des gesamten ungarischen Adels. Und er selbst, Franz Nádasdy? Oberster Heerführer des Königs, Kunstmäzen und unangefochtener Herrscher weiter Teile des Landes. Tausende von Leibeigenen waren ihm untertan, ein Großteil des niederen Adels von ihm abhängig. Und wie pflegt unsere Schwiegermutter dieses Andenken? Sie nimmt wieder ihren Mädchennamen an!«

Er hatte sich in Fahrt geredet, doch sein Schwager entgegnete wenig beeindruckt: »Nun, was die Namensänderung der Gräfin angeht, kann ich sie nur zu gut verstehen. Ihr Gatte,

Graf Nádasdy, war zweifelsohne ein großer Feldherr, doch das Geschlecht der Báthory ist von weit edlerer Herkunft. Immerhin konnte sich ihr Oheim, der Großfürst von Siebenbürgen, bei seiner Wahl zum König Polens selbst gegen den deutschen Kaiser und Iwan den Schrecklichen durchsetzen.«

»Das mag schon sein«, entgegnete der junge Graf ungeduldig. »Doch was ich überhaupt nicht begreifen kann, ist diese überstürzte Abreise nach Cseithé, wo sie sich nun schon seit Wochen aufhält. Sie verzichtet auf allen Glanz und Überfluss, der ihr hier zustände, und zieht anstatt dessen die Gesellschaft von Bauernweibern und dieser alten Zofe vor, die ich schon längst auf den Scheiterhaufen geschickt hätte.«

Hier endlich konnte ihm Baron Druget zustimmen. Kopfschüttelnd antwortete er: »Auch ich kann ihrer Entscheidung, Sárvár zu verlassen, kein Verständnis entgegenbringen. Wäre sie zurück nach Wien oder Pressburg gegangen, ich hätte keine Minute an der Richtigkeit ihres Entschlusses gezweifelt – doch Cseithé, da hätte sie ja gleich in ein Kloster gehen können.«

»Eben«, sagte Graf Zrinyi mit Nachdruck, »das ist es, was mich beunruhigt. Unsere Schwiegermutter trennt sich von allem, was ihr lieb ist, ihren Kindern, ihren Gütern, ihrem prunkvollen Leben und ihrem Namen. Warum? Womöglich ist ihr schlechtes Verhältnis zu Megyery dafür verantwortlich.«

Erstaunen machte sich auf Baron Drugets Gesicht breit. »Ich bitte Euch, Graf Zrinyi, sie, eine der reichsten und mächtigsten Frauen Ungarns, lässt sich doch nicht von einem einfachen Gutsverwalter vertreiben. Aber ihr habt recht, ihr Verhältnis zu Megyery war nie besonders gut. Sie hat sich des Öfteren sehr laut mit ihm über die Erziehung ihres Sohnes gestritten. Als Vormund des Haupterben der Güter ihres Mannes hat Megyery trotz seines relativ niedrigen Standes erhebliche Verfügungsgewalt über ein immenses Vermögen, Ländereien und Lakaien – in den Augen der Gräfin etwas zu viel Macht, und auch ich muss gestehen, dass er mir ein Dorn im Auge ist.«

Er schwieg eine Weile, bevor er fortfuhr: »Was ich am wenigsten begreife, ist, dass die Gräfin sich kampflos zurückgezogen haben soll. Das ist sonst nicht ihr Stil. Und selbst wenn, warum ist sie nicht wieder an den Hof des Kaisers zurückgegangen? Dort kenne ich Fürsten, die teils zwanzig Jahre jünger sind als sie und sie dennoch umwerben.

Andererseits bin ich auch nicht ganz unglücklich, dass sie sich noch keinen neuen Gemahl genommen hat. Das könnte sich nachteilig auf das Erbe ihrer Töchter auswirken. Und das wollen wir beide doch ganz und gar nicht?«

Peinliches Schweigen stellte sich ein, denn Graf Zrinyi sparte sich eine Antwort und überging geflissentlich diese Taktlosigkeit.

Als Megyery gerade fortfahren wollte, öffnete sich eine schwere, eisenbeschlagene Holztür, und Graf Zrinyi sowie Baron Druget traten ein. Sie wirkten bestimmt und ernst, doch Megyery, der von dem vorangegangenen Gespräch nichts wusste, erhob sich und kam offen und freundlich auf sie zu: »Wie schön, Euch zu sehen. Ich alter Nestor bin gerade dabei, Euren Gattinnen und dem jungen Herrn Nádasdy die glorreichen Taten ihres Vaters zu schildern. Kommt, gesellt Euch zu uns, und ich werde Euch die abenteuerliche Geschichte der Eroberung von Sziszek berichten. Ich verspreche Euch, Ihr werdet es nicht bereuen.«

Graf Zrinyi erwiderte reserviert: »Es tut mir leid, Eure Erzählung zu unterbrechen, doch sind wir aus einem anderen Grunde gekommen. Können wir Euch unter vier Augen sprechen?«

Megyery wirkte überrascht, entgegnete aber zuvorkommend: »Selbstverständlich, edle Herren. Lasst uns in die Bibliothek gehen, dort sind wir ungestört.«

Enttäuscht blickten die drei ihrem Mentor nach, der sie

immer wieder durch seine lebhaften Erinnerungen zu faszinieren wusste. Die Beziehung der anwesenden jungen Frauen zu ihren Ehemännern war geprägt durch die standesgemäße Bedeutung ihrer Verbindung. Die ältere der beiden Schwestern, Anna, schätzte ihren Gatten, Graf Zrinyi, über alles, doch sie fand keinen Zugang zu dem Menschen, der sich hinter seiner unnahbaren Fassade verbarg. Das lag sicherlich nicht zuletzt an ihrem unattraktiven Äußeren, was den jungen Mann hinderte, echte Gefühle für sie zu entwickeln. Sie war zwar inständig bemüht, ihm zu gefallen, doch im Vergleich zu ihrer Mutter wirkte sie selbst im prächtigsten Ballkleid wie ein hausbackenes Mauerblümchen.

Ihre Schwester Katharina hatte ein wesentlich leidenschaftsloseres Verhältnis zu ihrem Ehemann. Georg war nicht der Mann, den sie sich erträumt hatte, und eigentlich konnte sie sich nicht vorstellen, dass er überhaupt Gedanken an Frauen verschwendete. Selten teilten sie das eheliche Bett und wenn, dann nur eines möglichen Stammhalters wegen. Dennoch waren beide nicht unglücklich in dieser Beziehung. Katharina hatte sich so von der dominanten Mutter lösen können, und Georg spekulierte auf das immense Erbe seiner Frau.

Graf Zrinyi suchte nach den richtigen Worten. »Edler Megyery, seit einiger Zeit stellen wir uns die Frage, was der Grund für den Fortgang unserer Schwiegermutter von Sárvár ist. Versteht uns bitte nicht falsch, wenn wir Euer Verhältnis zu unserer Schwiegermutter ansprechen, doch macht es uns den Anschein, als ob dies maßgeblich für ihr seltsames Verhalten verantwortlich ist.«

Megyery blickte die beiden Männer überrascht an und entgegnete: »Ihr überschätzt meinen Einfluss auf die erlauchte Gräfin Báthory, auch für mich war ihre Abreise eine Überraschung.«

»Nun, sagen wir, es ist uns nicht entgangen, dass Ihr teils

erhebliche Meinungsverschiedenheiten mit ihr über die Erziehung ihres Sohnes und die Verwaltung der Güter von Sárvár hattet«, versuchte Baron Druget ihn in die Enge zu treiben.

Doch der alte Gutsverwalter ließ sich nicht beeindrucken. »Es handelte sich dabei um Dinge, die der ehrwürdige Graf Nádasdy im Testament anders geregelt hatte, als dies Eure Schwiegermutter wollte. Ich wurde durch dieses Testament zum Vormund Pauls sowie zum Gesamtverwalter der Besitzungen in Sárvár ernannt, daher fand und finde ich mich in allen Punkten an dieses Testament gebunden. Wenn die Gräfin dies als Anlass für ihr Fortgehen genommen hat, dann tut mir das leid.«

Graf Zrinyi, der einsah, dass er die Sache zu direkt angepackt hatte, bemühte sich um eine versöhnliche Wendung. »Verzeiht, wenn wir Euch zu nahegetreten sind, doch Ihr müsst verstehen, dass uns das Wohlergehen unserer Schwiegermutter am Herzen liegt. Nachdem sie sich in Schweigen hüllt, ist es doch nur zu verständlich, dass wir bemüht sind, mehr über die Hintergründe ihrer Entscheidung zu erfahren.«

Mürrisch entgegnete Megyery: »Das mag schon sein, doch ich kann Euch da beim besten Willen nicht weiterhelfen. Ihr kennt sie ja selbst, wenn sie sich etwas in den Kopf gesetzt hat, dann ist sie davon nicht mehr abzubringen, egal ob es vernünftig erscheint oder nicht.«

Baron Druget war erbost über den Rückzieher seines Schwagers und die respektlose Antwort des Verwalters. Es konnte nicht angehen, dass ein Bediensteter so über eine Vertreterin des Hochadels redete. So fuhr er ihn erbost an: »Hütet Eure Zunge, Megyery. Sprecht nie wieder in unserer Gegenwart so despektierlich über die ehrwürdige Gräfin Báthory! Ich bestehe darauf, dass Ihr uns sofort darüber aufklärt, aus welchem Grund sie sich von Sárvár abgewendet hat.«

»Ich muss Euch enttäuschen, mein Herr, in diesen Mauern

hat bis zur Volljährigkeit des Grafen Paul Nádasdy niemand anderes das Sagen als ich. Hiermit betrachte ich unser Gespräch als beendet.«

Megyery hatte sich, um seinen Worten mehr Nachdruck zu verleihen, zur vollen Größe aufgerichtet und überragte nun den Angesprochenen um Haupteslänge. Ein Kerzenleuchter warf den Schatten seiner Gestalt gespenstisch an die Wand. Der eher schmächtige Baron Druget schickte sich an, sich dem Alten entgegenzustellen, wurde aber durch eine mahnende Handbewegung Graf Zrinyis daran gehindert.

Mit verletztem Stolz und vor Wut bebender Stimme keifte er: »Fühlt Euch Eures Postens nicht zu sicher, Megyery. Falls Ihr für die seltsame Gemütslage der Gräfin verantwortlich seid, so werden wir das herausfinden und die entsprechenden Maßnahmen ergreifen!«

Dann machte er auf dem Absatz kehrt und verließ mit wehendem Mantel die Bibliothek. Graf Zrinyi verweilte unschlüssig noch einen Moment, bevor er schulterzuckend ebenfalls den Raum verließ.

Noch immer wie ein Fels in der Brandung stehend, murmelte Megyery: »Vielleicht war es nicht sehr klug, mir einen neuen Feind zu schaffen, doch seine Drohung wird der junge Herr wohl schon bald bereuen.«

Megyery war kein Diplomat, er war immer schon ein Mann der Tat gewesen. Zusammen mit dem verstorbenen Graf Nádasdy hatte er Seite an Seite so manche Schlacht geschlagen. Auch die berühmte Schlacht von Pápa im Jahre 1600. Damals hatten wallonische und französische Söldner die Stadt nach einem blutigen Aufstand an den Beg Abdullah Pascha verkauft. Die Türken verschleppten teilweise die Anwohner nach Ofen auf den Sklavenmarkt oder folterten sie bestialisch zu Tode. Augenzeugen berichteten, dass Christen wilden Tieren gleich eingefangen wurden. Den Opfern wurden die Kleider vom Leib gerissen, und sie wurden, wie die Ochsen an lange Stangen gebunden, über einem kleinen Feuer gegrillt.

Am 10. August endlich gelang es Franz Nádasdy, die Stadt zurückzuerobern. Es folgte ein brutales Gemetzel unter den ausgehungerten Türken und Aufständischen. Nádasdy, oder wie ihn die Türken auch zu nennen pflegten, der »schwarze Beg«, ließ die etwa zweitausend Gefangenen, die man dabei gemacht hatte, in den darauffolgenden Tagen und Nächten bis auf wenige junge Frauen hinrichten. Und er stand an Grausamkeit den Türken in nichts nach. Megyery gewann in dieser Schlacht die Freundschaft des »schwarzen Begs«, denn nicht nur einmal hatte er ihm damals das Leben gerettet. Mit der Gewalt und Brutalität eines Berserkers erschlug er alle, die sich ihm und seinem Herrn in den Weg stellten. Franz Nádasdy wurde nach dieser Schlacht mit den höchsten militärischen Auszeichnungen geehrt, er wurde zum obersten Befehlshaber Ungarns ernannt.

Megyery wiederum wurde von seinem Herrn zu dessen engstem Vertrauten erwählt. In dieser Zeit kam er auch zu seinem Beinamen, der Rote Megyery, nicht nur wegen der Farbe seines Bartes, sondern vielmehr wegen der Farbe seiner in der Schlacht vor Blut triefenden Kleider. Und dennoch war Megyery kein Unmensch, seinen eigenen Leuten gegenüber war er streng, aber gerecht. Er war eben nur ein Kind seiner Zeit, einer Zeit, in der Gewalt und Grausamkeiten etwas so Alltägliches waren, dass sich niemand darüber empörte. Denn auch die Kirche, sowohl die protestantische als auch die katholische, billigten die unmenschlichsten Foltermethoden, oder vielmehr, sie bedienten sich ihrer mit einer Perfektion, die selbst einen Megyery mit Abscheu erschaudern ließ.

Graf Zrinyi und Baron Druget beratschlagten eine ganze Weile, wie sie Megyery dazu zwingen könnten, Licht in die Affäre zu bringen. Graf Zrinyi schätzte Megyery sehr, trotz der Auseinandersetzung. Sein Vater, Georg Zrinyi, war wie Megyery ein Kampfgenosse Nádasdys gewesen. Dies war auch der Grund, warum er, Graf Niklas Zrinyi, mit einer Tochter des »schwarzen Begs« vermählt war. Sein Vater hatte ihm viel über die Schlachten gegen die Türken, über die Heldentaten Nádasdys, aber auch die des Roten Megyery erzählt. Insgeheim war Niklas ein stiller Verehrer von Megyery, ganz im Gegensatz zu Georg Druget von Homonnay. Dieser war ein Mensch, der es nicht ertragen konnte, dass ein Adliger geringeren Standes oder gar ein Bürgerlicher über mehr Macht verfügte als er selbst.

In der Zwischenzeit hatte der Bote Schloss Kotburg erreicht. Er überquerte gerade die große steinerne Brücke, als Bedienstete des Schlosses mehrere Tonnen mit stinkendem Müll in den Burggraben entleerten. Die Ärmsten der Armen lebten zwischen Ratten und Schweinen am Rande dieser Kloake. Sie stürzten sich sofort auf den Unrat, um für sich die besten Stücke zu erhaschen. Im Nu hatte sich ein wimmelndes Knäuel aus Mensch und Tier gebildet. Angewidert vom Gestank, dem Gekeife und Geraufe unter ihm, schickte sich der Reiter auf der Brücke an, möglichst rasch sein Ziel zu erreichen. Im Schlosshof angekommen, musste er sein Tier mit Gewalt herumreißen, um es zum Stehen zu bringen. Sofort eilte ein Stallbursche herbei, um ihm die Zügel abzunehmen.

Ein höherer Lakai überbrachte dem noch recht verärgerten Megyery die Nachricht, dass ein Bote ausschließlich ihn persönlich sprechen wolle. Megyery winkte unwirsch ab und befahl, der Bote solle sich gedulden oder die Botschaft dem Lakaien übergeben. Erst als der Lakai ihn darauf hinwies, dass der Bote aus dem Örtchen Cseithé käme, änderte Megyery seine Meinung, er ordnete an, den Mann sofort vorzulassen. Die Botschaft, die er zu lesen bekam, wandelte seine noch schlechte Stimmung in tiefste Bestürzung. Der Text lautete folgendermaßen:

*Cseithé, den 25. Dezember 1610*

*Mit der verzweifelten Bitte um Hilfe wendet sich der Ältestenrat von Cseithé an den edlen Emerich Megyery. Dies Weihnachtsfest war wohl das schwärzeste in der Geschichte unseres Ortes. Wie Ihr wisst, wurde Cseithé schon viele Male von grausamen Schlägen des Schicksals heimgesucht. Seien dies Plünderungen, Türkeneinfälle oder die Pest gewesen, doch immer fanden wir mit Gottes Hilfe Trost und wurden der Situation Herr.*

*Doch nun sind wir mit unserem Latein am Ende. Schreckliche Dinge sind geschehen, und es ist kein Ende abzusehen. Begonnen hatte es vor etwa zwei Jahren. Zunächst verschwanden mehrere junge Frauen und Mädchen aus dem Ort. Unsere Bestürzung war groß, denn die meisten von ihnen waren des Abends in den Feldern oder im Wald gewesen, bevor wir sie vermissten. Ihr wisst, dass es in unserer Gegend noch viele wilde Tiere gibt, allen voran Bären und Wölfe. So suchten wir sämtliche Wälder in der Umgebung nach ihnen ab, doch konnten wir nicht die geringste Spur von ihnen finden.*

*Als immer mehr Mädchen nicht mehr aus den Wäldern zurückkehrten, verboten wir unseren Frauen und Töchtern, allein den Ort zu verlassen. Auffällig war, dass die Vermissten nie älter als zwanzig oder einundzwanzig Jahre waren. So verwarfen wir alsbald die Vermutung, dass sie von wilden Tieren zerrissen wurden, die ja wohl kaum zwischen Jung und Alt, zwischen Mägdelein und Knabe zu unterscheiden wissen.*

*Dann auf einmal starben aus unerfindlichem Grunde, so zumindest wurde uns vonseiten der Gräfin Báthory erklärt, im Schloss eine Reihe unserer Töchter, die dort als Mägde gearbeitet hatten. Der Wunsch der trauernden Mütter, noch einen letzten Blick des Abschieds auf ihre geliebten Kinder zu nehmen, wurde ihnen verwehrt. Die Mädchen wurden hastig und ohne besondere Feierlichkeiten bestattet. Bedienstete, die sie zuletzt gesehen hatten, wirkten verstockt und weigerten sich, nähere Auskünfte, unter welchen Umständen die Mädchen zu Tode gekommen waren, zu geben. Stattdessen bekreuzigten sie sich angsterfüllt und rieten uns, die Vorfälle zu vergessen und dankbar zu sein, dass die Toten in geweihter Erde beigesetzt wurden. Ein verzweifelter Vater schließlich wagte es, des Nachts das frische Grab seiner Tochter auszuheben, um zu sehen, was am Tode des Mädchens schuld war. Doch was er erblickte, muss fürchterlich gewesen sein, denn der ganze Ort wurde durch einen panikerfüllten, markerschütternden Schrei geweckt. Als wir den Friedhof erreichten, fanden wir den Mann tot am Boden liegen, das Gesicht zu einer grausigen Grimasse verzerrt, als sei er vor unsäglicher Angst gestorben. Niemand wagte, den Sarg ein zweites Mal zu öffnen.*

*Dann begann das dritte Stadium des Schreckens. Nun verschwanden auch Mädchen am helllichten Tage aus dem Ort. Wir suchten wieder und immer wieder die Umgebung von Cseithé ab, bis eines Tages ein Bauer in einer seiner Fruchtgruben die nackte Leiche eines Mädchens entdeckte. Die junge Frau musste bereits einige Zeit dort gelegen haben, denn ihr Körper war schon stark in Verwesung übergegangen. Dennoch war zu erkennen, dass sie keines natürlichen Todes gestorben war. Ihre Hände und Füße waren zertrümmert, Teile ihres Fleisches verbrannt, Gesicht, Hals und Brust trugen seltsame Bissspuren. Sie verbreitete einen fürchterlichen Gestank, nicht nur den Geruch verwesenden Fleisches, wie ihn die Leichen dahingemetzelter Soldaten auf dem Schlachtfeld verbreiten, auch nicht den typischen Gestank der Pest, nein, es war ein bösartiger Geruch, ein Hauch von Schwefel, als käme er direkt aus der Hölle. Und da war noch ein Geruch, so seltsam es klingen mag, aber er erinnerte am ehesten an den Duft von Weihrauch.*

*Der Arzt, der die Leiche tags darauf untersucht hatte, trat uns mit aschfahlem Gesicht entgegen und weigerte sich, etwas über die Todesursache der Kleinen zu sagen, doch befahl er uns, wir mögen diese »Kreatur«, was er voller Abscheu aussprach, verbrennen. Dann schickte er nach dem Pastor. Dieser sollte zugegen sein, um für das Seelenheil der Anwesenden zu beten und sie bei der Zeremonie vor dem Bösen, das da im Spiele sei, zu bewahren.*

*Seitdem haben wir einige derartig verstümmelte Leichen gefunden, und wir vermissen immer wieder junge Frauen. Selbst in der Kirche, bei der Abendandacht, ist unlängst eine Magd verschwunden. Nachdem in Cseithé kaum mehr ein Mädchen zu finden ist, greift das Übel nun auch auf erwachsene Frauen über. Seit dem ersten Verschwinden einer Magd bis heute wurden uns 43 unserer liebsten Töchter genommen, und auch in den umliegenden Dörfern verschwinden mehr und mehr Frauen. Zwar lässt die Gräfin Báthory die Vorgänge untersuchen, doch bisher ohne jeglichen Erfolg.*

*Wir sind verzweifelt und wissen uns nicht mehr zu helfen. Eine alte Legende sagt, dass einst in den Wäldern der Karpaten ein schrecklicher Wolf, der SCHATTENWOLF, sein Unwesen getrieben habe, und alte Frauen murmeln davon, dass dieser Wolf der Satan selbst gewesen sei, der nun nach Jahrhunderten zurückgekommen ist, um die Seelen unserer Töchter zu rauben.*

*Edler Megyery, wir bitten Euch inständigst um Euren Beistand, da wir wissen, was für ein tapferer Held und was für ein weiser Mann Ihr seid. Helft uns, denn außer Euch gibt es niemanden, der uns Gehör schenken würde.*

*In tiefster Ergebenheit und der Hoffnung auf baldige Hilfe*
*der Ältestenrat von Cseithé*

Nachdem Megyery vom Schreiben aufgeblickt hatte, fiel es ihm schwer, ein Wort zu äußern.

Zweimal versagte ihm die Stimme, bis es ihm nach mehrmaligem Räuspern gelang zu sprechen: »Ich bin betroffen von dem Schicksal eurer Töchter. Doch glaubt mir, es steht nicht in meiner Macht, hier etwas zu unternehmen. Richte dem Ältestenrat aus, dass in eurer Grafschaft die Gerichtsbarkeit in den Händen der Gräfin Báthory liegt. Nur sie hat das Recht, sich um die Morde und das Verschwinden der Mädchen zu kümmern. Jede Einmischung in ihre Belange wäre eine Provokation höchsten Ausmaßes, und sie hätte das Recht, mich mit Waffengewalt zu verjagen. So wie die Gräfin zu mir steht, wäre sie auch jederzeit zu einem solchen Schritt bereit.«

Der Ältestenrat von Cseithé hatte Schwierigkeiten vorausgeahnt und dementsprechend einen wortgewandten und fähigen Boten ausgewählt.

Dieser Mann war nicht willens, sich so einfach abspeisen zu lassen: »Edler Megyery, wir sind uns dessen voll bewusst, doch bedenkt, es handelt sich in unserem Fall nicht um einfache Entführungen und Morde, sondern um Teufelswerk. Schon in der Peinlichen Halsgerichtsordnung Kaiser Karls V. vom Jahre 1532, eben dem Jahre, in dem Sultan Soliman Sárvár belagerte, wird Hexerei und alles, was damit in Verbindung steht, der kaiserlichen Sondergerichtsbarkeit oder der Inquisition unterstellt.«

Megyery wirkte überrascht, da er den Boten für einen einfachen Bauerntölpel gehalten hatte. »Fürwahr, Ihr seid recht gut informiert, doch warum wendet Ihr Euch dann an mich, der ich doch beileibe nicht der kaiserlichen Sondergerichtsbarkeit angehöre?«

»Nun«, erklärte der Bote bereitwillig, »wir wollen keine Inquisition in Cseithé. Um aber die kaiserliche Gerichtsbarkeit anzurufen, fehlt uns der Einfluss, den Ihr habt. Ihr seid doch ein alter Waffenkamerad des Palatins, der als erster Mann Ungarns und höchster Richter des Landes in der Lage ist, in Cseithé eine Untersuchung auch gegen den Willen der Gräfin zu führen?«

»Ich fürchte«, sagte Megyery nachdenklich, »selbst mir fehlt die Macht, den Palatin zu derartigen Ermittlungen zu bewegen. Zwar kenne ich ihn aus mehreren Schlachten, doch glaube ich kaum, dass er sich meiner noch entsinnen kann. Darüber hinaus sollte ich anmerken, dass die Beziehungen zwischen Erzsébet Báthory und Graf Thurzó schon seit einiger Zeit über die zeremonellen Artigkeiten hinausgehen. Es steht daher zu bezweifeln, dass er irgendetwas unternehmen würde, was der Gräfin auch nur im mindesten zum Schaden gereichen könnte.«

Doch der Bote – oder besser gesagt der Gesandte, denn für einen einfachen Boten bewies er etwas zu viel Verhandlungsgeschick – ließ sich auch durch diese Absage nicht entmutigen und spielte nun seinen größten Trumpf aus. »Genau aus diesem Grunde sind wir der Meinung, dass der Palatin auf Euren Rat hören und die Vorfälle in Cseithé persönlich untersuchen wird. Denn dieses Übel, was gestern noch unschuldige Bauerntöchter dahinraffte, mordet heute schon erwachsene Frauen und wird morgen vielleicht selbst vor der Gräfin Báthory nicht haltmachen!«

Megyery konnte sich winden, wie er wollte, es gelang ihm nicht, sich mit Ausflüchten aus der Verantwortung zu stehlen. Er lenkte ein: »Ich werde mein Möglichstes tun, um die Angelegenheit vor dem Palatin zur Sprache zu bringen. Doch werde ich nichts an den Schwiegersöhnen der Gräfin vorbei unternehmen. Erst wenn sie mir ihre Zustimmung zu einer derart ungewöhnlichen Maßnahme erteilt haben, werde ich mich an Graf Thurzó wenden.«

Megyery hoffte, sich so auf einfache Art und Weise der unangenehmen Aufgabe entledigen zu können. Zwar war ihm die Gräfin Báthory aus einer Reihe von Gründen, die er wohlweislich für sich behielt, unerträglich, doch war ihm der Gedanke einer formellen Untersuchung in Cseithé mehr als nur unangenehm. Irgendetwas in ihm sträubte sich mit aller Gewalt dagegen, diese satanischen Geheimnisse anzutasten oder gar zu lüften.

Die zwei jungen Adligen waren erstaunt, als sie zu einer sofortigen Unterredung mit Megyery gebeten wurden. Baron Druget vermutete, Megyery hätte seine Warnung beherzigt und wolle nun einlenken. Graf Zrinyi, der den alten Haudegen um einiges länger kannte, konnte dies nicht glauben. Er wusste, wie starrsinnig Megyery sein konnte, vor allem wenn ihm gedroht wurde. Es musste etwas sehr Bedeutsames vorgefallen sein, dass Megyery seinen verletzten Stolz überwand und sie zu einem Gespräch bat. So drängte Zrinyi aus Neugierde und einem dumpfen Gefühl heraus Baron Druget zur Eile, da dieser seinen vermeintlichen Triumph in Ruhe auskosten und Megyery noch eine Weile warten lassen wollte.

Megyery sparte sich erklärende Worte und reichte den beiden Adligen schweigend und mit ernster Miene das Schreiben des Ältestenrates. Als die beiden Männer von dem Brief aufblickten, wirkten sie betreten. Baron Drugets siegesbewusster Blick war einem ernüchterten Gesichtsausdruck gewichen, und Graf Zrinyi fand seine düstersten Vorahnungen um ein Vielfaches übertroffen.

Baron Druget hatte sich als Erster gefasst. »Ich bin zumindest erschüttert von diesem Schreiben. Doch sehe ich keinerlei Anlass, den Herrn Megyery in diesem Fall zu involvieren. Es kann nicht angehen, dass die Schritte einer Untersuchung an der ordentlichen Gerichtsbarkeit vorbeigelenkt werden, nur weil ein paar Bauerntölpel andere Prioritäten setzen als die Obigkeit.« Der Gesandte aus Cseithé rang sichtlich mit der Beherrschung und sagte: »Edler Herr, Ihr habt die Dimension der Vorkommnisse noch nicht in ihrer vollen Tragweite erfasst. Wie ich bereits dem Edlen Megyery verdeutlichen konnte, handelt es sich um eine dämonische Bedrohung, die, sollten wir ihrer nicht Herr werden, womöglich nicht einmal vor der ehrwürdigen Gräfin haltmachen wird.«

»Wenn es sich um eine angeblich dämonische Bedrohung handelt, so besteht keinerlei Gefahr für unsere Schwiegermutter, denn es gilt als erwiesen, dass der Hochadel aufgrund seiner göttlichen Salbung vor dererlei Malefizien gefeit ist.«

Graf Zrinyi blickte verwundert auf seinen Schwager, der

sich noch kurz zuvor zu seinem Glauben an die Gefährlichkeit der finsteren Mächte bekannt hatte.

Unbeeindruckt antwortete der Bote: »Seid Euch da nicht zu sicher. Auch junge adlige Fräulein gehören zu den Opfern des Schattenwolfs.«

Baron Druget blieb ungerührt, denn er hatte nicht die Absicht, sich in die weit entfernten Schwierigkeiten seiner Schwiegermutter hineinziehen zu lassen. Daher erwiderte er dem eifrigen Boten abweisend: »Werter Freund, Euer Eifer ehrt Euch sehr, doch wie ich bereits sagte, aufgrund göttlicher Salbung ist meine Schwiegermutter vor dem Übel geschützt. Mit der Übernahme der Grafenkrone ist auf sie ein Teil der göttlichen Gnade einer Herrscherin übertragen worden und dadurch ist sie vor aller Hexerei und bösem Zauber gefeit. Dies trifft leider nicht auf die armen Mädchen des einfachen Landadels zu, deren Schicksal mich selbstverständlich noch weitaus tiefer berührt als das Eurer Töchter.«

Der Mann aus Cseithé schluckte die Kränkung seines Standes und bemühte sich um eine sachliche Antwort. »Und was ist, wenn sich der Schattenwolf als handfeste Bedrohung entpuppt? Was ist, wenn es sich um herumziehende türkische Söldner handelt, die ihrem Hass gegen christliche Frauen freien Lauf lassen? Was ist, wenn es sich um Diebsgesindel, Räuber und Mörder handelt, die in den Wäldern nur darauf lauern, unsere Frauen und Kinder zu schänden? Glaubt Ihr, dann ist Eure Schwiegermutter noch durch eine göttliche Salbung vor der Bedrohung geschützt?«

Baron Druget wischte die Argumente zynisch beiseite. »Das ist sicherlich nicht nötig. Ich denke kaum, dass die Gräfin sich zum Holzsuchen in den Wald begibt, wo bekanntlich derlei Gesindel zu lauern pflegt.«

Der Mann entgegnete bestimmt: »Herr, ich fürchte, Ihr seht die Dinge zu einfach. Es verschwanden auch bereits

Mädchen aus der Kirche. Wer oder was sich in Cseithé herumtreibt, beschränkt weder sein Handeln auf den einsamen Wald, noch lässt er sich von heiligen Dingen, wie einer Kirche oder gräflichen Kronen, abhalten.«

»Junger Mann, Ihr ermüdet mich mit Eurer Hartnäckigkeit. Begreift doch endlich, dass ich keine Bedrohung unserer Schwiegermutter erkennen kann. Bringt mir erst Beweise für all das abergläubische Gewäsch, weist uns zunächst einmal nach, dass die Morde tatsächlich stattgefunden haben. Vielleicht zog es die jungen Mägde lediglich weg von diesem öden Ort, hin zur großen Stadt. Es erscheint mir darüber hinaus ohnehin eigenartig, dass all diese Beerdigungen unter solch merkwürdigen, ja schon heimlich zu nennenden Bedingungen stattgefunden haben. Kann das womöglich daran liegen, dass es gar keine Leichname gab?«

Megyery und Zrinyi hatten sich bisher aus der Diskussion herausgehalten. Erst als Baron Druget die Glaubwürdigkeit der Sache in Frage stellte und Beweise dafür verlangte, beteiligte sich Graf Zrinyi an der Auseinandersetzung. Zögerlich begann er zu berichten: »Als ich im Herbst die Gräfin Báthory in Cseithé zur Jagd besuchte, machten meine Diener eine grausige Entdeckung. Die Hunde hatten die Fährte eines Fuchses aufgegeben und sich an einer Uferböschung zu schaffen gemacht. Plötzlich fingen sie an zu winseln und zu jaulen, um dann, wie von Wespen gestochen, in alle Himmelsrichtungen davonzujagen. Wir benötigten mehrere Stunden, bis wir die verstörten Tiere wieder eingefangen hatten. Die hinzugeeilten Diener entdeckten, dass die Hunde Teile einer Leiche ausgescharrt hatten. Als meine Leute den gesamten Körper, oder zumindest was davon übrig war, freigelegt hatten, erkannten wir, dass es sich um ein etwa siebzehnjähriges Mädchen gehandelt haben musste. Die Ärmste war übel zugerichtet, teilweise von Tieren angefressen, überall wimmelte es von Maden, und es stank ganz entsetzlich. Als ich unsere Schwiegermutter darauf ansprach, wirkte sie wenig überrascht und sagte etwas von einem Wolf, der hier, Menschen mordend, durch die Gegend streife. Ich maß daraufhin der Sache keine weitere Bedeutung bei, doch wenn ich daran zurückdenke, möchte ich den Geschichten vom Schattenwolf fast Glauben schenken.«

Nüchtern und ohne jeden Triumph in seiner Stimme meinte hierauf der Bote aus Cseithé: »Ich denke, das Wort Eures Schwagers dürfte Beweis genug für Euch sein.«

Baron Druget schwieg trotzig, und Graf Zrinyi ergriff erneut das Wort: »Nach allem, was mir über diese Vorfälle zu Ohren gekommen ist, kann ich nicht für die Sicherheit unserer Schwiegermutter bürgen. Auch wenn sie es als Einmischung in ihre inneren Angelegenheiten empfinden könnte, geht mir ihre Sicherheit vor. Aus diesem Grund befürworte ich eine außerordentliche Untersuchung der Vorfälle unter dem Protektorat des Palatins.« Der junge Graf fürchtete tatsächlich um das Wohlergehen seiner Schwiegermutter, von der er insgeheim nicht glaubte, dass sie der Bedrohung gewachsen sei.

Zornig entgegnete sein Schwager: »Das ist eine unglaubliche Einmischung! Die Gräfin wird toben und uns womöglich sogar enterben. Sie befehligt eine schlagkräftige Heiduckenarmee, und die dürfte wohl noch in der Lage sein, sie vor Wölfen oder gemeinen Verbrechern zu beschützen!«

Emerich Megyery, der dem Disput bisher schweigend beigewohnt hatte, bemerkte lakonisch: »Ich habe schon oft an der Seite von Heiducken gekämpft. Sie sind die mutigsten und verwegensten Krieger im ganzen Ungarnland. Wenn es gegen die Türken geht oder sonst einen noch so übermächtigen Gegner aus Fleisch und Blut, würden sie bis zum letzten Mann kämpfen und sich für ihre Herrin opfern. Sie haben lediglich eine Schwäche, und dies ist ihr törichter Aberglaube.

Nur der geringste Hauch von Teufelswerk genügt, und sie werden sich den Hunden gleich in alle Himmelsrichtungen zerstreuen. Baut in dieser Angelegenheit also nicht zu fest auf ihre Unterstützung. Auch ich sehe es daher als unsere Verantwortung an, um Eurer Schwiegermutter Sicherheit willen den Beistand des Palatins anzurufen.«

Noch bevor Baron Druget dazu Stellung nehmen konnte, ergänzte Graf Zrinyi: »Neben der Bedrohung von außen sehe ich noch eine weitere, wenn nicht gar noch größere Gefährdung für die Gräfin. Es handelt sich dabei um ihre alte Zofe, die blinde Anna Darvulia. Sie befindet sich seit dem Tode von Franz Nádasdy in den Diensten unserer Schwiegermutter und beeinflusst diese in beängstigender Weise. Inwieweit unter Umständen hier sogar eine Verbindung zum Schattenwolf besteht, kann ich nicht beurteilen, es würde mich aber keinesfalls verwundern.«

Der Bote des Ältestenrates nickte zustimmend. »Eure Einschätzung, edler Graf, entspricht der der einfachen Leute aus Cseithé. Seit ihrem Erscheinen verbreitet Darvulia Furcht und Unbehagen in unseren Reihen, manche gehen sogar so weit, sie der Höllenkunst zu bezichtigen, nicht aber ohne sich zuvor mehrfach umzusehen und zu bekreuzigen.« Er sagte dies betont sachlich, doch seine Augen wanderten dabei unruhig von links nach rechts. »Für viele ist ihr zeitgleiches Erscheinen in Cseithé mit dem Auftauchen des Schattenwolfes Beweis genug, sie als dessen Ursache zu sehen. Dennoch wagte es bisher niemand, öffentlich gegen sie vorzugehen. Dies nicht zuletzt, weil sie das volle Vertrauen und den Schutz der Gräfin Báthory besitzt.« Erneut wanderte sein Blick unruhig hin und her, als erwarte er jederzeit das Auftauchen der alten Zofe. »Ich muss jedoch betonen, dass alles, was ich über diese Frau geäußert habe, streng vertraulich ist und nur die Meinung der einfachen Leute widerspiegelt. Ich selbst kenne sie zu wenig, um mir eine eigene Meinung bilden zu können. Ich bitte Euch daher, meinen Namen in diesem Zusammenhang nicht zu erwähnen.«

Baron Druget, der sowohl Furcht vor der Reaktion seiner Schwiegermutter als auch vor dem Verderben hatte, was sich über Cseithé ausbreitete, wünschte sich sehnlichst, das Unternehmen möge nicht zustande kommen. Und er war sich sicher, dass der Palatin weder dieser Geschichte Glauben schenken würde noch bereit wäre, sich in eine solch hochpolitische Angelegenheit einzumischen. Daher entgegnete er scharf: »Nun gut, Megyery, wenn Ihr den Palatin anrufen wollt, so tut dies, doch ich erwarte, dass Ihr der Gräfin Báthory gegenüber deutlich macht, dass ich diese Maßnahme missbillige.«

Graf Zrinyi entgegnete an Stelle des Gutsverwalters: »Ich hingegen billige ausdrücklich ein solches Vorgehen und werde dies persönlich sowohl gegenüber dem Palatin als auch gegenüber unserer ehrwürdigen Schwiegermutter vertreten. Meines Erachtens ist Graf Thurzó aufgrund seiner ungeheuren Erfahrung in der Lage, die Vorgänge in Cseithé aufzuklären. Zudem ist er die einzige Person, deren Autorität die Gräfin anerkennt.«

Alle blickten erwartungsvoll auf Emerich Megyery, der hin- und hergerissen war zwischen Furcht und Wagemut. Der alte Krieger in ihm schalt ihn einen Feigling, da er nicht umgehend etwas für die Rettung junger Frauen vor einem furchtbaren Ende unternahm, zumal er damit auch der Gräfin Báthory einen Stich versetzen konnte. Dennoch rebellierte weiterhin etwas tief in seinem Inneren dagegen, sich mit den Mächten der Finsternis zu befehden. Er hoffte daher auf einen weisen Schiedsspruch des Palatins, der ihn aus dieser misslichen Lage befreien würde.

## Drittes Kapitel
## *Schatten über Cseithé*

Am Fuße mächtiger Felsen trotzte der Ort Cseithé dem rauen Klima der Karpaten. Ein Schneesturm fegte über das Dorf hinweg, und die einfachen Bauernhäuser schienen sich schutzsuchend um die festungsartige Wehrkirche zu scharen. Zwei ausgefahrene Hohlwege pflügten sich als tiefer Graben zu beiden Seiten an dem Gebäude vorbei. Die dadurch entstandene schroffe Erhebung war von massiven Stützmauern ummantelt und nur über eine schmale, steile Treppe zu erklimmen. Oben auf dem Plateau trutzte das schmucklose, spätgotische Gotteshaus. Dieses Bollwerk diente in Kriegszeiten und bei furchtbaren Stürmen dem einfachen Volke als Zufluchtsstätte.

Wenige, hochgelegene Fenster erlaubten der Sonne, den großen, aber beklemmenden Innenraum zu erhellen. Im ewigen Dämmerlicht des Kirchenschiffs befanden sich düstere Christus- und Heiligendarstellungen. Cseithé war, wie die meisten ungarischen Städte, vorwiegend protestantisch. Doch mit der strengen Auslegung der lutherischen Thesen nahm man es hier nicht so genau. So hielt sich denn in der ländlichen Bevölkerung noch ein reger Heiligenkult. Wie bei allen Völkern des Südostens war insbesondere die Gottesmutter Maria Ziel zahlreicher Fürbitten und Zentrum der religiösen Verehrung. Im Gegensatz zu den kahlen protestantischen Kathedralen der Niederlande war das Innere der Kirche von Cseithé nur schwer von dem eines katholischen Gotteshauses zu unterscheiden. Allein die Tatsache, dass sie, gemäß Verfügung Kaiser Maximilians II., nur einen bescheidenen Dachreiter anstelle eines Glockenturms tragen durfte, zeichnete sie von weitem schon als evangelische Kirche Augsburger Bekenntnisses aus.

Westlich davon, auf der gegenüberliegenden Seite des Grabens, breitete sich das weitläufige Kastell der Gräfin Báthory aus. Zweckmäßig und wehrhaft, schien es für die Ewigkeit gebaut zu sein. Doch es war kein Ort, an dem man sich wohl fühlte. Die Bevölkerung vermied, soweit es ging, dem Kastell zu nahe zu kommen, allein die dämonischen Wasserspeier, die seit kurzem das Dach des Hauptgebäudes zierten, konnte so mancher Dorfbewohner in seinen Albträumen wiederfinden. Wenig einladend prangte über dem Haupttor das Wappen der Báthory, ein feuerspeiender Drache mit fledermausartigen Flügeln, der sich mit seinem eigenen, schuppenbewehrten Schwanz würgte. Die Bestie bildete so mit ihrem Leib einen Kreis, der angeblich die Ewigkeit, also die ewige Herrschaft der Báthorys, versinnbildlichte. In den Pranken hielt er einen Schild mit den Turnierfarben der Familie.

Weit über dem Ort thronte, uneinnehmbar auf einem schroffen Felsen, eine mittelalterliche Burg, die wegen ihrer kargen Einrichtung schon in früheren Jahrhunderten die Bedeutung als ständiger Wohnsitz der Herren von Cseithé an das Kastell verloren hatte. Nur während bewaffneter Konflikte diente sie als Rückzugsort für die Familie Báthory. Jetzt, in Zeiten des relativen Friedens, waren nur der Verwalter, etwas Personal und ein Teil der Heiducken in dem Bau untergebracht. Dennoch besuchte die Gräfin zusammen mit einigen ihrer engsten Vertrauten auffällig häufig die Burg. Dem Gesinde gelang es jedoch nie, genau herauszubekommen, was sie dort zu schaffen hatten. Die Leute im Ort sprachen nicht gerne über die Burg, und auch ihr Blick fiel nur sehr selten auf den morbiden grauen Koloss, der sich unheilschwanger hinter einem Felsvorsprung verbarg.

Cseithé war kein sauberer Ort, die Straßen waren nicht gepflastert, und die morastigen Wege stanken vom Kot der Pferde und menschlicher Exkremente, die die Bewohner einfach aus den Fenstern ihrer Schlafgemache schütteten. Jetzt im Winter war die angenehmste Zeit, denn der Boden und mit ihm alle Fäkalien waren größtenteils gefroren. Die lästigen Schwärme von Fliegen, die sonst den Ort bevölkerten, waren verschwunden, und der Gestank war auf ein erträgliches Maß gesunken. Wenn es wirklich den Schattenwolf gab, so hatte er mit Cseithé eine würdige Wahl getroffen, denn kaum ein Ort im weiten Ungarnland schien mehr für sein satanisches Treiben geschaffen als dieser.

Vor der Ansiedlung befand sich ein dreieckiges Holzgerüst – der Galgen. Seit dem Verschwinden des ersten jungen Mädchens hatten etliche Zigeuner und fahrende Händler hier ihr Leben ausgehaucht. Jeder, der suspekt war, und jeder Fremde war in diesen Zeiten suspekt, wurde der Mädchenmorde bezichtigt. Die Stimmung im Ort war sehr angespannt, und so zog es die Justiz vor, zur Beruhigung der Bauern den einen oder anderen Unschuldigen zu hängen, anstatt einen offenen Aufstand zu riskieren. Das Hängen war eine grausame und schmachvolle Strafe. Meist wurden die Delinquenten am Galgen hochgezogen, sodass sie durch ihr eigenes Gewicht langsam erdrosselt wurden. Dabei vollführten sie zur Volksbelustigung den sogenannten »Tanz des Gehängten«. Sie zappelten in ihrer Todespanik mit den Beinen, und ihr Körper wand sich in grotesken Formen. Je nach Gewicht und Konstitution des Opfers konnte dies einige Minuten dauern. Freunden und Angehörigen des Hingerichteten war es untersagt, den Leichnam vom Galgen zu entfernen. Dieser war dazu verdammt, so lange am Galgen zu baumeln, bis er, von wilden Tieren zerfressen und von der Verwesung mürbe gemacht, von selbst zu Boden fiel. So zog der Galgen eines Ortes Krähen, streunende Hunde und hungrige Wölfe sowie manch dunkles Gesindel an, das des Nachts für schwarze Messen und grausige Experimente nach Zutaten suchte. Vor allem aber befriedigten Schaulustige und Kinder ihre bizarre Neugierde an den bedauernswerten Opfern.

An diesem Tag befand sich auch eine frische Leiche unter den Gehängten. Es war ein harmloser alter Einsiedler, den die Kälte in den Ort getrieben hatte, wo er bei den Bauern um eine warme Mahlzeit betteln wollte, ein folgenschweres Vorhaben, das er mit dem Leben bezahlen musste. Raben scharten sich um das Gerüst und stritten sich lauthals um die besten Happen. Ein alter grauer Wolf zog einsam seine Kreise um den Toten. Die Augen des Tieres wirkten hasserfüllt und böse, ebenso böse wie die blinden Augen der alten Frau, die sich zur gleichen Zeit in der gotischen Halle des Kastells befand.

Es war die alte Darvulia, die, wie so oft, mit augurenhaften Worten Schauder verbreitete: »Unkeusche, schamlose Leiber. Seit Menschengedenken der Sünde verfallen, geschaffen um durch die Verlockung des Fleisches den Mann zu verführen. Doch nun ist der Schattenwolf erschienen, nun zittern die Sündigen vor Furcht und klappern mit den Zähnen. Aber all ihr Flehen und Beten wird ihnen nicht mehr nützen, zu lange währte das gotteslästerliche Treiben. Sie ignorierten die sieben Plagen, und selbst die Pest konnte sie nicht auf den rechten Weg führen. Die Lästerlichen werden jämmerliche Versuche unternehmen, sich gegen die gerechte Strafe zu stemmen, doch erst wenn der Schattenwolf sein Werk vollendet hat, wird er sich zurückziehen. Die Narren aber werden glauben, sie hätten ihn vernichtet. Er aber wird dereinst wiederkehren, noch schrecklicher, noch wütender, um dann erneut Rechenschaft einzufordern und die Spreu vom Weizen trennen.«

Die Greisin hatte geendet, eisiges Schweigen lastete in der Halle. Ihr Zuhörer, der Pastor von Cseithé, Johannes Ponikenus, blickte fasziniert und mit verklärtem Gesicht auf die Blinde. Er war ein leidenschaftlicher Prediger, der, wo er nur konnte, die Lasterhaftigkeit der Zeit anprangerte. Auf einer

Deutschlandreise hatte er die Bilder des jungen niederländischen Malers Peter Paul Rubens kennengelernt. Sie zeigten oft nackte, üppige weibliche Körper in teils anrüchigen Stellungen. Als er erfahren hatte, dass selbst eine namhafte Jesuitenkirche in Neuburg an der Donau ein Hochaltarbild bei Rubens in Auftrag geben wollte, war er in einen Tobsuchtsanfall ausgebrochen und hatte von der Kanzel aus den Papst, der in seiner Kirche derart gotteslästerliche Darstellungen duldete, als Vorreiter des Antichrist beschimpft. Natürlich suchten die Protestanten, wo immer sie nur konnten, die Irrgläubigkeit der Katholiken zu belegen. Doch dem Pastor Ponikenus war dieser Konfessionsstreit gleichgültig. Was ihn antrieb, war sein persönlicher, erbarmungsloser Feldzug gegen die Sünde der Wollust.

Nach einer Weile des Nachdenkens würdigte er die Worte der alten Frau: »Wie wahr Ihr doch sprecht, ehrenwerte Darvulia. Es ist mir ein Rätsel, warum die Gräfin Báthory nicht mit inquisitorischer Härte gegen das blasphemische Treiben in diesem Babel vorgeht. Ich habe genügend Belege erbracht, dass diese verlorenen Seelen sich auf entlegenen Waldlichtungen treffen, um sich dort mit den Kreaturen der Finsternis aufs widernatürlichste zu paaren. Nun aber ist die Zeit gekommen, dass Gott uns in seiner grenzenlosen Güte von dieser Höllenbrut befreit. Doch anstatt Gott demütig für die Befreiung von dieser brandigen Wunde zu danken und zurück zu den gottgefälligen Tugenden der Keuschheit und Gottesfurcht zu finden, irrt meine Herde, ziellos und taub für die Stimme ihres Hirten, umher. Manche sind bereits vom wahren Glauben abgefallen und fluchen dem Herrn. Sie behaupten, er habe ihnen ihre unschuldigen Töchter genommen. Sehen diese Blinden denn nicht, dass sie nur von den dämonischen Nattern befreit wurden, die sich an ihrer Brust genährt hatten? Warum schenken diese tauben Irregeleiteten mir denn keinen Glauben? Ich habe die Leiber der angeblich unschuldigen Mädchen mit eigenen Augen gesehen! Dieser triebhafte Gesichtsausdruck, selbst noch im Angesicht des Todes, diese lüsternen Formen, die viel weiter entwickelt sind, als es in ihrem Alter möglich sein dürfte. Alle Male und Spuren ihrer Körper belegen unzweifelhaft, dass dies Geschöpfe des Satans sind, die mit seinen Incubi auf abscheulichste Weise Sodomie betrieben haben!«

Wie auch in seinen Predigten hatte sich der Geistliche in einen wahren Rausch geredet. Mit erhobener Stimme und fanatischer Grimasse wollte er nun seine teils sehr gewagten Theorien über den sexuellen Verkehr der ermordeten Frauen mit den Dämonen der Hölle dartun. In der Kirche hatte er schon oft mit derart abschreckenden Beispielen versucht, seine Gemeinde zur Keuschheit anzuhalten. Allein die Wirkung schien von eher gegenteiliger Natur zu sein, was den Pastor zwar verwunderte, ihn trotzdem in keiner Weise davon abbrachte, sich weiterhin in den bildlichsten Worten über derlei Abnormitäten auszulassen. Bevor aber Ponikenus dazu kam, bedeutete die greise Darvulia ihm mit einer warnenden Handbewegung zu schweigen. Obwohl blind, entging ihr nichts in diesen Mauern. Sie hatte lauschend den Kopf zur Seite gelegt und den unverkennbaren Schritt ihrer Herrin vernommen.

Das sanfte Tappen zierlicher Schuhe mischte sich mit dem Rauschen eines weiten Gewands aus schwerem Stoff. Auf der Galerie erschien die Gräfin Erzsébet Báthory. Mit erhabenem Blick und majestätischer Haltung trat sie an die Brüstung heran. Ihre langen tiefschwarzen Haare waren in einer kunstvollen Hochfrisur aufgetürmt, und das phantastische Gebilde wurde durch ein Netz aus tränenförmigen Perlen gehalten. Um den Hals trug sie einen gewaltigen Mühlsteinkragen aus feinster Spitze, der nur andeutungsweise Bewegungen des edlen Hauptes zuließ. Ein schwarzes, hochgeschlossenes und mit Perlen besticktes Mieder betonte ihre weiblichen Rundungen, ohne dabei auch nur annähernd anstößig zu wirken. Darunter wallte ein weiter, ebenfalls schwarzer Rock aus seidig glänzendem, erlesenstem Gewebe zu Boden. Vor der Kälte, die in der hohen, nur schlecht beheizten Halle herrschte, schützte sie ein ausladender, bodenlanger Wollmantel, den sie elegant über die Schultern geworfen hatte. Ihr Gesicht hatte feine, ebenmäßige Züge, die Haut war zart und makellos, wie bei einer Zwanzigjährigen. Und dennoch hatte sie nicht das Gesicht einer Zwanzigjährigen. Es waren ihre Augen, die ahnen ließen, dass diese Frau wesentlich älter war, als auf den ersten Blick anzunehmen. Immerhin hatte sie das fünfzigste Lebensjahr bereits überschritten. Ihre Augen hatten etwas Melancholisches, so als würden sie in die Unendlichkeit blicken. Etwas lag in ihrem Blick, was sonst nur sehr, sehr alte Menschen besaßen, Menschen, die dem Tod schon oft ins Auge geblickt hatten. Sie besaß eine fürwahr fürstliche Aura, und ihre magische Ausstrahlung zog jedermann in ihren Bann. Keinem Maler ihrer Zeit war es je gelungen, diese Ausstrahlung wiederzugeben, eine Ausstrahlung, die zuvor vielleicht nur von einem einzigen Künstler einfangen wurde. Der Name des begnadeten Bildhauers wird wohl für immer unbekannt bleiben, nicht aber sein Werk, die Standfigur der thüringischen Gräfin Uta im Naumburger Dom. Wäre diese Statue nicht über dreihundert Jahre älter als die Gräfin Báthory gewesen, hätte das Werk unschwer für ihr eigenes Standbild angesehen werden können. Ihre Haltung, ihre Mimik und vor allem ihre unergründlichen Augen verbreiteten etwas Erhabenes, aber auch unnahbar Kaltes.

Obwohl der Pastor sich in erhitztem Gemütszustand befand, hatte er bei ihrem Anblick das Gefühl, als würde ihm das Blut in den Adern gefrieren. Unwillkürlich nahm er eine devote Haltung ein. Die Gräfin schritt die Galerie entlang, die gleichzeitig als Ahnengalerie diente. Die Bilder, die sich dort befanden, trugen alle das Wappen des Hauses Báthory. Die Porträts der Männer und Frauen schienen offenbar zu wetteifern, welches unter ihnen wohl den finstersten Zeitgenossen wiedergab. Am unteren Ende der Treppe, entlang der die Ahnengalerie in die Halle führte, befand sich das lebensgroße Ölgemälde des Fürsten von Siebenbürgen und Königs von Polen, Stefan Báthory.

Der eisige, undurchdringliche Blick des Königs ließ die finstren Gestalten der Ahnengalerie vergleichsweise vertrauenerweckend erscheinen. «Ponikenus«, kühl und distanziert bedeutete die Báthory dem Pastor, dass es ihm gestattet war, zu sprechen.

Unterwürfig verbeugte sich der Geistliche und erwiderte: »Edle Gräfin Báthory, ich bin erschienen, wie es Euer Wunsch war. In welcher Angelegenheit darf ich Euch meine bescheidenen Dienste anbieten?«

«Höre mir zu, Ponikenus«, befahl die Gräfin, »meine Heiducken haben heute die Leiche der kleinen Ursula Gönczy entdeckt. Sie befindet sich in dem gleichen bedauerlichen Zustand wie die Mädchen vor ihr. Ihr Tod kommt sehr ungelegen, denn die Stimmung im Ort ist gespannt wie nie zuvor. Ich will daher jede Unruhe unter der Bevölkerung vermeiden, also bereite ihr ein christliches Begräbnis.«

»Aber Herrin«, entgegnete der Geistliche erregt, »sie trägt die Male, alles deutet darauf hin, dass auch sie eine Buhlerin des Satans war, eine Hexe. Ich kann sie nicht in geweihtem Boden beisetzen lassen. Sie wäre eine Bedrohung für uns alle, die Leiche muss verbrannt werden!«

»Hüte dich, Ponikenus!«, versetzte die Báthory erzürnt. »Ich dulde keinen Widerspruch. Die Bauern murren schon seit langem. Es wäre daher unklug, sie jetzt derart zu reizen. Eine weitere öffentliche Verbrennung, und ich riskiere einen blutigen Aufstand. Ich werde deine Dienste fürstlich entlohnen, doch tue, wie dir geheißen!«

Ponikenus wusste, dass er sich nicht gegen den Befehl der

Gräfin auflehnen durfte. Letztendlich war er von ihr finanziell abhängig. Ein Pastor, der seinem Landesherrn nicht genehm war, konnte von der einen zur anderen Minute abberufen werden. Mehr noch fürchtete er aber den Zorn der Gräfin. Ein ungutes Kribbeln in der Magengegend überkam den Geistlichen aber auch bei dem Gedanken, dass da ein diabolisch geschändeter Leichnam, von den Mächten der Finsternis besessen, vielleicht sogar nach Blut dürstend, in einem völlig ungesicherten Grab auf die unheilige Stunde seines Wiedererwachens warten sollte. Doch allein der Gedanke, sich der Gräfin zu widersetzen, trieb ihm den kalten Angstschweiß auf die Stirn, und so verwarf er seine Bedenken und beugte demütig sein Haupt.

Während der Auseinandersetzung hatte eine junge Dame Anfang zwanzig zusammen mit einem verwachsenen Bediensteten, der ihr Hündchen im Arm trug, die Halle betreten. Der Pastor wirkte durch den Anblick der jungen, ihm unbekannten Frau etwas verwirrt. Seinem Gesichtsausdruck war jedoch nicht zu entnehmen, ob er beunruhigt war, an diesem unsicheren Platz einen offensichtlich gefährdeten Gast zu erblicken, ob er Anstoß an ihrem gewagten Dekolleté nahm oder ob ihm schlichtweg das heisere Gekläff ihres Schoßhündchens auf die Nerven ging.

Ein wohlwollendes Lächeln huschte über die Lippen der Gräfin, als sie die Hinzugekommene begrüßte: »Oh, meine liebreizende Nichte. Darf ich dich mit unserem Pastor Johannes Ponikenus bekannt machen?«

Etwas schüchtern stellte ihre Nichte sich als Maria Czobor vor. Mit steinerner Miene erwiderte der Pastor ihren Gruß.

Der eisigen Stimmung überdrüssig, vermied die Gräfin eine unnötige Konversation. »Leider muss der Pastor uns bereits verlassen.« Und zu dem Bediensteten gewandt, meinte sie: »Ficzkó, begleite unseren Besuch bis zur Pforte.«

Ponikenus wandte sich verärgert zum Gehen, besann sich

jedoch eines Besseren und tat der Etikette genüge, indem er sich nochmals tief vor der Gräfin verbeugte, deren Nichte aber warf er einen seltsam warnenden Blick zu.

Der Vater von Maria Czobor hatte seine Tochter in diesem Winter nach Cseithé geschickt, da ihm angeblich die Straßen von Wien zu unsicher für eine junge Frau in ihrem Alter waren. Natürlich hatte er keinerlei Kenntnis über die Vorgänge in Cseithé. Zudem vermied die Gräfin Báthory es, die inneren Probleme ihrer Grafschaft publik zu machen, und so wähnten Marias Eltern ihre Tochter in allerbester Umgebung. Hauptsächlich aber sollte die Reise einer gewissen Bestrafung dienen. Die junge Frau hatte sich schon zum wiederholten Male geweigert, sich mit älteren, aber gutsituierten Adligen zu vermählen. Sie hatte sich in einen jungen Österreicher niederen Standes verliebt und gedroht, sie würde sich bei einer Zwangsvermählung mit einem anderen das Leben nehmen.

Die Eltern versuchten mit allen Mitteln, die Tochter von ihrer fixen Idee abzubringen, doch primitive Gewaltanwendung scheiterte ebenso wie die abschreckendsten Drohungen und selbst die verlockendsten Versprechungen. Sie beugten sich daher dem Starrsinn ihrer Tochter und verzichteten auf eine standesgemäße Vermählung, nicht aber ohne ihr jeglichen Kontakt zu ihrem Geliebten zu verbieten.

Da die junge Dame offensichtlich zu denen zählte, die sich weder etwas verbieten noch befehlen lassen, sahen die leidgeprüften Eltern schon bald ein, dass sie nur durch eine weite räumliche Trennung der beiden Liebenden dieses Verbot durchsetzen konnten. Zunächst hatten die Eltern sie unter Hausarrest gestellt, doch dies schien die junge Frau nicht weiter zu belasten. Erst als der Vater argwöhnisch wurde und eines Tages spätabends das Schlafgemach seiner Tochter aufsuchte, musste er feststellen, dass der Vogel ausgeflogen war.

Am nächsten Morgen zur Rede gestellt, gab Maria nicht ohne einen gewissen Stolz zu, dass sie schon seit langem allabendlich mit einer Haarnadel das Schloss zu ihrem Zimmer geöffnet hatte und so unbehelligt ihren Geliebten treffen konnte.

Tags drauf wurde die Entscheidung getroffen, die ungehorsame Tochter bis auf weiteres in Cseithé unterzubringen. Erzsébet Báthory nahm die junge Dame mehr als liebenswürdig auf, obwohl sie in einem Begleitschreiben darauf hingewiesen wurde, dass es sich bei ihrem Besuch um eine höchst verstockte und widerspenstige Person handle. Zum Abschied und unter Tränen hatte Marias Mutter ihrer Tochter einen kleinen Schoßhund geschenkt, der ihr die langen Winterabende in dem abgelegenen Ort erträglich machen sollte. Das Tier schien aber von seinem Wesen her seiner neuen Herrin sehr zu gleichen, und so kam dieser bald der Verdacht, dass das störrische und kläffende Geschenk wohl eher dazu gedacht war, ihre Strafe zu verschärfen.

In Ficzkó, dem verwachsenen Faktotum der Gräfin Báthory, hatte die Czobor zumindest ein einfältiges und geduldiges Opfer für ihren Vierbeiner gefunden.

Schwach an Verstand und mit den Zügen einer Bestie gestraft, diente der bärenstarke Ficzkó als Mädchen für alles. Besonders auf feuchtfröhlichen Festlichkeiten wurden seine Dienste beim Entfernen betrunkener Randalierer benötigt. Der Landadel dieser Gegend bestand zum größten Teil aus raubeinigen, grobschlächtigen Haudegen, denen schon im nüchternen Zustand keiner der gräflichen Heiducken zu nahe kommen wollte. Nur Ficzkó konnte es wagen, Hand an die wild um sich schlagenden Trunkenbolde zu legen, und er beförderte sie, ungeachtet ihres Standes, in hohem Bogen aus dem Saal. Die Gräfin hatte ihn daher auch ihrer jungen Verwandten als Leibwache zur Seite gestellt, zumal sie sich seiner absoluten Ergebenheit sicher wähnte.

Bereits zu Beginn des Disputes zwischen dem Pastor und der Gräfin hatte sich die alte Darvulia, wie es ihre Art war, lautlos zurückgezogen. Sie benutzte dafür die hinter Tapetentüren verborgenen Dienstbotengänge, die ihr dermaßen vertraut waren, dass sie sich trotz ihrer Behinderung dort so bewegte, als könne sie sehen. Ja, sie war den Sehenden sogar überlegen, da sie in den teils finsteren Gängen auf keinerlei Beleuchtung angewiesen war. Außer der Blinden kannte sich keiner der Bediensteten so gründlich in dem Gewirr der Gänge aus, das sie nur in den Bereichen betraten, die für die Verrichtung ihrer täglichen Arbeit unbedingt vonnöten waren. Aus einer tiefen Angst heraus, die sicher noch durch die immer wieder lautlos aus der Finsternis auftauchende Darvulia geschürt wurde, vermied es das Personal, den gewohnten Weg durch das Labyrinth zu verlassen.

Da das System den Dienstboten vorbehalten war, hatten auch die Adligen so gut wie keine Ahnung über den Verlauf dieser Gänge. So war es der blinden Darvulia möglich, nahezu gleichzeitig an verschiedenen Stellen des Schlosses aufzutauchen, ohne dass jemand bemerkte, wie und von wo sie kam. Zusammen mit ihren prophetischen Weissagungen bewirkte dies, dass außer der Gräfin Báthory jedermann innerhalb dieser Mauern ein undefinierbares Grauen vor der Blinden empfand.

Nun aber verharrte sie vor einem Belüftungsschacht, der zur großen Halle führte und durch eine hervorragende Akustik erlaubte, alles, was dort gesprochen wurde, mitzuhören. Die junge Maria Czobor befand sich in einem ernsten Gespräch mit Erzsébet Báthory. Die Unterhaltung drehte sich um die Hinrichtung vom Vormittag.

»War das denn wirklich nötig?« Vorwurfsvoll blickte die junge Frau ihrer Tante ins Gesicht.

»Wovon sprichst du, mein Kind?«, entgegnete diese betont liebenswürdig.

»Wovon ich spreche?« Nur mit Mühe konnte Maria ihre

Empörung unterdrücken. »Ich spreche von dem ebenso barbarischen wie überflüssigen Schauspiel, das uns heute Morgen geboten wurde.«

»Ich bitte dich, Maria«, lautete die honigsüße Antwort. »Natürlich verstehe ich deine Erregung, es ist nicht der richtige Zeitvertreib für junge Damen, einer Hinrichtung beizuwohnen, doch musst auch du verstehen, dass harte Zeiten harte Maßnahmen fordern.«

Unbeirrt bohrte die junge Czobor weiter. »Was hat dieser armselige alte Mann denn überhaupt verbrochen, dass Ihr ihn so hart strafen musstet?«

Erzsébet Báthory bereitete die Auseinandersetzung nur wenig Vergnügen, denn sie war es nicht gewohnt, dass eine ihrer Entscheidungen auf Kritik stieß. Daher entgegnete sie nicht mehr ganz so liebenswürdig: »Man hat ihn denunziert, mit dem Schattenwolf im Bunde zu stehen. Wie du weißt, ist die Gerichtsbarkeit verpflichtet, auch anonymen Anzeigen aufs gewissenhafteste nachzugehen. Insbesondere jetzt, da die Bevölkerung von Cseithé durch die schrecklichen Vorfälle verängstigt und aufgebracht ist, sehe ich mich gezwungen, alles zu unternehmen, um wieder Ruhe in meiner Grafschaft herzustellen. Ich habe daher den Fall an meine Gerichtsbarkeit übergeben und den Richter angewiesen, mit größter Umsicht zu ermitteln.«

»Mit größter Umsicht!«, antwortete Maria verächtlich. »Jeder hier in Cseithé weiß, dass dieser alte Mann ein völlig harmloser Einsiedler war, nicht einmal dazu fähig, einer Fliege etwas zuleide zu tun.« Obwohl sie äußerst empört war, vermied es die junge Frau, ihre Tante direkt anzugreifen. »Euer Richter wollte doch lediglich ein Exempel statuieren, um von seinen bisherigen Misserfolgen im Zusammenhang mit dem Schattenwolf abzulenken.«

Die alte Darvulia grinste zufrieden in sich hinein, denn sie war es gewesen, die dem Richter angeraten hatte, dem Volk zu zeigen, dass die Obrigkeit mit absoluter Erbarmungslosigkeit gegen den Schattenwolf vorzugehen gedachte. Sie hatte ihm diesen Rat nicht ohne Grund gegeben, da sie als eine der Ersten bereits die Nachricht über den neuen Leichenfund erhalten hatte und daher Ausschreitungen befürchtete.

Die Gräfin aber, die merkte, dass die Kritik ihrer Nichte weniger gegen sie als gegen ihren Richter gerichtet war, erklärte wieder gewohnt liebenswürdig: »So einfach und unkompliziert, wie du die Dinge siehst, sind sie leider nicht. Dem Gesetz zufolge musste der Angeklagte festgenommen und verhört werden. Da der Alte nur wirre und widersprüchliche Dinge aussagte, war der Richter gezwungen, wirksamere Mittel der Wahrheitsfindung anzuwenden. Und siehe da, schon beim Anblick der Folterinstrumente wurde er geständig und enthüllte dem hohen Gericht seine gesamten verabscheuungswürdigen Gräueltaten. Von da an konnte ihm selbst der großmütigste Fürst keine Gnade mehr gewähren. Durch sein Geständnis hat er selbst das Todesurteil über sich gesprochen.«

Trotzig nickte Maria, war jedoch keinesfalls von der Schuld des Einsiedlers überzeugt. So konterte sie: »Doch was hat es geholfen, den Alten hinzurichten? Noch während er auf sein Ende wartete wurde bereits eine neue Leiche entdeckt, die gewiss nicht von seiner Hand ermordet wurde.«

Unbeirrt entgegnete die Gräfin: »Er war nur ein Gehilfe des Schattenwolfs, nicht der Dämon selbst. Aber der Kreis um das Ungeheuer wird immer enger. Mit Gottes Hilfe und eiserner Strenge wird es uns gelingen, die Kreatur zu vernichten. Wir haben bereits viele ihrer irdischen Verbündeten aufspüren und ihrer gerechten Strafe zuführen können. Wie auch bei den sterblichen Herrschern hängt die Macht der Dämonen von der Zahl ihrer ergebenen Diener ab. Bald schon ist er so geschwächt, dass es uns möglich wird, ihn zu exorzieren.«

»Warum glaubt hier jeder, dass der Schattenwolf ein Dämon ist? Könnte es nicht eine natürliche Erklärung für diese schrecklichen Morde geben? Ich kann mir nicht vorstellen, dass eine solche Bestie sich die Mühe machen würde, die Leichen seiner Opfer zu verscharren. Vielmehr bin ich mir sicher, dass es das Werk eines Perversen ist, der sich am Leiden der jungen Mädchen ergötzt.«

Lauernd fragte die Gräfin: »Was macht dich so sicher, liebste Nichte, dass es sich um ein gewöhnliches Verbrechen und nicht um Hexerei oder Ähnliches handelt?«

»Man hat mich gelehrt, dass die Menschen seit jeher alle Dinge, die sie nicht erklären konnten, auf übernatürliche Kräfte zurückführten. Doch in unserer heutigen Zeit beweisen die Naturwissenschaften immer wieder, dass jedes Phänomen auch mit natürlichen Ursachen zu erklären ist. Darüber hinaus gehe ich mit wachen Augen und Ohren durch die Welt. Dabei erfährt man oftmals mehr, als Eure vergeistigten Richter mit ihren glühenden Zangen.« Obwohl erst seit kurzem Gast im Schloss der Gräfin, war die junge Dame erstaunlich gut informiert über die Vorgänge und Meinungen in Cseithé.

Die Gräfin und auch die alte Darvulia horchten auf: »Willst du damit behaupten, du wüsstest Dinge, die selbst mir unbekannt sind?«

Die junge Frau begriff, dass sie zu weit gegangen war, doch konnte sie nun nicht mehr zurück: »Ach wisst ihr, Tante, es ist nur das übliche Gerede des Gesindes, Gerüchte ohne jeglichen Beweis. Aber man sagt, es gäbe eine Person in diesem Ort, die sehr wohl Urheber solcher Bestialitäten sein könnte.«

»Wer?«, entgegnete die Gräfin Báthory in einem Ton, der keinen Widerspruch zuließ.

Gespannt lauerte die Greisin in ihrem Versteck auf die Antwort der jungen Frau. Doch als diese den betreffenden Namen aussprach, verfiel ihr Hund wieder in hysterisches Bläffen, was ihre Worte für die Alte unverständlich machte. Die sonst so beherrschte Greisin gab ein erbostes Zischen von sich, und ihr Gesicht wurde durch eine wutverzerrte Grimasse entstellt.

Die Gräfin antwortete kühl: »Wie du schon sagtest, haltlose Gerüchte ohne jegliche Beweise. Ich rate dir, sprich mit niemand darüber, du könntest die betreffende Person um Kopf und Kragen bringen. Du möchtest doch nicht verantwortlich sein für ein ähnlich barbarisches und überflüssiges Schauspiel, wie das von heute Vormittag?«

Mit einem durchdringenden Blick musterte sie ihre Nichte, bevor sie ihr bedeutete, sich zurückzuziehen.

Als die junge Frau den Raum verlassen hatte, wirkte die Gräfin Báthory sehr nachdenklich. Langsam ging sie zu einem großen Spiegel und blickte prüfend hinein. Wollte sie sich vergewissern, ob ihre Ausstrahlung gegenüber der jugendlichen Frische ihrer Nichte bestehen konnte? Oder trieben sie Selbstzweifel dazu, dem Menschen prüfend ins Angesicht zu blicken, der für den Tod eines womöglich Unschuldigen verantwortlich war? Was auch immer der Grund ihrer Selbstbetrachtung sein mochte, die Gräfin schien damit nicht unzufrieden zu sein. Denn nachdem sie sich lange kritisch besehen hatte, machte sich ein selbstgefälliges Lächeln auf ihrem Gesicht breit. Doch als sie dieses Lächeln wahrnahm, verschwand es auch schon wieder. Besorgt fuhr sie sich über die zarte Haut um ihre Augen, die während ihres Lächelns von aparten Lachfältchen umspielt wurden. Hatten sie diese belanglosen Fältchen so erschreckt, oder war es Bestürzung darüber, wie wenig sie der Tod des Einsiedlers berührte?

An den Falten mochte es wohl nicht gelegen haben, denn obwohl in ihrem nun ernsten Gesicht nicht die geringste Runzel zu entdecken war, versteinerte sich ihre Miene zusehends. Die Gräfin tastete sich jetzt mit beiden Händen über das Gesicht, so als wolle sie das Entgleiten ihrer Züge verhindern.

Bald schon aber waren ihre Augen weit aufgerissen, und sie presste ihre Hände auf die Wangen, so als ob sie furchtbare Dinge gesehen hätte. Maria, die etwas vergessen hatte und in die Halle zurückgekehrt war, wurde unbeabsichtigt Zeugin dieser befremdlichen Szene. Als sie die Verzweiflung im Gesicht ihrer Tante bemerkte, vermutete sie zunächst, diese würde sich Vorwürfe wegen ihrer Anschuldigungen machen. Schon wollte sie zu ihr eilen, um ihr Worte des Trostes zu spenden. Doch dann bemerkte sie die Entrücktheit im Blick der Gräfin, so als wäre diese im Fieber oder in einem tranceähnlichen Zustand. Erst nach endlosen Minuten ließ dieser Zustand nach, und die Gräfin Báthory fand ihre Fassung wieder. Ihre Hände entspannten sich, und zärtlich ließ sie ihre Finger über die makellose Haut ihres Gesichts streichen. Noch etwas verstört, doch sehr erleichtert, huschte die Andeutung eines Lächelns über ihre Züge, bevor sie sich abwandte und mit stolz erhobenem Haupt die Treppe zu ihren Gemächern emporstieg.

Maria Czobor aber blieb ratlos zurück. Was mochte in ihrer Tante vor sich gehen? War sie an dem seltsamen Nervenfieber erkrankt, welches zu dieser Zeit in Wien grassierte, oder litt sie unter epileptischen Anfällen? Vielleicht war es aber auch die Verzweiflung über die Verbrechen, die hier in Cseithé vorgefallen waren, die ihrer Tante schier den Verstand raubte.

## Viertes Kapitel

## *Die Jagd beginnt*

Im wilden Galopp raste die schwarze Kutsche von Emerich Megyery durch einen tiefverschneiten Wald. Die Fenster waren durch dicke Lederbespannungen verhängt, und dennoch wirkten die drei in Decken und Mäntel gehüllten Insassen, als wäre ihnen kalt. Ihr Ziel war Pressburg, der Sitz des Palatins. Die Residenzstadt lag etwa sechzig Kilometer östlich von Wien. Von Sárvár aus war sie einen knappen Tagesritt entfernt. Schon seit Stunden waren sie auf unwegsamen, matschigen Straßen unterwegs, und oft versank eines der großen Holzräder tief in einer zugefrorenen Pfütze, sodass die Männer fürchteten, eine Achse würde bald brechen.

Megyery fluchte insgeheim vor sich hin, da er die Witterung falsch eingeschätzt hatte und besser einen Schlitten anstatt der schwer zu manövrierenden Karosse hätte wählen sollen. Dennoch wagten sie es nicht, langsamer zu fahren, da sie beabsichtigten, vor Einbruch der Finsternis in Pressburg zu sein. Zudem verfolgte sie schon seit geraumer Zeit das schaurige Jaulen eines hungrigen Wolfsrudels, dem sie durch die halsbrecherische Fahrt zu entkommen suchten.

Im Inneren der Kutsche herrschte eine gespannte Stimmung, da die Männer weiterhin über den Sinn ihres Unterfangens diskutierten. Baron Druget hegte langsam Zweifel an seiner anfänglichen Hoffnung, der Palatin würde den Vorgängen in Cseithé ohnehin keine Bedeutung zumessen. Immerhin wurde gemunkelt, dass er eine leicht zu beeinflussende Marionette sei, die womöglich mit einem solchen Brief zu beeindrucken war. Zumindest hatten die Fürsten von Ungarn ihn aus diesem Grund zum Palatin und somit zu ihrem Vertreter gegenüber dem Kaiser gewählt. Sie misstrauten einander viel zu sehr, als dass sie einen starken und dominanten Mann an diese Machtposition setzen wollten. Also entschieden sie sich für den offensichtlich Schwächsten in ihrer Runde, in der Hoffnung, ihn nach Belieben in eine ihnen genehme Richtung dirigieren zu können. Für Baron Druget war diese Schwäche ein sicherer Garant dafür, dass eine von Graf Thurzó geleitete Untersuchung in Cseithé scheitern würde.

»Mir ist unwohl dabei, den Palatin in dieser Angelegenheit anzurufen. Was ist, wenn er dem abergläubischen Gewäsch des Ältestenrates tatsächlich Glauben schenkt? Wie wird er reagieren? Wohl kaum wird er persönlich einschreiten, dazu ist er zu lethargisch. Wird er seine Protonotare aussenden, die in blindem Diensteifer in den Angelegenheiten der Gräfin Báthory herumwühlen? Oft schon habe ich von deren bürokratischem Vorgehen ohne Resultate gehört. Wir müssen uns vor einer derartigen Blamage gegenüber unserer Schwiegermutter bewahren.«

Insgeheim fürchtete er jedoch, in eine übernatürliche Auseinandersetzung gewaltigen Ausmaßes hineingezogen zu werden.

Graf Zrinyi, der durch seinen Vater viel über die Hintergründe in der ungarischen Politik erfahren hatte, konnte die Zweifel an Thurzós Fähigkeiten nicht bestätigen. Es war zwar korrekt, dass die Fürsten Ungarns Graf Thurzó anfangs für leicht beeinflussbar gehalten hatten. Dies vor allem wegen seiner introvertierten Art und seinem Hang zu Okkultem, doch diese Fehleinschätzung sollten sie bald nach seinem Amtsantritt bereuen. Nach außen hin wusste er die unauffällige Fassade zu wahren, doch in Wirklichkeit gelang es ihm schon bald, die Fürsten gegeneinander auszuspielen. Was ihm als Schwäche in seiner Funktion als oberster Richter ausgelegt wurde, entpuppte sich bei genauerer Betrachtung als ein weniger grausames Vorgehen bei Verhörmethoden, als dies bei seinen Zeitgenossen üblich war. Er gab wenig auf Denunziationen und unter der Folter erpresste Geständnisse, insbesondere beim Sonderverbrechen der Hexerei. Schon bald brachte ihm das den Ruf ein, selbst mit den finsteren Mächten zu paktieren.

Dennoch wagte es niemand, gegen ihn öffentlich vorzugehen. Zum einen war seine Machtposition in Ungarn nur mit der des Königs vergleichbar, zum anderen war er wegen seiner angeblich gewaltigen magischen Fähigkeiten gefürchtet. Abgesehen von seinem eher laxen Vorgehen gegen Hexerei, gelang es ihm, über die Hälfte aller gewöhnlichen Gewaltverbrechen aufzuklären. In den Augen seiner Kritiker also ein schlechter Richter, der nicht wie üblich jedes Verbrechen, gegen das er ermittelte, enträtseln konnte. In Wirklichkeit jedoch vermied er lediglich die damals gängige Praxis, ungeklärte Verbrechen entweder für Hexerei zu erklären oder schlichtweg einen Unschuldigen aus einer Randgruppe in einem Schauprozess für die Taten verantwortlich zu machen.

Dies war auch der Grund, warum Graf Zrinyi die berechtigte Hoffnung hegte, der Palatin wäre in der Lage, die Vorfälle in Cseithé ohne großes Aufsehen zu klären. »Ich denke, der Palatin wird das Ansuchen des Ältestenrates ernst nehmen. Nicht zuletzt ist er aufgrund seiner Volksnähe bei den einfachen Leuten sehr beliebt. Dass er jedoch seine zugegebenermaßen bürokratischen Protonotare entsendet, halte ich für unwahrscheinlich. Dazu ist sein Verhältnis zu unserer Schwiegermutter viel zu gut. Oft schon hat er sie in der Vergangenheit persönlich besucht, wäre es da nicht ein Affront, nun, da sie seiner Unterstützung bedarf, lediglich ein paar Beamte zu schicken?«

Baron Druget lächelte bitter. »Ihr habt recht, es wäre ein Affront, aber der Affront liegt in der Einmischung in die Belange der Gräfin, egal ob er Beamte schickt oder persönlich erscheint.«

Graf Zrinyi entgegnete unbeirrt: »Ihr seht das zu negativ, unsere Schwiegermutter schätzt den Rat von Graf Thurzó sehr hoch. So ist es wahrscheinlich, dass sie eine von ihm geleitete Untersuchung nicht als Beleidigung und Einmischung in ihre Gerichtsbarkeit betrachtet, sondern als ehrliches Hilfsangebot.«

Megyery, der der Diskussion bisher schweigend gelauscht hatte, brummte missmutig vor sich hin: »Ein ehrliches Hilfsangebot, dass ich nicht lache. Ich weiß nicht, wann der hohe Herr das letzte Mal ohne Hintergedanken gehandelt hat. Die ungarischen Stände hat er mit Versprechungen hingehalten, um in der Zwischenzeit seine Machtposition auszubauen. Darüber hinaus paktiert er mit den habsburgischen Besatzern ebenso wie mit den heidnischen Türken. Die ungarischen Interessen sind ihm doch nur so weit wichtig, als dass er sie für sein eigenes Machtbestreben missbrauchen kann.«

Graf Zrinyi blickte überrascht auf den alten Krieger. »Ihr verwundert mich, Megyery. Ich glaubte, Ihr seid ein alter Kampfgefährte des Palatins. Und nun höre ich solch bittere Worte aus Eurem Munde. Was ist denn so verwerflich daran, dass der Palatin Türken und Habsburger gegeneinander ausspielt. Nur so lange die beiden Mächte, die uns Ungarn zu unterjochen suchen, etwa gleich stark sind, ist unsere nationale Souveränität halbwegs gewährleistet. Dank seines geschickten Taktierens hat Graf Thurzó eben dieses Kräftegleichgewicht wieder herstellen können.«

Megyery entgegnete bitter: »Taktieren, das ist es, was er kann. Unter Franz Nádasdy gab es kein Taktieren. Wenn die Türken zu dreist wurden, dann ließ er die Waffen und nicht Advokaten und Dukaten sprechen. Nádasdy, das war mein Kampfgefährte, ein Freund, dem ich treu in den Tod gefolgt wäre. Doch diesem Palatin, vergebt mir, traue ich keinen Finger breit über den Weg. Falls er überhaupt in Cseithé einschreitet, so weiß ich nicht, wessen Interessen er dabei vertreten wird.«

Selbst Baron Druget kam Megyerys ablehnende Haltung gegenüber Graf Thurzó seltsam vor. »Megyery, ich kenne Euch gut genug. Wenn Ihr solch feindselige Worte sprecht, dann habt Ihr einen ganz konkreten und zwar persönlichen Grund dafür. Was ist es, das Euch so gegen den Palatin einnimmt?«

Mürrisch antwortete Megyery: »Während Franz Nádasdy seinen Kopf für das Vaterland hinhielt, hatte der hohe Herr oft nichts Besseres zu tun, als sich gesellschaftlichen Dingen zu widmen.«

Verständnislos erwiderte Graf Zrinyi: »Wollt Ihr damit etwa behaupten, dass Graf Thurzó der Konfrontation mit dem Feind feige aus dem Wege gegangen ist? Immerhin ist er der Held vieler Schlachten.«

Als ob er begriffsstutzige Schulbuben vor sich hätte, erklärte Megyery: »Natürlich nicht, Graf Thurzó ist kein Feigling. Es geht nicht um die Tatsache, dass er nicht an den Kämpfen teilgenommen hat, sondern darum, womit er sich während der Abwesenheit Nádasdys beschäftigt hat.« Baron Druget begann langsam zu begreifen. »Verbessert mich, wenn ich eine falsche Schlussfolgerung ziehe. Ihr, Emerich Megyery, zürnt unserem Palatin wegen gesellschaftlicher Dinge, die während der Abwesenheit Eures Gönners vorgefallen sind. Kann es sein, dass es sich dabei um etwas Ehrenrühriges gegen unseren verblichenen Schwiegervater handelt?«

Megyery starrte verblüfft auf sein Gegenüber. »Ihr verfügt über eine außergewöhnliche Kombinationsgabe. Ja, der Graf hat die Abwesenheit Eures Schwiegervaters dazu genutzt, in Sárvár ein- und auszugehen, wie es ihm beliebte. Ich kann mir nicht vorstellen, dass er in dieser Zeit der Gräfin Báthory lediglich rein seelischen Trost gespendet hat.«

Nun wurde selbst dem Grafen Zrinyi klar, wieso Emerich Megyery der Gräfin gegenüber, die seinen Freund und Gönner offensichtlich schmählich betrogen hatte, so feindselig eingestellt war. Plötzlich waren er und Baron Druget nicht weiter daran interessiert, noch mehr Licht in die Affäre zu bringen. Beiden war bewusst, dass Megyery nicht der Mann war, der grundlos Verleumdungen in die Welt setzte, schon gar nicht über solch hochrangige Vertreter der Aristokratie.

Mittlerweile war das Jaulen der Wölfe immer bedrohlicher geworden. Baron Druget reagierte äußerst nervös darauf. Die Gelegenheit nutzend, das peinliche Thema von eben zu wechseln, meinte er ärgerlich: »Verfluchte Biester, man sollte sie endlich ausrotten. Sie sind zu nichts nutze, bedrohen unsere Haustiere und fressen selbst Menschen, wenn sie ihrer habhaft werden. Das Einzige, was an ihnen halbwegs von Wert ist, ist ihr Fell. Aber es bereitet nur wenig Vergnügen, sie zu jagen.«

Graf Zrinyi entgegnete zustimmend: »Ja, die Wolfsjagd ist ein elender Sport, kaum besser als Ratten oder Ungeziefer nachzustellen. Es ist weit edler, Füchse, Damwild oder gar Bären zu jagen. Vielleicht ist das ja auch der Grund dafür, warum es kaum gelingen wird, diese Biester endgültig auszulöschen.«

Emerich Megyery meinte darauf trocken: »Ich glaube nicht, dass es jemals möglich sein wird, die Wölfe auszurotten. Unsere Wälder sind zu weitläufig, und ihre Rudel sind sehr gut versteckt. Sie sind feige, gehen dem Menschen für gewöhnlich aus dem Weg, und ihre Witterung ist so fein, dass sie eine Jagdgesellschaft selbst gegen den Wind wahrnehmen.«

Baron Druget sagte abschätzig: »Am meisten ärgert es mich, dass all die Wilderer, die unsere Wälder unsicher machen, trotz Androhung härtester Strafen kapitale Hirsche oder prächtige Wildsauen erlegen. Den Wölfen rücken aber auch sie nicht zu Leibe. Was müssen diese Hungerleider edles Wild erlegen, wo doch ihr verkümmerter Gaumen und ihre jämmerlichen Kochkünste aus jedem Braten ohnehin nur einen zähen Klumpen geschmacklosen Fleisches machen.«

Megyery konterte pikiert: »Was Ihr da sagt, ist eine Beleidigung für jeden vaterländischen Ungarn! Wolfsfleisch soll nicht nur zäh wie Schuhleder sein, sondern einen widerlichen Beigeschmack haben. Was würdet Ihr dazu sagen, wenn die Ammen, die Eure Söhne und Töchter nähren, ihre Milch durch das verdorbene Fleisch von Wölfen vergiften würden? Darüber hinaus ist die ungarische Küche weit besser, als Ihr behauptet. Auch wenn sich das einfache Volk kaum Gewürze und Fleisch leisten kann, so bereitet es aus dem wenigen, was ihm zur Verfügung steht, durchaus wohlschmeckende Gerichte zu.«

Graf Zrinyi hatte weder Interesse daran, einen Vortrag über bäuerliche Kochkünste zu hören, noch wollte er schon wieder einer Auseinandersetzung zwischen Megyery und Baron Druget beiwohnen. Daher meinte er beschwichtigend: »Edler Megyery, mein Schwager sprach von Wilderern und nicht von braven ungarischen Patrioten. Und warum die Wilddiebe keine Wölfe jagen, liegt an unseren Gesetzen. Solange das Erlegen eines Tieres, egal welcher Gattung, für das einfache Volk mit dem Strang geahndet wird, solange wird kein Verbrecher sein Leben für eine minderwertige Beute aufs Spiel setzen.«

Megyery konnte dem nur zustimmen: »Das ist genau die Zwangslage, in der sich die einfache Landbevölkerung, die am meisten unter den Wölfen zu leiden hat, befindet. So können die Leute nichts anderes tun, als am Ortsrand Wolfsgruben ausheben und diese mit spitzen Pfählen spicken. Doch leider stürzen in diese Wolfsgruben oft auch andere Tiere oder gar spielende Kinder. Im Umland von Sárvár sind im letzten Winter auf diese Art mehr Menschen ums Leben gekommen als durch die Wölfe selbst. Aber wer will schon Wölfe jagen«, versetze er mit einem verächtlichen Blick auf Baron Druget, über dessen Arroganz er sich noch immer ärgerte. »Die einzig mannhafte Jagd ist die Bärenhatz. Wie einst schon Kaiser Ludwig der Bayer die Bestie Aug in Aug mit einem einzigen kräftigen Stoß seiner Lanze bezwang, liegt darin auch heute noch die wahre Erfüllung eines echten Jägers. Es gibt kaum ein gewaltigeres Erlebnis, als wenn sich direkt vor einem ein zehn Zentner schwerer, vor Wut schäumender Berg aus Muskeln, Klauen und Fängen erhebt, um einen mit einem einzigen Hieb seiner riesigen Pranken zu zerschmettern. Wer da vor Furcht zaudert oder beim Stoß das Ziel verfehlt, der hat sein Leben verwirkt. Nur die Tapfersten unter denen, die sich Jäger nennen, wagen es, sich dieser Herausforderung zu stellen.« Megyery blickte den Jüngeren an, der es vorzog, sein Wild aus sicherer Entfernung mit einer Muskete zu erlegen.

Baron Druget lächelte gequält und höhnte: »Wem diese antiquierte Jagdmethode Freude bereitet, der soll sich vorsehen, dass er seinem kaiserlichen Vorbild nicht allzu sehr nacheifert und dabei wie einst schon Kaiser Ludwig der Bayer vor lauter Aufregung am Herzschlag verstirbt. Mir steht der Sinn nach standesgemäßeren, weniger primitiven Formen der Jagd. Es geht mir nicht um die brachiale Gewalt, sondern darum, den Gegner mit Verstand zu bezwingen. Es bereitet mir eine tiefe geistige Befriedigung, den schlauen Fuchs zu überlisten und aus seinem sicheren Bau zu locken, ihn ins offene Feld zu treiben und mit einem gezielten Schuss zur Strecke zu bringen. Es ist mir eine Herausforderung, den stolzen Hirsch zu stellen, seine Strategie zu durchschauen und seine Flucht zu vereiteln, um ihn dann von vorne, wie einen ebenbürtigen Gegner, zu erlegen. Das blutige Handwerk des Aufbrechens und Ausweidens überlasse ich meinen Jagdhelfern, denn es ist eines Adligen unwürdig, sich mit Blut zu besudeln.«

Megyery wischte das eben Gesagte mit einer Handbewegung beiseite und versetzte trocken: »Jeder sucht sich den ihm ebenbürtigen Gegner, ich suche die Herausforderung in der Kraft, Ihr im Verstand.«

Baron Druget lächelte zufrieden, denn er hatte die Anspielung nicht verstanden und entgegnete triumphierend: »Nun, Megyery, habt Ihr endlich erkannt, wo meine wahre Stärke liegt!«

Megyery verzog die Mundwinkel zu einem mitleidigen Lächeln, und Graf Zrinyi verlor die Beherrschung und prustete erheitert los. Im Gegensatz zu seinem Schwager hatte er die Doppeldeutigkeit in Megyerys Worten erkannt. Verglich dieser doch den Verstand des Barons mit dem seines Jagdwildes. Baron Druget, der immer noch nicht begriffen hatte, glaubte, sein Schwager freue sich über die Zurechtweisung Megyerys und fiel mit einem dümmlichen Grinsen in das Lachen ein. Megyery hingegen blickte mit größter Verachtung auf den arroganten Adligen.

Doch blieb den Männern keine Zeit mehr, sich weiter bei diesem Disput aufzuhalten, da die unruhige Fahrt nun immer lebensgefährlicher wurde. Die Kutsche tanzte nur mehr von einer Bodenwelle zur nächsten. Die Männer wurden ellenhoch von ihren Bänken geschleudert und stürzten wild durcheinander. Megyery gelang es schließlich, sich an einem Türpfosten festzukrallen. Er riss die Verspannung vom Fenster, um dem Kutscher Einhalt zu gebieten. Doch noch bevor er ihm etwas zurufen konnte, sah er den Grund für die panische Fahrt.

Das Rudel Wölfe, welches sie die ganze Zeit mit seinem Gejaule begleitet hatte, hetzte nun neben den Pferden her und versuchte, sie anzufallen. Die Tiere rollten angsterfüllt mit den Augen, und der Kutscher brauchte sie beileibe nicht zur Eile anzutreiben. So nutzte er die freie Peitsche, um damit auf das Rudel unter sich einzuschlagen. Zwei der Pferde bluteten schon aus tiefen Bisswunden, und es war nur noch eine Frage der Zeit, wann die Tiere zusammenbrechen und zum Fraß der Wölfe würden. Selbst nach Megyery, der sich zum Fenster hinausgelehnt hatte, schnappte eine dieser Bestien, ein großer grauer Wolf, mit seltsam hasserfüllten Augen. Megyery konnte gerade noch vor den scharfen Fängen des Tieres zurückweichen, dessen übelriechender Atem ihm ins Gesicht schlug. Er warf sich in das Innere der Kutsche zurück und wies seine Mitreisenden an, sich mit ihren Pistolen zu verteidigen.

Die Straßen Europas waren damals sehr unsicher, und überall lauerten Gefahren, sei es durch Räuberbanden, herumziehende Söldner oder wie jetzt durch wilde Tiere. Deshalb waren Reisende meist schwer bewaffnet, die Männer trugen Säbel, und wer es sich leisten konnte, hatte zudem eine Feuerwaffe bei sich. Diese Waffen hatten aber bestenfalls abschreckenden Charakter, denn sie waren umständlich zu handhaben und nicht besonders treffsicher, speziell wenn aus einer fahrenden Kutsche heraus geschossen wurde. Nachdem die Männer einen Schuss abgefeuert hatten, mussten sie ihre Pistolen neu von Hand laden, was bei der rasenden Fahrt fast unmöglich war.

Das Wolfsrudel war offenbar vom Angstschweiß der Pferde und dem Geruch frischen Blutes dermaßen rasend gemacht, dass selbst die Schüsse es nicht in die Flucht schlagen konnten. Schließlich riss der große graue Wolf den Leithengst zu Boden und biss sich in dessen Nacken fest. Der Kutscher versuchte zwar, das Schlimmste zu verhindern und warf sich mit seinem gesamten Gewicht auf die Bremse, doch auch die anderen Pferde kamen zu Fall und stürzten dabei die Karosse um. Hilflos unter dem Kutschbock eingeklemmt, schrie der Fahrer um sein Leben, denn sofort fiel das Wolfsrudel über ihn her. Der Mann wäre verloren gewesen, wäre ihm nicht sofort der Rote Megyery zur Seite gesprungen. Dieser war bei dem Unfall aus der Kutsche geschleudert worden.

Jetzt im Ernstfall erwies der alte Mann seinem Ruf als furchtloser Krieger alle Ehre; kaum dass er den Boden berührt hatte, riss er den Säbel aus der Scheide und bahnte sich eine blutige Schneise durch die Wölfe. Auch Graf Zrinyi hatte sich zu den beiden durchgeschlagen, und so verteidigten sie sich Rücken an Rücken gegen die Angreifer. Jedoch wurden die Pferde, durch ihr Geschirr an die umgestürzte Kutsche gefesselt, nicht weiter von den Wölfen bedrängt. Seltsamerweise richtete sich deren gesamter Zorn gegen die Männer, die sich mit ihren Säbeln erfolgreich zu verteidigen wussten und ein Gemetzel unter den Bestien anrichteten. Um die Kutsche herum lagen binnen kurzem leblose Körper, abgeschlagene Tatzen und wimmernde Wölfe mit herausquellenden Eingeweiden. Dennoch kämpften die Angreifer mit dämonischer Verbissenheit, und ihre zahlenmäßige Überlegenheit brachte die Männer schon bald in ernste Bedrängnis. Immer wieder gelang es einzelnen Tieren, durchzubrechen und sich an den Armen und Beinen der Bedrängten zu verbeißen. Nur ihre dicken Pelzmäntel konnten die Männer vor ernsthaften Verletzungen schützen.

Doch mit den Wölfen am Leib waren sie nicht mehr in der Lage, sich mit ihren Säbeln zu verteidigen, und panisch versuchten sie, die nach ihren Kehlen schnappenden Bestien abzuschütteln. Bald schloss sich der tödliche Kreis um sie immer enger und enger. An Megyery hingen mehrere Wölfe wie in einer Traube herab, und der große Mann konnte sich kaum mehr bewegen, geschweige denn sich verteidigen. Megyery wurde bewusst, dass seine letzte Stunde geschlagen hatte. Aug in Aug stand er einem großen grauen Wolf gegenüber. Hasserfüllte Blicke trafen einander, und das Tier schien in fast menschlicher Art seinen Triumph auszukosten, bevor es hochsprang, um dem Gegner die Kehle zu durchbeißen. Unbeweglich und mit geschlossenen Augen erwartete Megyery sein Ende. Doch er wartete vergebens, anstatt ihn zu zerreißen, ließen plötzlich die Wölfe von ihm ab. Graf Zrinyi hatte den Leitwolf im Sprung mit einem Säbelhieb verletzt, und das Tier verfehlte sein Ziel.

Kaum aber hatte das Rudel die Verletzung seines Führers bemerkt, da ging mit den Tieren eine seltsame Veränderung vor sich. Ihre selbstmörderische Wut war verflogen, und sie gaben auf, um wie von Zauberhand im dichten Unterholz zu verschwinden.

Wie versteinert starrten sich Emerich Megyery und Graf

Zrinyi an. Keiner der beiden war fähig, ein Wort zu sagen, und so beugte Megyery anerkennend sein Haupt vor dem Mann, der soeben sein Leben gerettet hatte. Graf Zrinyi aber lächelte erschöpft den alten Mann an und ergriff freundschaftlich dessen Hände. Durch ein Röcheln wurden sie in die Realität zurückgerufen. Der schwerverletzte Fahrer lag im Sterben und bedeutete mit schmerzverzerrtem Gesicht seinem Herrn, dass er ihm etwas mitteilen wollte. Selbst durch eine üble Bisswunde gezeichnet, kniete sich Megyery nieder und nahm das Haupt des treuen Kutschers in seine Hände.

Megyery war den Tränen nahe und sagte mit brüchiger Stimme: »Gabor, mein Freund…«

Kreidebleich und den Tod vor Augen, bekreuzigte sich der Angesprochene mehrfach. Der Mann war immer noch eingeklemmt, und es fiel ihm schwer, zu sprechen. Heftig wurde er durch einen Hustenanfall geschüttelt, und ein dünner Blutfaden rann aus seinem Mund.

Als er sich gefangen hatte, gelang es ihm, zu reden: »Herr, meine Zeit ist gekommen …« Husten unterbrach seine Worte, seine Augen wurden glasig und waren vor Grauen geweitet, sein Atem wurde flach und stoßweise. Der Mann begann zu phantasieren. »Das waren keine Wölfe, das waren Kreaturen der Finsternis, nicht von dieser Welt. Habt Ihr die Augen des großen grauen Wolfes gesehen? Ich konnte durch sie tief hinein in eine andere Welt blicken. Flüssige Finsternis quoll in einem endlosen Strom vom Firmament. Und diese Finsternis traf am Horizont mit einem Meer zusammen, aber dieses Meer war kein Meer aus Wasser, sondern aus Angst – aus flüssiger Angst! Und an der Stelle, wo sich die Finsternis mit der Angst vereinte, gebar die Angst Ungeheuer, schwarze schauderhafte Drachen, die aus einer unbeschreiblichen Substanz bestanden, nichts, was ich mit Worten wiedergeben könnte, weder fest noch flüssig, so als würde diese Substanz laufend ihre Beschaffenheit ändern. Doch das Allererschreckendste waren ihre Köpfe; auch diese veränderten sich fortwährend, mal glichen sie bestialischen Schädeln mit gewaltigen Raubtierfängen, aus deren Rachen schleimige Flüssigkeiten strömten, die sich sofort mit ihrem Vater, der Finsternis, vereinten. Im nächsten Moment jedoch gingen sie auf grausige Art und Weise in menschliche Köpfe über, ich konnte Gesichter von Frauen, nein, von Engeln erkennen. Es waren die lieblichsten und bezauberndsten Gesichter, die ich je erblickt habe. Aber kaum waren sie in ihrer vollsten Schönheit erblüht, begannen sie sich auf furchtbare Weise zu entstellen. Liebliche Züge wurden durch schleimige Blasen zerstört, wunderschöne Augen platzten auf und machten rotglühenden, hasserfüllten Sehorganen Platz. Als nichts mehr an Engel erinnerte, nahmen die nun konturlosen Schädel, die aus einer schwarzen, blasenwerfenden Masse bestanden, wieder neue Formen an, zeigten diabolische Fratzen, die nur ... oh, großer Gott im Himmel ... ein Spiegelbild des leibhaftigen Satans sein konnten ...!«

Diese Erinnerungen waren zu viel für den schwerverletzten Mann, und er fiel in die gnädige Umarmung einer Ohnmacht.

Die beiden Männer blickten sich entsetzt an. Keiner wagte, ein Wort zu sprechen. Erst Baron Druget brach durch sein Auftauchen das Schweigen. Während des Kampfes hatte er sich im Wagen versteckt gehalten und es erst, nachdem der Kampflärm verklungen war, gewagt, nach draußen zu blicken. Sein Stolz verbot es ihm, seine Feigheit einzugestehen, und so zückte er unbeobachtet seinen Säbel und durchbohrte damit einen vermeintlichen Wolfskadaver, um später behaupten zu können, auch er habe gegen die Bestien gekämpft. Doch als er die blutverschmierte Klinge wieder herauszog, ging ein seltsames Beben durch den ausgestreckt daliegenden Körper. Das Beben schwoll zu einem epileptischen Schütteln an, bis sich das Tier in Krämpfen und mit Schaum vor dem Maul wild zuckend aufbäumte und dabei ein seltsames Wimmern von sich gab. Die Blicke der anderen lagen fassungslos und beklommen auf dem grotesken Schauspiel.

Verzweifelt versuchte Baron Druget nun, das beängstigende Geschehen zu beenden, und hieb wie von Sinnen immer wieder auf das sich im Todeskampf windende Tier ein. Es dauerte lange, bis der sterbende Wolf seinen Kampf beendet hatte, und so lag, als Ruhe in den Körper eingekehrt war, nur mehr ein unkenntlicher Fleischklumpen zu Baron Drugets Füßen. Blutbesudelt wie ein Schlachter und mit aschfahlem Gesicht, versuchte dieser nun wortreich zu erklären, warum er während des Kampfes nicht zu ihnen hinzugestoßen war und wieso er auf einen halbtoten Wolf eingestochen hatte.

Entnervt herrschte ihn Graf Zrinyi an, er solle schweigen. Nach einigen Sekunden betretener Stille, die Baron Druget wie Stunden vorkamen, bäumte sich der Kutscher ein letztes Mal auf, um mit vor Angst weit aufgerissenen Augen und einem erstickten Schrei dem Tod in die Arme zu sinken. Megyery legte den Kopf des treuen Dieners langsam zu Boden und schloss fast zärtlich dessen Augen. Dann aber erhob er sich zur vollen Größe, breitete die Arme weit aus und schrie in den grauen Himmel hinaus: »Schattenwolf! Ich werde dich jagen, und sei es bis ans Ende der Welt!«

Nachdem sie ihren Schock überwunden hatten, standen die Männer ratlos um das Wrack der Kutsche herum. Es bot sich ihnen ein Bild der Zerstörung. Zwei der Pferde waren schwer verletzt und schnaubten vor Schmerz, die anderen beiden waren zwar durch das Geschirr ebenfalls zu Boden gezogen worden, wiesen aber nur kleinere Verletzungen auf. Die Leiche des Kutschers lag noch immer eingeklemmt unter dem Kutschbock. Das Dach des umgestürzten Gefährts war stark eingedrückt.

Das betroffene Schweigen wurde durch Baron Druget gebrochen, der mit erregter Stimme Megyery anfuhr: »Da habt Ihr es, wir sind verloren! Hätten wir uns nicht auf diese verfluchte Sache eingelassen, säßen wir hier nicht fest! Die Kutsche können wir ohne fremde Hilfe nicht bergen, die Pferde sind eingeklemmt, und weit und breit gibt es niemanden, der uns helfen kann! Es wird nicht lange dauern, bis die Wölfe wiederkehren, und wenn diese uns nicht fressen, werden wir in der Nacht erfrieren! Und Ihr seid an allem schuld, Ihr mit Eurem gottverdammten Starrsinn.« Der junge Mann starrte Megyery hasserfüllt an.

Dieser blickte auf seine von Wolfsfängen aufgerissene linke Hand, als ob er überlegte, inwieweit er damit noch zuschlagen könnte. Dann schaute er den jungen Adligen mit einem warnenden Blick an, bevor er sich an Graf Zrinyi wandte: »Die Sache hat uns sehr viel Zeit gekostet. Wir müssen die Kutsche wieder fahrtauglich machen. Spannt die Pferde aus dem Geschirr aus. Ich werde die zwei schwerverletzten Tiere von ihren Leiden erlösen.«

Baron Druget ließ er ohne Kommentar stehen. Dann wandte er sich ab und zückte bedächtig seinen Säbel. Er kniete sich zu dem Leithengst, dessen Sehnen an den Hinterläufen zerrissen waren. Er strich dem Tier beruhigend über den Kopf, bevor er mit einem kurzen, kraftvollen Stoß seiner Waffe das Herz des Tieres durchbohrte. Wie von einem Schlag getroffen, sackte der mächtige Körper in sich zusammen. Ebenso verfuhr er mit dem zweiten Tier.

Graf Zrinyi hatte die beiden anderen Pferde ausgespannt und band sie, nachdem sie sich aufgerafft hatten, an einen nahe stehenden Baum. Megyery hatte mittlerweile ein Seil im Gepäckkasten gefunden und befestigte es an der Karosse. Mit Hilfe der beiden verbliebenen Pferde versuchten sie, das Fahrzeug wieder aufzurichten. Knarrend schnitt sich aber das

Seil in das demolierte Chassis ein, und es wurde deutlich, dass sie so eher das Dach abreißen würden, als dass sich die Kutsche aufrichten ließe. Megyery legte nun das Seil um die in der Luft hängenden Räder, er wies den schmächtigen Baron Druget an, die Pferde anzutreiben, und stemmte sich zusammen mit Graf Zrinyi gegen das Dach, welches sich langsam vom Boden abheben ließ.

Doch dann kam der kritische Punkt, an dem der Wagen halb aufgerichtet war und der Hebel immer geringer wurde, mit dem das an den Rädern befestigte Seil die Kraft der Pferde übertrug. Nun lastete ein großer Teil des Gewichts auf den beiden stöhnenden Männern, die sich mit hochrotem Kopf gegen die Last pressten. Baron Druget wagte es nicht, die Pferde noch stärker anzuspornen, da er befürchtete, die Räder könnten abreißen. So mussten Graf Zrinyi und Megyery all ihre Kraft aufbieten, um Millimeter für Millimeter den Wagen weiter aufzurichten. Dann endlich war der tote Punkt überwunden, und die Karosse fiel von selbst krachend auf die Räder. Kurzer Jubel machte sich bei den Männern breit, als sie sahen, dass die Achsen der Wucht des Aufpralls standgehalten hatten. Auf der eingedrückten Seite war die Tür abgerissen, doch sonst schien die Kutsche noch fahrtauglich zu sein. Megyery hob behutsam die Leiche seines Kutschers und Freundes empor und bettete sie in die Kutsche.

Dann wandte er sich an die beiden Mitreisenden: »Edle Herren, es betrübt mich, dass ich Euch keine standesgemäßere Beförderung bieten kann, doch ist es unsere Christenpflicht, Gabor ein ordentliches Begräbnis zu geben.« Er warf dabei Baron Druget einen Blick zu, der keinen Widerspruch zuließ. Megyery bestieg den Kutschbock, und die beiden jungen Adligen setzten sich widerwillig neben die Leiche. Die von der wilden Verfolgungsjagd erschöpften und schokkierten Pferde waren kaum in der Lage, die schwere Kutsche zu zweit zu ziehen. Oft mussten die Männer abspringen und bei Baumwurzeln, morastigen Stellen und Schlaglöchern mit zupacken, um den Wagen wieder flottzumachen. Es dauerte Stunden, bis sie bei einbrechender Dunkelheit endlich eine kleine Ortschaft erreichten. Es gab dort lediglich einen schmuddeligen Gasthof, vor dem sie ein paar Einwohner antrafen. Zunächst betrachteten diese sie argwöhnisch, da sie in ihren blut- und schlammverschmierten Kleidern wie Räuber wirkten. Doch als der Gastwirt den berühmten Roten Megyery erkannte, war die Begeisterung groß. Dann kam Furcht in ihnen auf, und der Wirt fragte: »Edle Herren, wer hat Euch so zugerichtet? Waren es gar Türken, die sengend und mordend über unser Land herfallen?«

»Nein«, entgegnete Megyery, »es waren Wölfe, die uns angefallen haben.«

Ungläubig starrten die Leute, die sich mittlerweile um die Kutsche versammelt hatten, die Spuren des Angriffs an, so etwas hatten sie noch nie erlebt. Wölfe wagten sich für gewöhnlich nicht an menschliche Besiedlungen oder Fahrzeuge heran, geschweige denn, dass sie sich auf einen solch verheerenden Kampf eingelassen hätten. Hätte ihnen nicht Emerich Megyery persönlich gegenübergestanden, sie hätten nicht geglaubt, was ihnen da geschildert wurde.

Nachdenklich meinte ein älterer Mann mit einem struppigen Vollbart: »Gott bewahre uns, wenn ein derartiges Höllenrudel über unseren Weiler herfällt, ist es um uns geschehen.«

Eine Frau kreischte hysterisch: »Das waren keine normalen Wölfe, das waren Werwölfe. Wir sind alle verloren!«

Noch bevor sich Panik breitmachen konnte, hob Emerich Megyery beide Arme und brüllte: »Ruhe! Beruhigt euch doch. Das waren ganz normale Wölfe. Wir haben sie zum größten Teil getötet, es besteht für euch keine Gefahr!«

Langsam beruhigten sich die Menschen, und die ersten

begannen, auf Megyery einzureden: »Edler Herr, sagt, was hat Euch dazu bewegt, zu uns zu kommen?«

»Wir müssen eine Messe für den Toten lesen lassen und ihn aufbahren.«

»Ihr braucht frische Pferde, die Euren sind überanstrengt.«

»Ich lasse nach meiner Frau schicken, damit sie Eure verschmutzten Sachen reinigt und ausbessert.«

»Habt Ihr Nachrichten von den Türken, ist der Friede wirklich sicher?«

»Ihr müsst ein paar Tage bleiben, damit wir Euch pflegen und Eure Kutsche instand setzen können.«

»Ich lasse heißes Wasser bringen, damit Ihr Eure Wunden versorgen könnt.«

Alle redeten durcheinander, und Megyery war außerstande, auch nur auf eine einzige Frage einzugehen. Er hob beschwichtigend die Hände und sagte bestimmt: »Einer nach dem anderen. Wir haben eine beschwerliche Reise hinter uns, gebt uns erst ein wenig Zeit, unsere Wunden zu versorgen und uns auszuruhen. Danach lasst uns zusammensitzen und in Ruhe miteinander sprechen.«

Baron Druget, der ebenso wie Graf Zrinyi kaum Beachtung fand, raunte seinem Schwager zu: »Diese Hinterwäldler sollen sich um die Kutsche und die Pferde kümmern und uns mit ihrem Geschwätz in Ruhe lassen.«

Der junge Graf zischte zurück: »Ach seid doch still, ohne diese Leute wären wir aufgeschmissen und würden hier eine halbe Ewigkeit festhängen.«

Mittlerweile drängte die ganze Gruppe in den kleinen, niedrigen Gastraum herein. Das Dach der Gaststätte war riedgedeckt, und die Mauern waren von einem einfachen Fachwerk gestützt. Im Inneren des kargen, fensterlosen Raumes standen auf einem gestampften Lehmboden Tische und Bänke aus rohem Holz. Statt durch Kerzen wurde der Raum durch rußende und stinkende Öllampen erleuchtet. Der Wirt versuchte seine Gäste vor der zudringlichen Dorfbevölkerung zu bewahren und führte sie in einen kleinen Nebenraum. Dort befand sich ein Matratzenlager aus derben, strohgefüllten Hanfsäcken. Es roch nach Qualm, Körperausdünstungen und ranzigem Fett. Zwischen den fünf Matratzen huschten Mäuse herum, und die Spuren an den Wänden zeugten von zerquetschtem Ungeziefer.

Baron Druget meinte trocken: »Ich weigere mich, hier zu übernachten.«

Der Wirt entgegnete peinlich berührt: »Hoher Herr, es tut mir leid, im ganzen Ort gibt es keine bessere Unterkunft.«

Der junge Adlige antwortete frostig: »Dann überlass mir dein Schlafgemach.«

Der Wirt meinte verzweifelt: »Euer Gnaden, das ist nicht möglich, ich teile mir mit meiner Frau und meinen drei Kindern ein Bett, das schlechter ist als diese hier. Wegen der Wärme halten wir noch Schafe und Hühner in dem Raum.«

Baron Druget stand ihm sprachlos gegenüber, bevor er wütend zischte: »Megyery, das ist alles Eure Schuld!«

Megyery meinte darauf trocken: »Schön, nachdem die Schuldfrage nun geklärt ist, bitte ich dich, Wirt, uns zu essen, zu trinken und etwas zur Versorgung unserer Wunden zu bringen. Sorgt auch dafür, dass die Leiche aufgebahrt wird und die Pferde versorgt werden.«

Als die Männer eine Schüssel mit heißem Wasser und einige halbwegs saubere Tücher bekommen hatten, machten sich Megyery und Graf Zrinyi daran, ihre Wunden auszuwaschen und zu verbinden. Baron Druget versuchte, das Blut aus seinen Kleidern zu waschen. Besorgt blickte Emerich Megyery die Bisswunde an seiner linken Hand an. Er wusste, wie gefährlich solche Verletzungen waren. Meist entzündeten sie sich und führten zu Wundbrand. Sehr sorgsam versuchte er daher, die schmerzende Verletzung zu reinigen und zu verbinden. Doch der pochende Schmerz, der nun hochkam, nachdem sich sein durchgefrorener Körper langsam erwärmte, bestätigte seine Befürchtung, dass der unreine Wolfsspeichel bereits zu einer Entzündung geführt hatte. Aber mehr, als die Verletzung zu reinigen, war im Moment nicht möglich.

Graf Zrinyi hatte sich erschöpft auf eine der Matratzen fallen lassen, während Baron Druget sich über alle Unannehmlichkeiten beklagte. Er schimpfte über den ungeheizten, zugigen Raum, jammerte über den Gestank, lamentierte über das schmutzige Waschgeschirr und die zerschlissenen Tücher. Nach kurzer Zeit riss Megyery der Geduldsfaden, und er brüllte den jungen Mann an: »Werter Druget von Homonnay, das, worüber Ihr Euch da beklagt, ist das Beste, was diese Menschen zu bieten haben. Für sich selbst reicht es oft nicht einmal dazu. Im Winter fehlt es ihnen an Feuerholz und an Lebensmitteln. Die Schwachen erfrieren oder verhungern, und wer diese Jahreszeit überlebt hat, der hat viel Kraft und Gewicht verloren. Denn fast alles, was sie im Sommer erarbeiten und ernten, müssen sie abgeben, um ihrem Feudalherren ein bequemes und sattes Leben zu ermöglichen. Also beklagt Euch nicht, sondern seid dankbar, dass uns die, die nichts besitzen, ihre Hilfe, Unterkunft und Vorräte anbieten!«

Baron Druget schwieg betreten, und Graf Zrinyi musste sich beherrschen, um nicht gehässig zu grinsen. Das Essen war erwartungsgemäß schlecht. Es bestand aus einer dünnen und nur schwach gewürzten Suppe, Kohl, Kartoffeln und als Höhepunkt ein gebratenes Huhn, das sich die drei Männer teilen mussten.

Baron Druget murrte: »Die Wälder sind voller Wild, und wir müssen uns mit dieser zähen, alten Henne begnügen.«

Megyery entgegnete trocken: »Ja, das ist grausam, die Leute hier haben stets die leckersten Happen vor Augen, doch Jagen ist ihnen verboten – und Ihr wisst ja, welche harten Strafen auf Wilderei und Holzdiebstahl stehen. So bleibt ihnen nur, eine Legehenne zu schlachten, wenn sie einen besonderen Gast mit Fleisch verwöhnen wollen. Die Eier werden ihnen in den bevorstehenden kalten Monaten sehr fehlen.«

Die jungen Männer hüllten sich in bedrücktes Schweigen, das auch nicht durch neugierige Dritte gestört wurde. Der Gastwirt hatte sich zusammen mit seinen anderen Gästen respektvoll in die große Stube zurückgezogen. Von dort waren laute Stimmen, derbes Gelächter und das Klappern von Weinbechern zu hören. Der Wein, den sie tranken, war dünn und gepanscht, doch in dem kalten Haus waren sie froh, überhaupt etwas Alkohol in den Adern zu haben. Nach einiger Zeit betrat der Wirt schüchtern den Raum. Als er sah, dass die Männer kaum etwas gegessen hatten, entschuldigte er sich wortreich für das karge Mahl, dann fragte er servil: »Hochwohlgeborene Herren, nachdem Ihr Euch erholt und gestärkt habt, möchten wir fragen, ob Ihr Euch nicht zu uns gesellen wollt? Eure Anwesenheit wäre uns eine große Ehre.«

Megyery erhob sich prompt, und auch Graf Zrinyi überwand seine Erschöpfung und folgte der Einladung. Nur Baron Druget weigerte sich, sich unter die einfachen Leute zu begeben. Er machte sich nicht einmal die Mühe, Müdigkeit oder Erschöpfung vorzutäuschen, er weigerte sich einfach. Doch weder die Gastgeber noch seine Reisegefährten schienen darüber sehr traurig zu sein. Als sie sich an einen Tisch zu den Dorfältesten gesetzt hatten, sprach sie der offensichtlich Älteste an. Sein Mund enthielt nur schwarze Reste von Zähnen. Er aber wirkte dennoch würdevoll, als er sich an die beiden Adligen wandte. »Hohe Herren, es ist uns eine besondere Ehre, den berühmten Roten Megyery und den Grafen Zrinyi, den Sohn des Helden von Szigetvár, in unserem kleinen Ort begrüßen zu dürfen. Seit Menschengedenken seid Ihr die höchsten Herren, die wir je als Gäste willkommen heißen durften. Doch verratet uns, welch üble Laune des Schicksals Euch hierher verschlagen hat?«

Diesmal war es an Graf Zrinyi, zu antworten: »In der Tat ist es eine üble Laune des Schicksals, die unsere Reise nach Pressburg an den Hof des Palatins so jäh unterbrochen hat. Wölfe haben uns angefallen, die Folgen davon habt ihr ja schon gesehen.«

Nachdenklich meinte ein anderer: »Man munkelt, dass dies keine normalen Wölfe waren, man sagt, dass es sich um Werwölfe gehandelt haben muss, denn kein Wolfsrudel hätte es gewagt, Eure Karosse in voller Fahrt anzugreifen.« Ein Dritter sagte beunruhigt: »Gott bewahre uns davor, denn wer von einem Werwolf gebissen wird, der verwandelt sich des Nachts selbst in einen Werwolf.«

Alle blickten misstrauisch auf die Verletzungen und Verbände der beiden Männer. Stille war eingetreten, und es war leise zu vernehmen, wie ein alter Mann flüsterte: »Wenn dem so ist, sind sie verloren. Man kann ihre Seelen nur retten, indem man ihr Herz mit einem silbernen Dolch durchbohrt und dann ihren Kopf abschlägt.«

Wütend sprang der Dorfälteste auf und rief: »Schweigt, ihr abergläubischen Narren, ist das eure Art, unseren hohen Gästen die Gastfreundschaft zu erweisen?«

Graf Zrinyi, den die Geschichte von Werwölfen eher belustigte, meinte versöhnlich: »Meine Freunde, beruhigt euch. Ich verstehe ja, dass ihr Angst vor den vielen bedrohlichen und unerklärlichen Dingen habt, die euch umgeben, aber ich kann euch versichern, dass es für alles eine natürliche Erklärung gibt. Ich habe viel von dieser Welt gesehen und noch mehr über sie gelesen, doch habe ich nie von einem verbürgten Beweis für die Existenz von Werwölfen gehört, und auch in der Bibel gibt es keine Stelle, die auf solch eine Monstrosität hinweisen würde.«

Megyery, der wusste, dass sich so das einfache Volk nicht überzeugen ließ, zog seinen Dolch, rammte ihn vor Graf Zrinyi in den Tisch und sagte: »Dieser Dolch besitzt eine Klinge aus Silber. Da ich der Einzige bin, der von einem der Wölfe gebissen wurde«, wobei er seine Hand mit dem blutgetränkten Verband emporhielt, »lege ich mein Leben in Eure Hände, edler Graf Zrinyi. Sollte ich mich entgegen allen wissenschaftlichen Lehrmeinungen heute Nacht in einen Werwolf verwandeln, so ist es mein Wille, dass Ihr mir diesen Dolch ins Herz rammt und alles unternehmt, um den furchtbaren Fluch von meiner Seele zu nehmen. Schwört, bei allem was Euch heilig ist, dass Ihr mir diese Bitte gewährt.«

Graf Zrinyi wollte ihm schon lachend diesen absurden Wunsch abschlagen, doch traf ihn unter dem Tisch ein kräftiger Fußtritt Megyerys, und der Blick, der ihm begegnete, machte deutlich, dass sein Begleiter von ihm erwartete, bei dieser Farce mitzuspielen.

»Nun gut«, erklärte Graf Zrinyi gespielt feierlich, »es sei so. Bei dem leisesten Anzeichen, dass Ihr Euch in einen Werwolf verwandeln könntet, werde ich mit diesem silbernen Dolch Eurem Leben ein Ende bereiten. Dies schwöre ich, so wahr ich hier sitze.«

Prüfend blickte er in die Menge, um die Wirkung seiner Worte zu erfassen. Insgeheim musste er sich ein Lächeln verbeißen, die einfachen Leute aber waren schwer beeindruckt von der großen Geste, der sie hier beiwohnen durften. Sie saßen noch lange beisammen und lauschten gespannt den Erzählungen des Roten Megyery. Erst weit nach Mitternacht zogen sich die beiden Männer erschöpft zurück. Mit einer rußenden Öllampe suchten sie ihr kaltes Nachtlager auf. Ein leises Schnarchen verriet, dass Baron Druget bereits eingeschlafen war.

Megyery flüsterte Graf Zrinyi zu: »Ihr habt gut gespielt,

alle Achtung, doch jetzt möchte ich wieder um meinen Dolch bitten.« Wobei er die Hand erwartungsvoll ausstreckte.

Graf Zrinyi grinste ihn breit an. »Nein, mein bester Megyery. Ich habe geschworen, Euch damit das Herz zu durchbohren und dann den Kopf abzuschneiden. Ihr werdet mir doch dieses Vergnügen nicht abschlagen wollen.«

Megyery war müde, und seine Hand schmerzte höllisch, er hatte keine Lust auf Scherze und antwortete daher ärgerlich: »Graf Zrinyi, lasst diesen Unsinn. Der Dolch ist weder aus Silber, noch habe ich vor, mich in einen Werwolf zu verwandeln. Also gebt ihn endlich her, ich pflege ihn nachts nicht aus der Hand zu geben.«

Enttäuscht darüber, dass sein Spaß auf Ablehnung gestoßen war, gab der junge Graf den Dolch zurück, wobei er eine halbherzige Entschuldigung murmelte. Nachdem sie das Licht gelöscht hatten, kehrte Ruhe im Gasthof ein. Lediglich das Scharren und Trippeln von Mäusen war zu hören. Graf Zrinyi rollte sich fröstelnd unter die zerschlissenen Wolldecken, die er über seinen warmen Pelzumhang gelegt hatte. Er konnte nicht einschlafen, am ganzen Körper juckte es ihn. Er wusste nicht, ob es von den Flöhen oder Wanzen kam, die zweifelsohne in den Betten auf ihre Opfer lauerten, oder ob da etwas anderes in seinem Körper vor sich ging. Auch wenn ihm sein humanistisches Wissen sagte, dass es keine Werwölfe gab, so war er sich jetzt in der Finsternis der Nacht dessen nicht mehr so sicher.

Neben ihm lag sein Säbel, zwar nicht aus Silber, doch strahlte die scharfe Klinge eine gewisse Beruhigung aus. Immer wieder lauschte er zu Megyery hinüber, in der Angst, es könnte tatsächlich eine Verwandlung mit ihm vorgehen. Jedes Seufzen und Stöhnen, das dieser im Schlaf von sich gab, ließ den jungen Grafen erschrocken hochfahren. Besonders zermürbend war für ihn die absolute Finsternis, die in dem fensterlosen Raum herrschte. Er war ausschließlich auf sein Gehör angewiesen. Anhand der Geräusche, die zu ihm drangen, glaubte er zu ahnen, dass sich Megyery noch in seiner Bettstatt befand, doch gaukelten ihm seine Ohren auch immer wieder seltsame Geräusche vor. Besonders dann, wenn totale Stille eintrat, wurde es in seinem Inneren beunruhigend belebt. Er befand sich in einer Art Dämmerzustand und vernahm neben dem sanften Rauschen, das er stets bei absoluter Stille zu hören glaubte, auch sehr real wirkende Geräusche wie ein Klopfen oder die Stimmen seiner Begleiter. Doch jedes Mal, wenn er etwas Derartiges vernahm, schreckte er aus dem Halbschlaf empor und wurde sich bewusst, dass diese Geräusche tatsächlich nur in seinem Kopf existierten. Dann lauschte er noch angestrengter in die Dunkelheit. Näherte sich ihm da nicht irgendetwas? Schlug ihm da nicht ein Hauch wie vom Atem eines Raubtieres entgegen? Erst als diese Momente beklemmender Stille durch ein plötzliches Schnarchen zerrissen wurden, wusste Graf Zrinyi, dass sich Megyery nicht von der Stelle bewegt hatte. Natürlich konnte er trotz seiner großen Erschöpfung keine Minute auch nur den geringsten Funken Schlaf finden. Es mussten schon viele Stunden vergangen sein, als sich plötzlich etwas rührte. Doch nicht aus dem Zentrum seiner Furcht, dem Platz, an dem Megyery schlief, sondern aus der Ecke, in der Baron Druget bisher ruhig geschlafen hatte, vernahm Graf Zrinyi ein langgezogenes Stöhnen, so als durchlitte der junge Mann heftige Schmerzen. Dann hörte er das dumpfe Aufschlagen eines Körpers auf dem Boden, gefolgt von einem knurrenden Laut. Der junge Graf ergriff furchterfüllt seinen Säbel und hielt ihn schützend vor sich. Ihm schoss die Frage durch den Kopf, was wohl mit Baron Druget geschehen war, während er und Megyery sich gegen die Wölfe verteidigt hatten. Womöglich hatten die Bestien auf eine ihm unvorstellbare Art und Weise von dem Körper seines Schwagers Besitz ergriffen. Doch die weiteren Ereignisse rissen Graf Zrinyi aus seinen angstvollen Gedanken, und er hörte, wie etwas Großes an ihm vorbei nach draußen stürmte. Vor Aufregung zitternd, saß er im Bett und überlegte, ob er das, was da ins Freie entwichen war, verfolgen sollte, oder ob er nicht im vermeintlich sicheren Gasthof bleiben sollte. Doch die absolute Finsternis und die Ungewissheit, ob nicht auch Megyery eine ähnliche Verwandlung durchmachen würde, bewogen ihn, lieber einem Werwolf in der mondhellen Nacht entgegenzutreten, als furchtsam in seinem Bett auf das Grauen zu warten. Leise schlich er sich aus dem Haus, doch als er im Freien angelangt war, konnte er keine Spur von seinem Schwager oder dem, was einmal sein Schwager gewesen war, entdecken. Es war sehr kalt geworden in dieser Nacht, und bald schon schlotterte er so heftig vor Kälte und Furcht, dass seine Zähne laut aufeinanderklapperten. Plötzlich hörte er hinter dem Gasthof ein hässlich gurgelndes Geräusch. Mit gezücktem Degen rannte er um die Ecke und erblickte Baron Druget, wie dieser sich mit glasigen Augen aufrichtete und den unerwünschten Beobachter mit einem furchteinflößenden Blick anstarrte. Noch bevor Graf Zrinyi zu einer Reaktion fähig war, fuhr ihn eine gepresste Stimme an: »Was glotzt Ihr so einfältig, habt Ihr noch nie einen Mann gesehen, der sich den Magen verdorben hat? Bei dem Fraß von heute Abend ist das auch kein Wunder.«

Graf Zrinyi lachte erleichtert und erzählte seinem Schwager von der Angst der einfachen Leute und dem Schwur, den er abgelegt hatte. Baron Druget konnte über diese Geschichte jedoch nicht lachen und reagierte sehr beunruhigt darauf: »Fürwahr, dass ich daran nicht gedacht habe! Megyery ist von einer der Bestien in die Hand gebissen worden. Wenn es tatsächlich Werwölfe gewesen sind, so ist er verloren!«

Graf Zrinyi, dem der Kontakt mit einem anderen Menschen und das schimmernde Mondlicht dabei geholfen hatten, seine absurde Angst abzulegen, entgegnete: »Ich glaube nicht daran, dass sich Megyery verwandeln könnte.«

Baron Druget reagierte zynisch. »Danke! Von mir habt Ihr noch vor wenigen Augenblicken angenommen, ich sei ein Werwolf. Aber der ach so edle Megyery soll davor gefeit sein!«

Der junge Graf wusste darauf nichts zu antworten, also fuhr sein Schwager fort: »Wir müssen sehr vorsichtig sein. Solange wir nicht sicher wissen, dass Megyery frei von dem Übel ist, stellt er eine große Bedrohung für uns alle dar. Ich schlage vor, dass wir zurückgehen, eine Lampe entzünden und bis zum Morgengrauen abwechselnd Wache halten.«

Graf Zrinyi hätte zwar nie zugegeben, an die Existenz von Werwölfen zu glauben, aber er war doch froh, das Ende der Nacht im Schein einer Lampe erwarten zu können. Also entgegnete er: »Ich finde das zwar lächerlich, aber wenn es Euch beruhigt, lieber Schwager, so wollen wir so verfahren.«

Die Männer kehrten in ihre Unterkunft zurück und entzündeten eine Lampe. Baron Druget entfuhr ein entsetzter Aufschrei: »Bei allen Teufeln, er ist verschwunden!«

Bass erstaunt blickten die beiden Männer auf die leere Stelle, an der zuvor Megyery gelegen hatte. Graf Zrinyi entgegnete beschwichtigend, jedoch nicht sehr überzeugend: »Es gibt sicher eine vollkommen harmlose Erklärung dafür.« Sein Schwager aber konterte ärgerlich: »Es gibt nur eine Erklärung, und die lautet, die Bestie ist entkommen! Wäre Megyery uns in menschlicher Gestalt gefolgt, wir hätten ihn bemerkt. Nur dem lautlos dahingleitenden Schatten eines Werwolfes konnte es gelingen, ungesehen an uns vorbeizugelangen.«

Graf Zrinyi war nicht geneigt, mit Baron Druget zu streiten, also antwortete er entnervt: »Und was, schlagt Ihr vor, sollen wir nun unternehmen?«

Der junge Adlige überlegte kurz, bevor er sagte: »Nichts, wir sind einem solchen Untier ohne geweihte silberne Waffe nicht gewachsen. Am besten wird sein, wir verbarrikadieren uns hier und warten, bis sich bei Tagesanbruch das Ungeheuer in einen Menschen zurückverwandelt hat. Morgen werden wir dann so tun, als wäre nicht das Geringste geschehen, denn Megyery wird sich bei Tage an nichts erinnern können. So können wir mit ihm, ohne Gefahr für unser Leib und Leben, nach Pressburg weiterreisen und ihn dem Palatin ausliefern. Dieser wird schon wissen, wie er mit solch einem Höllengeschöpf zu verfahren hat.«

Graf Zrinyi fand den Plan alles andere als gut. War Megyery tatsächlich zum Werwolf geworden, so würden sie sich tatenlos und feige verbergen, während das Ungeheuer über die wehrlosen Dorfbewohner herfiel. Beruhte der ganze Spuk jedoch nur auf Einbildung, so würden sie womöglich einen tapferen und rechtschaffenen Mann dem Tode preisgeben. Dennoch verspürte er nur wenig Lust, anders vorzugehen, als sein Schwager es vorgeschlagen hatte. Doch noch bevor sie den feigen Plan in die Tat umsetzen konnten, erschien Megyery in der Tür. Unwillkürlich zückten die jungen Männer ihre Waffen, aber der alte Haudegen lachte nur. »Lasst die Albernheiten! Gegen einen Werwolf könntet Ihr so nichts ausrichten, und gegen den Roten Megyery könnt Ihr beide ohne Kampferprobung nicht bestehen.«

Die zwei Männer wussten, dass er recht hatte, und ließen zaghaft die Waffen sinken.

Dann meinte Graf Zrinyi entschuldigend: »Wir hatten Euch vermisst und befürchteten das Schlimmste. Wieso habt Ihr das Bett verlassen?« Megyery lachte trocken: »Die Frage sollte ich Euch stellen. Zunächst wurde ich durch Gepolter aus einem Traum geweckt, dann hörte ich, wie jemand den Raum verließ. Ich lauschte und musste feststellen, dass ich allein war. Folglich erhob ich mich, um nach dem Rechten zu schauen. Ich verhielt mich leise, da ich nicht wusste, aus welchem Grund Ihr ins Freie gegangen wart. So verfehlten wir uns wohl nur knapp im Hof der Gaststätte. Als ich draußen keine Spur von Euch fand, kehrte ich zurück, und Ihr bedroht mich nun mit Euren Degen.«

Betroffen wurde sich Graf Zrinyi bewusst, wie kindisch sie sich verhalten hatten. Nachdem er seine Sicht der Dinge dargelegt hatte, beschlossen sie, sich zumindest für die wenigen verbliebenen Stunden bis Tagesanbruch niederzulegen. Doch an Schlaf war nicht mehr zu denken. Vorsorglich ließen sie die Öllampe brennen, und misstrauisch verfolgte jeder die kleinste Bewegung der anderen.

Als sie am Morgen lebhafte Geräusche aus dem Hof vernahmen, war jeder der Männer froh, diese unangenehme Nacht unbeschadet überstanden zu haben. Ohne große Erwartungen brachten sie das einfache, aber reichliche Frühstück rasch hinter sich, um möglichst bald nach Pressburg weiterfahren zu können. Zwar war die Residenzstadt nur mehr als eine halbe Tagesreise entfernt, doch hatten sie die Ereignisse des Vortages vorsichtig werden lassen. Ein paar kräftige Männer waren gerade dabei, einen notdürftigen Sarg mit den sterblichen Überresten des Kutschers auf dem Dach der Karosse festzuzurren. Die fehlende Tür war mit ein paar Brettern vernagelt worden, und drei träge, aber kräftige Kaltblüter standen als Ersatz für die beiden geschwächten Pferde bereit. Emerich Megyery war sehr zufrieden, denn all seine Anweisungen hatte man rasch und unkompliziert in die Tat umgesetzt. Für gewöhnlich übertrieben es seine Landsleute mit der Gastfreundschaft und versuchten alles, um die Abreise besonderer Gäste zu verzögern. So hatte er nicht mit einer reisebereiten Kutsche gerechnet. Er wunderte sich zwar, wieso niemand zu ihrem Abschied erschienen war, aber es war ihm jetzt wichtig, ohne Verzug weiterzufahren. Wahrscheinlich hatten die Bauern ihre nächtlichen Eskapaden bemerkt und wollten die vermeintliche Bedrohung rasch aus ihrem Ort haben. Ganz zufrieden mit der Entwicklung, drehte er eine Runde um das Gefährt. Auf der gegenüberliegenden Seite entfuhr ihm ein lauter Fluch. »Bei allen Höllenhunden, das darf doch nicht wahr sein!«

Graf Zrinyi und Baron Druget waren rasch herbeigelaufen, um das Malheur zu besehen. Auf der unbeschädigten Seite der Kutsche fehlten beide Räder, und die leeren Achsen waren auf zwei Holzstapel aufgebockt worden.

Megyery rief einen der Männer herbei und brüllte ihn an: »Was soll das, wer hat euch befohlen, die Räder abzubauen?«

Der arme Kerl war so verschreckt, dass er kaum ein Wort herausbrachte. Als er sich etwas gefangen hatte, stotterte er: »Das war der Dorfälteste. Er dachte, es würde Euch freuen, wenn wir die Kutsche von Grund auf überholen würden.«

Baron Druget fuhr ihn von der Seite her wütend an: »Ihr Hinterwäldler sollt nicht denken, sondern Befehle ausführen. Sag deinem Dorfältesten, dass wir ihn auf den Bock spannen und eine Tracht Stockhiebe verabreichen werden, die er für den Rest seiner Tage nicht vergessen wird, wenn das Gespann nicht binnen einer halben Stunde zur Abfahrt bereitsteht!«

Der Mann warf sich Megyery zu Füßen und flehte: »Verzeih, edler Megyery, dass wir Euch erzürnt haben. Wir werden tun, was in unserer Macht steht, damit alles so ist, wie Ihr befehlt.«

Peinlich berührt, meinte Megyery beschwichtigend: »Hab Nachsicht mit meinem jungen Begleiter. Sein Wutausbruch entspringt größter Sorge. Wir sind in dringlicher Angelegenheit unterwegs, und jede Stunde, die wir versäumen, kann Menschenleben kosten. Nun erhebe dich und halte die Deinigen zu größter Eile an.«

Die Drohungen des jungen Adligen hatten wahre Wunder gewirkt, und noch vor der Zeit war alles für die Abfahrt bereit. Und nun war auch eine große Menge erschienen, um diese hohen, aber auch merkwürdigen Gäste zu verabschieden.

## Fünftes Kapitel
## *Ein Meer aus Angst*

Christina stand zitternd vor der undichten, aus rohen Brettern gezimmerten Haustür. Hinter ihr lag der sichere, in dämmriges Halbdunkel getauchte rauchige Wohnraum. Das Feuerholz ging zur Neige, und wenn sie diese Nacht nicht frieren wollten, so musste neues Holz hereingeholt werden. Sie brauchte dazu lediglich einmal um ihre kleine Hütte herumzugehen, und dennoch fürchtete sie sich davor, das Haus zu verlassen. Unleidlich herrschte sie ihr Mann an, sie solle nicht herumtrödeln, sondern gefälligst ihre Pflicht tun. Unschlüssig und verängstigt hielt sie inne, doch dann fasste sie sich ein Herz. Noch nie hatte sie ihrem Mann widersprochen, doch ihre Angst vor dem, was da draußen auf sie lauern mochte, war größer als die Furcht vor ihrem Mann. Sie drehte sich um und flehte ihn an, er selbst möge das Holz holen, denn sie spürte, dass das Übel heute so unheilschwanger wie schon seit langem nicht mehr über Cseithé schwebte.

Wütend sprang ihr Mann auf und packte sie mit seinen rohen Fäusten, er schrie ihr ins Gesicht, sie solle es nie wieder wagen, ihm zu widersprechen. Dann stieß er sie von sich und zog langsam den Gürtel aus seiner Hose, um sie zu züchtigen. Denn war er nicht ihr Herr und Meister, stand nicht in der Bibel geschrieben, du sollest nicht gehorchen der Stimme deines Weibes? Er konnte es ihr nicht so einfach durchgehen lassen, dass sie gegen ihn aufbegehrte. Sie hasste ihn. Ja, sie hasste ihren Mann schon seit dem Tage ihrer Vermählung. Ihre Eltern und Schwiegereltern hatten sich vor vier Jahren, als sie kaum dreizehn war, geeinigt, dass sie sich mit Benedict, dem ältesten Sohn des Johannes Boda, vermählen sollte. Benedict war gemeinhin eine gute Partie, da ihm sein Vater einen kleinen Acker und diese Hütte am Ortsrand schon zu Lebzeiten vermacht hatte.

Ihre Familie war zwar nicht annähernd so wohlhabend wie die Bodas, doch wurde behauptet, sie sei eine sehr gutaussehende Frau, und so verzichtete ihr Schwiegervater auf eine angemessene Aussteuer. Benedict hingegen warf ihr dies von Anfang an vor und behandelte sie wie eine Leibeigene, was ihre Abneigung ihm gegenüber nur noch vergrößerte. Er war ein unangenehmer Mensch, mit einem farblosen Gesicht und ebenso farblosen Haaren und wulstigen Lippen. Was sie aber am meisten anwiderte, waren sein schlechter Atem und seine feuchten Küsse, die er ihr, wenn er sie liebte, ins Gesicht drückte. Lieben war zudem der falsche Ausdruck, denn er nahm seine Frau, wann immer es ihm danach war. Sie hatten nie darüber gesprochen, dass es ihr Schmerzen bereitete, weder wusste er, was ihre Wünsche waren, noch was ihr Lust bereitete. Auch wehrte sie sich nicht gegen seine Zudringlichkeiten. Wieso auch, sie wäre nie auf die Idee gekommen, sich über ihr Leid zu beklagen. Die Frau war des Mannes Untertan, und sie hätte bei niemandem Beistand gefunden. So ließ sie auch diesmal klaglos die brutale Züchtigung über sich ergehen, um dann mit tränengefüllten Augen das Haus zu verlassen.

Das Herz klopfte ihr bis zum Hals, und sie zitterte am ganzen Leib. Der Schuppen mit dem Holz lag im Schatten der Hütte. Es war dort düster, und das feuchte Holz verbreitete den eigentümlichen Geruch von Moder und Fäulnis, der an eine alte Kirchengruft erinnerte. Die junge Frau konnte kaum die Hand vor Augen erkennen und erahnte bloß die Silhouetten der Holzstapel im Inneren des Verschlages. Mittlerweile war es ihr übel vor Angst, und sie hielt die Luft an, um in die Dunkelheit hineinzulauschen. War da nicht ein Geräusch? Sie konnte ein leises Summen in ihren Ohren vernehmen und glaubte das Pochen ihres Herzens mit der Lautstärke von Kirchenglocken zu hören. Da! Ganz nahe bei ihr, inmitten der Dunkelheit ertönte nun ganz deutlich ein leises Rascheln. Wie ein glühendes Eisen durchbohrte sie ein heißer Schwall, der sich rasch von ihrem rasenden Herzen zum Hals und zum Magen hin ausbreitete, um dann von einem eiskalten Schauer gefolgt zu werden, der ihr alle Nackenhaare aufstellte.

Sie konnte nun fast körperlich spüren, dass da etwas ganz nahe bei ihr war, dass sie etwas beobachtete und nur darauf wartete, aus der Dunkelheit hervorzufahren, um sie in den unergründlichen Schlund der Hölle zu zerren. Ein faustgroßer Kieselstein schien in ihrem Hals zu stecken, und sie war unfähig, zu schreien oder gar davonzulaufen. Sie starrte in die Finsternis und konnte nun deutlich zwischen ihr und der Tür, tief in den Schatten geduckt, die Umrisse einer Bestie erkennen. Grässliche Klauen schienen von einem unregelmäßigen, massigen Körper auszugehen, der über und über mit kinderkopfgroßen Auswüchsen bedeckt war. Der Kopf hob sich pyramidenförmig und ohne Hals vom Rumpf ab und schien ausschließlich aus diesen Auswüchsen zu bestehen. Das Ungeheuer verhielt sich abwartend und rührte sich nicht, so als würde es nur auf eine Bewegung der jungen Frau warten. Vielleicht konnte es sie ja auch nicht sehen, wenn sie weiterhin völlig regungslos verharrte. So stand sie wie versteinert, gleich einem Kaninchen vor der Schlange, dem unbekannten Ding aus der Düsternis gegenüber. Es verging eine Ewigkeit, und keines der beiden Wesen gab ein Lebenszeichen von sich.

Dann plötzlich erscholl ein wutentbrannter Schrei: »Christina, wo bleibst du liederliche Metze! Komm sofort wieder ins Haus und hol dir deine Tracht Prügel ab! Wehe dir, du erscheinst hier ohne Holz!«

Die junge Frau fuhr zusammen, jetzt war alles aus, das musste diese Bestie aufgerüttelt haben. Ihre Hand verkrampfte sich um das Kruzifix an ihrem Hals, dann rannte sie panikerfüllt dem rettenden Ausgang entgegen. Sie strauchelte und streifte einen der Klauen des Missgebildes, krachend entpuppte sich das Höllenwesen als Holz- und Reisighaufen, doch die junge Frau merkte von alledem nichts, denn sie war wie von Sinnen vor Angst. Sie rannte keuchend die Straße hinunter auf die Kirche zu. Erst als ihre Beine versagten und die Lunge zu platzen drohte, wagte sie innezuhalten. Zitternd drehte sie sich um, in der Erwartung, etwas Fürchterliches müsse hinter ihr auftauchen, doch sie konnte nur die kleinen niedrigen Hütten rechts und links der Straße erspähen. Weit weg hörte sie das keifende Toben ihres Mannes. Nein! – sie konnte nicht mehr dahin zurück, zum einen war da dieses grässliche Ungeheuer, zum anderen Benedict, der sie in seiner Wut totschlagen würde. Vor dem Tor des Kastells sank sie schluchzend zu Boden.

Es dauerte eine Weile, bis jemand auf die völlig aufgelöste junge Frau aufmerksam wurde. Es war der verwachsene Ficzkó, der mit dem Hündchen der Czobor eine Runde drehte. Unbeholfen schüttelte er Christina bei den Schultern. Nun war Ficzkó nicht unbedingt das, was eine verängstigte Frau nach einem Nervenzusammenbruch als Erstes zu sehen bekommen sollte. Er hatte zwar bei genauerem Betrachten kein ausgesprochen abschreckendes Gesicht, doch wenn er, wie soeben, zu lächeln versuchte, erinnerte er an einen zähnefletschenden Wolf. So war denn auch die Reaktion der jungen Frau nicht weiter verwunderlich…

Benommen fand sich Christina auf einer strohgepolsterten Pritsche wieder. Das Letzte, woran sie erinnern konnte, war ein zähnefletschendes Ungeheuer, halb Mensch und halb Wolf. Verwundert betastete sie ihren Körper und stellte fest, dass sie unverletzt war. Langsam erhob sie sich und blickte sich vorsichtig in der Kammer um, in der sie sich befand. Eine kleine Kerze erhellte spärlich den fensterlosen Raum. Die Wände bestanden aus rohbehauenen Steinquadern, die über ihrem Kopf in einem Kreuzbogengewölbe zusammenliefen. Es roch muffig, und sie konnte einen leichten Geruch von Weihrauch feststellen. Ängstlich zog sie die Wolldecke, mit der sie zugedeckt war, enger um sich. Sie spürte, dass von diesem Ort eine unheilvolle Stimmung ausging, und so schritt sie zur Tür, um möglichst rasch diese Stätte zu verlassen.

Doch die massive Eichentür war von außen verriegelt. Sie klopfte verzweifelt dagegen, aber niemand öffnete ihr. Langsam kroch wieder diese unbestimmte, lähmende Angst in ihr empor. Ein eisiger Schauer überkam sie, und sie fing an zu zittern wie ein junger Hund, einsam in einer frostklirrenden Nacht. Die Kerze war niedergebrannt, und Christina dachte mit Grauen daran, wie es sein werde, wenn sie erloschen war. Die Flamme begann zu flackern, und es bildeten sich gespenstische Schatten an den Wänden. Wo war sie, wer mochte sie hier gefangenhalten, was sollte nur mit ihr geschehen? Dies alles schoss ihr immer wieder durch den Kopf, ohne dass sie in der Lage gewesen wäre, einen dieser Gedanken aufzugreifen und ihn zu Ende zu denken. Sie starrte mit weit aufgerissenen Augen in die Flamme, als könnte sie diese so vor dem Verlöschen bewahren. Doch schon bald kippte der Docht, und es wurde finster um sie herum. Es war ihr, als ob nun aus allen Winkeln heraus Kreaturen der Hölle auf sie zu krochen und immer näher kamen, um ihr schließlich unsägliche, unvorstellbare Pein zuzufügen. Leise schluchzend kauerte sie sich auf der Pritsche zusammen und verbarg sich wie ein Kind in der Nacht unter der Decke.

Die Dunkelheit war über Cseithé hereingebrochen, und Christinas Mann begann sich langsam Gedanken zu machen. Natürlich wusste er, dass aus dem Ort in den letzten Wochen immer wieder junge Frauen verschwunden waren, doch gehörte er zu den Leuten, die sich erst dann den Kopf über solche Dinge zerbrachen, wenn sie selbst von solch einem Schicksalsschlag betroffen waren.

Was seine Frau anbelangte, so glaubte er, dass sie mit ihrer zur Schau getragenen Verängstigung lediglich seine Aufmerksamkeit erwecken wollte, um sich vor den Arbeiten außerhalb des Hauses zu drücken. Er war kein Mensch, der sich bemühte, seinen Partner zu verstehen oder sich gar in ihn hineinzuversetzen versuchte. Gefühle, die seine Frau empfand und für die es keine sichtbaren Anhaltspunkte gab, hielt er für geheuchelt. Folglich nahm er auch nie die geringste Rücksicht darauf, wenn Christina über Kopfschmerzen oder Unwohlsein klagte. Es war etwas anderes, als sie sich einmal mit dem Beil das Bein aufgeschlagen hatte, hier konnte er ja sehen, was die Ursache ihrer Schmerzen war, und daher nahm er ihr zumindest die ersten Tage die schwerste Arbeit ab. Aber Angst vor etwas anderem als körperlicher Züchtigung hielt er schlichtweg für absurd.

Nun jedoch machte er sich mit einer Laterne auf den Weg, um seine Frau zu suchen. Noch redete er sich ein, dass sie einfach davongelaufen war, aus Ärger über die Prügel, die er ihr zuvor verabreicht hatte. Wut keimte in ihm auf, denn er wollte sich nicht eingestehen, dass seiner Frau etwas zugestoßen sein sollte, zumal er ihren Befürchtungen keinen Glauben geschenkt hatte. So malte er sich aus, was er alles mit ihr anstellen würde, wenn er sie aufgefunden hatte. Er ging also von Haus zu Haus, um nach dem Verbleib seiner Frau zu fragen. Doch nur ungern wurde er eingelassen. Meist lugte vorsichtig das Familienoberhaupt oder ein kräftiger Knecht durch die nur einen Spalt geöffnete Tür, um sich zu überzeugen und nachzusehen, ob es wirklich Benedict Boda war, der da Einlass begehrte. Oft wurde ihm dabei eine Mistgabel oder ein anderer scharfer Gegenstand an die Brust gehalten, doch die meisten streckten ihm ein geweihtes Kruzifix entgegen. Wenn sie endlich sicher waren und mit Erleichterung festgestellt hatten, dass sie nicht einem Werwolf, Vampir oder gar dem Teufel selbst gegenüberstanden, wurde Benedict rasch ins Haus gezerrt und hinter ihm die Tür mit schweren Riegeln und manch anderem massiven Möbelstück wieder versperrt. Trat er dann in den Wohnraum, fand er beim flackernden Schein des rauchigen Herdfeuers die gesamte verängstigte Familie versammelt. Die Männer – Vater, Großvater, Schwager, Neffen, Enkel und die Knechte – bewaffnet mit langen Dolchen, Dreschflegeln und anderen sonst zur Feldbestellung verwendeten Gegenständen. Und selbst die Knaben trugen Messer oder sonstiges spitzes Küchengerät. Im Hintergrund saßen die Frauen beisammen und murmelten teils monoton, teils hysterisch Gebete an die Jungfrau Maria und alle Heiligen. Auch wenn dieser Teil Ungarns schon seit langem protestantisch war, so hielten sich die alten Gebete und Gebräuche in den Köpfen der Alten. Diese gaben dem Abfall vom Papsttum auch die Schuld für Gottes Rache, die ihnen in Form des Schattenwolfes nun geschickt worden war. Als Benedict erzählte, warum er gekommen war, machte sich stets große Bestürzung breit.

Nein, niemand hatte heute Christina gesehen, und keiner wusste, wohin sie wohl gerannt sei. Doch in den Häusern, in denen bereits früher Frauen und Mädchen verschwunden waren, wurde bitteres Wehklagen laut. So manche beherzte Greisin schalt ihn dann und verkündete mit finsterer Miene, es sei so sicher wie das Amen in der Kirche, dass Christinas Leib und Seele wie die der anderen zuvor den Mächten der Finsternis zum Opfer gefallen waren. Er aber sei durch seinen dummen Leichtsinn dafür verantwortlich. Doch Benedict fuhr stets empört auf und nannte sie abergläubische Waschweiber und schimpfte, dass sich das ganze Weibsvolk im Ort mit all dem Geschwätz nur vor der harten Arbeit auf dem Felde drücken wolle. Auf seine Bitte hin, ihm bei der Suche nach seiner Frau zu helfen, gerieten die Männer in arge Verlegenheit. Die einen drucksten herum und meinten, dass sie ihre Frauen nicht allein lassen wollten, die anderen aber wurden wütend und sagten ihm, er sei selbst für Christinas Verschwinden verantwortlich, also solle er auch allein nach ihr suchen. Verärgert zog Benedict dann weiter, und die Menschen in den Hütten atmeten auf, dass in dieser Nacht das Böse ein Opfer außerhalb ihres Hauses gefunden hatte.

Es war schon spät, und Benedict hatte immer noch keinen Hinweis auf Christinas Verbleib. Verblüfft über den offensichtlichen Einfallsreichtum seiner Frau überlegte er, wo sie sonst noch Unterschlupf gefunden haben könnte. Es blieben lediglich drei Plätze, an denen er nicht gesucht hatte; dies waren die Kirche, das Kastell und die Burg. Er bezweifelte, dass seine Frau den umständlichen und weiten Anstieg hoch zur Burg unternommen hatte, da sie ja nur leicht bekleidet war, zudem kannte sie dort niemanden. Viel eher hielt er es für möglich, dass sie bei einer entfernten Verwandten, die im Kastell Dienst tat, Zuflucht gesucht hatte. So klopfte er herrisch am Tor zu dem düsteren Anwesen.

Es war Ficzkó, der dem Mann öffnete. Unwirsch fragte er ihn, was er zu so später Stunde begehre. Etwas kleinlauter, als sich dies Benedict Boda vorgenommen hatte, erkundigte er sich nach dem Verbleib seiner Frau. Zu Benedicts großer Überraschung wusste Ficzkó zu berichten, dass er sie vor einiger Zeit hier am Tor gefunden hatte. Und etwas gereizt setzte er hinzu, dass er nicht wüsste, wo sie nun sei. Kaum dass er sie angesprochen hatte, sei sie wie von der Tarantel gestochen aufgesprungen und davongelaufen. Benedict wollte noch einige Fragen stellen, doch Ficzkó deutete ihm vage die Richtung, in die seine Frau verschwunden war, und knallte das Tor wieder zu. Benedict kochte förmlich vor Wut. Christina hatte es also wirklich gewagt, davonzulaufen. Er war es leid, weiter nach ihr zu suchen, sie würde schon wieder auftauchen, aber dann könnte sie sich auf etwas gefasst machen.

Ein Geräusch im Gang ließ Christina hochfahren. Sie hatte jegliches Zeitgefühl verloren, denn sie war in der Zwischenzeit in einen erlösenden, bleiernen Schlaf gefallen. Doch nun saß sie hoch aufgerichtet und mit klopfendem Herzen auf der Pritsche und lauschte mit weit aufgerissenen Augen, die die Finsternis nicht zu durchdringen mochten, den leisen Schritten, die sich ihrem Gefängnis näherten. Sie wartete ängstlich darauf, dass die Tür aufgerissen und sich eine grässliche Bestie auf sie stürzen würde. Doch plötzlich keimte in ihr der Hoffnungsschimmer auf, dass es die Schritte eines freundlichen Retters aus der Not seien, der gekommen war, um sie zu befreien. Hin und her gerissen zwischen Angst und Hoffnung, lauschte sie, bis die Schritte nahezu verhallt waren. Dann erst begriff sie, dass eine Chance, sie zu befreien, unwiderruflich vorüber war. Das riss sie aus ihrer Lethargie heraus. Sie sprang an die Tür, schrie um Hilfe und hämmerte verzweifelt gegen das massive Holz. Sie war wie von Sinnen, sie merkte nicht, wie ihre Knöchel langsam zu bluten begannen, sie hörte nicht, wie die Schritte wieder näher kamen, sie hörte auch nicht, wie knarrend ein schwerer Riegel zur Seite geschoben wurde. So stolperte sie denn, noch immer mit den Fäusten um sich schlagend, durch die offene Tür einer schwarzgekleideten Gestalt entgegen. Unendlich erleichtert erkannte sie das ernste Gesicht des Pastors Johannes Ponikenus. In einem Freudentaumel fiel sie ihrem vermeintlichen Retter um den Hals.

Dieser hatte Mühe, sie von sich zu stemmen, denn der körperliche Kontakt mit einer jungen, spärlich bekleideten, aber gutaussehenden Frau schien ihn zu verwirren. Insbesondere das Gefühl ihres prallen Busens an seiner Brust trieb dem Verfechter absoluter Tugendhaftigkeit die Schweißperlen auf die Stirn.

Ängstlich blickte Christina dem konsterniert wirkenden Mann ins Gesicht und flehte ihn an: »Hochwohlgeborener Herr, ich werde hier gegen meinen Willen festgehalten, ich flehe Euch an, helft mir, diesem schrecklichen Ort zu entfliehen!«

Ein seltsames Zucken umspielte die Lippen des Angesprochenen, sein Gesicht spiegelte sowohl Fassungslosigkeit als auch Furcht wider. Erwartungsvoll wartete die junge Frau auf eine Reaktion des Mannes. Doch nachdem sie sich einige Augenblicke angestarrt hatten, rang sich Ponikenus nur ein knappes Kopfschütteln ab. Christina erschrak zutiefst, denn sie war zu allem bereit, nur um zu vermeiden, erneut in der Finsternis eingesperrt zu werden. So fiel sie dem Geistlichen vor die Füße und bettelte ihn erneut an, ihr die Freiheit zu schenken.

Mit frostiger Stimme antwortete Ponikenus: »Versteh mich nicht falsch, aber ich kann dir nicht helfen. Du bist hier in der Gewalt einer höheren Macht als der meinen, selbst ich bin ihrer unheiligen Willkür unterworfen.«

Mit diesen Worten schob er sie zurück in die finstere Kammer und schickte sich an zu gehen. Mit dem Mut der Verzweiflung verstellte ihm Christina den Weg. Als sie bemerkte, dass sein ablehnender Blick weniger dem ihren auswich, als sich vielmehr auf ihre Brüste fixierte, beschloss sie, alles auf eine Karte zu setzen. Mit einem raschen Griff riss sie sich das Hemd vom Leib und stand dem unbarmherzigen Mann barbusig gegenüber. Mit bebender Stimme und lauerndem Blick fragte sie: »Ist es vielleicht das, was Ihr wollt? Ihr könnt mich haben, nehmt mich, doch lasst mich nicht hier allein in der Dunkelheit zurück.«

Als hätte er nur darauf gewartet, stürzte sich der Geistliche auf die junge Frau. Als er nach kurzer Zeit von ihr abließ und das Beben in seinem Unterleib abgeklungen war, ging jedoch eine seltsame Wandlung mit ihm vor. Wie aus einem Traum erwacht, stieß er angewidert die junge Frau von sich und schrie mit zum Himmel erhobenen Blick: »O mein Gott, wie konntest du nur zulassen, was dieser Succubus mir angetan hat.« Und mit einem hasserfüllten Blick an Christina gewandt: »Weib, Sünde ist dein Name! Du Ausgeburt der Hölle, diesen Frevel wirst du bitter bereuen. Du wirst büßen, wie auch die anderen gebüßt haben!«

Sternenlose Finsternis lag über Cseithé, der Nachtwächter hatte schon Mitternacht ausgerufen, da erhob sich ein mächtiger und eisiger Wind und fegte über die Ortschaft hinweg. Die Menschen verkrochen sich in ihren klammen Betten. Frauen schmiegten sich zitternd an ihre Männer, Kinder umklammerten weinend ihre Mütter, wem das Schicksal aber den Partner genommen hatte, der murmelte verzweifelte Gebete und drückte geweihte Amulette oder Kreuze an die Brust. Denn sie alle versuchten, die Geräusche, die draußen in der Finsternis erschollen, nicht zu hören. Nicht das unheimliche Knarren von Fensterläden, das Rauschen der finstren Tannen oder das Jaulen der Wölfe, nein, andere Geräusche waren es, Geräusche, die niemand zu vernehmen wünschte, die jedermann aus dem Schlaf rissen und den Menschen die gnädige Ruhe eines traumlosen Schlummers verwehrten.

Selbst Benedict Boda hörte sie, doch noch immer weigerte er sich, ihre Realität anzuerkennen, und dennoch ließen ihm diese Geräusche keinen Frieden, gönnten ihm keinen Schlaf. Einsam und schweißüberströmt wälzte er sich auf seinem Lager hin und her, versuchte sich verzweifelt mit Kissen die Ohren zuzuhalten. Doch vergebens, die Geräusche erreichten sein Gehirn, marterten und geißelten es, bis der letzte Funke kühler Sachlichkeit verloschen war, er sich in abergläubischem Schrecken dem Nachtmahr hingab. Mahnend rüttelte der Sturm an der Tür seiner Kate. Mit unheimlichem Pochen schlug ein loser Fensterladen, der riesigen Faust eines geisterhaften Besuchers gleich, beunruhigend regelmäßig gegen ein Fenster. Doch Benedict wagte es nicht, das Bett zu verlassen, wagte es kaum, zu atmen, geschweige denn den Fensterladen zu schließen. Wie recht doch seine Frau gehabt hatte, da draußen tat sich Fürchterliches.

Da! Klar wie eine Totenglocke drängte sich wieder und immer wieder das grässliche Geräusch in sein Hirn. Ihm schauderte bis ins Mark hinein, denn zwischen dem Fauchen und Pfeifen des Windes glaubte er ein Wimmern und Kreischen zu vernehmen. Und was er zu seiner größten Verzweiflung zu erkennen glaubte, war nichts anderes als die Stimme seiner eigenen Frau! Niemand aber wagte es, der verlorenen Seele zu Hilfe zu eilen, denn jeder ahnte, dass keine Macht der Erde mehr der jungen Frau das Leben retten konnte.

So lauschten alle, von hilflosem Schauer ergriffen, bis in die frühen Morgenstunden hinein dem furchtbaren Flehen, das von tiefster Panik und von grauenhaftesten Schmerzen zeugte. Erst als der neue Tag graute, und der unirdische Wind sich legte, als die Geister der Nacht sich in ihre Gräber zurückzogen und die Basilisken und Dämonen aus den Träumen der Menschen verschwanden, um zurückzukehren an die schaurige Schlossfassade, wo sie wieder zu Reliefs und Wasserspeiern wurden, erst da erstarben die gespenstischen Geräusche der Nacht und mit ihnen die namenlosen Qualen der unglücklichen Christina.

Es lag ein nebliger Schleier über dem Ort, und obwohl die Sonne schon hoch am Himmel stand und sich als runde helle Scheibe vom eintönig blassen Grau des Dunstes abhob, waren die Straßen von Cseithé wie ausgestorben. Weder spielende Kinder, kläffende Hunde, noch geschäftige Frauen und Handwerker ließen sich in den Gassen blicken. Nur das heisere Krähen einiger Raben, die schemenhaft über dem Kirchhof kreisten, unterbrach die eisige Stille. Vier Frauen standen dort, abseits der windschiefen Grabsteine und vermoderten Kreuze vor einem frisch ausgehobenen Grab, das jenseits des geweihten Bodens lag.

»Beeile dich, Ficzkó!«, herrschte die alte Darvulia die Gestalt an, die soeben mühsam aus dem Erdloch gekrochen kam. Ihre leeren Augen starrten in Richtung der drei anderen Frauen, und ihre Stimme, die sich kaum vom Krächzen der Raben unterschied, fauchte: »Sehet diesen sündigen Leib. Nun ist er gereinigt und geläutert. Groß ist die Macht des Schattenwolfs, denn er erlöst uns vom Übel der Wollust. – Doch nun sputet euch, ihr Säumigen, macht ungeschehen, was geschehen ist, denn die Herrin wird bald kommen und von uns Rechenschaft fordern!« Ächzend hoben die Angesprochenen ein schlaffes Bündel auf und ließen es mit einem unschönen, dumpfen Geräusch in die Grube fallen. Die alte Darvulia trat ans Grab heran und vollführte seltsame Gesten, so als wollte sie einen Segen oder Bann über die Tote sprechen. Ihr rechter Arm war verbunden, ein dunkler Fleck auf dem weißen Verband ließ erkennen, dass sie sich eine größere, stark blutende Verletzung zugezogen haben musste. Doch niemand wagte, sie nach der Ursache dafür zu fragen.

Nachdem er aufmerksam und nicht ohne Befriedigung die seltsame Zeremonie beobachtet hatte, wandte er sich vom Fenster ab. Er bekreuzigte sich mehrfach und murmelte dabei: »Eingenäht in den unreinen Balg eines Esels! Möge uns dies mit Gottes gnädiger Hilfe davor bewahren, dass sie nimmermehr hervorsteigen wird aus ihrem Grabe.«

Benedict Boda erfuhr erst gegen Mittag vom Tode seiner Frau. Ein Offizier war ihm zum Überbringen der schlimmen Nachricht geschickt worden. Als er dem Offizier öffnete, genügte dessen betroffener Blick, um zu bestätigen, was er ohnehin schon wusste.

## SECHSTES KAPITEL

## *Schwarze und weiße Magie*

Auf dem Friedhof war eine unheilvolle Stille eingekehrt, und eine einsame Gestalt machte sich daran, das schreckliche Grab zuzuschütten. Es war Katharina Benetzky, die Jüngste aus dem Kreis um die hochbetagte Darvulia, die diese elende Arbeit zu verrichten hatte. Obwohl schon über vierzig, wurde sie wie eine Minderjährige behandelt. Sie wurde daher auch nur Kathinka genannt. Nicht, dass sie besonders zurückgeblieben gewesen wäre, doch ihre Gutmütigkeit, gepaart mit Naivität, machten sie zurRanguntersten des Hofes, an der jeder seinen Ärger ausließ. So war es denn auch selbstverständlich, dass ihr allein diese schwere, sonst den Männern vorbehaltene Arbeit übertragen worden war.

Hätte sie der Pastor bei diesem Werk ebenso aufmerksam beobachtet wie zuvor die Prozession, so wäre ihm zumindest das krampfartige Zucken der unglücklichen Frau aufgefallen. So aber sah niemand, dass die sonst so gefühlsarme Frau jämmerlich weinte. Während jedes Spatenstichs ließ sie ein unterdrücktes Schluchzen vernehmen, und langsam rollten bittere Tränen ihre eingefallenen Wangen herunter. Es waren keine Tränen der Wut über die verhasste Arbeit, nein, es waren Tränen der Trauer. Keine Menschenseele im Ort konnte ahnen, dass diese beiden so unterschiedlichen Frauen, die begehrenswerte Christina und die von allen verlachte Kathinka, eine eigentümliche Freundschaft verbunden hatte. Beide waren sie Opfer ihrer Gesellschaft. Beide wurden misshandelt, und keine von beiden fand bei ihren Mitmenschen Schutz, Trost oder gar Verständnis. So kam es, dass sie einander heimlich das gaben, was ihnen die Gemeinschaft verwehrte. Unbeobachtet trafen sie sich, weinten sich beieinander aus, nahmen sich gegenseitig in den Arm und streichelten einander. Diese Zärtlichkeiten als lesbisch zu bezeichnen wäre überspitzt gewesen, denn es ging ihnen dabei nicht um Erotik oder sexuelle Befriedigung, sondern schlicht um das Verlangen nach menschlicher Wärme und Zuneigung. Dennoch hätte es beide um Kopf und Kragen gebracht, wäre ihre intime Verbundenheit ruchbar geworden. Rasch wäre ihre Freundschaft als satanische, widernatürliche Perversion ausgelegt worden. Als Strafe sah das Gesetz den Pranger, Folter und Kerkerhaft vor. Oft aber endeten solch verzweifelte Frauen auf dem Scheiterhaufen, da sie aus verletztem Stolz vom eigenen Ehemann der Hexerei bezichtigt wurden.

Die Schrecken, die Christina zu erleiden gehabt hatte, waren jedoch mindestens ebenso entsetzlich gewesen. Das unbarmherzige Schicksal hatte Kathinka nicht nur zur Totengräberin ihrer einzigen und intimsten Freundin bestimmt. Sie wusste auch, welche Grausamkeiten ihr, von wem oder was auch immer, zugefügt worden waren. Das, worauf sie nun kalte graue Erde werfen musste, war nicht mehr dieser zarte, wohlgeformte Körper, den sie kennen und auch lieben gelernt hatte. In den frühen Morgenstunden hatte sie in die abgezogene Haut eines Esels etwas einnähen müssen, was die grauenerregenden Reste eines menschlichen, belebten Geschöpfes Gottes gewesen waren. Doch Kathinka konnte keinen Hass empfinden, nur ohnmächtige Trauer, die nun in Form gramvoller Zähren auf den lehmigen Boden tropfte.

Als ob selbst der eisigste Schnee zu Tränen gerührt war, tropfte Schmelzwasser im viele Kilometer entfernten Pressburg zu Boden und bildete eine schmutzig bräunliche Pfütze. Es war die Hitze einer Flammensäule, die den Schnee zum Schmelzen brachte. Der Tag neigte sich langsam dem Ende zu, als die Kutsche von Emerich Megyery dieses erste Ziel ihrer Reise erreichte. Vom Süden her näherten sie sich der Donau, an deren gegenüberliegendem Ufer sich die königliche Stadt befand. Nach der Eroberung Budas im Jahre 1535 durch die Türken wurden die Ständeverwaltung und der ungarische Regierungssitz nach Pressburg verlegt. Somit wurden auch die Könige Ungarns hier gekrönt. Der Vater Rudolfs, Kaiser Maximilian II., empfing hier als Erster im Martinsdom die Königskrone. Seit diesem Ereignis hatte Pressburg schwere Zeiten erlebt. Die romantisch zwischen bewaldeten Hügeln gelegene Stadt war mehrfach Ziel kriegerischer Auseinandersetzungen gewesen. Außerhalb der Stadtmauern waren kaum noch menschliche Besiedlungen anzutreffen. Zum Schutz vor den Türken ließen die Stadtoberen Kirchen, Schulen und ein Spital vor den Toren Pressburgs abreißen, um mit dem Abbruchmaterial die innere Stadtmauer zu befestigen. Das Umland war von den zahlreichen Belagerungen verwüstet, und alle Brücken über die Donau waren geschleift worden. Nur eine behelfsmäßige Pontonbrücke spannte sich über hundert Meter von einem zum anderen Flussufer.

Die Pferde scheuten, als der Kutscher sie auf das schwankende Konstrukt lenken wollte. So zogen es die Männer vor, das Gefährt zu verlassen, um die Pferde zu führen. Megyery fluchte heftig über den unverschämten Brückenzoll, den sie zu entrichten hatten. Doch gab es keine andere Alternative, da die zahlreichen Fähren, die, zum Bersten gefüllt, das einfache Volk übersetzten, zu klein für ihre große Karosse waren.

Ihr Empfang in Pressburg war überschattet von einem beklemmenden Ereignis. Vor den Mauern der Stadt, auf dem freien Platz zwischen Stadtbefestigung und dem mächtigen, auf einem Hügel gelegenen Burgpalast, stand ein lichterloh brennender Scheiterhaufen, von dem sich die Silhouette einer leblosen Gestalt abzeichnete. Der süßliche Geruch verbrannten Fleisches verpestete die Luft, sodass sich Graf Zrinyi und Baron Druget ihre schneeweißen Spitzentücher vor die Nasen hielten. Eine große Menschenmenge war zusammengelaufen und harrte auf die folgenden Hinrichtungen, denn noch zwei weitere Pfosten mit Holzstößen warteten darauf, die Leiber von mutmaßlichen Hexen zu verzehren. Obwohl Pressburg seit dem Augsburger Religionsfrieden nicht mehr der päpstlichen Inquisition unterstand, brannten auch hier, wie im restlichen Europa, ständig die Scheiterhaufen. In überwiegend katholischen Regionen wurde die Hexenverfolgung hauptsächlich von Jesuiten betrieben. In protestantischen Gebieten übernahmen weltliche, teils fahrende Hexenrichter die Aufgaben der Inquisition.

Da ein Weiterkommen durch die Menge der Schaulustigen kaum möglich erschien, waren die Männer gezwungen, das grausige Schauspiel mit anzusehen. Megyery rieb sich vorsichtig die Hand, die mit einem Lumpen umwickelt war, durch den langsam dunkles Blut sickerte. Die Bisswunde hatte sich mittlerweile heftig entzündet, und ein pochender Schmerz machte sich breit. Der alte Mann kannte derartige Verletzungen zur Genüge und wusste, dass diese leicht zum Wundbrand und somit zum Verlust seiner Hand führen konnte. Missmutig blickte er aus der Kutsche, in der Hoffnung, bei der Hinrichtung seine Schmerzen zu vergessen. Ihm war klar, dass im Vergleich zu dem, was die Delinquenten durchzumachen hatten, bis sie dem Feuer übergeben wurden, seine Schmerzen lächerlich waren. Und dennoch stand ihm der kalte Schweiß auf der Stirn, und er presste seine Zähne so fest aufeinander, dass ihm die Adern an den Schläfen hervortraten.

»Hier also auch«, presste er hervor. »Es macht vor niemandem halt, in Deutschland verbrennen sie sogar schon Kinder.«

Graf Zrinyi wandte sich betroffen ab, als ein Leiterwagen mit den beiden anderen Hexen an ihnen vorbei zur Richtstätte gezogen wurde. »Ich finde diese Zurschaustellung überflüssig und abstoßend«, murmelte er, als es trotz der bewaffneten Reiter, die neben dem Karren herritten, zu brutalen Misshandlungen der zwei Frauen kam.

Beide trugen weiße Büßerhemden, die an vielen Stellen blutverkrustet am Körper klebten. Die harmloseste Vergnügung des Pöbels war es, sie an diesen Hemden zu ziehen, sodass die Blutkrusten wieder aufbrachen. Einige übermütige Bürschchen liefen unter dem Wagen mit und stießen mit langen Nägeln zwischen den Latten hindurch in die nackten Fußsohlen der Frauen. Die Menge amüsierte sich dabei köstlich über die verzweifelt hin und her tanzenden Hexen.

Baron Druget erwiderte auf Graf Zrinyis Worte: »Ihr habt recht, es ist kein schöner Anblick, zu sehen, wie eine Hexe verbrannt wird, doch ist es die einzige Möglichkeit, das Übel einzudämmen. Nur durch massive Abschreckung kann die Obrigkeit den Pöbel davon abhalten, einen Pakt mit dem Satan zu schließen!«

Empört fuhr Zrinyi auf. »Abschreckung nennt Ihr das? Ich habe noch keinen Jahrmarkt gesehen, bei dem sich das Volk besser amüsierte als bei einer öffentlichen Hinrichtung! Ein Richter aus Wien gestand mir sogar, dass kaum je so viel gestohlen wird wie bei den Hinrichtungen von Taschendieben.«

Der Disput wurde durch den Schrei der jüngeren der beiden Frauen unterbrochen. Jemand hatte ihr einen Eimer eklig schleimiger Exkremente ins Gesicht geschüttet, was durch ein Jubeln in der Menge quittiert wurde. Die Frau, sie war Ende dreißig, wirkte verzweifelt und kämpfte mit dem Brechreiz. Ihre Kopfhaare, wie auch alle anderen Körperhaare, waren abrasiert worden, aus der Angst heraus, sie könne Hexenpulver darin verbergen. Ebenso kahlgeschoren war die Ältere von beiden. Sie war wohl um die sechzig und hatte einen verkniffen bösartigen Gesichtsausdruck. Selbst der nahende Tod schien ihr keine große Angst einzuflößen.

»Was wäre«, stellte Graf Zrinyi die Frage, »wenn sie gar keine Hexen sind, wenn sich das Inquisitionsgericht getäuscht hätte?«

Fast empört antwortete Baron Druget: »Das kann nicht sein! Wer so etwas behauptet, macht sich der Konspiration mit den Hexen verdächtig. Nur eine Hexe, die aus freien Stücken ihre Verbrechen gesteht, darf dafür zur Verantwortung gezogen werden.«

»Freie Stücke, dass ich nicht lache! Unter der Folter erpresste Geständnisse sind das.«

Megyery, der weder die Verbohrtheit von Baron Druget noch die, in seinen Augen verweichlichten Ansichten Graf Zrinyis teilte, bemühte sich, die Wogen zu glätten. »Kein weltlicher Richter ist unfehlbar, aber kein Geständnis, das unter der Folter gegeben wurde, darf gegen einen Angeklagten verwendet werden. Alle Richter sind angehalten, erst nach der Folter die Befragung vorzunehmen. Die Aufgabe der Folter war und ist es, dem Angeklagten eine Gelegenheit zu geben, falls er unschuldig, also starken Mutes ist, durch seine Standhaftigkeit diese Unschuld zu beweisen.«

Baron Druget nickte verhalten, auch wenn er die Unfehlbarkeit des Gerichtes, als von Gottes Gnaden, nicht anzweifelte.

Graf Zrinyi aber schien wenig überzeugt zu sein. »Wovon Ihr sprecht, das sind wohl die idealistischsten Auslegungen der Carolina, die ich je gehört habe. Nein Megyery, das ist nicht die gängige Praxis. Niemand hält sich mehr an die Einschränkungen Karls V. Die Beschränkung auf nur einmalige Folter wird durch Spitzfindigkeiten umgangen, indem der

Richter behauptet, eine zweite Folterung sei nur die Fortsetzung der ersten.«

»Und wie erklärt Ihr Euch die Übereinstimmung aller Hexenaussagen, selbst bis ins kleinste Detail hinein und quer durch alle christlichen Länder?«, fiel ihm sein Schwager ins Wort.

»Ich weiß es nicht, aber wer unter der Folter steht, gesteht nun einmal das, was die Richter zu hören wünschen, allein aus der Hoffnung heraus, die eigenen Qualen zu beenden.«

»Ich sage Euch, Graf Zrinyi«, entgegnete Baron Druget, »wenn es nach Euch ginge, so würde sich diese Höllenbrut ungehindert über das Land ausbreiten. Sie würden Seuchen mit sich bringen, die Ernte vernichten, das Eheweib dem Manne zur Feindin machen, und des Nachts würden sie auf ihren Besen zum Sabbat fahren und dem Teufel huldigen, bis unser dreieiniger Gott vergessen ist und der Antichrist auf Erden herrscht! Lieber sollen zehn unschuldige Weiber brennen, als dass eine dieser Kreaturen Satans Gelegenheit findet, ihr teuflisches Werk fortzusetzen!«

Unter anderen Umständen wäre es sicher zu einem heftigen Streit zwischen den Männern gekommen. Nun aber wurde das Toben der Menge immer lauter, und es war kaum mehr möglich, ein Gespräch im Wagen zu führen. Die Frauen waren am Scheiterhaufen angelangt und wurden unter Tritten und Stößen auf den Holzstapel gezerrt. Zunächst wurde der jüngeren der beiden Frauen ihre Urgicht verlesen. Dies war ein Pamphlet, das das angebliche Geständnis einer Hexe enthielt. All ihre Sünden und Schandtaten wurden bis ins Kleinste geschildert, und bei jeder neuen unglaublichen Ausführung ging ein schaurig-genüssliches Raunen durch die Menge.

Wie ein gehetztes Tier blickte die zum Tode Verurteilte mit weit aufgerissenen Augen um sich. So als suchte sie nach einem Retter, der kam, um sie aus diesem schrecklichen Albtraum zu befreien. Doch sie erspähte nur hasserfüllte, blutrünstige Gesichter, die nicht das geringste Mitgefühl mit ihr zeigten. Den Höhepunkt der Farce bildete die anschließende Befragung der Delinquentin, ob sie zur aufrichtigen Reue und Abkehr vom Teufelsbund bereit sei.

Die Frau wusste, dass eine willfährige Einhaltung dieser grotesken Spielregeln ihr zumindest den grausamen Flammentod ersparte. So entsprach sie unter Tränen, mit zur Schau gestelltem Eifer, allen Forderungen der Richter, die sich durch das Verhalten der Hexe in der Richtigkeit ihres Urteils nur bestätigt sahen. Huldvoll und mit großer Zufriedenheit nahmen sie die Bußfertigkeit der Frau entgegen und gewährten ihr, voll der christlichen Nächstenliebe, einen raschen Tod durch Erwürgen. Ein enttäuschtes Raunen ging durch die Menge, die wenig Vergnügen daran fand, eine Leiche brennen zu sehen. Doch weidete sie sich an der fürchterlichen Todesangst der Frau, der durch den geübten Würgegriff des Henkers ein jähes Ende gesetzt wurde. Anders aber verhielt sich die ältere Frau. Von den Schmerzen der vorangegangenen Folter abgestumpft und voll des feindseligsten Hasses, spuckte sie auf das Schriftstück, welches die Urgicht enthielt. Dann verfluchte sie all jene, die sie verurteilt hatten, all jene, die sie denunziert hatten, und all jene, die nun zusammengekommen waren, um sich an ihrer Hinrichtung zu ergötzen. Viel weiter kam sie nicht, da ihr endlich vom Henker, der auf solche Vorfälle besser hätte vorbereitet sein müssen, ein eiserner Knebel in den Mund gerammt wurde. Es handelte sich dabei um eine Mundbirne, ein kleines eiförmiges Instrument, das sich mit einer Schraube weit aufspreizen ließ. So konnte die Frau zwar noch ihre Schmerzen herausschreien, jeder artikulierte Laut wurde ihr jedoch unmöglich gemacht.

Baron Druget hatte, als er bemerkte, dass es zu einem Eklat kommen würde, ein silbernes Kruzifix emporgerissen und, solange die Hexe noch fluchen konnte, einen Bannspruch vor sich hergesagt, der ihn vor der sicheren Behexung schützen sollte. Nach diesem Vorfall war der Menge die rechte Freude an der Hinrichtung vergangen. Zwar stand der Wind günstig, und es war zu erwarten, dass die Alte nicht am Rauch ersticken würde, sondern langsam, bei lebendigem Leibe verbrennen würde. Dennoch verlief sich ein Großteil der Leute, denen der Fluch große Furcht eingeflößt hatte.

So konnte endlich auch die Kutsche ihren Weg fortsetzen. Ihre Insassen aber kümmerten sich nicht weiter um das eben Geschehene – Baron Druget, weil er sich durch seinen Bannspruch geschützt fühlte, Megyery, weil er sich nicht zu denen zählte, die sich an einer Hinrichtung ergötzen wollten, und Graf Zrinyi, weil er nicht an die Wirkung eines solchen Fluches glaubte.

Megyery, dem durch die Ruhe langsam wieder der Schmerz in seiner Hand bewusst wurde, bemühte sich, ein Gespräch in Gang zu bringen. »Dort oben auf dem Berg mit den weitläufigen Festungsanlagen befindet sich der Hrad, der Palast des Palatins – das Ziel unserer Reise. Man sagt, er sei einer der prunkvollsten Paläste in ganz Ungarn.«

Seine beiden Begleiter hingegen zogen es vor, sich gegenseitig anzuschweigen. Zrinyi war verärgert über die Borniertheit seines Schwagers, der wiederum hielt Graf Zrinyi für einen gefährlichen Idealisten, der blind war gegen alle noch so offensichtlichen Zeichen Satans. Schweigend schlugen sie den Weg zur Burg ein, der sich wie eine riesenhafte Schlange zwischen dem Schloss und der Stadtmauer, vorbei an gewaltigen Bollwerken, den Berg emporwand. Nach dem Passieren einer längeren, steilen Auffahrt, die den Pferden das Letzte abforderte, durchquerten sie endlich das unterste Tor des Festungsgürtels. Noch zwei weitere, schwer bewachte Tore mussten sie durchfahren, um das Hauptgebäude der Burg, den Hrad, zu erreichen.

Von hier oben aus hatten sie einen hervorragen Ausblick über das mittelalterlich wirkende Pressburg. Beeindruckt mussten sie erkennen, dass die Burg mitsamt ihren Befestigungsanlagen annähernd die gleiche Ausdehnung wie die restliche Stadt mit ihren Palästen, Kirchen und Spitälern besaß. Der Hrad selbst war ein monumentaler, mehrstöckiger Bau, der sich quadratisch um einen Brunnenhof schloss. Der große gotische Wohnturm überragte die in sich verschachtelte Anlage. Spätere Renaissanceanbauten zierten die Gemäuer. Der Hrad war nicht von einem einzigen Baumeister geplant worden, sondern er war ein über Jahrhunderte gewachsener Organismus. In Gesamtheit konnte man ihn nicht als schön bezeichnen. Zu viele abgebröckelte Stellen, zu viel unterschiedliches Gemäuer und ein morscher Dachstuhl ließen nicht gerade den Eindruck einer königlichen Residenz entstehen. Im Vergleich zum wesentlich kleineren, jedoch frisch renovierten Schloss Kotburg wirkte der Hrad düster und verfallen.

Umso verwunderlicher war es, dass Megyery die Burg als prächtigsten Palast des Landes bezeichnet hatte.

Doch Megyery sollte recht behalten, der Palast des Palatins war das prächtigste Palais, das sie je zuvor betreten hatten. Als gewähltem Vizekönig stand dem Palatin, Graf Georg Thurzó, das Schloss von Pressburg als Amtssitz zu. Das hieß jedoch nicht, dass er damit auch Eigentümer der Gebäude wurde. Der Palast war seit längerem im Besitz des alten Pressburger Adelsgeschlechts Pállfy. Graf Thurzó hatte daher kein Interesse, Mittel aus seinem Privatvermögen in die marode Bausubstanz zu stecken, sondern er konzentrierte sich ausschließlich darauf, die weitläufigen Innenräume seinem Geschmack entsprechend ausstatten zu lassen. Das Geschlecht der Thurzó war im Besitze großer Ländereien, Silberminen und eigener Hüttenwerke, es unterhielt enge

Geschäftsbeziehungen mit dem Hause Fugger und kontrollierte in Ungarn und Siebenbürgen den Silberhandel. Der daraus resultierende Reichtum ermöglichte es Graf Thurzó, seiner Phantasie freien Lauf zu lassen.

Die finsteren gotischen Hallen wurden durch strahlende Kristallleuchter mit unzähligen Kerzen erhellt. Die rohen, feuchten Wände waren hinter riesigen Gobelins verborgen, die auf den ersten Blick wie farbenprächtige Fresken wirkten. Darauf waren vorwiegend üppige Jagdszenen oder Szenen aus der griechischen und römischen Mythologie dargestellt. Prunkvolle Ölgemälde bekannter Meister zierten vor allem die weniger feuchten Innenwände. Darunter befanden sich das manieristisch überzeichnete Porträt einer jungen Dame aus der Werkstatt Parmigianinos, eine barbusige Danae von Joseph Heintz und eine Bronzebüste Julius Cäsars von Adrian de Vries. Der ganz besondere Stolz Thurzós aber war ein phantastisches, surrealistisch anmutendes Bildnis eines Alchemisten von Guiseppe Arcimboldo, welches ausschließlich aus den verschiedensten chemischen und naturwissenschaftlichen Gerätschaften zusammengesetzt war.

Graf Thurzó hatte keine besondere Beziehung zu religiösen Themen, und so suchte der Gast vergeblich nach biblischen Bildnissen, Kruzifixen oder gar Mariendarstellungen. Das Mobiliar bestand hauptsächlich aus eleganten Renaissancemöbeln aus Italien und Frankreich. Zwischen diesen Beweisen abendländischer Lebensart hoben sich zahlreiche, besonders wertvolle orientalische Prunkgegenstände, Sitzmöbel und Teppiche, ab, die sowohl aus Beutezügen stammten als auch Geschenke der Hohen Pforte waren.

Megyery, Graf Zrinyi und Baron Druget wurden in eine große, hell erleuchtete Halle geführt. Überwältigt blickten die drei Männer um sich, um diese enorme, jedoch geschmackvolle Anhäufung wertvollster Arbeiten zu bewundern. Im

Hintergrund vernahmen sie ein gefühlvolles, von mehreren Streichern begleitetes Madrigal. Die Vokalisten hatten hohe, klare Stimmen und sangen in italienischer Sprache. Womöglich handelte es sich dabei um Chorknaben aus der Umgebung von Pressburg, doch da diese meist nur in slowakischer oder deutscher Sprache zu singen vermochten, war es wahrscheinlicher, dass Graf Thurzó die Künstler aus Italien an seinen Hof gerufen hatte. Zweifelsohne waren es Kastraten, da Thurzó wohl kaum ausländische Knaben in seine Dienste genommen hätte; zum einen verfügten deren Stimmen nur kurze Zeit über diese Reinheit, zum anderen hätte er sich neben der Ausbildung der Kinder auch noch um deren Erziehung kümmern müssen. Zu dieser Zeit war es üblich, Sopranpartien nicht mit Frauen, sondern mit Knaben zu besetzen. Hatte ein solcher Knabe eine besonders reine Stimme, so ließen ihn seine Eltern oder sein Gebieter schon in jungen Jahren kastrieren, um den Stimmbruch zu vermeiden. Für die betroffenen Familien war dies oft ein großer Glücksfall, da so ihr Lebensunterhalt für lange Zeit gesichert war. Ein guter Sopranist hatte am Hofe eines Kunstmäzens oft ein wesentlich höheres Einkommen, als dies ein freier Bauer mit eigenem Grund und Boden je hätte erwirtschaften können. Was zählten da schon die kurzen Augenblicke des Schmerzes, zumal es oft Knaben traf, die ohnehin zum keuschen Leben in einem Kloster bestimmt waren.

Einige Hofdamen mit aufwendigen Frisuren, rauschenden Kleidern und gewaltigen Mühlsteinkrägen kamen eine geschwungene Marmortreppe herab. Der Palatin wusste sich nicht nur mit lebloser Schönheit zu umgeben. Die Haare der Frauen waren mit Edelsteinen geschmückt, die Kleider mit Perlen bestickt, und an den Händen prangten schwere Ringe. An den Handgelenken trugen sie Armreife, Ketten und Bänder, sodass sie bei jeder Bewegung ein leises Klirren von sich gaben. Ein schwerer Duft von Puder, Sandelholz, Rosen und

Ambra umhüllte sie. Sie wurden von Dienern und Zofen begleitet, die Kelche, Fächer und Täschchen trugen oder die langen Gewänder hochnahmen, sodass die Damen beim Treppablaufen nicht über ihre weiten Röcke stürzen konnten. Ein Mohr führte an einer schweren Silberkette eine Dänische Dogge hinter dem Zug her. Als die Damen die drei Männer in ihren zerschlissenen und verschmutzten Mänteln erblickten, fingen sie zu tuscheln und zu kichern an.

Erst jetzt wurde den Männern bewusst, in welchem Aufzug sie hier am ersten Hof Ungarns erschienen waren. Ein Blick in einen mannshohen, polierten Silberspiegel zeigte Emerich Megyery einen alten, schmutzigen, bärtigen Mann mit zerfetztem Pelzumhang, notdürftig verbundener Hand, schlammbeschmierten Hosen, in dem er zu seinem größten Unwohlsein sich selbst erkennen musste. Sogar der sonst so auf Äußerlichkeiten bedachte Baron Druget wirkte wie ein Straßenräuber nach einem üblen Gemetzel.

Einige reiche Patrizier, in feine Pelze gekleidet, begutachteten misstrauisch die drei Gestalten, die die Audienzhalle verunstalteten. Mit sehnsüchtigen Blicken starrten diese ausgehungert auf die duftenden Reste eines opulenten Mahles, die soeben auf großen Platten an ihnen vorbeigetragen wurden. Nachdem sie das bunte Treiben eine Weile bestaunt hatten, war Baron Drugets Selbstvertrauen so weit wieder hergestellt, dass er sich eines zynischen Kommentars nicht erwehren konnte. So fragte er also Graf Zrinyi und Megyery: »Ich bin wirklich gespannt, wie Ihr in diesem Aufzug den großen Palatin überzeugen wollt, wegen einiger Bauerndirnen eine Untersuchung in Cseithé zu veranlassen.« Verdrossen nickte Megyery: »So ungern ich Euch zustimme, so sehr habe ich den Verdacht, dass der Palatin, der in diesem Prunk residiert, wohl nur noch wenig von dem Draufgänger hat, den ich auf dem Schlachtfeld kennengelernt habe.«

Graf Zrinyi schien müde zu sein, mit seiner Meinung allein dazustehen, also dachte er sich seinen Teil und schwieg.

Viel später, als die Patrizier schon lange den Hof des Palatins verlassen hatten und das Gekicher der Damen verhallt war, wurden endlich die Männer aus Sárvár vorgelassen. Der Palatin saß in einem gedämpft beleuchteten Raum, wie ein orientalischer Herrscher auf einem Meer aus Kissen gebettet. Der Zeremonienmeister wies die Männer an, sich auf einer Reihe einfacher Schemel niederzulassen.

Graf Zrinyi, als der standesmäßig Höchste der Delegation, überreichte dem Palatin die Schriftrolle aus Cseithé mit den Worten: »Erlauchter und ruhmreicher Graf Georg Thurzó von Bethlenfalva, Palatin des Königreichs Ungarn, ewiger Obergespan von Arva, Vizekönig, oberster Richter und Statthalter von Ungarn, dieses Schreiben aus Cseithé ist der Grund unseres Kommens. Die Vorgänge in diesem verfluchten Ort berechtigen uns zu der ernsthaften Befürchtung, dass unsere Schwiegermutter, die relicta Nádasdyana, die rühmliche Gräfin Báthory in großer Gefahr ist.« Der Palatin nahm ohne große Worte den Brief entgegen. Während er ihn las, nickte er mehrfach zustimmend, um dann die Schriftrolle mit einem tiefen Seufzer beiseite zu legen. »Das ist eine heikle Sache, mit der Ihr bei uns Rat sucht, edle Herren, doch sind uns die Vorgänge in Cseithé nicht unbekannt. Schon seit einiger Zeit untersuchen zwei unserer Protonotaren in geheimer Mission die dortigen Vorfälle. Zwar sind die Ergebnisse dieser Untersuchung noch streng vertraulich, aber wir können Euch mit absoluter Sicherheit sagen, dass die Gräfin Báthory Herrin der Situation ist. Ohne eine Einmischung von außen sehen wir keinerlei Gefahr für Eure Schwiegermutter. Das Beste wird also sein, wir vergessen dieses Schreiben.«

Ein hämisches Grinsen lief über das Gesicht Baron Drugets, als er sich anschickte, die Entscheidung Graf Thurzós zu würdigen. Der Palatin aber wirkte dem anmaßenden Verhalten des jungen Adligen gegenüber sehr ablehnend.

Emerich Megyery erhob sich, vor Wut schnaubend. »Bei allem Respekt gegenüber Euren Protonotaren, das was wir gestern erlebt haben«, und der alte Mann deutete mit seiner verletzten Hand auf seine zerrissenen Kleider, »überzeugt zumindest mich, dass da Kräfte in Cseithé walten, denen selbst eine Gräfin Báthory nicht gewachsen ist. Was berechtigt Euch also zu der Annahme, sie sei Herrin der Lage?«

Der Palatin wirkte konsterniert über die unerwartete Gegenrede: »Emericus Megyery, wir wissen Eure Verdienste am Vaterland und im Kampf gegen die Ungläubigen zu schätzen, doch was die Beurteilung der Vorgänge in Cseithé anbelangt, so wiegen die Untersuchungen unserer Kommissare doch weit mehr als Eure Vermutungen anhand eines zwar bedauerlichen, aber doch von Cseithé völlig unabhängigen Ereignisses.«

Megyery musste einsehen, dass es ihm nicht gestattet war, Kritik an den Ansichten des Palatins zu üben, also verzichtete er zähneknirschend auf weitere Einwände.

Graf Zrinyi jedoch war entschlossen, sich nicht so einfach abspeisen zu lassen, und er bemühte sich zumindest um etwas mehr Diplomatie als zuvor Megyery. »Verzeiht meine Neugierde, großmütiger Palatin, welche Art von Magie oder Verbrechen vermuten Eure Protonotare als Ursache für das Verschwinden der Mädchen?«

»Wie wir Euch bereits angedeutet haben, sind die Untersuchungen noch der strengsten Geheimhaltung unterworfen«, antwortete dieser. Als er aber den verärgerten Ausdruck auf Graf Zrinyis Gesicht bemerkte, setzte er beschwichtigend hinzu: »Euch als Anverwandte der Erzsébet Báthory wollen wir jedoch zumindest so weit Klarheit schaffen, dass ihr beruhigt leichten Herzens nach Sárvár zurückkehren könnt.«

Gespannt lauschten die Männer nun den Worten des Palatins.

»Wie Ihr wisst, gibt es eine Unzahl magischer Kräfte, von denen unsere Zeit erfüllt ist. Auch wenn sich viele unerklärliche Ereignisse auf eine natürliche Ursache zurückführen lassen, so existieren dennoch Dinge zwischen Himmel und Erde, die göttlichen, aber zugleich auch satanischen Ursprungs sind. Keiner von uns wird die Wunder des Alten und des Neuen Testaments anzweifeln, ebenso wenig, wie wir die Existenz des Teufels leugnen können. War es nicht Satan, der selbst unseren Herrn Jesus Christus in Versuchung geführt hat? Ist nicht dem glaubwürdigsten und aufrechtesten aller Reformer, unserem Martin Luther, erwiesenermaßen der Leibhaftige erschienen?«

Graf Thurzó machte eine lange Pause und blickte, Zustimmung heischend, in die Gesichter seiner Zuhörer. Selbst der skeptische Graf Zrinyi vermochte nicht, das eben Gesagte anzuzweifeln, ohne dabei die Grundfeste seines Glaubens aufzugeben. Also nickte auch er.

Zufrieden fuhr der Palatin fort: »Die Existenz eines zweiten Gilles de Rais, der in seinem Schloss Hunderte von Chorknaben ermordete, können wir ausschließen. Die einzigen Räumlichkeiten, die sich für solche Morde eignen würden, sind die alte Wehrkirche, das Schloss und die Burg. Da aber sowohl Pastor Ponikenus als auch die Gräfin Báthory über jeden Zweifel erhaben sind, scheidet ein solches Verbrechen aus.«

Graf Zrinyi schien nicht überzeugt zu sein und schickte sich an, zu widersprechen, doch der Palatin bedeutete ihm mit einer Handbewegung, sich zu gedulden. »Was dagegen spricht, dass ein Bürger Cseithés oder ein Fremder ein solches Verbrechen begangen haben kann, ist zum einen, dass mehrfach alle Höfe, Hütten und Häuser in und um den Ort aufs gründlichste durchsucht wurden. Zum anderen wurden die Schreie vermisster Mädchen direkt aus dem Inneren der Erde unter Cseithé vernommen, was ausschließt, dass die Morde außerhalb des

Ortes verübt wurden. So kamen wir zu dem Schluss, dass übernatürliche Kräfte in Cseithé am Werke sein müssen.«

Eher skeptisch wog Graf Zrinyi sein Haupt, jedoch vermochte er nichts dagegen einzuwenden. Megyery hingegen stutzte: »Erhabener Palatin, wenn dem so ist, sehe ich die Gefahr, die von übernatürlichen Dingen ausgeht, als weitaus größer für die Gräfin an als die, die von einem einfachen Mörder ausginge.«

Wiederum bedeutete der Palatin seinem Gesprächspartner mit einer Geste, ihn ausreden zu lassen. »Ihr habt völlig recht, Emericus Megyery. Dies ist auch der Grund, warum wir schon seit geraumer Zeit unsere Kommissare eingeschaltet haben. Diese haben ermittelt, dass es sich bei dem Schattenwolf um eine Art Fluch handelt, der auf Cseithé und seiner Bevölkerung liegt. Er richtet sich ausschließlich gegen Frauen, die in dieser Gegend aufgewachsen sind.

Im Jahre 1508 wurde eine Meierin aus Miawa von den Bewohnern Cseithés als Hexe denunziert und daraufhin verbrannt. Ihre Magie soll darin bestanden haben, dass sie auf einem großen grauen Wolf durch die Nacht fuhr und mit ihm neugeborene und ungetaufte Kinder raubte. Aus dem Schmalz ihrer Opfer soll sie dann die abscheulichsten Hexensalben gewonnen haben. Kurz bevor sie in den Flammen ihr Leben aushauchte, verfluchte sie all jene, die sie auf den Scheiterhaufen gebracht hatten. Vor allem deren Töchter, bis hinein ins siebte Glied, sollten von ihrem Buhlen, dem grauen Wolf, in der Blüte ihrer Tage dahingerafft werden. Niemand maß diesem Fluch besondere Bedeutung bei, und als in unmittelbarer Zeit danach nichts geschah, geriet der Vorfall vollends in Vergessenheit. Genau hundert Jahre nach der Hinrichtung der Meierin aus Miawa aber ist in den Akten das erste Verschwinden einer jungen Frau aus Cseithé verzeichnet. Die Prophezeiung der Hexe ist Wahrheit geworden.

Da das Haus Báthory jedoch seit weniger als hundert Jahren im Besitz der Stadt Cseithé ist und die Gräfin selbst nicht von dort stammt, sehen wir für sie keinerlei Gefährdung durch den Schattenwolf. Zudem schreiben bereits Institoris und Sprenger in ihrem beachtenswerten Werk ›Maleus Maleficarum‹, dem sogenannten Hexenhammer, dass es den Hexen nicht möglich ist, mit ihrer Schwarzen Kunst der Obrigkeit Schaden zuzufügen. Dies vor allem, weil diese ja von Gottes Gnaden, also von Gott eingesetzt ist. In allen späteren Werken, so auch von Delrio, wird diese Meinung immer wieder bestätigt.« Mit einer bedeutungsvollen Handbewegung schloss der Palatin seine Ausführungen.

Graf Zrinyi, selbst von hohem Geblüt, neigte skeptisch sein Haupt und verfiel in kurzes Grübeln. Dann schüttelte er kurz den Kopf und sprach: »Wie alt sind Eure Informationen, edler Palatin?«

Der Angesprochene zeigte unwillkürlich einen Anflug von Erstaunen. Zum einen wusste er nicht, worauf Graf Zrinyi hinauswollte, zum anderen schien es einen wunden Punkt in seiner Beweisführung zu geben. Also zog er es vor, mit einer Gegenfrage zu antworten: »Es ist nicht ganz leicht, zu ersehen, was Ihr mit dieser Frage bezweckt, Graf Zrinyi?«

»Nun, sehr einfach. Delrios Ansichten scheinen von der neueren Entwicklung in Deutschland, das uns ja in vielen traurigen Angelegenheiten voraus ist, widerlegt zu werden. Dort zumindest finden sich Adlige sowohl unter den Opfern der Hexerei als auch unter denen, die der Hexerei bezichtigt werden. Und selbst die Vorgänge in Cseithé beweisen das Gegenteil. Der Bote, der die Nachricht überbrachte, erwähnte, dass in allerjüngster Zeit auch junge Fräulein aus dem Hofstaat der Gräfin unter den Opfern seien. Und dies trotz ihrer Zugehörigkeit zum Adel und obwohl sie nicht aus Cseithé stammten.«

Graf Zrinyi hatte damit die Geschichte vom Fluch, die einer der Protonotaren sicher bei einem geschwätzigen alten Bauernweib aufgeschnappt hatte, elegant ins Reich der Fabel verwiesen. Megyery schmunzelte in sich hinein, denn der junge Bursche hatte es geschafft, dem Palatin ins Gesicht zu sagen, dass er unrecht hatte, ohne ihn bloßzustellen. Denn er lieferte die Begründung gleich mit, nämlich, dass der Palatin mit seinem Kenntnisstand völlig korrekt argumentiert hatte und erst die neuesten Begebenheiten das Gegenteil bewiesen. Baron Druget rutschte unruhig hin und her, da die Diskussion eine recht unangenehme Wendung zu nehmen schien.

»Und wenn schon«, der Palatin wischte die Einwände mit einer verächtlichen Geste beiseite, »wir kennen die ehrwürdige Gräfin Báthory schon seit vielen Jahren. Sie verfügt über Mittel und Wege, die selbst uns nicht alle geläufig sind, um sich vor aller Art von Hexerei zu schützen.«

Baron Druget nickte beifällig und murmelte wie ein übereifriger Schuljunge: »Genau, weiße Magie!«

»Sehr wohl, weiße Magie«, lobte ihn der Palatin, »dies ist auch der Grund für unsere Geheimhaltung. Wir arbeiten daran, ein Mittel gegen diesen Fluch, oder was immer es auch sein mag, zu finden. Solange die Mächte der Finsternis nicht wissen, dass und wie wir gegen sie vorgehen, solange haben wir eine Aussicht auf Erfolg. Wir bitten Euch daher, unseren Rat zu befolgen und nach Sárvár zurückzukehren.«

Graf Thurzó hatte sich erhoben und somit die Audienz beendet. Die Gastfreundschaft zwang ihn aber, den Männern ein Nachtquartier und Verpflegung zu stellen. So gelang es Graf Zrinyi, für den nächsten Morgen eine zweite Audienz zu erwirken, die der Palatin sichtlich ungern bewilligte. Den Männern wurden, je nach ihrem Stande, Räumlichkeiten für die Nacht zugewiesen.

Sobald Graf Thurzó die Männer entlassen hatte, rief er seinen

Sekretär, Georg Záwodszky, zu sich. Als der erschien, blickte er ihn fragend an. »Und, hattet Ihr Gelegenheit, unsere Unterhaltung mit Graf Zrinyi und seinen Begleitern mitzuverfolgen?«

Georg Záwodszky war ein sehr ehrgeiziger Mann mittleren Alters. Er bevorzugte es, sich in Schwarz zu kleiden, und erinnerte in seiner strengen asketischen Art an einen Mönch. Und ähnlich wie ein Mönch hatte er sein Leben auch ausschließlich in die Dienste seines Herrn gestellt. Frauen, Vergnügungen jeglicher Art, ja selbst Urlaub und Freizeit waren ihm unwichtig. Sein einziges Streben und Handeln bestand darin, seinem Herrn, dem Palatin, zu dienen und somit auch teilzuhaben an dessen Macht. Zwischen Georg Záwodszky und dem Grafen Thurzó bestand eine stumme Vereinbarung. Bei öffentlichen Verhandlungen und Verhören spielte der finstere, strenge Sekretär die Rolle des unerbittlichen Staatsanwalts, der weder Verständnis noch Milde oder Gnade kannte. Graf Thurzó hingegen bevorzugte es, den weisen, milden und gerechten Herrscher zu verkörpern. Und so konnte er selbst ein hartes Urteil verkünden, ohne dass es zu großem Murren kam, denn zuvor hatte Georg Záwodszky ein weitaus härteres Strafmaß gefordert, und die Betroffenen waren froh, dass ihnen dies erspart blieb.

Dieser Sekretär nickte nun knapp und entgegnete: »Ein wenig erfreuliches Thema, insbesondere, wenn es von derart unmöglichen Personen wie diesem Megyery vorgetragen wird.«

Der Palatin entgegnete, nicht ohne ein gewisses Schmunzeln: »Ja, Megyery ist beileibe kein Diplomat. Er redet, wie ihm der Schnabel gewachsen ist und macht keinen Hehl aus seiner Meinung. Er ist beleidigend, starrköpfig und anmaßend. Aber er ist ehrlich, und das schätzen wir an ihm. Wer ihn zum Freund hat, der kann sich absolut auf ihn verlassen und für den ist er bereit, selbst sein Leben zu opfern. Franz Nádasdy war ein beneidenswerter Mann, solch einen Freund und Getreuen zu besitzen. Aber wer ihn zum Feind hat, der muss ihm aus dem Wege gehen oder die offene Konfrontation bis zum bitteren Ende durchstehen.«

Georg Záwodszky meinte darauf abschätzig: »Mit Verlaub, Durchlaucht, es ist mir unverständlich, wie Ihr eine derart hohe Meinung von diesem ungehobelten Klotz haben könnt. Er bringt Eurer palatinalen Autorität nicht den geringsten Respekt entgegen, und dies trotz seines niedrigen Standes. Ich hätte ihm mit dem Stock den Weg hinaus gewiesen!«

Belustigt antwortete ihm sein Dienstherr: »Ihr amüsiert uns, Georg. Die Vorstellung, wie Ihr den Roten Megyery davonjagt, entbehrt nicht einer gewissen Komik. Doch im Ernst, dieser Mann ist ein Volksheld! Er hat eine ungeheure Popularität. Nicht umsonst wurde ausgerechnet er von den Einwohnern Cseithés um Hilfe gebeten. Solche Leute sind für uns Machthaber oft noch gefährlicher als hochrangige politische Gegner.«

Sein Gegenüber schien das nicht zu überzeugen. »Ich weiß nicht, hebt Ihr den alten, störrischen Mann da nicht auf ein Podest, dessen er nicht würdig ist?«

Graf Thurzó liebte es, gewagte Thesen aufzustellen und diese dann mit einer präzisen Argumentationskette zu verteidigen. Zum einen machte es ihm Freude, zu provozieren, zum anderen gefiel er sich darin, als intellektueller Gewinner aus einem Disput hervorzugehen. So entgegnete er: »Männer wie Megyery bergen mehrere Gefahren in sich. Erstens neigen wir Mächtigen dazu, Leute wie ihn zu unterschätzen. Meistens steuern wir daher spät und dann mit unangemessenen Maßnahmen ihren Anmaßungen entgegen. Zweitens sind diese Männer beim Volk beliebt. Eine Entscheidung gegen eine solche Person kommt einer Entscheidung gegen das Volk gleich. Es kann daher zu Unruhen bis hin zu Aufständen führen, wenn wir Hand an einen Mann wie Megyery legen.

Drittens sind sich die Megyerys dieser Welt ihrer Wirkung und Macht durchaus bewusst. Sie bieten oft wenig Angriffsfläche, sie sind unbestechlich, frei von Lastern und bereit, für ihre Überzeugung zu sterben. Sie sind daher die idealen Märtyrer. Und ein Märtyrer ist eine weitaus größere Bedrohung für einen Herrscher als ein lebendiger Feind – denn in den Herzen der Menschen ist er unsterblich!«

Georg Záwodszky nickte nachdenklich. »Gesetzt den Fall, Eure Einschätzung des Emerich Megyery ist zutreffend, so befürchte ich, dass Punkt eins Eurer Betrachtungen zutrifft – wir haben ihn unterschätzt. Nun sollten wir rechtzeitig und angemessen gegensteuern.«

»Korrekt«, entgegnete Graf Thurzó zustimmend, »doch Euer Stock ist mit Sicherheit nicht angemessen. Das Beste wäre, wenn er morgen aufgrund unserer Ausführungen unverrichteter Dinge wieder nach Sárvár zurückkehren würde. Das würde seiner Popularität den größten Abbruch tun. Wir sollten daher alles unternehmen, um eine von seiner Seite aus veranlasste Untersuchung zu verhindern.«

Der Sekretär nickte erneut, doch nun wesentlich überzeugter und sagte: »Genau, scheitert Megyery mit seinem Anliegen, so wird sich das Volk enttäuscht von ihm abwenden. Seine Beliebtheit beim Volk ist somit geringer geworden, womit wir ihn schmerzhafter treffen werden als mit Stockhieben.«

Der Palatin aber war noch nicht zufrieden. »Gut, damit haben wir auf Megyerys Anmaßungen entsprechend reagiert – doch unabhängig davon haben wir ein Problem in Cseithé, das aus Sicht der Anverwandten der Gräfin einer Lösung bedarf. Wie seht Ihr das?«

Georg Záwodszky überlegte kurz, bevor er vieldeutig lächelnd antwortete: »Ich kann das Problem nicht erkennen. Gräfin Báthory besitzt in Cseithé richterliche Gewalt, in ihrer Hand liegt es, in diese Sache Licht zu bringen. Dass die Aufklärung derartiger Verbrechen eine gewisse Zeit in Anspruch nimmt, ist normal. Warum also solltet Ihr eingreifen? Darüber hinaus habt Ihr mit Ruchbarwerden der Todesfälle Inspektoren eingesetzt, die die Untersuchungen der Gräfin beobachten. Was noch sollten wir unternehmen?«

Graf Thurzó schüttelte den Kopf. »Das ist die offizielle Sicht der Dinge, doch betrachten wir die Situation einmal aus der Sicht der Betroffenen. Das Ganze geht jetzt schon seit zwei Jahren, und die Verbrechen sind seit Einleitung der Untersuchungen sogar mehr geworden. Das, was unsere Protonotare berichten, zeugt von hochdramatischen Vorgängen in Cseithé. Meines Erachtens gilt es, drei Faktoren zu berücksichtigen. Ad eins, wie weit wird die Bevölkerung gehen, wenn nicht bald ein Ende der Schrecken in Sicht ist? Werden sie zur Lynchjustiz greifen und Verdächtige ohne Prozess töten? Werden sie sich gar gegen die Gräfin erheben? Oder, am schlimmsten, werden sie sich direkt an den König wenden? Ad zwei, wie sollen wir uns verhalten? Ein Eingreifen darf auf keinen Fall ohne ausdrücklichen Wunsch der Gräfin erfolgen. Denn nur so können wir sowohl unser als auch das Gesicht der Gräfin wahren. Ad drei, Graf Zrinyi glaubt weder an unsere kleine Geschichte von schwarzer und weißer Magie, noch traut er seiner Schwiegermutter zu, Klarheit in die Angelegenheit zu bringen. Sein Verhalten ist für uns unberechenbar. Er kann beispielsweise gegen unseren Willen zusammen mit Megyery auf eigene Faust etwas unternehmen. Andererseits ist er kein Mann der Tat. So hoffen wir, dass er sich zwar murrend, aber resignierend aus der Sache zurückzieht.«

Georg Záwodszky wirkte unschlüssig. »Graf Zrinyi halte ich ebenfalls für einen Träumer. Trotzdem denke ich, dass er manipulierbar ist. Vielleicht ist es möglich, ihn dahingehend zu beeinflussen, dass er seine Schwiegermutter davon überzeugt, die Unterstützung Euer Hoheit anzunehmen.« Der

Palatin wirkte unzufrieden: »Nun, dieser Ansatz könnte uns die Möglichkeit geben, die Vorfälle mit der entsprechenden Umsichtigkeit persönlich zu klären, zudem würden wir niemanden brüskieren. Leider fürchte ich, dass dieser Fall nicht eintreten wird. Selbst wenn es uns gelänge, Graf Zrinyi dafür zu gewinnen, was ich, nebenbei gesagt, bezweifle, ist es ausgeschlossen, dass Erzsébet Báthory einer Einmischung von außen zustimmen wird.«

Der Sekretär wirkte überrascht. »Was macht Euch da so sicher?«

Der Palatin wählte nun seine Worte betont sorgfältig: »Wie Ihr wisst, stehen die Berichte unserer Inspektoren unter strengster Geheimhaltung. Lediglich Wir persönlich kennen deren Inhalt. Wir können nur so viel sagen, dass aus diesen Berichten deutlich hervorgeht, dass eine offizielle Untersuchung gewisse – wie sollen Wir sagen – juristische Missstände an den Tag bringen könnte, was nicht im Interesse der Gräfin liegen kann. Es kann aber auch nicht in Unserem Interesse liegen, da das Haus Báthory-Nádasdy eine zentrale Stütze der ungarisch-protestantischen Liga darstellt.«

Sein Vertrauter begann langsam die wirklichen Hintergründe zu verstehen und entgegnete: »Ihr wollt damit sagen, dass diese Missstände von so massiver Art sind, dass eine Einmischung der katholischen Habsburger, entweder in Person von König Matthias oder seitens des Kaisers, zu befürchten ist.«

»Genau das ist das Kernproblem«, antwortete der Palatin. »Egal, was geschieht, Wir dürfen keine offizielle Einmischung in Cseithé riskieren.«

»Was aber ist, wenn es zu Aufständen gegen die Gräfin kommt?« Der Sekretär schien diese Möglichkeit allen Ernstes in Erwägung zu ziehen.

Der Palatin winkte gleichgültig ab. »Die ungarische Landbevölkerung ist Kummer gewohnt. Bevor sie es wagen, gegen ihren Feudalherren aufzustehen, muss dieser deutlich Schwäche zeigen. Doch davon ist Gräfin Báthory weit entfernt. Und selbst wenn ein paar Bauerntölpel aufbegehren sollten, genügt ihre Hausmacht, bestehend aus Heiducken, um sie erbarmungslos niederzuschlagen.«

Georg Záwodszky meinte daraufhin: »Also dürfte es am gefährlichsten für uns sein, wenn eine Petition direkt an den König gerichtet wird.«

Der Palatin schüttelte mit abschätzig geschürzten Lippen den Kopf. »Ich denke, das ist noch nicht allzu schlimm, denn der König muss den Fall an uns weitergeben, und Wir werden zunächst auf die Gerichtsbarkeit der Gräfin verweisen. Wirklich bedrohlich wird es erst, wenn Wir persönlich einschreiten müssen. Denn dann erwartet der König genaueste Aufklärung von Unserer Seite. Und so wie Wir ihn einschätzen, wird er Uns seine eigenen Untersuchungsbeamten zur Seite stellen.«

Sein Gegenüber schloss daraufhin: »Das heißt mit anderen Worten, wie schrecklich die Vorgänge in Cseithé auch immer sein mögen, Ihr werdet alles daran setzen, ein offizielles Eingreifen zu vermeiden.«

Graf Thurzó lächelte matt. »Genau das ist es. Für Uns ist es unerheblich, ob durch diese Entscheidung Emerich Megyery in die Schranken gewiesen wird. Auch das Schicksal der jungen Frauen – und sollten diese selbst von Stand sein – kann nicht so wichtig sein, dass Wir dafür die Stabilität der protestantischen Liga aufs Spiel setzen werden. Es geht um die Machtverhältnisse in Ungarn, also um eine Sache, für die sonst Kriege geführt werden. Wie könnten Wir daher einen Gedanken darauf verschwenden, diese Machtverhältnisse zu gefährden, nur um einer Sache nachzugehen, für die Wir keinerlei Verantwortung tragen und die nicht einmal in Unserer direkten Gerichtsbarkeit liegt.«

Georg Záwodszky war von der Schlüssigkeit der Argumentation beeindruckt. So fragte er: »Was hindert Euch daran, morgen genau diese Meinung vor den Schwiegersöhnen der Gräfin zu vertreten?«

Der Palatin machte eine ärgerliche Handbewegung. »Baron Druget wird uns zustimmen – keine Frage. Aber der Träumer Graf Zrinyi hängt so sehr an seinen ritterlichen Idealen, dass wir kaum auf Verständnis hoffen können. Selbst wenn er seinen Machiavelli gelesen hat, so hat er ihn nicht verstanden. Eine Konfrontation mit den Realitäten wird bei ihm zu Ablehnung, Protest, wenn nicht gar zur Intervention beim König führen. Solange er aber nur wegen der Verbrechen interveniert, besteht keine Handlungsmöglichkeit für Matthias. Geben wir Graf Zrinyi jedoch preis, welche politischen Hintergründe uns so handeln lassen, kann es sein, dass er dies offen an Matthias weiterträgt. Ein willkommener Anlass für den König, die Einmischung der Habsburger zu verlangen.«

Der Sekretär des Palatins wirkte nachdenklich. »Wie wollt Ihr nun vorgehen, um morgen bei einer zweiten Audienz Eure Haltung zu bekräftigen, wenn Ihr die wahren Argumente nicht nennen wollt?«

Graf Thurzó entgegnete gelassen: »Wir werden genauso vorgehen wie heute. Wir werden weiterhin an Unserer These von der schwarzen und weißen Magie festhalten, alles andere würde Unsere Glaubwürdigkeit in Frage stellen. Es sind nicht Wir, die überzeugen müssen, Megyery und Graf Zrinyi müssen Uns überzeugen – und das dürfte schwer möglich sein. Wir werden daher die morgige Audienz sehr kurz halten und sie ausschließlich zur höflichen Verabschiedung Unserer Gäste nutzen.«

Georg Záwodszky meinte dazu: »Georg Druget von Homonnay erscheint mir der Einsichtigste unter den dreien zu sein. Wäre es nicht sinnvoll, ihn einzuweihen, sodass er die beiden anderen in unserem Sinne beeinflussen könnte?«

Der Palatin winkte abwehrend ab. »Alles, bloß das nicht. Baron Druget hat keinerlei Einfluss auf Megyery und Graf Zrinyi. Er würde eher das Gegenteil bewirken – und von Einsicht möchten Wir in seinem Falle nicht sprechen. Wir halten ihn für einen arroganten Speichellecker, der nach Macht und Reichtum strebt. Er lehnt eine Einmischung in die Gerichtsbarkeit seiner Schwiegermutter weniger aus Einsicht in politische Zusammenhänge ab als vielmehr aus der Angst heraus, die reiche und mächtige Gräfin Báthory zu verärgern. Baut also nicht auf ihn.«

Am barschen Ton seines Herrn merkte Georg Záwodszky, dass dieser es leid war, sich noch weiter mit einer solch unangenehmen Angelegenheit zu beschäftigen. Er bemühte sich daher um einen Themenwechsel. »Gut, ich werde also morgen früh alles für eine kurze Audienz veranlassen. Des Weiteren stehen Besuche des polnischen Gesandten und einer türkischen Handelsdelegation an. Habt Ihr diesbezüglich noch Anweisungen für mich?«

Der Palatin winkte müde ab und bedeutete seinem Sekretär, dass es ihm erlaubt sei, sich zurückzuziehen.

## Siebtes Kapitel
## *Das Gebet*

Seit dem Tod von Christina Boda wirkte Ficzkó verschlossen und abwesend. So war die junge Maria Czobor gezwungen, selbst ihr kläffendes Hündchen spazieren zu führen. Die unternehmungslustige Frau störte sich aber nicht weiter daran, da sie sich nun frei bewegen konnte, hatte sie doch eine Begründung, das Kastell zu verlassen. Kurz vor Einbruch der

Dunkelheit machte sie sich auf den Weg mit ihrem Hund, den sie sinnigerweise Cerberus getauft hatte, um die Gegend vor dem Schloss zu erkunden.

Als sie das Tor durchqueren wollte, hielt sie der wachhabende Heiduck auf. »Junge Herrin, es ist nicht gut, zu dieser Zeit noch in den Ort zu gehen.«

Doch Maria konnte über die Fürsorge der Wache nur lächeln. Sie hob ihm den Hund vors Gesicht und meinte: »Das ist Cerberus, siehst du, wie er mich verteidigt?«

Zur Überraschung des Mädchens tat der Hund das erste Mal, was sie von ihm erwartete, und fing zu knurren, geifern und kläffen an. Der Wachposten war vom dreisten Auftreten der jungen Frau derartig verdutzt, dass er einen großen Satz zurück machte.

Stolz baute sich Maria vor dem Mann auf und fragte frech: »Willst du mich jetzt durchlassen, oder soll ich Cerberus auf dich hetzen?« Der Mann zog es vor, seine Verlegenheit durch ein herzhaftes Lachen zu überspielen und ließ die resolute Person entgegen seinem Befehl passieren. Außerhalb der Schlossmauern wirkte der Ort öde und verlassen. Nur das monotone Wiehern eines Esels deutete darauf hin, dass sich noch Leben in Cseithé verbarg. Maria begann langsam ihren Vorwitz zu bedauern, und selbst Cerberus trottete schweigsam und mit eingekniffenem Schwanz hinter ihr her. Nebel zogen auf und verschluckten das letzte Licht des Tages. Trotz ihres dicken Mantels begann Maria zu frösteln, und auch Cerberus folgte ihrem Beispiel und zitterte wie Espenlaub. Ein Geräusch hinter ihnen ließ beide erschrocken herumfahren. Eine unförmige Gestalt hatte sich ihnen genähert, und es war nicht zu erkennen, ob es sich dabei um einen Mann oder eine Frau handelte.

Cerberus hatte sich zwischen den Beinen von Maria verkrochen, und sie spürte das Zittern seines kleinen Körpers an ihren Waden. Mit unsicherer Stimme sagte sie: »Hallo, ich heiße Maria. – Wer bist du?« Es herrschte eine Weile Schweigen, bis die angesprochene Gestalt antwortete: »Ich bin Anna Gönczy, ich wohne hier. Aber was macht eine so feine Dame mutterseelenallein in diesem verfluchten Ort?«

»Ich führe meinen Hund aus. Sieh her!« Maria zerrte den widerstrebenden Cerberus an der Leine zwischen ihren Beinen hervor. Starr vor Angst, ließ er sich sogar von der alten Frau streicheln, ohne zu knurren.

»Meine Tochter wollte auch immer ein Hündchen zum Spielen, doch jetzt ist sie tot.«

»Das tut mir leid«, antwortete Maria verlegen, aber mit echtem Mitgefühl.

»Ihr seid keine von denen.« Die alte Frau deutete dabei verächtlich Richtung Kastell. »Denen tut es nie leid, wenn eine von uns stirbt. Mein Töchterlein war erst zehn Jahre alt, als sie mir sagten, sie sei tot. Aber sehen durfte ich sie nicht mehr. Was hätte ich dafür gegeben, ihren kleinen schwarzen Wuschelkopf noch einmal streicheln zu können.« Die Frau kämpfte sichtlich mit den Tränen.

Maria war überrascht, hatte sie die Frau doch für eine Greisin gehalten. Sie konnte aber kaum älter als vierzig Jahre sein. Gram, Trauer, harte Arbeit und das raue Klima hatten ihr zerstörerisches Werk vollbracht und diese Frau, die sicher jünger als die Gräfin war, vorzeitig altern lassen.

»Aber diese alte Hexe, diese blinde Bestie, sagte, ich dürfe sie nicht mehr sehen. Ich habe geheult und gefleht. Ich sagte, ich würde erst wieder gehen, wenn ich mein Töchterlein gesehen oder die Gräfin gesprochen hätte. Doch die Gräfin ist kalt wie Eis. Ich sah sie auf dem Balkon, sie musste mich gehört haben. Ich rief ihr zu, sie sei doch selbst Mutter zweier Mädchen, sie möge mir diesen einen Wunsch von Mutter zu Mutter gewähren. Aber sie achtete nicht auf mich, sie gab nur dieser alten Hexe Darvulia ein Zeichen, worauf die mich von den Wachen aus dem Kastell werfen ließ. Seht ihr das?« Anna Gönczy streckte Maria eine übel zugerichtete Hand entgegen. »Sie sind mir mit ihren schweren Stiefeln darauf herumgetrampelt. Die Wachen haben nur gelacht und mir gesagt, dass mir das eine Lehre sein soll, dass man so nicht zu einer Báthory spricht. – Nein, denen tut nichts leid.«

»Das ist ja schrecklich«, antwortete Maria, »ich dachte immer, die Gräfin Báthory sei eine gerechte Herrin.«

»Ja, junges Fräulein, das denken alle, die hierher zu Besuch kommen. Sie weiß ihren Gästen zu schmeicheln. Aber wart Ihr schon einmal mit ihr zur Jagd?«

»Ja, letzte Woche, nur ich fand es recht langweilig. Wir ritten anfangs lange über Felder. Du musst wissen, ich stamme aus der Stadt, und da sind wir Frauen es nicht gewohnt, weit zu reiten. Als mir mein Hinterteil zu schmerzen anfing, bin ich einfach umgekehrt.«

»Ihr habt also noch nie eine Jagd im Herbst erlebt?«, fragte die Alte. Die junge Frau schüttelte den Kopf. »Dann wisst Ihr auch nicht, wie sie dabei dem armen Volk zusetzen. Sie reiten immer zuerst über die Felder, egal in welcher Jahreszeit. Im Frühjahr zertrampeln sie die frische Saat, und im Herbst vernichten sie unsere Ernte. Und wehe dem Bauern, der sich gegen sie auflehnt. Sie treiben ihn wie ein wildes Tier vor sich her, bleibt er stehen, schlagen sie mit ihren Peitschen auf ihn ein, bis er weiterläuft. So hetzen sie ihn dann ins Kastell, wo sie bis in die Nacht hinein ihr übles Spiel mit ihm treiben. Sind sie es endlich leid, ihn zu quälen und zu demütigen, darf ihn seine Familie mit dem Karren abholen, zum Gehen ist er nämlich oft nicht mehr in der Lage.«

Maria war entrüstet. »Und ihr lasst euch das einfach so gefallen? Warum wehrt ihr euch nicht?«

Ein mildes, fast mitleidiges Lächeln trat auf das zerfurchte Gesicht der Bäuerin: »Wie unverdorben Ihr doch seid. Nein, wir wehren uns nicht. Niemand wehrt sich gegen die Willkür seines Fronherrn, niemand begehrt auf gegen die Erdödys, gegen die Batthánys, gegen die Zrinyis, gegen die Palffys, und wir begehren nicht auf gegen die Báthorys.«

»Seid ihr denn alle Leibeigene?«, erkundigte sich die junge Frau vorsichtig. Die Alte schüttelte, noch immer lächelnd, das Haupt. »Wenn dem aber so ist, so könnt ihr doch gehen, wohin ihr wollt. Warum verlasst ihr nicht einfach Cseithé, warum flieht ihr nicht vor dem Elend, der Willkür, dem Schattenwolf?« Die Schicksalsergebenheit der Bevölkerung wollte der jungen Frau nicht einleuchten.

»Wohin sollen wir gehen?«, fragte ihr Gegenüber resigniert. »Zu den Erdödys, Batthánys oder den Palffys – nein, da würde es uns nicht besser ergehen. Zudem haben die meisten von uns hohe Schulden bei der Gräfin. Sie würde uns nicht ziehen lassen, solange wir unsere Rückstände nicht bei ihr beglichen haben. Doch junge Herrin.« Der Alten war etwas siedend heiß eingefallen, vorsichtig blickte sie sich nach allen Seiten um und meinte: »Es ist jetzt Zeit für Euch, ins Schloss zurückzukehren. Die Nacht bricht herein, und mit ihr kommt der Schattenwolf.«

»Was, glaubst du, ist in Wirklichkeit der Schattenwolf?«, fragte Maria neugierig.

»Manche sagen, es sei ein Werwolf, vielleicht ist es aber auch ein Vampir, gesehen hat ihn aber noch keiner. Manchmal denke ich, die da drin machen gemeinsame Sache mit ihm, besonders diese alte Hexe.« Flehend schaute die verhärmte Frau Maria an. »Aber sagt niemandem, dass ich Euch das erzählt habe.«

»Das glaube ich nicht«, entgegnete diese, »ich hätte doch etwas gemerkt, wenn solch schreckliche Dinge im Schloss vor sich gingen.«

»Nicht im Schloss, nein, ich sage Euch, das Geheimnis liegt hoch droben hinter den Mauern verborgen.« Mahnend hob

Anna Gönczy ihre verletzte Hand und deutete in Richtung Burg.

Maria war neugierig geworden. »Bist du sicher? Die Schreie kamen doch aus dem Innern der Erde, nicht vom Berg.«

»Ich bin sicher, junges Fräulein. Die Burg hat einen tiefen, tiefen Brunnen. Man sagt, er reiche bis ins Innere der Erde, direkt bis zur Hölle hinab. Von dort aus steigt der Schattenwolf nach Einbruch der Finsternis empor, um über unsere Töchter den Tod und ewige Verdammnis zu bringen. Die Gräfin und die alte Hexe aber halten das geheim und lassen niemanden aus dem Dorf ins Innere der Burg hinein.«

Maria wusste nicht, ob sie der Geschichte trauen konnte. Misstrauisch hinterfragte sie das eben Gehörte. »Hast du irgendwelche Beweise dafür, dass die Gräfin und die greise Darvulia gemeinsame Sache mit dem Schattenwolf machen?«

Anna Gönczy begann ihre Geschwätzigkeit langsam zu bereuen. Also antwortete sie nun deutlich vorsichtiger: »Edles Fräulein, verzeiht, wenn ich in meiner Verbitterung der Gräfin unrecht getan habe, aber die grässliche Darvulia, diese gottverdammte Hexe, hat einmal, als die Gräfin in Beczkó weilte, fünf Mägde hinaufgeschickt in die Burg. Sie mussten etwas Fürchterliches angestellt haben, dass sie so hart bestraft wurden. Tagelang waren ihre grausigen Schreie und ihr Wehklagen von der Burg zu hören. Erst nach sieben Tagen wurde es wieder still dort oben. Noch lange drang ein bösartiger Geruch von Schwefel und Verwesung aus dem unheiligen Gemäuer. Keine von ihnen wurde jemals wieder gesehen. Ist das nicht Beweis genug, dass von da oben aus der Schattenwolf sein Unwesen treibt und dass diese verfluchte Hexe seine Dienerin ist?«

Maria wollte noch etwas erwidern, doch das Geräusch schwerer Stiefel ließ die beiden Frauen aufschrecken. Anna Gönczy verschwand wieder im Nebel.

Ein Wachposten war ausgeschickt worden, nach Maria zu

suchen. Als er das Mädchen gefunden hatte, atmete er erleichtert auf.

Es war schon spät am Abend, als eine Zofe die Kerzen im Schlafgemach der Gräfin Báthory löschte. Nur die greise Darvulia war noch anwesend. Doch sie brauchte kein Licht, um ihren Weg in der Finsternis zu finden.

»Ich habe ein ungutes Gefühl«, sagte sie, »es ist, als käme eine Bedrohung auf Euch zu.« Die einzige Kerze, die neben dem großen, von einem Baldachin gekrönten Bett noch ihre Schatten warf, ließ das alte, ledrig glänzende Gesicht mit den leeren Augen und der scharf gebogenen Nase wie eine Dämonenfratze erscheinen.

Die Gräfin hatte sich aufgerichtet und starrte die Blinde mit besorgtem Blick an. »Sprich, Anna, was ist es, was bedroht mich?«

Doch die Greisin antwortete nicht. Ihr leerer Blick war auf einen Punkt im Nirgendwo gerichtet, und ihr Körper wirkte starr, wie aus Stein gehauen.

Langsam und stockend fingen ihre Lippen an, sich zu bewegen. »Sie … sie kommen, um in das Rad des Schicksals einzugreifen. Es ist einer unter ihnen mit einem Bart so rot wie Feuer. Er gibt vor, den Frieden bringen zu wollen, doch in Wirklichkeit wird er nicht ruhen, bis er das wundervolle Mysterium zerstört hat, das für eine bessere Zukunft bestimmt ist.«

Eine kurze Pause trat ein, gerade lang genug für ein Wort, das die Gräfin herauspresste, als wollte sie es ausspeien: »Megyery!«

Doch die alte Blinde war in tiefer Trance und sprach unbeirrt weiter: »Ich sehe, dass sie Tränen und Unheil über viele von uns bringen werden. Ich sehe verstümmelte Hände und Flammen der Vernichtung, aber ich spüre auch Hoffnung.

Einer ist unter ihnen, der kommt, um zu retten, was so hingebungsvoll bewahrt wurde. Es wird zu einem alles entscheidenden Kampf zwischen den Mächten des Verfalls und den Behütern der Lebenskraft kommen. Am Ende aber sehe ich das Antlitz der Jugend über den neidvollen, alles zerstörenden Tod triumphieren.«

Mit schweißüberströmter Stirn und völlig entkräftet, sackte die alte Darvulia in sich zusammen. Es dauerte eine Weile, bis sich der greise Körper von dem Trancezustand erholt hatte. Darvulia konnte sich nicht entsinnen, was sie soeben prophezeit hatte, und so war die Gräfin gezwungen, ihr das Gesagte zu wiederholen.

»Es klingt, als ob Euer innigster Wunsch Wirklichkeit werden könnte, doch geht vom Roten Megyery ernste Gefahr aus!«, erläuterte vieldeutig die Blinde ihre Prophezeiung.

Wütend warf die Gräfin einen feinziselierten Silberbecher zu Boden. »Wie ich ihn hasse, diesen Megyery, diesen selbstgerechten alten Mann. Er hat es geschafft, mir meinen Sohn wegzunehmen, er hat mir wieder und immer wieder meine harmlosesten Vergnügungen als Laster vorgeworfen, er hat mir die Herrschaft von Sárvár geraubt. Selbst die Art und Weise, wie ich das nichtsnutzige Gesinde zu strafen pflegte, hat er mir vorgehalten. Und nun, da ich endlich Ruhe und Frieden auf meinem Witwensitz gefunden habe, kommt er und will die verdiente Erfüllung meines Lebens stören. Anna, das darf ihm nicht gelingen! Egal um welchen Preis, du musst um alles in der Welt vermeiden, dass er sein Ziel erreicht!«

Die Alte wusste nur zu gut, wie gefährlich es war, ihre Herrin in solch einer Verfassung zu enttäuschen. Wollte sie nicht in Ungnade fallen, musste sie sich rasch etwas einfallen lassen. Mit leeren Worten allein ließ die Gräfin sich nicht abspeisen. Vielleicht gab es eine Lösung, doch Anna Darvulia wusste auch, wie leicht ihre Idee fehlschlagen konnte. »Es gibt in Miawa eine alte Meierin«, sagte sie, »diese Frau rühmt sich sonderbarer Fähigkeiten. Ihre Urgroßmutter schon wurde aus diesem Grunde als Hexe verbrannt. Ich denke, sie ist in der Lage, den Roten aufzuhalten, noch bevor er in Cseithé erscheint.«

»Was zögerst du«, entgegnete die Báthory, »schicke sofort einen Wagen nach Miawa und bringe mir diese Frau!«

Maria wälzte sich schlaflos auf ihrem Bett hin und her. Ihr wollte nicht aus dem Kopf, was ihr die Bäuerin Stunden zuvor berichtet hatte. Sie wollte wissen, ob die Geschichte einen wahren Kern hatte. Der Gedanke, dass der Schattenwolf durch einen tiefen Brunnen direkt aus der Hölle kroch, faszinierte sie. Sie konnte diese Geschichte nicht in Einklang mit den humanistischen Theorien ihres einstigen Wiener Lehrmeisters bringen, der die Existenz der Hölle leugnete. Doch was wusste der schon von den merkwürdigen Dingen, die in den finsteren Karpaten vor sich gingen?

Es gab nur eine Möglichkeit, die Wahrheit herauszufinden; sie musste heute Nacht in die Burg, koste es, was es wolle. Rasch hatte sie sich angekleidet. Unter ihrem Mantel versteckte sie eine Laterne, dann schlich sie sich durch die Halle hinaus in den Hof. Krampfhaft überlegte sie, wie sie unbehelligt an der Torwache vorbeikommen sollte. Zu ihrer Verärgerung war das Tor geschlossen. Sie musste also auf eine günstige Gelegenheit warten, um hinausschlüpfen zu können. Es dauerte nicht lange, und der Hof wurde von ungewöhnlich regem Leben erfüllt. Eine schwarze Karosse wurde angespannt. Maria wunderte sich, wer zu so später Zeit beabsichtigte, das schützende Kastell zu verlassen. Doch egal, das kam ihr gerade recht. Kurz entschlossen versteckte sie sich unter dem Wagen. Bald darauf erschien die alte Darvulia und stieg zusammen mit zwei anderen Frauen, die Maria unbekannt waren, in die Kutsche. Das Gespann fuhr ruckend an, und Maria sprang, ohne zu überlegen, hinten auf. Im Schutz der Dunkelheit bemerkte niemand den blinden Passagier, der heimlich triumphierte, wie leicht es doch war, das angeblich so streng bewachte Kastell zu verlassen. Freudig erregt stellte Maria fest, dass sie den Pfad in Richtung Burg einschlugen. Zwischen Kastell und Kirche schlängelte sich ein tiefer Hohlweg um den steil aufragenden Schlossberg herum. Die Burg war von Cseithé aus nicht zu erreichen. Besucher waren also gezwungen, den langgestreckten Berg zu umfahren, um ihn von der rückwärtigen Seite zu bezwingen. Die holprige Fahrt dauerte trotz des halsbrecherischen Tempos, das sie vorlegten, beinahe eine Viertelstunde. Der Pfad folgte einem gespenstisch gurgelnden, eisigen Bach. Immer wieder waren Teile des Weges unterspült und weggeschwemmt worden, so dass das breite Fahrzeug nur mühsam vorankam.

Schaudernd spähte die junge Frau in den dichten, stockdunklen Wald, den sie dabei durchquerten. Wer konnte schon wissen, was sich dort alles im Schutze der Finsternis verbergen mochte? An einer einsamen Mühle gabelte sich der Weg. Doch anstatt weiter in Richtung Burg zu fahren, überquerte das Gespann die Brücke und schlug den Pfad nach Miawa ein. Maria sprang ab. Vor Kälte zitternd, versteckte sie sich an der Uferböschung, bis das Gerumpel der Kutsche nicht mehr zu hören war.

Unsicher bohrte sich nun ihr Blick in die Dunkelheit, wo sich der steile und finstere Weg in Serpentinen zur Festung emporschlängelte. Ihre aufkeimende Furcht unterdrückte sie mit dem Gedanken, dass ihr zumindest der Weg durch den unheimlichen Wald erspart geblieben war. Vor ihr erhob sich die kahle Kuppe des Berges, auf dem wie ein Monolith aus grauer Vorzeit das trutzige Bollwerk der Burg emporragte. Um ungehinderte Sicht ins Hinterland zu erhalten und somit anrückende Feinde frühzeitig erkennen zu können, war der Wald vor der Burg abgeholzt worden. So hatte man auch freie Schussbahn für die eigenen schweren Geschütze geschaffen. Der Weg war immer wieder von Dornenhecken und Sträuchern so zugewuchert, sodass Maria ständig einen Hinterhalt befürchtete. Da sie niemanden auf sich aufmerksam machen wollte, wagte sie es nicht, ihre Laterne anzuzünden, und so strauchelte und stolperte sie über Wurzeln, die sich wie Schlingen um ihre Knöchel legten. Langsam kroch Angst in ihr empor. Das hier glich nicht ihren nächtlichen Ausflügen im lichtdurchfluteten Wien, das war tödlicher Ernst. Sie begriff, dass es kein Zurück mehr gab. Der unheilvolle Wald, den sie eben noch mit der Kutsche durchquert hatte, schnitt ihr den Rückweg ab. Denn dort in der Finsternis tummelten sich wilde, ausgehungerte Tiere, wenn nicht gar Schlimmeres. Also stolperte sie weiter ins Ungewisse. Ihre rechte Hand lag verkrampft auf einem langen Dolch, den sie Tage zuvor einem Heiducken abgehandelt hatte. Das kühle Metall hatte eine beruhigende Wirkung auf sie. Keuchend erreichte sie eine kleine Schanze, von der aus sie endlich wieder einen Blick auf die Burg werfen konnte. Obwohl sie seit geraumer Zeit unterwegs war, wirkte es so, als sei sie ihrem Ziel kaum näher gekommen. Dafür schien jedoch die unheilvolle Ausstrahlung, die von dem Koloss ausging, immer stärker zu werden. Ein dicker Kloß bildete sich in ihrem Hals, doch sie stapfte unverdrossen weiter. Mit jedem Schritt, den sie tat, fiel es ihr schwerer, Luft zu holen. Nach vielen Pausen, einigen Stürzen, mit aufgeschlagenen Knien und völlig außer Atem, erreichte sie schließlich doch das finstere Bollwerk. War es die Anstrengung, die ihren Puls rasen ließ, war es der eisige Wind am Gipfel, der sie zittern ließ, oder wurde dies alles ausgelöst durch die unheilvolle Aura, die diesen Ort umgab? Ihr Herz schlug so heftig, dass sie fürchtete, damit alle Bewohner der Trutzburg aufzuwecken.

Es war eine bewölkte Nacht, doch hin und wieder blitzte

die Mondscheibe zwischen schwarzen Wolkenfetzen hervor und verbreitete ihr kaltes Licht. Im silbrigen Schein des Nachtgestirns konnte Maria die groben Quader des Mauerwerks erkennen. Als sie emporblickte auf die zinnengekrönten Wehrgänge, auf den gotischen, apsisartigen Anbau in schwindelnder Höhe, auf gedrungene romanische Türme, auf den alles überragenden, massigen Bergfried, da hatte sie für einen kurzen Moment das Gefühl, nicht vor toten Mauern, sondern vor einem gewachsenen, dämonischen Organismus zu stehen.

Ihr war, als würden sie die schwarzen Schießscharten, menschlichen Augen gleich, feindselig anstarren. Kein Torwächter war zu sehen, und auch sonst wirkte die Festung verlassen. Dennoch näherte sie sich nur widerwillig dem gewaltigen, eisenbeschlagenen Tor. Mit dem Gewicht ihres ganzen Körpers stemmte sie sich gegen seine zentnerschweren Flügel, die jedoch keinen Deut nachgaben. Wie nur sollte sie hier eindringen, wie nur das Geheimnis dieses Ortes lüften? Als sie suchend am riesenhaften Portal emporblickte, wurde sie sich ihrer eigenen Schwäche und Verletzlichkeit bewusst. Weit über ihr, wo die Mauern den Himmel berührten, glitten Wolken mit großer Geschwindigkeit über sie hinweg. Wie in Trance folgte ihr Blick ihrem atemberaubenden Zug, bis ihr schließlich schwindlig wurde und sie das Gleichgewicht verlor. Ihre Hände suchten nach Halt, doch als sie die wuchtige Tür berührten, gab sie unter dem leichten Druck ihrer Finger nach. Einen leisen Aufschrei unterdrückend, taumelte Maria zu Boden.

Jetzt erst erkannte sie, dass in die mehrere Meter hohe Pforte eine kleine Tür eingelassen war. Misstrauisch begutachtete sie die Öffnung, die sich so unerwartet vor ihr aufgetan hatte. War es nur Leichtsinn, dass dieser Eingang unbewacht und sogar unverschlossen war? War es vielleicht eine Falle, in die sie diese heimtückische Burg locken wollte? Maria schüttelte trotzig ihren Kopf. Sie war hierhergekommen, um ein Geheimnis zu lüften, es war ihr sogar gelungen, einen Eingang zu finden, und sie beabsichtigte nicht jetzt, direkt vor ihrem Ziel, umzukehren.

Mit angehaltenem Atem schob sie sich vorsichtig durch den niedrigen Durchschlupf. Auf der anderen Seite wartete sie gespannt darauf, entdeckt zu werden, doch nichts geschah. Keine Wache packte sie mit hartem Griff, kein Schattenwolf fiel über sie her. Sie wusste, dass die Burg nicht verlassen sein konnte, es mussten sich einige Soldaten und zumindest der Kastellan hier befinden. Also schlich sie vorsichtig über den engen Burghof, hin zum Brunnenhaus, das sich auf seiner gegenüberliegenden Seite befand. Als sie in der Mitte des Platzes angelangt war, riss die Wolkendecke über ihr auf, und sie stand im gleißenden Mondlicht. Wie ein verschrecktes Reh verharrte sie starr, in der Hoffnung, nicht gesehen zu werden.

Erst als sich die Wolken wieder vor den Mond schoben, wagte sie es, ihren Weg fortzusetzen. Die Tür zum Brunnenhaus war weit geöffnet. Aus dem Inneren drang ein modriger Geruch, und ein leiser Luftzug schien aus der schwarzen Öffnung zu wehen. Je mehr sie sich dem Bau näherte, desto eisiger wurde der Hauch, der ihr entgegenkam. Fröstelnd trat sie in das Innere des Gemäuers und wurde sogleich von absoluter Finsternis verschlungen. Sie tastete sich in die Mitte des Raumes und stieß dort gegen eine hüfthohe Brüstung. Dies musste der Brunnen sein, von dem die Alte am Abend gesprochen hatte.

Marias Herz raste, das Geräusch fallender Tropfen zeigte ihr, dass der Schacht wirklich sehr tief sein musste. Am meisten beunruhigte sie, dass vom Brunnen einen Geruch von Verwesung und Fäulnis, vermischt mit dem von Schwefel, ausging. Sollte die Frau wirklich recht gehabt haben? Maria schlug ihr Feuerzeug an, als ein Windhauch die Tür hinter ihr schloss. Erschrocken fuhr sie herum. Sie konnte nichts erkennen. Stand da nicht jemand zwischen ihr und der Tür? Es rührte sich nichts, also entschied sie sich, die Laterne anzuzünden. Umständlich rieb sie am Feuerzeug, bis eine kleine gelbliche Flamme emporloderte.

Die Laterne erhellte den Raum nur spärlich, aber Maria erkannte zu ihrer Beruhigung, dass sie allein war. Sie hastete an die Tür, um festzustellen, ob diese von außen verriegelt worden war. Sie zog vorsichtig am Holzriegel, und silbriges Mondlicht fiel durch den Türspalt. Erleichtert wollte sie sich umdrehen, um sich dem Brunnen zuzuwenden. Nur gewaltsam konnte sie einen Aufschrei unterdrücken. Dutzende von schleimigen Dämonenköpfen starrten sie gierig an.

Derweil war die alte Darvulia am Ortsrand von Miawa angelangt. In einer schäbigen Kate lebte die berüchtigte Meierin, von der es hieß, sie habe magische Fähigkeiten. Am verfallenen und von Kletterpflanzen überwucherten Gartenzaun hingen seltsame Gebinde, die im Wind feine, kaum merkliche Töne von sich gaben. Es klang fast wie ein schwaches Wimmern aus weit entfernten Kehlen. Die Ortsbewohner mieden das Anwesen und seine nähere Umgebung. Und obwohl ganz Europa in einer Orgie der Hexenverfolgung versank, wagte es niemand, gegen die verhasste Frau vorzugehen. War es die Furcht vor den finsteren Mächten, mit denen sie zweifelsohne einen Pakt geschlossen hatte, oder war es die Protektion einer bedeutenden Persönlichkeit, die sie vor Nachstellungen bewahrte? Niemand wusste dies genau zu beantworten – ohnehin gab es kaum jemanden im Ort, der bereit gewesen wäre, über die angebliche Hexe zu reden. Man versuchte sie und ihre Existenz aus dem Bewusstsein und so auch aus dem täglichen Leben der Dorfgemeinschaft zu verdrängen.

Von ihrer Vertrauten, Helene Jó, geführt, betrat die blinde Darvulia das Haus. Helene Jó war es strengstens untersagt, der Unterredung beizuwohnen. Daher stand nun die alte Darvulia allein in der Tür. In ihrem Rücken spürte sie, wie die Kälte verschwand, dann erst hörte sie das dumpfe Geräusch, mit dem der massive hölzerne Riegel einrastete. Die Tür war geschlossen worden. Kurz richtete sie ihre Sinne hinter sich. Weder das asthmatische Röcheln von Helene Jós Atem war zu hören, noch war der leicht säuerliche Geruch, den die Frau an sich trug, wahrzunehmen. Doch das sicherste Zeichen, mit dem die alte Darvulia feststellte, dass Helene Jó ihr nicht gefolgt war, war das Fehlen einer körperlichen Präsenz hinter ihr. In den Jahren ihrer Behinderung hatte die Blinde gelernt, die Anwesenheit von Menschen wahrzunehmen, selbst dann, wenn weder etwas zu hören noch zu riechen war. Vielleicht war es die fremde Körperwärme, die sie noch über mehrere Meter hinweg spürte, oder die Art, wie ein menschlicher Körper Geräusche im Raum dämpft. Vielleicht hatte sie aber auch einen anderen Sinn ausgebildet, der den gewöhnlichen Menschen vor unendlichen Zeiten abhanden gekommen war. Beruhigt konzentrierte sie sich nun auf den Raum, in dem sie sich befand. Sie hörte das Knistern eines Feuers am gegenüberliegenden Ende des Raumes, das Geräusch war verhältnismäßig weit entfernt. Da der Hof der Meierin nicht besonders groß war, schloss sie daher darauf, dass sich der Raum, in dem sie sich befand, über die gesamte Fläche des Gebäudes erstrecken musste.

Rechts neben ihr war ein leises Schnurren zu vernehmen, es stammte wohl von Azael, dem gefürchteten schwarzen Kater der Meierin. In der jüdischen Mythologie war Azael ein Engel, der sich gegen Gott erhoben hatte. Zur Strafe hatte ihn dieser in die Wüste verbannt, wo er, an einen Stein gekettet, bis zum Jüngsten Gericht ausharren sollte. Viele Ortsbewohner glaubten, dass der Kater der Meierin tatsächlich vom Geist dieses Dämons besessen war. Wenn das Tier jemandem über den Weg lief, so bekreuzigte sich derjenige sofort mehrfach, machte auf der Stelle kehrt und betrat den Rest des Tages den Weg, den Azael gequert hatte, nicht mehr.

Das konnte sogar so weit gehen, dass Leute einen ganzen Tag ihr Haus nicht verließen, nur weil der Kater am Morgen auf ihrer Schwelle gelegen hatte. Auch wagte es niemand, dem Kater gegenüber Gewalt anzuwenden, und selbst die übermütige Dorfjugend machte lieber einen großen Bogen um ihn, als mit ihm den üblichen Schabernack zu treiben.

Über sich im offenen Dachgestühl hörte die alte Darvulia ein sanftes, kaum merkliches Flügelschlagen, vielleicht von einer Taube oder einer Krähe. Ein nagendes Geräusch aus der linken Hälfte des Raumes mochte von einer Maus oder einem Holzwurm stammen. Die Luft war angefüllt von fremdartigen Düften. Düften, die einen schwindlig werden ließen und einem den Verstand zu rauben schienen. Die alte Darvulia aber roch mehr als nur dies, sie erkannte das harzig-ätherische Aroma feiner exotischer Hölzer, die vor kurzem abgebrannt worden waren. Überlagert wurde dieser Duft von einem süßlichen Hauch verdorbenen Fleisches, das sich aber nicht mehr im Raum befand. Vielleicht stammte er von einem toten Tier oder gar von menschlichen Gliedmaßen, die zu mitternächtlicher Stunde von einem Galgen geraubt worden waren.

Auch gab es andere stechende Gerüche, die von Substanzen stammten, wie sie nur wenigen, eingeweihten Alchemisten bekannt waren. Aus dem hinteren Teil des Raumes, wo die Blinde die Feuerstelle vermutete, drang ein unangenehmer Gestank von verbranntem Haar an ihre Nase. Bei dem Gedanken, welche Beschwörungen diese Düfte wohl begleitet haben mochten, überkam die alte Darvulia ein wohliges Grausen. Doch da war noch etwas, das die Greisin witterte. Es war etwas in der hinteren Hälfte des Raumes, etwas Großes, etwas, das eine bösartige Aura verströmte, etwas, das nur mit dem Gefühl körperlicher Anwesenheit zu beschreiben war – die Meierin aus Miawa. All dieses Lauschen, Riechen und Wittern hatte nur wenige Sekunden gedauert, und mit einem zufriedenen Gesichtsausdruck wandte die alte Darvulia ihren leeren Blick in die Richtung, in der sich die Meierin befand. »Werte Schwester, die Gräfin bedarf deiner Dienste.«

Eine alte, jedoch überraschend volle und selbstsichere Stimme entgegnete knapp: »Es ist schon spät – komm morgen wieder.«

Darvulia, die es nicht gewohnt war, dass man ihr widersprach, reagierte dennoch betont freundlich. »Es sind bedrohliche Dinge im Gange, Dinge, die für uns weise Frauen eine große Gefahr bedeuten. Der Rote Megyery ist auf dem Weg nach Cseithé!«

»Das sind wahrlich schlechte Nachrichten, die du da bringst«, meinte ihr Gegenüber besorgt. »Wie kann ich dir helfen?« »Man sagt von dir, du könntest Menschen behexen, und dies auch über große Entfernungen hinweg. Es heißt, du kannst Schaden an Leib und Leben wirken, ohne dass die fragliche Person in unmittelbarer Nähe sein muss«, entgegnete Darvulia mit einem bösartigen Unterton. Zufrieden stellte sie fest, dass die Meierin daraufhin eisig lächelte. Die Blinde konnte tatsächlich das Mienenspiel anderer Menschen wahrnehmen. Ein breites Grinsen oder Lächeln erkannte sie an dem leisen Schmatzen, das die Lippen verursachen, wenn sie die Zähne freigeben. Dieses Lächeln war ihr Bestätigung genug, und so fuhr sie fort: »Die Gräfin wäre bereit, einiges dafür zu geben, wenn dieser aufdringliche Mensch nie in Cseithé ankommen würde.«

Die Meierin antwortete vorsichtig: »Das, was du da forderst, ist ein sehr finsterer Zauber. Wie du vielleicht weißt, muss ich dazu Mächte beschwören, die man besser nicht in unsere Welt ruft. Einmal außer Kontrolle, können sie sich leicht gegen einen selbst richten. Und was das zu bedeuten hat, brauche ich dir wohl kaum zu erklären.«

»Ich bin mir dessen sehr wohl bewusst«, erwiderte die Greisin, »doch wird der Rote Megyery weit Schlimmeres über uns bringen, als uns von deinem Zauber droht. Und sei dir gewiss, seine Neugierde wird nicht vor Miawa haltmachen.«

»Das befürchte ich auch«, versetzte die Hexe bitter, »dafür würdest du schon sorgen, dass du nicht allein auf den Scheiterhaufen steigen müsstest.«

Die Darvulia lachte leise: »Es freut mich, dass mein Ruf bereits bis nach Miawa gedrungen ist. Ich muss dich also nicht erst lange überreden.«

»Sei's drum«, seufzte die Meierin. »Wenn es denn keinen anderen Weg gibt, so müssen wir eben diesen beschreiten. Aber wisse, dass deine Herrin ein gewaltiges Opfer wird bringen müssen!«

Während sie das sprach, begann sie bereits, befremdliche Dinge in einen derben Leinensack zu packen. Die alte Darvulia hörte, wie schwere wächserne Kerzen aneinanderschlugen, sie hörte ein eigenartiges, hohles Geräusch wie von einem dünnen Tongefäß, gefolgt von einem beinernen Klappern. Ihr geschultes Gehör erkannte, dass es sich um einen Totenschädel handeln musste. Dann vernahm sie ein ersticktes Gackern, das von wildem Flügelschlagen begleitet war – wohl ein schwarzer Hahn, der für derartige Zauber unentbehrlich war. Bald schon war die Meierin bereit, sich auf den Weg ins Schloss zu machen.

Maria Czobor blickte wie hypnotisiert in weit aufgerissene bösartige Augen. Das flackernde Licht ihrer Lampe spiegelte sich auf feuchten, von schlüpfrigem Moos überwucherten Schädeln und hauchte ihnen Leben ein. Erst auf den zweiten Blick erkannte sie, dass es sich um kunstvolle Steinmetzarbeiten handelte, mit denen der Brunnen verziert war. Verärgert über ihre Schreckhaftigkeit untersuchte Maria den Brunnen nun genauer. Die Seilwinde mit dem hölzernen Eimer schien intakt zu sein, und sie prüfte, ob sie ihre Laterne darin herunterlassen konnte. Vorsichtig blickte sie in den Schacht, konnte aber nichts erkennen. Als sie ihre Lampe über den Kopf hielt, um besser sehen zu können, schoss ein schwarzer Schatten auf sie zu und streifte sie im Gesicht. Entsetzt sprang sie zurück und stürzte zu Boden. Wütend blickte sie auf eine Fledermaus, die sie derart erschreckt hatte.

Nachdem sie sich wieder gefangen hatte, wagte sie es, die Laterne im Eimer langsam herabzulassen. Grünlich feucht schimmerte die gemauerte Brunnenwand. Gelegentlich schien ein Stein zu fehlen, aber es waren keine größeren Öffnungen zu sehen. Nach endlos vielen Umdrehungen der Kurbel konnte Maria undeutlich einen kleinen schimmernden Punkt als Boden des Brunnens ausmachen. Behutsam ließ sie den Eimer das letzte Stück herab, bis er mit einem leisen Klatschen die Flüssigkeit in der Tiefe berührte. Angestrengt starrte sie nach unten, um zu erkennen, von welcher Beschaffenheit der Inhalt des Brunnens war.

Es schien eine schleimig-grüne Brühe zu sein, aus der undefinierbare Gegenstände herausragten. Sie zerrte am Seil, um besser sehen zu können. Dabei riss sie den Eimer um. Kurzzeitig war alles hell erleuchtet vom auslaufenden, brennenden Öl. Es dauerte nur den Bruchteil von Sekunden, bis die Feuchtigkeit die Flammen erstickt hatte. Doch dieser Augenblick genügte, um Maria das Blut in den Adern gefrieren zu lassen. Ganz deutlich hatte sie etwas Furchtbares, etwas Unbeschreibliches erblickt, etwas, was sie für den Rest ihres Lebens nicht mehr vergessen würde.

Kopflos und von Panik erfüllt, stürzte die junge Frau aus dem Brunnenhaus und quer über den Burghof auf das Tor zu. Im Schatten erkannte sie eine dunkle Gestalt, doch sie war zu schnell, um ihr auszuweichen. Es gab einen dumpfen Schlag, und starke Arme griffen nach ihr. Ohne zu überlegen, schubste sie ihr stark nach Alkohol riechendes Gegenüber von sich und huschte durch die noch offene Pforte ins Freie. Weder auf Dornen noch auf Wurzeln achtend, rannte sie den Burgberg hinab, sich immer wieder vergewissernd, nicht verfolgt zu werden. Erst als sie im Schutz des Waldes war, gönnte sie sich eine kurze Verschnaufpause. Sie wusste nicht, wie es ihr gelungen war, den steilen Weg in so mörderischem Tempo hinabzulaufen, ohne ein einziges Mal zu stürzen. Wieder tauchten die schrecklichen Bilder aus dem Brunnenhaus vor ihrem inneren Auge auf, und es war ihr, als legte sich eine eisige Faust um ihr Herz. Egal was im Wald auf sie lauern mochte, es war nichts im Vergleich zu dem, was sie dort oben zu Gesicht bekommen hatte. Dennoch schreckte sie bei jedem Ast, der sie streifte, zusammen. Sie hatte das Gefühl, direkt hinter sich einen Atemhauch zu spüren. Doch wenn sie mit dem Dolch nach dem vermeintlichen Verfolger hieb, fuhr die scharfe Klinge nur durch die Luft. Schlotternd vor Angst erreichte sie das Kastell. Es war ihr gleichgültig, wie die Wache auf ihren nächtlichen Ausflug reagieren mochte, sie wollte nur noch zurück in die Geborgenheit ihrer Kammer. Wie von Sinnen pochte sie gegen das Tor. Der Mann, der ihr öffnete, staunte nicht schlecht, als er ein zerzaustes junges Edelfräulein mit zerrissenen Kleidern und einem langen Dolch in der Hand vor sich stehen sah. Maria hatte sich schnell gefangen und tischte dem Heiducken ein Märchen über ihren geliebten Hund auf, der ihr entlaufen sei. Als sie die funkelnden Augen des Mannes auf den Dolch gerichtet sah, schenkte sie ihm die Waffe, unter der Bedingung, er möge über den Vorfall absolutes Stillschweigen bewahren.

Ihre Heimkehr war nicht unbemerkt geblieben. Ponikenus lag vor dem Altar der Kirche, um zu beten, als er hastige Schritte und das Keuchen einer Frau in der Nacht hörte. Rasch erhob er sich und trat ins Freie. Dort vernahm er, wie jemand an das Tor pochte. Von einer seltsamen Kraft angezogen, näherte er sich dem Tor. Kaum aber war er einige Schritte gegangen, wurde Maria eingelassen. Wie aus einem Traum erwacht, stutzte Ponikenus, drehte sich um und lief zurück in die Kirche. Dort angelangt, öffnete er einen Schrein und entnahm ihm eine Art Kordel. Gesenkten Hauptes näherte er sich dem Altar, fiel auf die Knie und entblößte seinen Oberkörper. Klatschend sauste die Geißel auf seine Schultern.

»Herr, vergib mir«, murmelte er, während Blutstropfen seinen Rücken herabrannen. »Herr, vergib, dass ich immer wieder nach ihren kleinen, wollüstigen Körpern verlange. Herr, vergib mir meine Todsünden. Herr, vergib, dass ich mich vergangen habe an deiner Schöpfung. Herr, ich flehe dich an, nimm mir dieses lüsterne Brennen, nimm diesen Fluch von mir.«

Nach jedem Satz schlug er heftiger zu. Tränen liefen seine Wangen herab, und wenig später konnte er nur mehr keuchen. Sein Keuchen steigerte sich zu einem ekstatischen Stöhnen, während die Geißel wild über seinen blutverschmierten Rücken tanzte. Immer schneller, immer heftiger schlug er zu, stöhnte er, bis er plötzlich mit einem tiefen Seufzer in sich zusammensank.

Auch Erzsébet Báthory seufzte. Die Meierin aus Miawa benötigte zwei Zutaten, um ihren Zauber wirken lassen zu können. Zum einen war das ein persönlicher Gegenstand Megyerys. Nach angestrengter Suche fand man einen Brief von ihm. Zum anderen benötigte sie einen Absud, gewonnen aus dem Bade der Gräfin. Was die Gräfin seufzen ließ, war der Wunsch der Hexe, sie solle dieses Bad in einem Sarkophag nehmen. Aber sie wusste, je ekliger die Zutaten, desto wirksamer war der Zauber. Die alte Darvulia hatte sie in die Kapelle des Schlosses geführt. Vor einem stehend in die Wand eingelassenen, steinernen Sargdeckel hielten sie inne.

»Folgt mir«, sagte die Blinde, »hinter diesem geheimen

Durchgang befindet sich ein geeigneter Ort für das Bad – die alte Krypta der Kirche.«

Ihre knöchernen Finger tasteten suchend über die lebensgroße Darstellung eines Ritters. Zu Füßen des furchteinflößenden Kriegers lag das Ziel der zittrigen Hand, die Fratze eines Dämons mit weit aufgerissenem Rachen. Behände nestelte sie mit ihren Fingern in dem Rachen herum, aus dem mehrere große schwarze Kellerasseln quollen. Ein scharfes metallisches Klacken war zu hören, und der Sargdeckel verschwand knirschend in der Wand. Vor den Frauen tat sich ein schwarzer Schlund auf. Sie betraten zögernd den Durchgang, der sich als Katakombe entpuppte. In Wandnischen waren fein säuberlich Dutzende von Totenschädeln aufgestapelt von den Opfern der letzten großen Pestepidemie. Die zwei Frauen wurden gefolgt von Ficzkó und einigen vor Angst mit den Zähnen klappernden Mägden, die Eimer mit heißem Wasser trugen.

»Achtet darauf, wohin ihr tretet«, ermahnte die Darvulia die Mägde, »der Boden ist sehr feucht.«

Eines der Mädchen gab einen spitzen Schrei von sich, als sie einen großen Käfer zertrat. Schweigend erreichte die Prozession das Ende des Durchganges. Mit wenigen Handgriffen entriegelte die Blinde die nächste Geheimtür, die das weibliche Gegenstück zu dem Ritter in der Kapelle bildete. Eine Fackel erhellte gespenstisch die nun vor ihnen liegende Krypta, in der die Sarkophage der einstigen Herren von Cseithé standen. Es schien, als würde das flackernde Licht die liegenden Statuen wieder zum Leben erwecken. Angefüllt mit dem Staub der Jahrhunderte, vermengt mit dem faden Geruch abgestandenen Weihrauchs, verstärkte die Luft der Krypta die unheilvolle Stimmung. Die Gräfin schritt die Reihe der Grabstätten ab und betrachtete prüfend die Darstellungen darauf. Vor einem großen Marmorschrein blieb sie stehen. Lange blickte sie auf die Gestalt, die dort eingemeißelt war. Es war das Relief einer jungen Frau, sie trug ihre Haare offen, ein Zeichen, dass sie als Jungfrau gestorben war. Ihr Gesicht war fein geschnitten und von überirdischer Schönheit. Eine lateinische Grabinschrift besagte, dass sie im Alter von nur siebzehn Jahren bei einem Jagdunfall ums Leben gekommen war.

»Ficzkó, öffne mir dieses Grab!«, erklang heiser die Stimme der Báthory.

Eisiges Schweigen erfüllte die Gruft. Beinahe schmerzhaft drang die absolute Stille an die Ohren der Anwesenden und ließ die Sekunden, bevor dieses Sakrileg begangen wurde, zu Stunden werden. Eiserne Bänder verbanden den Deckel mit dem eigentlichen Sarg. Ficzkó setzte einen Meißel an, um diese Verbindungen, die für die Ewigkeit bestimmt waren, zu zertrennen. Einige der Mädchen hielten sich verängstigt die Ohren zu. Dann erbebte die Gruft unter mächtigen, klirrenden Schlägen. Es klang, als würden tausend Engel ihren namenlosen Schmerz herausbrüllen, und alle, außer der Gräfin, zuckten unter jedem Schlag wie getroffen zusammen. Als der Verwachsene die Bänder zertrennt hatte, ließ sich die schwere Steinplatte langsam beiseite schieben. Selbst Ficzkó hielt den Atem an, als dünne Staubschwaden aus dem Inneren des Grabes drangen. Voller ängstlicher Neugierde lugten die Mägde in die Öffnung hinein, die sich vor ihnen auftat. Im uralten Staub, der wie eine Flüssigkeit hin und her wogte, zeigte sich zunächst schemenhaft, dann deutlicher werdend, der unheimliche Anblick eines menschlichen Skeletts.

Eines der Mädchen kämpfte mit der Fassung, die Gräfin aber drehte sich kalt zu ihr um und meinte trocken: »Hab dich nicht so, Metze, in nicht ferner Zeit wirst auch du so aussehen. Ficzkó, du weißt, was deine Aufgabe ist.«

Der Mann nickte und begann mit kräftigen Fausthieben die Knochen zu zertrümmern. Grauen erfüllte die Anwesenden, denn es hatte den Anschein, als würde sich das Skelett unter den Schlägen winden. Der Schädel sackte zur Seite, und der Unterkiefer klappte weit auf, so als wolle er seinen Peinigern einen stimmlosen Fluch entgegenschleudern. Nachdem die schaurige Arbeit vollendet war, lag so viel Staub in der Luft, dass man kaum noch zu atmen vermochte. Widerwillig gossen die Mägde das heiße Wasser über die Knochen, die einst eine stattliche junge Frau gewesen waren. Schäumend vermengte es sich mit dem Staub zu einem eklen grauen Brei. Die Gräfin trat an den Trog heran und streifte ihren prächtigen Umhang von den Schultern. Makellos stand sie in nackter Schönheit da. Ihre weißen, zarten Brüste wirkten voll und straff. Ihre Wespentaille bedurfte keines Mieders, und ihre schlanken Beine schienen ihr bis zum Hals zu reichen. Langsam, fast genießerisch, ließ sie ihren begehrenswerten Leib in das unheilige Bad gleiten. Die Mägde waren starr vor Entsetzen und warteten darauf, dass etwas Fürchterliches geschehen würde, sie warteten darauf, dass sich die Schlünde der Hölle öffneten, um sie alle für ihr schändliches Tun zu verschlingen. Einige von ihnen bekreuzigten sich und murmelten Gebete. Ob es aber nun die Kraft ihrer Gebete war, die dafür sorgte, dass das Begangene ungesühnt blieb, oder ob der Teufel noch anderes, Bedeutenderes mit ihnen vorhatte, blieb sein Geheimnis.

Man hatte Emerich Megyery einen kleinen, fürstlich ausgestatteten Raum zugewiesen. Das Bett war weich und warm, doch der alte Mann konnte, trotz des harten Tages, den er hinter sich hatte, nicht einschlafen. Zu sehr pochte der Schmerz in seiner linken Hand. Er hatte versucht, sich mit Alkohol zu betäuben, doch außer, dass ihm übel davon wurde, half es nicht. Er hielt seine Hand senkrecht nach oben, was zwar das Pochen linderte, ihn aber am Schlafen hinderte. Endlich raffte er sich aus seinem fieberähnlichen Dämmerzustand auf und entzündete einige Kerzen. Am Waschtisch entfernte er vorsichtig den blut- und eiterverkrusteten Verband und betrachtete sorgenvoll die Wunde. Seine Hand war stark geschwollen, und unter der gespannten und geröteten Haut seines Handrückens schimmerte es gelblich. Zwei ausgefranste Löcher hatten die Eckzähne des Wolfes zwischen Daumen und Zeigefinger sowie zwischen Mittel- und Ringfinger gerissen. Die Wunden nässten, und das Fleisch wirkte weiß und faulig. Ebenso faulig war auch der Gestank, den sie verbreiteten. Seine Finger waren ebenfalls geschwollen und schmerzten stark, wenn er sie zu bewegen versuchte. Mit den Zähnen entkorkte er die Schnapsflasche und goss einen Teil ihres Inhalts über seine Hand. Als er kein Brennen spürte, wusste Megyery, dass das Fleisch an den Bissmalen bereits abgestorben war. Also trank er selbst einen großen Schluck aus der Flasche und zog sein gebogenes, scharfes Messer hervor, von dem er sich selbst nachts nicht trennte. Vorsichtig hielt er es so über die Flamme einer Kerze, dass sich die Klinge nicht schwärzte. Zischend drang die heiße Schneide in das tote Fleisch ein, das er mit geübten kleinen Schnitten von den Wundrändern entfernte. Es war weniger das Schneiden als vielmehr der Druck, den er dabei auf seine Hand ausübte, was ihm schwarz vor Augen werden ließ. Ein Schluck aus der Flasche, und er hatte sich wieder gefangen. Behutsam tupfte er die eitrige Brühe, die aus den Verletzungen quoll, ab. Langsam stellte sich auch das Brennen wieder ein, wenn er Alkohol darüber goss. Zehn Minuten später blickte er zufrieden auf zwei tiefe, aber saubere Löcher in seinem geschwollenen Handrücken. Noch war er nicht fertig, aber seine Rechte zitterte zu sehr, und der Schmerz war zu heftig, als dass er den unangenehmsten Teil seiner Operation in Angriff nehmen konnte. So gönnte er sich eine kleine

Pause und atmete tief ein und aus, damit ihm nicht noch übler wurde. Nach einiger Zeit gab er sich einen Ruck, er umwickelte einen Schlüssel mit etwas Tuch und schob ihn sich zwischen die Zähne. Er wusste, dass das, was er vorhatte, ihm furchtbare Schmerzen bereiten würde, aber wenn er seine Hand nicht verlieren wollte, so musste er jetzt stark sein. Wieder erhitzte er die Klinge des Messers und führte sie zögernd an die rote, unregelmäßige Vertiefung zwischen Zeigefinger und Daumen. Es zischte, und seine Zähne pressten sich heftig auf den Knebel in seinem Mund. Langsam, denn er wollte keine Sehne verletzen, schob er das Messer unter die geschwollene Haut. Blutiger Eiter schoss aus der Wunde, und Megyery ließ ein gequältes, langgezogenes Knurren vernehmen. Immer tiefer führte er die Schneide in das entzündete Gewebe ein. Erst als die Messerspitze, gefolgt von einem Schwall gelblichen Sekrets, aus dem Loch zwischen Mittel- und Ringfinger austrat, hielt er inne. Speichel rann ihm rechts und links aus dem Mund, und der kalte Schweiß stand ihm auf der Stirn. Das Schlimmste war nun überstanden. Vorsichtig zog er das Messer aus seinem Handrücken, immer noch quoll Eiter aus den Wunden. Er massierte jetzt mit dem Daumen das Gewebe, bis nur noch helles rotes Blut heraussickerte. Ein letztes Mal goss er Alkohol über die Verletzung, und ein befreiendes Brennen verdrängte den dumpfen, pochenden Schmerz. Nachdem er seine Hand sorgfältig verbunden hatte, ließ er sich erschöpft aufs Bett fallen, wo er sofort einschlief.

Etwa zur gleichen Zeit machte sich die Meierin aus Miawa daran, ihre Hexenkünste zu erproben. Auf dem kleinen Altar der Schlosskapelle hatte sie ihre Utensilien ausgebreitet. Ein Totenschädel lag inmitten eines Pentagramms. Sie hatte den fünfzackigen Stern mit dem Blut eines frischgeschlachteten, schwarzen Hahnes auf den Altar gezeichnet. Auf jeder Spitze des Pentagramms stand eine schwarze Kerze, auf den Totenschädel selbst hatte sie eine phallusartige rote Kerze gepflanzt. Nur die alte Darvulia war anwesend und lauschte aufmerksam den Worten der Hexe.

Diese hob vorsichtig eine kleine, unbeholfen modellierte Figur empor und sagte: »Oh, König der Katzen, sieh dieses Opfer, möge es dir gleichbedeutend sein mit dem elenden Emerich Megyery. Denn aller Hass der großmütigen Gräfin Báthory, gewonnen aus ihrem Schweiße und den Säften ihres Körpers, verbunden mit dem Hauch des Todes einer finsteren Gruft, sind in diesem Opfer enthalten. Höre auch, dass er entstanden ist aus dem ureigensten Besitz des nichtswürdigen Emerich Megyery. Wisse, dass all deine Anweisungen zum Erschaffen dieses Opfers getreulich befolgt wurden. So flehen wir dich an, erhöre unser Gebet.«

Bei diesen Worten ergriff die Hexe die Figur und durchbohrte sie mit dem scharfen, langen Nagel ihres kleinen Fingers. Eine gelbe Masse trat aus dem Loch aus, und die Hexe jubelte: »Ja, das ist es, er ist verletzt, der Zauber wirkt! Nun greise Darvulia ist es an dir, das Gebet für deine Herrin zu sprechen.«

Das Böse schien greifbar in der Kapelle zu schweben, und aus dem Dämonenkopf des Rittersarkophags krochen farblose Würmer. Feierlich hielt die Hexe die aufgespießte Figur über die Flamme der phallusartigen Kerze.

Darvulia aber hob an, ein blasphemisches Gebet zu sprechen: »Helfet mir, o Wolken! O Wolken stehet mir bei! Elisabeth Báthory möge kein Leid geschehen, sie möge gesund und unverletzt bleiben! Schicke, o schicke, du mächtige Wolke, neunzig Katzen. Ich befehle dir, o König der Katzen, gebiete ihnen, sie mögen sich versammeln, auch wenn sie sich auf den Bergen, in den Wassern, auf den Dächern oder jenseits des Ozeans befinden sollten! Es mögen diese neunzig Katzen erscheinen, das Herz des Roten Megyery zerfleischen und zerfetzen, damit er Elisabeth Báthory nichts zuleide tun kann! Heilige Dreifaltigkeit, beschütze sie!«

Gebannt starrte die Hexe auf die Figur, die sich in der Flamme langsam aufblähte.

Der Schlaf des Roten Megyery war unruhig und von beklemmenden Träumen erfüllt. Stöhnend wälzte er sich im Bett hin und her. Der Mond erhellte spärlich den Raum, als ein Schatten am Fenster vorbeiglitt. Megyery warf sich von einer Seite auf die andere. Sein Gesicht war schweißnass, selbst die Haare klebten feucht am Kopf.

Leise murmelte er immer wieder ein Wort: »Báthory … Báthory …« Plötzlich öffnete sich knarrend die Tür zu seinem Schlafgemach, nicht weit, nur einen Spalt breit, doch weit genug, um einen schwarzen Schatten ins Zimmer gleiten zu lassen. Suchend bewegte sich der Schatten im Raum umher, glitt unters Bett, kroch wieder hervor, hielt inne – wieder begann Megyery zu stöhnen, der Schatten hatte ihn entdeckt. Ganz langsam kam er näher.

Das Innere der Figur begann zu kochen, beschwörend sprach die Hexe auf sie ein: »Verbrenne, du widerlicher Wechselbalg, fang Feuer, du nichtswürdiges Abbild des verdammten Megyery.« Doch noch weigerte sich die Figur zu brennen, stattdessen blähte sie sich weiter auf. »Ein ungutes Omen«, raunte die Hexe. Dann plötzlich platzte die Figur, und ihr ekelhafter Inhalt spritzte der Hexe ins Gesicht, was diese mit einem gellenden Schrei beantwortete.

Im Zimmer des Megyery aber huschte der Schatten mit einem Satz ins Bett und verkroch sich unter die Decke des Schlafenden. Mit einem leisen Aufschrei erwachte dieser, tastete, was sich unter der Decke befand. Dann zog er vorsichtig etwas glänzendes Schwarzes hervor. Erleichtert schmunzelte er, als er erkannte, dass der nächtliche Besucher eine Katze war, die sich schnurrend an ihn schmiegte.

Als die Gräfin vom Versagen der Hexe erfuhr, war sie sehr erzürnt. »Was soll das heißen, es ist misslungen? Willst du mir damit etwa andeuten, dass ich diese widerwärtige, heidnische Prozedur für nichts und wieder nichts über mich habe ergehen lassen?«

Die alte Darvulia fiel ihr zu Füßen und flehte um Vergebung. Die Demütigung, die die Gräfin durch die Zeremonie erfahren hatte, konnte für sie die Entlassung, für die Frau aus Miawa aber den sicheren Tod nach sich ziehen. Die Greisin war sich nicht sicher, welches die schlimmere Strafe war. Verstoßen zu werden, würde für sie wohl auch den Tod bedeuten. Innerhalb der Schlossmauern war sie Herrin über das Gesinde und konnte sich freier und ungehinderter bewegen als sonst irgendjemand. Außerhalb der Mauern war sie verhasst und nichts weiter als eine hilflose Blinde. Niemand würde ihr den Weg weisen oder ihr gar zu essen oder zu trinken geben. Viele hielten sie mitverantwortlich für die grausigen Mädchenmorde. So würde sie entweder verhungern, erfrieren oder womöglich gelyncht werden. Es ging um ihr Leben, und also gab sie ihr Bestes. Dass sie dabei auch der Meierin das Leben retten konnte, war ihr völlig gleichgültig.

So flehte sie denn: »Herrin, vergib uns unser Versagen; doch der Rote Megyery muss von starken Zaubern geschützt sein. Es ist uns gelungen, ihn zu verletzen, aber noch ist er am Leben. Vielleicht trägt er die geweihte Reliquie eines Heiligen bei sich.«

Die Gräfin winkte barsch ab. »Megyery und eine Reliquie – nie. Wenn er ein einfaches Amulett besitzt, ist das viel. Megyery versteht nicht viel von Magie, er ist ein Krieger, kein Zauberer.«

Darvulia schauderte, ihre Herrin war ungnädig und nicht bereit, Entschuldigungen entgegenzunehmen. »Vielleicht steht er aber auch unter dem Schutz eines mächtigen Magiers«, versuchte die Alte zu erklären.

Doch die Gräfin hatte keine Lust, sich weitere Ausflüchte anzuhören. Sie erwiderte eisig: »Zwischen hier und Sárvár gibt es keinen mächtigen Magier noch Zauberer, der in der Lage wäre, durch seine bloße Anwesenheit einen Schadenzauber abzuwehren.«

Die Blinde suchte verzweifelt nach einem Ausweg, bis es ihr wie Schuppen von den Augen fiel. »Natürlich, die Prophezeiung! Einer ist unter ihnen, der kommt, um zu retten, was so hingebungsvoll bewahrt wurde. Das muss es sein, er sucht Unterstützung in Pressburg, er ist im Palast des Palatins.«

Ein flüchtiges Lächeln huschte über das steinerne Antlitz der Gräfin. »Sehr gut, Anna. Jetzt wird mir vieles klarer. Schick die Hexe nach Hause. Wir bedürfen ihrer jämmerlichen Dienste nicht mehr. Und du kannst dich zurückziehen, ich bin sehr zufrieden.«

## Achtes Kapitel

## *Ein Traum – vielleicht*

Megyery, Graf Zrinyi und Baron Druget hatten ihre zerrissenen und beschmutzten Gewänder gegen schwarze Umhänge getauscht. Am frühen Morgen war ihr Kutscher beigesetzt worden. Die schlichte Zeremonie hatte ihnen noch einmal die Ereignisse der letzten Tage ins Gedächtnis gerufen. Megyery erinnerte sich seines grimmigen Entschlusses, den Schattenwolf zu jagen und Rache für die hingemordeten Mädchen und den Tod seines Freundes zu nehmen. Baron Druget wirkte müde und gelangweilt. Er war sich sicher, dass auch die zweite Audienz beim Palatin nichts bewirken würde. Sie würden unverrichteter Dinge abreisen, und nichts außer der Schmach würde bleiben. Er hatte große Angst, dass seine

Schwiegermutter von ihrem heimlichen Vorhaben erfuhr. Immerhin erhoffte er sich einen nicht unerheblichen Erbteil von ihrem Erbe. Sollte sie den Eindruck gewinnen, er sei an einer Verschwörung gegen sie beteiligt gewesen, so wusste er, würde sie ihr Testament zugunsten ihres minderjährigen Sohnes Paul ändern. Aber er war kein Narr. So weit durfte es nicht kommen. Eigentlich konnte ihm die Entwicklung nur recht sein, denn wenn er es geschickt anstellte, konnte es ihm sogar glücken, den Grafen Zrinyi um dessen Erbteil zu bringen.

Er hatte am Abend einen Brief an seine Schwiegermutter aufgesetzt, in dem er ihr die Sachlage schilderte. Nur hatte er es vermieden, zu erwähnen, dass Megyery und Graf Zrinyi aus Sorge um die Sicherheit der Gräfin den Palatin bedrängten. Vielmehr unterstellte er ihnen in seinem Schreiben, dass sie die Fähigkeit der Gräfin anzweifelten, ihrer Aufgabe als Territorialherrin nachzukommen. Insgeheim hielt er dies für den wahren Grund, der die beiden Männer bewegt hatte, dieses Abenteuer zu wagen. Er glaubte, sie versuchten sich vor dem Palatin in ein günstiges Licht zu rücken, um so zu Ehren und hohen Ämtern zu gelangen. Zunächst wollte er sogar so weit gehen, den beiden zu unterstellen, sie hielten die Gräfin für mitverantwortlich an den Verbrechen. Aber er verwarf diesen Gedanken, da er ihm zu unwahrscheinlich erschien. Würde man nämlich die Gräfin offiziell wegen dieser Verbrechen verurteilen, so würde ihr gesamtes Vermögen an den Fiskus fallen. Wegen des jämmerlichen Lebens einiger Bauerndirnen auf ein solch immenses Vermögen zu verzichten, so naiv konnte selbst sein Schwager nicht sein. Aber auch die Behauptung, Graf Zrinyi hielte sie als Landesherrin für unfähig, würde die Gräfin in solche Wut versetzen, dass sie in der Lage war, ihre älteste Tochter und somit auch seinen Schwager möglicherweise zu enterben. Sich selbst aber schilderte Baron Druget als den loyalen Schwiegersohn, der alles versucht hatte, die beiden Männer von ihrem Vorhaben abzubringen. Und nun, da sie sich über ihn hinweggesetzt hatten, sah er sich verpflichtet, sie wenigstens zu begleiten, um das Schlimmste zu verhindern. In seinem Schreiben war er es dann auch, der den Palatin überzeugt hatte, den Männern die Unterstützung zu versagen.

Er hatte fast die ganze Nacht an dem Pamphlet gearbeitet und jede Phrase aufs gewissenhafteste formuliert. Stolz hatte er sein Werk am Morgen noch einmal durchgelesen, bevor er es mit seinem Siegel verschloss. Er war sich seiner Sache so sicher, dass er nicht einmal die zweite Audienz abwartete und noch vor der Beerdigung den Brief abschickte. Er wählte keinen Boten, da ihm das zu auffällig und zu riskant erschien. Die Straßen Ungarns waren nicht die sichersten. Und ein solcher Brief in den Händen von Räubern hätte ihm ernsthafte Schwierigkeiten bereiten können. Also zog er den regulären, aber langsamen Postweg vor. Diese Postkutschen wurden meist von bewaffneten Reitern begleitet, und es geschah selten, dass sie ausgeraubt wurden.

Auch Graf Zrinyi wirkte bei der Beisetzung des Kutschers unbeteiligt und abwesend. Zum einen kannte er den Verstorbenen kaum, zum anderen ließ ihm die bevorstehende Audienz keine Ruhe. Wie die beiden anderen hatte auch er nur wenig geschlafen. Er hatte lange gegrübelt, wie er den Palatin überzeugen konnte, ihr Vorhaben zu unterstützen. Graf Thurzó hatte deutlich gemacht, dass er keineswegs beabsichtigte, auf den Wunsch der Männer nach sofortigem Einschreiten einzugehen. Sein Gerede von schwarzer Magie und weißer Gegenmagie hielt Graf Zrinyi zwar für blanken Unsinn, aber das konnte er in einer Zeit, in der selbst Kaiser an Magie glaubten, nicht offen aussprechen. Er hatte sich daher einen langen Appell an die Menschlichkeit zurechtgelegt. Er wollte die Qualen der Opfer beschreiben und es als ritterliche und christliche Pflicht herauszustellen, der Gräfin umgehend Hilfe zu leisten, um weiteres Blutvergießen zu vermeiden. Er ging in Gedanken sogar so weit zu behaupten, dass sie alle durch ihre Untätigkeit zu Mittätern wurden und so ihrer aller Gewissen mit jedem neuen Mord belasteten. Am Morgen überflog er seine Notizen noch einmal. Verdrossen verwarf er sie. Das Ganze klang ihm zu sehr nach Predigt. Darüber hinaus wusste er, dass der Palatin sich nicht durch Gewissensappelle beeindrucken lassen würde. Jährlich wurden Tausende ungarischer Bürger, darunter viele Frauen und Kinder, von den Türken hingemordet oder entführt. Der Palatin aber verhandelte lieber, als dass er den offenen Konflikt der Waffen suchte. Für ihn waren Menschenleben wie Rüben und Äpfel. Er würde sich nicht wegen einiger toter Mädchen zu einer unüberlegten Unternehmung drängen lassen, die ihn Geld, Zeit und Ansehen kosten konnte. Vor allen Dingen nicht, da er bereits selbst begonnen hatte, Erkundigungen in der Sache einzuziehen. Auch hätte Graf Zrinyis Mahnung, der Palatin belaste sein Gewissen durch seine Untätigkeit, zur logischen Konsequenz gehabt, dass dieser bereits alle Morde, seit er von den Vorgängen in Kenntnis gesetzt wurde, mit zu verantworten hätte. Es war nicht klug, jemanden, von dem man Hilfe erwartete, mit solch massiven Beschuldigungen zu konfrontieren. Graf Zrinyi setzte allmählich nur noch wenig Hoffnung in diese zweite Audienz. Er selbst hatte keine weiteren Argumente, um den Palatin zu überzeugen, Megyery war viel zu emotional veranlagt und zu ungeübt in diplomatischen Dingen, und Baron Druget lauerte nur darauf, das Vorhaben zum Scheitern zu bringen.

Schweigend fuhren sie vom Friedhof an den Resten der drei Scheiterhaufen vorbei in Richtung Schloss. Die Hexen waren mit eisernen Ketten angeschmiedet gewesen, ihre verkohlten Überreste hingen noch immer am Pfahl. Der Henker hatte an Holz gespart, sodass ihre Oberkörper nur leicht verschmort waren, Hände und Beine sowie der Unterleib waren hingegen teilweise oder vollständig verbrannt. Es war ein abstoßender und zugleich betroffen machender Anblick. Megyery beachtete das Ganze nicht weiter, viel zu oft schon hatte er ähnlich verstümmelte Leichen gesehen. Baron Druget blickte mit einer Mischung aus Abscheu und Neugierde auf einen rötlich glänzenden Schädel mit leeren Augenhöhlen, weit aufgerissenem Mund und schwarzer, verdorrter Zunge darin.

Graf Zrinyi hingegen wirkte nachdenklich. Seine Augen starrten abwesend durch die Leichen hindurch. Plötzlich hellte sich sein Blick auf, und der Anflug eines Lächelns machte sich in seinem Gesicht breit.

»Inquisition, das ist es!«, platzte er heraus.

Verständnislos schauten ihn Megyery und Baron Druget an, da sie doch wussten, wie sehr er solche Hinrichtungen verabscheute.

Wieder ließ sie der Palatin lange warten, ehe sie vorgelassen wurden. Baron Druget vertrieb sich die Zeit mit bissigen Kommentaren, und Megyery geriet ernstlich in Wut. Graf Zrinyi hingegen trug die Schmähungen seines Schwagers mit heiterer Gelassenheit, was dieser mit der naiven Hoffnung auf Erfolg zu erklären versuchte.

Diesmal saß Graf Thurzó auf einem prunkvollen, erhöhten Thronsessel, seine Gäste hingegen ließ er stehen, womit er deutlich machte, dass er diese Audienz sehr knapp halten wollte. Als es ihm gestattet war, begann Graf Zrinyi weitschweifig die Verdienste und Titel des Palatins zu würdigen. Baron Druget hatte die Arme verschränkt und blickte seinen Schwager verächtlich von der Seite an. Er war sich sicher, dass sich Zrinyi, bar aller Argumente, zumindest noch um einen versöhnlichen Abgang bei Graf Thurzó bemühte. Dieser hingegen war ein viel zu erfahrener Politiker, als dass er sich von Schmeicheleien beeindrucken ließ.

Mit einer barschen Handbewegung unterbrach er den jungen Grafen und meinte trocken: »Unsere Zeit ist zu kostbar, als dass Wir bereit sind, Uns Dinge anzuhören, die Uns bereits bekannt sind. Wenn Ihr etwas vorzubringen habt, was für Uns von Interesse ist, so tut dies, ansonsten sehen Wir diese Audienz als beendet an.«

Baron Druget konnte sich ein gehässiges Schmunzeln kaum verkneifen; er sah sich schon neben Paul Nádasdy als einzigen Erben des immensen Báthory-Vermögens.

Megyery, der ohnehin gereizt war, explodierte. »Da draußen sterben Menschen, junge Frauen in der Blüte ihres Lebens.« Er wies mit dem Arm in die Richtung, in der er Cseithé vermutete. »Dieser alberne Laffe«, er deutete auf Baron Druget, »kann dazu nur überheblich grinsen! Und Ihr, den ich als einen der tapfersten Krieger Ungarns kennengelernt habe, Ihr versteckt Euch hinter Eurer Magie, mit der Ihr noch keiner Einzigen dieser armen Jungfrauen das Leben retten konntet. Das ist es, was wir vorzubringen haben – unternehmt endlich etwas, handelt!«

Das Gesicht des Palatins war zu einer eisigen Maske geworden, Megyery hielt sich nicht an die Spielregeln. Gesenkten Hauptes und mit finsterem Blick antwortete er: »Hütet Eure Zunge, Megyery, oder Wir lassen Euch hinauswerfen. Egal, was Wir gemeinsam im Felde erlebt haben, hier sind Wir der Palatin, Wir sind das Gesetz. Es steht Euch nicht zu, zu fordern, geschweige denn in diesem Ton mit Uns zu sprechen!«

Megyery starrte fassungslos auf den Palatin. Er wollte etwas erwidern, zog es dann aber vor, zu schweigen.

Baron Druget hielt den Zeitpunkt für günstig, sich in Szene zu setzen. »Edler Graf Thurzó, großmütiger Palatin, verzeiht unserem Freund hier«, jovial deutete er auf Megyery, »er ist ein einfacher Mann.« Baron Druget wusste, wie sehr er Megyery damit kränkte. »Ihm fehlt der Weitblick, um Euer

Handeln zu begreifen, habt Verständnis für seine Naivität.« Mit süßlichem Lächeln schaute er den alten Mann an, dem nichts weiter blieb, als vor Wut die Fäuste zu ballen. Blut tropfte aus dem Verband seiner verletzten Hand, und er genoss den Schmerz, der glühend seine Hand durchflutete.

Graf Thurzó sah, wie das Blut die edlen Teppiche beschmutzte, er sah, wie gedemütigt der alte Krieger war, den er im Felde oft bewundert hatte, er sah, wie hilflos dieser Mann dem Hohn des Jüngeren ausgeliefert war. Mit gespielter Freundlichkeit blickte er Baron Druget an, bedeutete ihm mit einer Handbewegung, dass er seiner Fürbitte stattgab. Als dieser triumphierend sein gewinnendstes Lächeln aufsetzen wollte, versteinerte sich schlagartig das Gesicht des Palatins, eisig entgegnete er: »Einem gerechten und aufrichtigen Mann wollen Wir gern verzeihen, Heuchlern, Intriganten und Ränkeschmieden hingegen ist unsere Missgunst gewiss.«

Baron Drugets Gesicht wechselte die Farbe von weiß zu rot, zurück zu aschgrau, um sich dann auf einen zarten Grünton einzupendeln. Er verstand die Welt nicht mehr.

Graf Zrinyi kostete das betretene Schweigen seines Schwagers einige lange Sekunden aus, bevor er mit ernster Miene das Wort ergriff: »Graf Thurzó, wir wollen Euch nicht länger aufhalten. Was ich vorzubringen habe, ist Folgendes: Wir alle hier fürchten in erster Linie um das Wohlergehen der Gräfin; als deren Anverwandter trage ich besondere Sorge darum. Da ich, verzeiht meine Zweifel, nicht glauben kann, wie Ihr aus solch großer Entfernung für die Sicherheit meiner Schwiegermutter sorgen wollt, und ich andererseits fürchte, dass das Übel in Cseithé zu gewaltig ist, als dass die Gräfin allein damit zu Rande käme, fühle ich mich verpflichtet, für sie einen geeigneten Beistand zu finden. Ich werde daher ein Inquisitionsgericht anrufen, das auch gegen Euren Willen befugt ist, Untersuchungen anzustellen.«

Graf Thurzó hatte sich unwillkürlich erhoben. Er rang sichtlich um Fassung. Als er endlich sprach, klang seine Stimme belegt: »Die Inquisition! Wisst Ihr, was Ihr da sagt? Wenn Ihr das tut, dann treibt Ihr den Teufel mit dem Beelzebub aus. Einmal losgelassen, ist sie unberechenbarer als ein Raubtier. Ja, Ihr habt recht, wer einmal in Ihre Fänge geraten ist, dem kann nicht einmal ich mehr helfen.«

Graf Zrinyi spielte den Verdutzten und fragte naiv: »Ich verstehe Euch nicht, edler Palatin. Was für eine Sorge plagt Euch, wo doch unsere Schwiegermutter über jeden Zweifel erhaben ist?«

Baron Druget wirkte verwirrt, irgendetwas schien da nicht nach Plan zu laufen. Der Palatin gab seinem Zeremonienmeister ein Zeichen, den Männern wurden Stühle gebracht. Das konnte bedeuten, dass er einlenkte, zumindest aber würde die Audienz länger als beabsichtigt dauern.

»Setzt Euch«, sagte er. »Die Inquisition ist längst schon außer Kontrolle geraten. Institoris und Sprenger haben hierfür den Grundstein gelegt. Sie haben in ihrem ›Maleus Maleficarum‹ genau beschrieben, wie ein halbwegs intelligenter Hexenrichter jeden noch so aussichtslosen Prozess mit einem Schuldspruch abschließen kann. Dabei ist es völlig belanglos, ob der Beklagte nun schuldig ist oder nicht. Das Gesetz sieht vor, dass das Eigentum eines der Hexerei Überführten und dafür Verurteilten zum Großteil an den Fiskus und zu einem nicht unerheblichen Teil an den Hexenrichter fällt. Ein idealer Nährboden für blinden Übereifer und Korruption. Es ist naheliegend, dass vor allem Wohlhabende zu den Opfern dieser Regelung zählen. Aus eigener Erfahrung können Wir Euch schildern, wie das wichtigste Werkzeug der Inquisition, nämlich die Folter, Schuldige wie Unschuldige zu den wahnwitzigsten Aussagen treibt.«

An dieser Stelle musste Graf Zrinyi heftig dagegen ankämpfen, ihrem Gastgeber beifällig zuzustimmen. Er hatte ihn richtig eingeschätzt, der Palatin kannte sehr genau die Hintergründe der Hexenepidemie. Und er war sich sicher, dass Graf Thurzó die Geschichte von schwarzer und weißer Magie nur vorschob, um diese verfahrene Diskussion in eine ihm gefällige Richtung zu lenken. Auch er war ein gelehriger Schüler des »Hexenhammers«, wie der »Maleus Maleficarum« im Volksmund genannt wurde.

Der Palatin fuhr fort: »Uns sind Fälle bekannt, in denen Väter selbst ihre Familien dem Feuertod preisgaben, um den eigenen Folterqualen ein Ende zu bereiten. Nur weil es der Inquisitor hören möchte, bezichtigen Mütter ihre Kinder der Hexerei, und dies allein aus der Hoffnung heraus, er möge die peinliche Befragung beenden. Andere wiederum nutzen diese letzte Gelegenheit, um Feinde und Menschen, denen sie ihr Glück, ihren Reichtum missgönnen, mit ins sichere Verderben zu reißen. Denn nur den wenigsten gelingt es, einen gegen sie angestrengten Prozess zu gewinnen. Oft ist es ihnen nicht einmal gestattet, sich einen eigenen Advokaten zu nehmen. Und wenn dies erlaubt ist, so wagt ihr Rechtsbeistand kaum eine Gegenrede, da er sonst selbst rasch in den Ruf käme, mit dem Satan zu paktieren. Andererseits schenken die Hexenrichter auch solchen Aussagen Glauben, die wir nie zu einem Prozess zulassen würden. Unter der Folter erpressten Namen, Anschuldigungen durch Minderjährige oder geistig Umnachtete und sogar Aussagen von Meineidigen wird der gleiche Wert beigemessen wie dem Schwur eines unbescholtenen Bürgers. Von hier droht der Gräfin ernsthafte Gefahr. Wie Ihr ja gestern selbst erwähnt habt, macht die Inquisition auch vor dem Adel nicht mehr halt. Ein paar Denunziationen, einige verfängliche Indizien, und sogar die mächtige Gräfin Báthory gerät in ernste Bedrängnis. Wir raten Euch, lasst ab von einem solch unüberlegten Schritt.«

Graf Zrinyi hatte in Wirklichkeit nie die Absicht gehabt, ein Inquisitionsgericht anzurufen. Er wusste, dass es in Cseithé wohl übler wüten würde, als dies selbst ein Schattenwolf könnte. Aber er wusste auch, dass dies die einzige Möglichkeit war, den Palatin zum Handeln zu bewegen. Sollte dieser nämlich wirklich ein Verhältnis mit ihrer Schwiegermutter gehabt haben, und sei es nur eines freundschaftlicher Art, so würde er es vorziehen, sich persönlich für ihre Sicherheit einzusetzen, als dies einem unberechenbaren Hexengericht zu überlassen.

So antwortete der junge Graf, sehr zur Verwunderung seiner Begleiter, die ja seine eigentliche Einstellung zur Hexenverfolgung kannten: »Es mag sein, dass der eine oder andere Fall bekannt ist, in dem ein Hexengericht seine Kompetenzen missbrauchte. Ich aber ziehe es vor, ein scharfes, aber wirksames Mittel zu verwenden, als untätig darauf zu warten, dass sich diese Krankheit von selbst verzehrt.«

Wieder war der Palatin aufgesprungen. Mit erhobener Stimme antwortete er: »Wollt Ihr Uns etwa unterstellen, Wir seien untätig in unserem Handeln?«

Graf Zrinyi ließ sich nicht beeindrucken und antwortete kühl: »Nicht Untätigkeit werfe ich Euch vor, aber ich kann nicht glauben, dass es Euch gelingen soll, mit Hilfe von weißer Magie weitab von Cseithé dem Schattenwolf das Handwerk zu legen. Ich wüsste nicht, wie Ihr mich von meinem Vorhaben abbringen könntet.«

Der Palatin begriff, dass nur sein persönliches Einschreiten den jungen Grafen hindern würde, eine große Dummheit zu begehen. Krachend donnerte seine Faust auf die Lehne des Thrones, und er sprach mit seiner tiefen Bassstimme: »Wir waren gewillt, die Vorgänge in Cseithé mit der behutsamen Hand des Diplomaten, ohne eine Verletzung der hoheitlichen Rechte Eurer Schwiegermutter, zu untersuchen und zu klären. Ihr aber zwingt Uns zu einem Vorgehen, dem jegliches diplomatisches Feingefühl fehlt! Euer Starrsinn lässt Uns zweifeln, ob es Euch wirklich um das Wohlergehen der

Gräfin geht. Daher werden Wir Euch nach Cseithé begleiten, um Euch und vor allem Unsere liebe und großmütige Vertraute vor den Auswirkungen Eures unerfahrenen und kopflosen Handelns zu bewahren.«

Graf Zrinyi wusste nicht, ob er triumphieren oder besser im Boden versinken sollte. Er hatte zwar sein Ziel erreicht, doch um welchen Preis? Seine Schwiegermutter würde toben, wenn ihr Baron Druget schilderte, wie heftig er auf einer Intervention des Palatins bestanden hatte. Aber egal, es ging hier um Menschenleben, nicht um harmlose höfische Ränke.

Baron Druget hingegen hätte es eindeutig vorgezogen, im Boden zu versinken. Wie sollte er seiner Schwiegermutter nur den Brief erklären, in dem er sich als den wortgewandten Redner schilderte, der den Palatin souverän überzeugt hatte, die Verschwörer unverrichteter Dinge zurück nach Sárvár zu schicken?

Die Stimmung nach dieser Audienz war allgemein gedämpft. Nur Megyery war bester Laune. Baron Druget hatte seinen Zynismus gänzlich verloren und hüllte sich in betretenes Schweigen. Der Palatin persönlich hatte Megyery Genugtuung gegenüber den Schmähungen des arroganten Adligen verschafft, und sie hatten ihr Ziel erreicht, zusammen mit dem Palatin eine offizielle Untersuchung in Cseithé zu führen.

So setzte sich wenige Stunden nach ihrer Unterredung ein großer Tross in Richtung Norden in Bewegung. Etwa hundert schwerbewaffnete Reiter mit eisernen Harnischen, Lanzen und Musketen begleiteten die Kommission. Der Palatin selbst fuhr in einer sechsspännigen Karosse, die ihm alle erdenklichen Annehmlichkeiten bot. Die Fenster waren, anstatt mit der üblichen Lederbespannung, durch kleine Glasscheiben abgedichtet. Dicke Vorhänge schützten ihn vor neugierigen Blicken und der Kälte. Innen war die Kutsche mit Samt ausgeschlagen, und weiche Kissen linderten die ärgsten Stöße der Fahrt. Der Palatin wurde nur von Georg Záwodszky, seinem Sekretär, begleitet, sodass er auch während der Reise seinen Staatsgeschäften nachgehen konnte. Emerich Megyery, Graf Zrinyi und Baron Druget folgten in einer zweiten, ebenfalls sechsspännigen Karosse, die jedoch wesentlich schlichter als die des Palatins war. Es schlossen sich noch mehrere Versorgungswagen, Ersatzpferde und ein eisenbeschlagener Wagen zum Transport von Verhörwerkzeugen oder auch von Gefangenen an. Die Reiter trieben ihre stämmigen Rösser eine schmale, sehr steile und unbefestigte Straße hinauf. Die Kutschen quälten sich durch den Schlamm und holperten bedrohlich schwankend durch tiefe Schlaglöcher. Johlend liefen Kinder neben den Pferden her und versuchten, die Männer in den Kutschen anzubetteln. Berittene Offiziere schirmten den Wagen des Palatins vor allen Annäherungen ab und drängten die Kinder mit brutalen Fußtritten beiseite. Auf dem Gipfel des Hügels befand sich neben der Straße ein großes Gerüst, an dem mehrere Gehängte baumelten.

Ein hoher Beamter, der die drei Männer aus Sárvár begleitete, meinte lakonisch beim Passieren der Richtstätte: »Auch wenn die Rechtsfindung unseres Herrn manchmal die Juristen am Hofe in Erstaunen versetzt und wenn man ihm mangelndes Durchgreifen vorwirft«, dabei blickte er unverwandt auf Graf Zrinyi, »so versteht er es dennoch, der Gerechtigkeit ihren Lauf zu verschaffen.«

Von wegen Abschreckung, dachte sich Graf Zrinyi, als er sah, wie Kinder unter den Leichen Fangen spielten. Doch er sagte nichts, denn er wollte sich nicht schon wieder in eine aussichtslose Diskussion über Strafvollzugsmethoden verwickeln lassen. Als dem Beamten niemand antwortete und ihm das Schweigen peinlich wurde, begann er, in aller Ausführlichkeit die juristischen Erfolge seines Dienstherren zu erörtern.

Gelangweilt blickten die Männer auf das Treiben auf der

Straße. Eine alte Frau, schwer mit Holz beladen, lief am Straßenrand. Wie ein störrischer Esel ging sie unbeirrt ihres Weges und achtete nicht auf die Reiter, die rechts und links an ihr vorüberzogen. Als die Kutsche des Palatins sie erreichte, stob ein übereifriger Offizier herbei, um sie abzudrängen. Vom mächtigen Rumpf des Pferdes gestreift, stürzte sie zu Boden, wo sie hilflos liegenblieb. Keiner der nachfolgenden Reiter kümmerte sich um sie, und selbst Graf Zrinyi, der mit angesehen hatte, wie sie niedergestoßen wurde, war unfähig, etwas zu sagen. Er starrte nach draußen, konnte sich aber nicht aufraffen, der Alten zu Hilfe zu eilen. Nach einer Weile wandte er sich, ärgerlich über seine Untätigkeit, ab und tröstete sich mit dem Gedanken, dass sie sich sicher von selbst wieder aufraffen würde.

Der Boden war schwer und morastig, sodass sich der Tross nur langsam fortbewegen konnte. Oft blieben die neumodischen, viel zu wuchtigen Karossen trotz ihrer sechs Rösser im Schlamm stecken. Widerwillig folgte die Eskorte den Aufforderungen der Kutscher, an den Rädern mit anzupacken, um ein Abreißen der Achsen zu verhindern. Graf Zrinyi wurde zum Palatin in die Kutsche gebeten. Mit einem unguten Gefühl im Bauch bereitete er sich auf Vorwürfe oder gar massive Drohungen vonseiten des Vizekönigs vor. Schon wollte er einige entschuldigende Erklärungen stammeln, als der Palatin sagte: »Graf Zrinyi, ermüdet Uns nicht mit Beschwichtigungen. Euch ist es gelungen, Uns entgegen Unserer Absicht zu diesem Abenteuer zu verleiten. Es gibt nicht viele, die zu so etwas imstande sind. Ihr seid Uns ein ebenbürtiger Gegenspieler, und das schätzen Wir. Lasst uns daher dieses leidige Thema für die Stunden unserer Fahrt vergessen und uns erbaulicheren Dingen zuwenden. Sagt, wie steht es um Eure astronomischen Kenntnisse?«

Erleichtert und auch ein wenig verlegen antwortete der

junge Graf: »Ihr schmeichelt mir, Exzellenz. Nun, die Astronomie ist für mich eine der faszinierendsten Wissenschaften. Auch wenn die Sterne unerreichbar weit von uns entfernt sind, so bestimmen sie doch unser Schicksal. Ich verfolge gespannt die Diskussion über Keplers heliozentrisches Weltbild. Seine Thesen finde ich bahnbrechend, aber auch sehr gewagt. Es fällt mir schwer, zu glauben, dass sich ein so riesiger Himmelskörper wie die Erde um die so klein erscheinende Sonne drehen und lediglich einer unter den Planeten sein soll. Ganz zu schweigen von der religiösen Brisanz dieser Theorie.«

Graf Thurzó schien die Antwort zu gefallen. »Ihr habt recht, sie ist wirklich bahnbrechend, Keplers Theorie, doch so neu, wie viele glauben, ist sie nicht. Bereits vor einem halben Jahrhundert hat ein gewisser Nikolaus Kopernikus diese Ideen schon einmal geäußert. Aber ihm haben die wissenschaftlichen Beweise und der Einfluss eines Johannes Kepler gefehlt. Wäre Kepler nicht Mathematiker und Hofastronom von Kaiser Rudolf II., wohl kaum jemand würde sein Werk über die Planetenbahnen zur Kenntnis nehmen.«

»Was glaubt Ihr«, fiel ihm Graf Zrinyi ins Wort, »ist die Erde wirklich nur ein Planet, der ebenso wie die winzigen Lichtpunkte Mars, Merkur und Venus seine Bahnen um die Sonne zieht?«

Der Palatin überlegte kurz, bevor er nachdenklich meinte: »Das ist schwer zu beweisen. Der große Tycho Brahe, Keplers Vorgänger am kaiserlichen Hof und sein Lehrmeister, hat den Lauf der Planeten mühsam aufgezeichnet. Wir hatten die Ehre, ihn persönlich kennen- und schätzen zu lernen. Er war schon zu Lebzeiten eine Legende. Mit bloßem Auge hat er Tausende von Sternen und viele ihrer Bahnen beobachtet und einen neuen Katalog der Fixsterne erstellt. In seinen Karten durchlaufen sie komplizierte Schleifen auf ihrem Weg um die Erde. Doch wenn wir wie Kepler annehmen, dass das Zentrum nicht die Erde, sondern die Sonne ist, so reduzieren sich die Planetenbahnen zu simplen Ellipsen. Wir neigen nun dazu, einfachen Erklärungen Vorrang vor umständlichen Modellen zu gewähren, auch wenn sie mit Althergebrachtem brechen.«

Der junge Graf hatte bei der Erwähnung Tycho Brahes aufgehorcht und fragte: »Verzeiht, edler Palatin, Ihr erwähntet soeben, dass Ihr den großen Brahe persönlich gekannt habt. Könnt Ihr mir nicht mehr von ihm erzählen.«

Nicht ohne gewissen Stolz entgegnete der Palatin: »In den Tagen, in denen noch Kaiser Rudolf die Krone Ungarns trug, waren Wir als ungarischer Ständevertreter sehr oft am Prager Hof. Auf allen kaiserlichen Festen und Banketten gehörte Tycho Brahe zu den Stammgästen. Das gewissenhafte Wesen des Forschers war in ihm gepaart mit wilder Genusssucht. Bei einem Zechgelage geriet er einmal so heftig in Streit, dass er sich mit seinem Kontrahenten danach duellierte. Dabei verlor er einen Teil seiner Nase. Er litt arg unter der Entstellung und ließ sich eine Prothese aus Wachs anfertigen, die er fortan mit der Würde eines Edelmannes trug. Sein ausschweifendes Leben änderte er jedoch nicht.« Der Palatin schmunzelte bei dieser Erinnerung in sich hinein und fuhr fort: »In den Jahren, die Brahe im Dienste Rudolfs II. verbrachte, stand er in höchster kaiserlicher Gunst. Für seine astronomischen Forschungen stellte ihm Rudolf sogar einen kleinen Palast, Schloss Benatek, zur Verfügung.«

Graf Zrinyi wirkte erstaunt. »Was für eine Gunstbezeigung für einen einfachen Astronomen. Der Kaiser verschleudert wahrlich das Geld seines Volkes mit vollen Händen.«

Doch der Palatin schüttelte den Kopf. »Ihr unterschätzt Rudolf. Er mag sonderbare Gewohnheiten haben, doch in diesem Falle verfolgte er klare politische Ziele. Der Kaiser hat dem Dänen nicht nur aus reinem Mäzenatentum sein Wohlwollen geschenkt. Er versprach sich von ihm, dass er dem durch die neue Lehre des Kopernikus erschütterten geozentrischen Weltbild wieder zur alten Gültigkeit verhelfen würde. Die Erde sollte der Mittelpunkt des Universums bleiben, so wie der römische Kaiser von Gottes Gnaden den Anspruch erhebt, Mittelpunkt der gesamten christlichen Welt zu sein.«

Sein junger Zuhörer fragte interessiert: »Und was haltet Ihr von den Gerüchten, dass Brahe keines natürlichen Todes gestorben sei?«

Der Palatin suchte einen Moment nach den passenden Worten. Dann sagte er: »Nun, es stimmt, dass Brahe den Kaiser nicht nur mit seinen astronomischen Fähigkeiten beeindruckte. Auch in okkulten Dingen hatte er einen nicht unerheblichen Einfluss auf ihn. Mit düsteren Prophezeiungen schlug er Rudolf in seinen Bann. Die katholischen Hofleute munkelten, er hätte einen unheilvollen Einfluss auf den Herrscher, und sie nannten ihn bald Rudolfs ›bösen Geist‹. Als er viel zu früh an den Folgen eines ausschweifenden Banketts verstarb, gab es daher zahlreiche Stimmen, die die katholische Liga bezichtigten, für sein Ableben verantwortlich zu sein. Doch war mit Brahes Tod nicht nur der ungute Einfluss vom Kaiser genommen, sondern Rom hatte auch einen der fähigsten Verfechter des alten Weltbildes verloren. Von daher bezweifeln Wir, dass Brahe wirklich einem Anschlag zum Opfer fiel. Kaiser Rudolfs Hoffnungen lagen nun auf dem geistigen Erben des ungewöhnlichen Gelehrten, auf Johannes Kepler. Doch dieser enttäuschte ihn zutiefst, als er die gültige Lehrmeinung zugunsten seiner angeblichen Phantastereien aufgab.«

Graf Zrinyi war tief beeindruckt von den intimen Kenntnissen, die Graf Thurzó vom Leben des Tycho Brahe besaß. »Es ist also tatsächlich wahr, dass Brahe nicht nur Astronom, sondern auch ein Magier war. Hattet Ihr Gelegenheit, ihn in diesem Zusammenhang kennenzulernen?«

Graf Thurzó entgegnete nicht ohne gewissen Stolz: »Auch

Wir beschäftigen uns mit der hermetischen Philosophie, die Euch wohl eher unter dem Begriff Alchemie bekannt sein dürfte. Bald schon erkannte der Kaiser Unsere bescheidenen Fähigkeiten und führte Uns in seinen geheimen Kreis der Eingeweihten ein. Diesem Kreis gehörten die wohl fähigsten Alchemisten unserer Zeit an, zu denen auch Tycho Brahe zählte. Wir hatten dabei das Vergnügen, seine nahe Bekanntschaft zu machen, und sind der Überzeugung, dass er als Alchemist sogar noch weit begnadeter war denn als Astronom.«

Graf Zrinyi fragte: »Inwiefern hat er sich als Alchemist ausgezeichnet? Hat er womöglich gar den Stein der Weisen entdeckt?«

Graf Thurzó schmunzelte, als er antwortete: »Nein, das glauben Wir nicht. Tycho Brahe war ein Gelehrter, kein Freund des Experiments. Er wusste nahezu alles über die Alchemie, er hatte jedes bedeutende Buch der hermetischen Philosophie gelesen und kannte die Bedeutung aller noch so selten verwendeten Symbole. Doch er hasste die Laborarbeit, er hätte sich nie an den Ofen des Alchemisten, den Athanor, gestellt, um im Schwefelgestank die zeitraubenden Transmutationen und Rektifikationen des Großen Werks durchzuführen. Diese überließ er den Goldmachern des Kaisers, die sich mit solchen und anderen zweifelhaften Künsten beschäftigten. Tycho Brahe zeichnete sich vielmehr im wissenschaftlichen Disput aus, bei dem er stets die höchste Kompetenz an den Tag legte. Gelegentlich zogen auch Wir ihn zu Rate, wenn es Uns nicht gelang, ein uraltes, verschlüsseltes Werk zu enträtseln.«

Graf Zrinyi fragte neugierig: »Und, hat er je etwas Falsches behauptet oder gar eine Schrift nicht entziffern können?«

Graf Thurzó antwortete nachdenklich: »Eigentlich hat er nie gefehlt, doch bei einer Handschrift, die Uns unter mysteriösen Umständen zugespielt worden war, konnte er Uns nicht weiterhelfen. Es war das Werk eines Magiers, der vor mehr als einem Jahrhundert als Ketzer verbrannt wurde. Wir gaben ihm davon einige Auszüge, die Wir nicht zu entschlüsseln vermochten. Er blätterte diese aufmerksam durch, und noch während er das tat, verdunkelte sich zunehmend seine Miene. Dann meinte er barsch, dass es ihm leider nicht möglich sei, diese Passagen zu enträtseln, doch sein Blick strafte seine Worte lügen. Wir sind überzeugt, dass er sehr wohl verstand, was darin geschrieben war, denn als Wir nach Ungarn zurückkehren wollten, kam er nochmals auf Uns zu und bat Uns, um Unser Seelenheil willen, nicht weiter an diesem unheiligen Werk zu forschen. Er legte Uns sogar nahe, das Buch zu Asche zu verbrennen und diese in alle Himmelsrichtungen zu verstreuen.«

Der junge Graf erkundigte sich: »Habt Ihr seinen Rat befolgt?«

Graf Thurzó runzelte die Stirn, als er sagte: »Ja und nein. Wir haben es damals tatsächlich vermieden, weitere Forschungen anzustellen, doch das Werk zu vernichten waren Wir nicht in der Lage. Bücher zu verbrennen ist ein Akt primitivster Barbarei, zu dem Wir niemals bereit wären!«

Doch Graf Zrinyi war an den alchemistischen Thesen Brahes weit weniger interessiert als an der Gültigkeit oder Ungültigkeit des ins Wanken geratenen, jahrhundertealten abendländischen Weltbildes. So lenkte er das Gespräch auf seinen Ausgangspunkt zurück. »Wenn Ihr so überzeugt seid, dass Tycho Brahe als Alchimist nahezu unfehlbar war, wie könnt Ihr seine astronomischen Lehren dann nur um einer einfacheren Sichtweise willen verleugnen? Hat er nicht unstrittig nachgewiesen, dass die Erde aufgrund ihrer Größe und ihres Gewichts so träge ist, dass sie sich auf keinen Fall bewegen kann?« Der Angesprochene schüttelte abschätzig das Haupt und meinte: »Tycho Brahe war wohl einer der bedeutendsten Wissenschaftler seiner Zeit, doch auch er war nicht unfehlbar. Wir wissen spätestens seit der Entdeckung

Amerikas, dass die Erde eine Kugel ist, was ebenfalls lange Zeit von den höchsten Autoritäten heftig geleugnet wurde. Und Wir können mit großer Gewissheit sagen, dass diese mächtige Kugel ohne irgendeine Aufhängung frei im Raum schwebt, schwerelos wie eine Feder. Warum soll etwas, das schweben kann, sich nicht auch bewegen?«

Graf Zrinyi war nicht davon überzeugt. »Das wäre natürlich denkbar, nur fällt es mir schwer, mir das vorzustellen. Bedenkt, welche gewaltigen Kräfte hier im Spiel sein müssten.«

Graf Thurzó nickte zustimmend. »Ja, im Universum herrschen Kräfte vor, die unsere menschliche Vorstellungskraft entschieden überschreiten. Denn wenn wir Keplers Ideen weiterspinnen, so wird dieses Bild noch viel gewaltiger. Denn wenn die Erde nur einer unter mehreren Planeten ist, so bedeutet dies, dass diese nahezu unsichtbaren Punkte am Firmament, die wir Planeten nennen, ähnlich riesig wie auch unsere Erde sein müssen. Nur sind sie eben so weit von uns entfernt, dass sie uns, wie ein Gebirge am Horizont, winzig erscheinen. Und Wir gehen noch einen Schritt weiter. Betrachtet die übrigen Sterne am Himmel, die so unendlich weit entfernt sind, dass sie nicht einmal mehr um die Sonne kreisen. Und dennoch leuchten einige von ihnen heller als ein Jupiter oder Saturn. Nun wissen Wir, dass die Planeten, ähnlich wie der Mond, das Licht der Sonne nur reflektieren und somit ihre Leuchtkraft mit der Entfernung zur Sonne abnimmt. Wir fragen Euch, woher kommt dann die Leuchtkraft der Sterne?«

Der junge Graf wirkte unsicher, als er antwortete: »Vielleicht sind die Sterne viel größer als die Planeten. Oder sie leuchten selbst wie eine Kerze.«

»Genau das ist es, sie sind größer als die Planeten und leuchten von selbst. Somit gleichen sie unserer Sonne. Wir wagen daher zu behaupten, dass die Fixsterne nichts anderes sind als weit entfernte Sonnen, um die sich, für uns unsichtbar, wieder Planeten bewegen, vielleicht sogar Planeten, die der Erde gleichen.«

Graf Thurzó lehnte sich selbstzufrieden zurück und genoss das ungläubige Staunen seines Gegenübers.

Dieser musste tief durchatmen, bevor er entgegnete: »Das ist mir, mit Verlaub, nun doch etwas zu gewagt. Ich habe zugegebenermaßen schon Probleme, Keplers Ansatz zu begreifen, der die Erde von ihrer herausragenden Stellung im Zentrum des Universums zum kleinen Planeten degradiert, der brav die Sonne umkreist. Eure Idee ist um ein Vielfaches unerhörter. Wo bleibt da noch die Sonderstellung der Erde? Wenn es noch andere Sonnen im Universum geben soll, die von erdgleichen Planeten umkreist werden, so sagt doch gleich, dass es dort ebenfalls Menschen geben muss.«

Graf Thurzó nickte begeistert und bedeutete Graf Zrinyi weiterzureden. Das Ketzerische an dem Gedanken lag für Graf Zrinyi klar auf der Hand. »Angenommen, Eure Theorie wäre zutreffend, edler Palatin, so hieße das doch auch, dass die Erde und somit natürlich ebenso die Menschheit nicht der Höhepunkt göttlichen Schaffens, sondern nur ein winziger Teil davon wären. Dies stellt den gesamten Schöpfungsbericht und somit die Grundlage des christlichen Glaubens in Frage.«

Graf Thurzó schmunzelte. »Mein lieber Freund, Ihr habt vollkommen richtig erkannt, worum es hier geht. Eine ungeheure Idee, die einen Geringeren als Uns, den Palatin, sicherlich auf den Scheiterhaufen bringen würde. Aber nicht nur deshalb werden Wir Uns hüten, eine solche Theorie zu veröffentlichen, obwohl Wir von ihrer Richtigkeit absolut überzeugt sind. Und wisst Ihr, warum?« Graf Thurzó gab auch gleich die Antwort: »Wir glauben kaum, dass diese Erkenntnis dem christlichen Glauben noch schlimmeren Schaden zufügen kann, als es dem katholischen Klerus in über eineinhalb

Jahrtausenden gelungen ist. Als wesentlich gefährlicher erachten Wir, dass mit ihr auch die Vorherrschaft des Adels angezweifelt werden kann. Es sind nicht unsere physische Überlegenheit und schon gar nicht unsere ach so salomonische Weisheit, aufgrund der sich das Volk klaglos von uns unterjochen lässt. Nein, es ist die Gottesfurcht, die die Naiven davon abhält, Hand an uns, die gesalbten Herrscher von Gottes Gnaden, zu legen. Inwieweit ist unsere Herrschaft überhaupt von Gottes Gnaden? Ändert sich unser Weltbild, so werden damit auch unsere Herrschaftsprinzipien, die auf dem alten Weltbild aufbauen, in Frage gestellt. In diesem Gedankengang liegt eine erhebliche Brisanz, die zu ähnlichem Aufruhr wie dem deutschen Bauernkrieg, wenn nicht gar zur Abschaffung des Feudalherrentums führen könnte. Ein triftiger Grund also, all diejenigen, die das versuchen, als Ketzer zu verdammen und mundtot zu machen.«

»Soll das bedeuten, Ihr unterstützt die Unterdrückung der Wissenschaften, so wie es der katholische Klerus in seinem Machtbereich tut?« Graf Zrinyi war empört.

Sein Gesprächspartner lächelte wieder, da seine Provokation die gewünschte Reaktion zeigte. »Wie Ihr ja wisst, sind Wir Verfechter einer pragmatischen Politik, und in gewisser Hinsicht heiligt der Zweck die Mittel. Aber«, hier machte er eine bedeutsame Pause, »es ist nicht möglich, die Uhr zurückzudrehen. Vielleicht ließen sich Keplers Theorien ausradieren. Nur Wir können nicht die Entdeckungen eines Amerigo Vespucci oder die Erfindungen eines Gensfleischs zum Gutenberg ungeschehen machen. Die Welt ist aus ihrem über tausendjährigen Schlummer gerissen worden. Wir sind Zeugen des Beginns eines neuen, modernen Zeitalters. Weniger modern sind aber die heutigen Herrschaftsprinzipien. Diese sind der neuen Situation nicht gewachsen. Es hilft nicht mehr, all diejenigen zu verbrennen, die den neuen Erkenntnissen anhängen. Denn selbst wenn uns dies gelänge, wenn wir wirklich die Verhältnisse unserer Vorväter wieder herstellen könnten, so würde unsere Kultur rasch untergehen. Türken, Chinesen, Perser und wer darüber hinaus noch in der Neuen Welt auf uns lauern mag, wären uns bald, mit Hilfe eben dieser neuen Erkenntnisse, haushoch überlegen und würden uns rasch unterjochen. Bedenkt nur, wenn es der Kirche wirklich gelungen wäre, die Entwicklung von Feuerwaffen in Europa zu verhindern. Die Türken hätten das Schwarzpulver spätestens von den Chinesen übernommen, und wir wären bereits eine unbedeutende türkische Provinz. Unsere Frauen und Kinder würde der Muezzin zum Gebet rufen, und das Christentum wäre womöglich zu einer unbedeutenden Sekte verkommen.«

Der junge Mann war fasziniert, aber auch verwirrt von den Ausführungen des Palatins, so entgegnete er: »Wenn ich Eure Überlegungen richtig interpretiere, so heißt das doch, dass wir uns, also der Adel, in einer aussichtslosen Situation befinden. Zum einen ist unsere Daseinsberechtigung durch die neuen Erkenntnisse ernsthaft gefährdet, zum anderen können wir uns nur nach außen behaupten, wenn wir, zumindest waffentechnisch, auf dem neuesten Stand sind. Unterdrücken wir den Fortschritt, so bedeutet das unser Ende, fördern wir den Fortschritt, so bedeutet das ebenfalls das Ende.«

Graf Thurzó war zufrieden. »Genau, das ist das Problem. Unsere Aufgabe, damit meinen Wir die Aufgabe des modernen Adels, liegt daher darin, die Machtstrukturen an die neuen Gegebenheiten anzupassen. Gelingt uns dies nicht, so werden wir entweder von außen überrannt, oder unsere Untertanen werden uns von unten her hinwegfegen.«

Mit einem unterdrückten Gähnen deutete der Palatin an, dass er das Gespräch zu beenden gedachte. Widerwillig verließ Graf Zrinyi die bequeme Karosse und watete durch matschigen Schnee zurück zu seiner eigenen, zugigen Kutsche.

Etwa eine Stunde später wurde Baron Druget zum Palatin gerufen. Scheinbar gedankenverloren war Graf Thurzó in ein Dokument vertieft, von dem er nur kurz aufblickte, als der junge Mann seine Kutsche bestieg.

Nach einigen Minuten richtete er endlich das Wort an ihn. »Macht ist eine geheimnisvolle Sache. Die, die sie nicht haben, gieren danach, die aber, in deren Hand sie liegt, sind ihrer oft nicht würdig.«

Wie der Adler das Kaninchen musterte er sein Gegenüber, dem nicht klar war, worauf der Palatin hinauswollte und ob es gar auf ihn bezogen war, was er da gesagt hatte. Krampfhaft suchte Baron Drugets Verstand nach einer unverfänglichen Antwort, doch er war wie gelähmt. Graf Thurzó kostete die Verlegenheit des Jüngeren eine Weile aus, bevor er fortfuhr: »Viele missbrauchen ihre Macht zur persönlichen Bereicherung, andere wiederum nutzen sie zur Befriedigung ihrer abartigsten Neigungen. Am verheerendsten aber wirkt sich die Untätigkeit zögerlicher Herrscher aus, die ihrer Aufgabe nicht gewachsen sind. Dieses Schreiben, das hier vor Uns liegt, ist von Seiner Majestät, König Matthias, an Uns gerichtet. Er bittet, oder sollten wir eher sagen, befiehlt Uns, die Edelsten der ungarischen Ständevertretung für eine Machtdemonstration am Kaiserhof in Prag zu gewinnen. Gut, werdet Ihr sagen, er ist der König, also hat er die Autorität, Uns zu befehlen. Wir sind der Palatin, und Wir verfügen über genügend Macht, den königlichen Befehl durchzusetzen. Also hat der König Macht über Uns und die Stände. Verblüffend ist nur, dass der König diesen Befehl vor geraumer Zeit höchstpersönlich an die Stände gerichtet hat, die ihm jedoch prompt eine Abfuhr erteilt haben. Wer hat nun die Macht? Wir, weil Wir in der Lage sind, einen Befehl, den selbst der König nicht durchsetzen konnte, zu erzwingen? Der König, weil er Uns befehlen kann? Oder vielleicht gar die Stände, die selbst dem Willen ihres Königs trotzen können?«

Fragend blickte er Baron Druget an, der sich bemühte, eine passende Antwort zu geben: »Nun, ich denke, die Macht liegt beim König. So will es das Gesetz. Darüber hinaus setzt er ja seinen Befehl durch, wenn auch nicht persönlich, so doch wenigstens indirekt, durch Euch, ein Werkzeug seiner Macht.«

«Sehr schön. Wie aber ist es um die Macht des Kaisers bestellt, der ja laut Gesetz über den Erzherzögen, also auch über seinem Bruder Matthias steht? Vor zwei Jahren noch war er Kaiser aller Deutschen, König von Ungarn, Österreich und Mähren. Doch dann hat ihm sein eigener Bruder mittels Gewalt die Hälfte seiner Macht entrissen.«

»Der Kaiser ist krank«, entgegnete Baron Druget bestimmt, »er kann schon seit Jahren seinen Regierungsgeschäften kaum mehr nachgehen. So ist es nur im Sinne des Reiches, dass sein Bruder gewisse Regierungsaufgaben übernimmt.«

»Es wäre beileibe sehr angebracht, würde Matthias wirklich die Regierungsaufgaben übernehmen. Doch leider geht es ihm weniger um das Regieren als vielmehr um die Anhäufung von Titeln und Kronen. Sein höchstes Ziel ist die Kaiserwürde, für die er alles zu tun bereit ist. Leider hält ihn das Streben nach derart hohen Zielen davon ab, seinen Herrscherpflichten in Ungarn nachzukommen. Somit obliegt es Uns, diese Aufgaben zu übernehmen.«

Baron Druget entgegnete schmeichlerisch: »So seid also doch Ihr der mächtigste Mann Ungarns.«

Graf Thurzó winkte gleichgültig ab, ohne jedoch etwas zu entgegnen. Er fragte sich, was für eine Art von Macht dies war. Ihm fehlten die Mittel und die Kompetenzen, wirklich wie ein Mächtiger zu regieren. Er fühlte sich dazu verdammt zu reagieren, dazu verdammt, Befehle durchzusetzen, die seiner patriotischen Überzeugung widersprachen.

»Glaubt Ihr«, versuchte Baron Druget den Faden wieder

aufzugreifen, »dass Matthias wirklich die Kaiserwürde an sich reißen kann?«

»Wir denken, der Kaiser kann ihm nur wenig Widerstand leisten. Die Kurfürsten sind zum Teil schon von ihm abgefallen und verweigern ihm die Gefolgschaft. Selbst das Fürstenkonvent, das er dieses Jahr in Prag einberufen hat und bei dem er keine Kosten und Mühen scheute, um sie wieder für sich zu gewinnen, zeigte nicht den erhofften Erfolg. Seine 12 000 Mann starke Armee, mit der er sich neuerdings gegen Matthias zu verteidigen sucht, plündert das Volk aus und verschlingt ebenfalls gigantische Summen. Vor ein paar Tagen drohten die Truppen mit Meuterei, da die Soldzahlungen schon seit längerem ausgeblieben sind. Wie Wir gehört haben, sind sie bereits auf dem Weg nach Prag, um ihren Forderungen beim Kaiser mehr Gewicht zu verleihen. Kein sehr guter Schutz gegen König Matthias.«

Baron Druget entgegnete zustimmend: »Wie man am Hof munkelt, befindet sich der Kaiser zudem in einer bedauernswerten gesundheitlichen Verfassung. Man sagt, er leide an der Wassersucht und sei schon ganz aufgedunsen. Ansonsten heißt es, er scheue jeglichen Kontakt mit der Außenwelt und ließe nur noch seine allerengsten Vertrauten zu sich vor. Auch ich glaube, dass er nicht mehr lange gegen Matthias bestehen kann. Doch ist dies nicht im Sinne des Reiches, ist es nicht wichtig, dass wieder ein starker Mann das Steuer in die Hand nimmt?«

»Wir wissen nicht, ob Matthias der erhoffte starke Mann ist, der wieder Ruhe und Stabilität ins Reich bringt«, entgegnete Graf Thurzó. »Sicherlich wird er bemüht sein, Stärke zu demonstrieren. Doch inwieweit er dies mit der nötigen Diplomatie verbindet, das sei dahingestellt. Er wird in der Religionsfrage Stärke zeigen und Rudolfs Majestätsbrief, der uns Protestanten die Religionsfreiheit gewährt hat, zugunsten der katholischen Liga beschneiden. Doch damit wird er den inneren Frieden des

Landes, wenn nicht gar den inneren Frieden des gesamten deutschen Reiches gefährden. Und nach außen hat es ihm schon immer an Stärke gemangelt. Als Statthalter der Niederlande war er nicht einmal in der Lage, die Einmischung Englands, Frankreichs und Spaniens in den dortigen Religionskonflikt zu unterbinden. Das Ganze endete mit seiner Vertreibung durch die Armee Philipps II. von Spanien.«

Baron Druget reagierte skeptisch. »Das ist über zwanzig Jahre her, mein Fürst. Ich bin überzeugt, dass Matthias in dieser Zeit an staatsmännischer Erfahrung gewonnen hat.«

Graf Thurzó winkte ungnädig ab. »Nur das pure Streben nach Macht, und das über Jahrzehnte hinweg, ist noch keine Befähigung zur Kaiserwürde. Wir sagen Euch, wenn es Matthias gelingt, die Kaiserkrone an sich zu reißen, wird es zu Unruhen kommen, wie sie Europa noch nie zuvor erlebt hat! Und an Euch gerichtet, lieber Druget von Homonnay, gebt Euch mit dem zufrieden, was Euch in die Wiege gelegt wurde, und strebt nicht nach der Grafenkrone der Báthory. Denn der richtige Umgang mit Macht ist eine Gabe, man kann sie nicht erlernen!«

Der junge Adlige war derart betreten, dass er nichts zu entgegnen wusste. Er verließ wortlos die Karosse und hinterließ einen sehr zufriedenen Palatin.

Selbst Megyery war an der Reihe, dem Palatin die Eintönigkeit der Fahrt zu verkürzen. Wie er von seinen Begleitern erfahren hatte, vermied der Palatin das Gespräch über den eigentlichen Grund ihrer Reise, was ihm sehr sympathisch war. Als er den dämmrigen Innenraum der Kutsche bestieg, dauerte es eine Weile, bis er den Grafen zwischen den Kissen ausmachen konnte.

Dieser musterte ihn genau, ehe er das Wort an Megyery richtete: »Emericus Megyery, Wir machen Uns Sorgen um Euch.«

Der Angesprochene war verunsichert. Worauf wollte der Palatin hinaus?

Dieser aber zeigte ein wohlwollendes Lächeln und fuhr fort: »Eure Hand ist ernstlich verletzt, heute morgen sahen Wir, wie sie blutete. In Unserem Gefolge befindet sich ein hervorragender Wundarzt, Wir werden ihm Anweisung geben, nach Eurer Hand zu sehen.«

Dankbar nickte Megyery und sagte: »Ich freue mich, dass Ihr Euch um mein Wohlergehen sorgt, aber viele Jahre des Kriegshandwerks haben mich gelehrt, solch kleine Kratzer selbst zu verarzten. Die Wunde ist sauber und beginnt bereits zu verheilen.«

Graf Thurzó schien die Zurückweisung nicht weiter zu bemerken und ging unvermittelt zum eigentlichen Thema über: »Megyery, Wir kennen Euch und Euer Verhältnis zur Gräfin Báthory zu gut, um zu wissen, dass Ihr Euch nicht um sie sorgt. Was ist es, was Euch nach Cseithé zieht?«

Megyery war verdutzt. Das also war der Grund, warum der Palatin zunächst offensichtlich Belanglosigkeiten mit den anderen besprochen und ihn als Letzten zu sich gerufen hatte. Er wollte Megyery unvorbereitet sprechen – und das war ihm gelungen.

Megyery stammelte: »Herr, Ihr wisst, dass ich die Gräfin als Gräfin respektiere, als Mensch aber meide ich sie. Sie ist eitel, herrschsüchtig und grausam. Wer sich etwas zuschulden kommen lässt, wird von ihr hart bestraft, härter als nötig. Andererseits ist ihr das Wohlergehen ihrer Untertanen gleichgültig. Ich glaubte also einfach nicht, dass sie sich ernsthaft um die Vorfälle in ihrer Grafschaft gekümmert hat. Bis heute Nacht teilte ich nicht die Sorge ihrer Schwiegersöhne um ihr Wohlergehen.«

Der Palatin stutzte. »Bis heute Nacht? Was wollt Ihr damit sagen?«

Megyery begann nur zögernd: »Ich hatte diese Nacht einen seltsamen Traum. Mir träumte von einer Frau, sie war jung und schön und schlummerte sanft. Plötzlich wurde sie aus ihrem Schlaf gerissen und fand sich auf einer tiefverschneiten Waldlichtung wieder. Sie war in großer Angst, denn sie war auf der Flucht vor einem Rudel Wölfe. Ihre Angst wandelte sich in Panik, denn sie kam nicht voran. Der Boden unter ihren Füßen gab nach wie ein Kissen, jeder Schritt kostete sie eine gewaltige Kraftanstrengung. Je mehr sie versuchte voranzukommen, desto schwerer fielen ihr die Schritte. Die Wölfe hingegen flogen schier über den Boden, und schon bald hatten sie sie eingeholt und eingekreist. Starr vor Angst stand sie da und wartete auf ihr Ende, doch die Wölfe taten ihr nichts zuleide. Plötzlich erschien ein besonders großer grauer Wolf. Seine Augen versprühten ein düsteres Feuer. Die Frau schrie verzweifelt um Hilfe, und ich versuchte, ihr zu helfen. Doch auch ich versank im Boden und kam kaum voran. Genüsslich wartete der Wolf ab, weidete sich an der Angst seines Opfers. Dann, als ich so nah bei ihr war, dass ich sie fast berühren konnte, stürzte sich der Wolf über sie und zerfleischte ihre Kehle. Hilflos stand ich vor ihr, sie lag mir sterbend zu Füßen. Verzweifelt beugte ich mich über sie und bemerkte, dass sie auf einmal in einem großen steinernen Sarg lag. Allmählich schien sie sich aufzulösen, und bald schon lag statt ihrer eine reife Frau im Sarkophag. In der leblosen Gestalt aber erkannte ich zu meinem Entsetzen die Züge der Gräfin Báthory.«

Der Palatin hatte seine Hände gefaltet und seine ausgestreckten Zeigefinger nachdenklich gegen sein Kinn gepresst. Einige Zeit herrschte Schweigen, dann aber nickte er und sagte: »Wir verstehen, ja Wir verstehen Eure Sorge. Aber sagt Uns, saht Ihr sonst noch etwas, eine zweite Person vielleicht?«

Megyery überlegte, dann schüttelte er den Kopf: »Nein,

das war alles, was ich sah. Auch die Wölfe waren verschwunden, nachdem der graue Wolf die junge Frau getötet hatte.«

Der Palatin war sehr nachdenklich geworden und entließ Megyery ohne weitere Fragen.

## Neuntes Kapitel

## *Die Strafkammer*

Die Nacht über Cseithé war kalt, aber ruhig gewesen. Keine Schreie hatten den Bauern den Schlaf geraubt. Am frühen Morgen war noch etwas Schnee gefallen und hatte den Ort in ein jungfräuliches Weiß gehüllt. Die schwache Wintersonne tauchte Cseithé in ein unwirklich, rötliches Licht. Überall auf dem Schnee blitzte und funkelte es. Im Ostflügel des Schlosses wurden schwere Vorhänge beiseitegeschoben, um das Schlafgemach der Gräfin Báthory von den warmen Sonnenstrahlen durchfluten zu lassen. Schon war rege Bewegung rund um das Bett der Gräfin. Eine Kammerzofe führte verschiedene Kleider vor, von denen sich die Gräfin ein dunkelblau changierendes mit engem blauschwarzem Lederkorsett und rechteckigem Spitzenkragen aussuchte. Eine andere Zofe wählte passende Unterröcke und Strümpfe zu dem Kleid aus. Wieder andere Frauen präsentierten verschiedene Perlen- und Edelsteinkolliers, Broschen und Haarnetze. Gräfin Báthory entschied sich für eine Kollektion aus schwerem Gold mit Saphiren und kleinen Brillanten. Während sie sich aus einer großen Silberschüssel mit nach Rosen duftendem Wasser wusch, spielte Maria Czobor auf einer kleinen Harfe eine schwermütige Weise.

Die Gräfin schalt sie: »Maria, mein Kind, sieh nach draußen, sieh diesen wunderschönen Morgen, das ist kein Tag für traurige Gedanken. Erspare uns deine Schwermut.«

Maria verstummte, und das Blut schoss ihr ins Gesicht. Wusste ihre Tante über ihr nächtliches Abenteuer Bescheid? Vielleicht hatte die Wache des Burgtores sie erkannt und den Vorfall der Gräfin gemeldet. Womöglich hatte der Heiduck, der sie ins Kastell eingelassen hatte, sie verraten. Die Darvulia und ihre Vertrauten, drei Aufseherinnen, die schon lange im Dienst der Nádasdy und später der Báthory waren, überwachten das Ankleiden. Währenddessen gab die Gräfin bereits Anweisungen für den weiteren Tagesablauf. Sie forderte Dorothea Szentes, eine der engsten Vertrauten der Anna Darvulia, auf, den Speiseplan für den Abend vorzulesen.

Diese gab sich recht genießerisch. »Die Speisen für das heutige Abendmahl sind eine dicke Bohnensuppe, dazu Schwarzbrot mit Knoblauchbutter. Als nächsten Gang habe ich gebratene Wachteln mit einer dunklen Steinpilzsoße vorgesehen. Der dritte Gang besteht aus gespicktem Wildschwein mit Serviettenknödeln und Sahne. Als vierten Gang werden wir eine Käseplatte reichen, abschließend gefolgt von einer Mehlspeise mit Powidlmus. Zum Trinken empfehle ich einen schweren Rotwein aus dem Cseithér Umland, Jahrgang '96, und zum Dessert einen hervorragenden Tokajer.«

Die Gräfin nickte knapp. »Sieh zu, dass du von allem reichlich zubereiten lässt, denn mir ist so, als würden wir heute noch Gäste erwarten können.« Und zur alten Darvulia gewandt, sagte sie: »Anna, ich wünsche, dass alles für den Empfang unseres hohen Besuches zu meiner vollsten Zufriedenheit vorbereitet wird.«

Die Blinde deutete eine leichte Verbeugung an und antwortete: »Die Gemächer sind bereits hergerichtet. Auch habe ich, wie es Euer Wunsch war, veranlasst, dass der Pastor den Gästen einen würdigen und erbaulichen Empfang bereiten wird.

Auch Ficzkó ist in allen seinen Aufgaben unterwiesen. Etwas Kummer bereitet mir die Tatsache, dass heute eine Vollmondnacht ist.«

Es trat betretenes Schweigen ein; selbst Maria vergaß ihr Spiel. Jede der Anwesenden wusste, dass besonders in Vollmondnächten der Schattenwolf sein Unwesen trieb. Oft traf es eines der Mädchen, das an diesem Tag der Gräfin beim Ankleiden geholfen hatte.

Die Gräfin aber meinte kühl: »Was machst du dir Sorgen? Lass Wachen an allen Aufgängen aufstellen, die ins Schloss und in die Keller führen. Ich dulde keine nächtlichen Besucher, die unsere Kreise stören könnten. Ich erwarte auch, dass kein Laut den Schlaf unserer Gäste wecken wird. Gib Anweisung an die Bauern, dass niemand von ihnen nach Einbruch der Dämmerung seine Hütte verlässt. Hier im Schloss werde ich persönlich dafür Sorge tragen, dass die Mägde sich in Schweigen hüllen. Ich bin sicher, dass Cseithé heute eine ruhige Nacht erleben wird.«

Noch im Morgenrock setzte sich die Gräfin vor einen brezenförmigen, prunkvollen Spiegel und gab sich ihrer liebsten Beschäftigung hin, ihre jugendliche Schönheit zu bewundern. Helene Jó, das ehemalige Kindermädchen, nun eine alte Matrone mit steifem Arm, war die dritte Vertraute der Anna Darvulia. Sie hatte die Oberaufsicht über die Kammerzofen. Zu ihren Aufgaben gehörte es auch, allmorgendlich die Frisur der Gräfin zu gestalten. Das lange glänzende Haar ihrer Herrin wurde teilweise stundenlang gekämmt, toupiert und aufgesteckt, bis es eine kunstvolle Hochfrisur bildete. Zunächst wies Helene Jó eine sehr junge Zofe namens Susanne an, das Haar ihrer Herrin zu bürsten. Verängstigt und zitternd wie ein junges Reh machte sich das Mädchen an die schwierige Arbeit. Die Gräfin liebte es, wenn die Bürste ihr kräftig die Kopfhaut massierte, zu zaghaftes Bürsten hasste sie genauso wie ruppiges Reißen. Zog eine Zofe sich bei dieser Tätigkeit den Unmut der Gräfin zu, so konnte dies zu schweren Strafen führen. Die Báthory sparte nicht mit Prügel, aber sie kannte auch subtilere Strafen. Ein Mädchen, über deren Rohheit sie sich besonders geärgert hatte, musste vierundzwanzig Stunden nackt im Hof stehen und die übelsten Anzüglichkeiten der Knechte und Heiducken über sich ergehen lassen. Ihr war es weder gestattet, etwas zu essen oder zu trinken, noch ihre Notdurft zu verrichten.

Vom Hofmeister Benedikt Deseó vorsichtig befragt, warum sie das Mädchen so hart strafe, antwortete die Gräfin gehässig: »Wieso ist das eine Strafe? Siehst du denn nicht, dass es ihr Spaß macht, sich so vor den Knechten zu präsentieren? Wie schamlos sie ihren Körper hin- und herwiegt. Sie hätte eine viel härtere Strafe verdient; mutwillig und mit dem übelsten Vorsatz hat sie ihre Herrin, mich, die Gräfin Báthory, verletzt! Ich hätte das Recht, sie auspeitschen zu lassen, oder ihr gar die Hand, die sie gegen mich erhoben hat, abhacken zu lassen. Wie aber strafe ich sie in meiner mütterlichen Güte? Ich lasse sie den ganzen Tag im Hof herumlungern und den Knechten lüsterne Blicke zuwerfen.«

Fast glich es einer Strafe, die Gräfin zu frisieren. Zaghaft bemühte sich also die junge Susanna.

Allein, es war der Gräfin nicht recht. Missmutig raunte sie: »Metze, ich spüre nichts! Gib dir gefälligst mehr Mühe, wenn du deine Herrin frisierst!«

Wütend ging Helene Jó auf die Kleine zu und versetzte ihr eine schallende Ohrfeige. Hatte eines ihrer Mädchen den Unmut der Gräfin erweckt, so fiel dieser zwangsläufig auch auf sie zurück. Verträumt betrachtete derweil die Báthory ihre Züge im Spiegel, während die Zofe mit Tränen in den Augen nun etwas beherzter das Haar ihrer Herrin bürstete. War da nicht eine kleine Runzel auf ihrer Wange? Besorgt starrte die

Báthory in ihr Spiegelbild. Alles um sie herum verschwand in milchigem Nebel. Der Spiegel zeigte nur noch ihr jugendlich wirkendes Antlitz. Doch dann begann auch dieses zu verschwimmen. Angestrengt versuchte sie, ihre Züge zu erkennen, und langsam schien sich der Nebel zu lichten – aber zu ihrem Erstaunen wirkte sie älter als zuvor. Mit vor Entsetzen geweiteten Augen musste sie mit ansehen, wie ihr Gesicht mit rasender Geschwindigkeit alterte. Zunächst gruben sich tiefe Falten in ihre Stirn und ihre Wangen, die Haut am Hals verlor ihre Spannkraft und wurde immer runzliger. Ihre Zähne wurden schwarz und faulig, und selbst das Weiß ihrer Augen verwandelte sich in ein von Adern durchzogenes Gelb. Aus dem Spiegel starrte sie die Fratze einer alten Hexe an. Prüfend wollte sie mit ihrer Hand über ihr Gesicht fahren. Doch auch diese schien auf schreckliche Art und Weise gealtert. Gichtige, krumme Finger wuchsen aus einem vom Altersflecken und hervortretenden Adern entstellten Handrücken hervor und schienen sich wie Würmer in die faltige Haut ihrer fahlen Wangen zu bohren. Angewidert sprang die Gräfin vom Stuhl auf und stieß einen gellenden Schrei aus. Von der Wucht des Sprunges wurde die Zofe beiseitegestoßen. Mit großen fassungslosen Augen starrte diese auf die Bürste in ihrer Hand, in der sich ein großes Büschel Haare verfangen hatte. Noch immer stand die Gräfin da und betastete ungläubig ihr zartes, faltenloses Gesicht. Keine der umstehenden Frauen schien etwas von der schaurigen Ver wandlung bemerkt zu haben.

Als Erste brach die blinde Darvulia das betroffene Schweigen. »Was ist geschehen? Gräfin, seid Ihr verletzt?«

Da diese nicht reagierte, antwortete ihre Nichte: »Ich fürchte, die Zofe hat meiner Tante ein Haarbüschel ausgerissen.«

»Was!«, schrie die Alte. »Die dumme Göre hat es gewagt,

die Gräfin Báthory zu verletzen. Das wirst du büßen, das bedeutet für dich die Strafkammer!«

Flehend hatte sich das Mädchen auf den Boden geworfen und blickte abwechselnd zur Gräfin und zur alten Darvulia auf. »Bitte, habt Erbarmen mit mir. Tut mir das nicht an, bitte nicht die Strafkammer!«

Mittlerweile hatte sich die Gräfin wieder gefangen und erkannte erfreut in einem anderen Spiegel, dass nichts ihre jugendliche Schönheit entstellte. Gelangweilt blickte sie auf das Mädchen, das zu ihren Füßen um Gnade winselte. Trocken meinte sie: »Schafft mir diese jämmerliche Kreatur aus den Augen.«

Dorothea Szentes, die ihre Speisepläne beiseitegelegt hatte, und Helene Jó rissen das Mädchen hoch und schleiften es aus dem Raum. Peinlich berührt beobachtete die junge Maria Czobor die Szene, für die sie sich mitverantwortlich fühlte.

Mit schlechtem Gewissen hatte sich Maria zurückgezogen. Sie hatte mehrere Mädchen gefragt, was es mit der Strafkammer auf sich hätte, doch keine konnte oder wollte ihr darüber Auskunft geben. Es gab im Schloss niemanden, dem sie sich anvertrauen konnte. Keinem konnte sie ihre nächtlichen Erlebnisse mitteilen, bei keinem konnte sie sich über die Grausamkeit der eigenen Tante beklagen. Natürlich wusste sie, dass alle Gutsherren gezwungen waren, mit aller Härte gegen Nachlässigkeiten ihrer Untergebenen vorzugehen, wollten sie vermeiden, dass man ihnen auf dem Kopf herumtanzte. Dennoch schmerzte es sie, zu sehen, wie wenig Unterschied ihre Tante zwischen ihrem Personal und ihrem Vieh machte. Es war das erste Mal, dass sie sich nach Wien zurücksehnte. Mit einem Mal erschien ihr die Hauptstadt mit ihrem Lärm, Gestank und dem Geschrei der Fuhrleute viel zivilisierter als das ach so romantische Landleben. Sie würde einen Brief schreiben, in dem sie ihren Eltern die Zustände in Cseithé schilderte, und sie bitten, sie umgehend nach Wien zurückzuholen. Doch was wäre, wenn ihre Tante den Brief abfangen würde? Wie würde sie in ihrer Wut reagieren? Wäre sie fähig, ihre eigene Nichte in diese ominöse Strafkammer zu schicken? Maria wusste sich darauf keine Antwort, sie musste sich einfach mit irgendeiner Menschenseele darüber unterhalten.

In ihrer Verzweiflung dachte sie an die Kraft des Gebets. Sie war keine große Kirchgängerin und vermied es auch, in Cseithé zum Gottesdienst zu gehen, mit der Ausrede, sie sei streng katholisch erzogen und wolle daher nicht eine protestantische Kirche besuchen. Jetzt aber überkam sie die Sehnsucht, ihren Gott, den sie so lange verdrängt hatte, anzurufen. Sie warf sich ein Cape mit Kapuze über, da sie keine Lust hatte, erkannt zu werden, und begab sich in die große, düstere Wehrkirche. Im Innern des gotischen Gebäudes roch es muffig und nach abgestandenem Weihrauch. Einige alte Frauen knieten vor Seitenaltären und schenkten der niedergeschlagenen jungen Frau keine Aufmerksamkeit.

Maria kniete nieder und gab sich ganz ihrem Gebet hin. Sie hatte keine Augen für den großen steinernen Altar, sie sah nicht die schonungslose Darstellung des gekreuzigten Jesus und der beiden Verbrecher, denen große Wunden an den Schienbeinen klafften. Sie bemerkte nicht die schmutzigen, dunklen Mosaikfenster, die den Kreuzweg Christi darstellten, auch sah sie nicht die reichgeschnitzte Kanzel, um die sich Drachen, Dämonen und Heilige wanden. Ebenso fiel ihr nicht die dunkle Gestalt auf, die aus der Krypta emporkam. Erst als sich die Gestalt vor ihr aufgebaut hatte und sich räusperte, fuhr sie erschrocken hoch.

Der Pastor Ponikenus blickte sie durchdringend an und sagte: »Welch ungewohnter Besuch in diesem heiligen Haus. Wenn du deine nächtlichen Ausflüge beichten möchtest, bist du im falschen Gotteshaus, ich werde dir keine Absolution erteilen, das kann nur der Herr selbst.«

Maria erschrak. Was wusste der Pastor über ihr Abenteuer in der Burg? Oder hatte er vielleicht mit der Gräfin über ihre heimlichen Streifzüge durch das nächtliche Wien gesprochen? Etwas verschüchtert sagte sie: »Vater, ich bin verzweifelt. Auch wenn Ihr nichts von der Ohrenbeichte haltet, so bitte ich Euch zumindest um ein seelsorgerisches Gespräch.«

Der Pastor nickte knapp und antwortete: »Das ist meine Aufgabe. Wenn dir dein Herz schwer ist, so teile mir getrost all deine Sorgen und Ängste mit. Wenn du dich scheust, offen zu sprechen, so gibt es einen Ort, an dem wir ungestört sind.« Der Pastor deutete vielsagend in Richtung Krypta.

Maria, die nur zu gern auf neugierige Ohren verzichtete, willigte mit einem schwachen Nicken ein. Etwas unwohl war es ihr schon, als sie mit dem unwirschen Geistlichen in das finstere Gewölbe hinabstieg. Die Figuren auf den Sarkophagen schienen sie mit leeren Augen zu mustern. Unangenehm fiel ihr auf, dass einer der Sarkophage vor nicht allzu langer Zeit geöffnet worden war, die Bänder, mit denen er über Jahrhunderte hinweg verschlossen gewesen war, hatte man durchtrennt. Sie erinnerte sich an Geschichten von Vampiren, die des Nachts ihre Gräber verließen, um das Blut ihrer Opfer, vornehmlich junger Frauen, zu saugen. Früher hielt sie solche Erzählungen für alberne Märchen, mit denen Eltern ihre missratenen Kinder zu erschrecken pflegten. Aber warum sollte der Schattenwolf nicht ein Vampir sein? Alles, was sie bisher über die mysteriösen Todesumstände der Mädchen gehört hatte, besaß eine beängstigende Ähnlichkeit zu den alten Vampirgeschichten ihrer Kindertage. Die Schreie aus der Tiefe der Erde, diese unterirdische Gruft und nun das geöffnete Grab. Ihr schauderte, sie wollte sofort diesen unheimlichen Ort mit seiner bösen Ausstrahlung verlassen. Sie blickte auf den Pastor, der vor ihr die Gruft betreten hatte und noch immer schweigend einen in die Wand eingelassenen Sarkophag anstarrte. Sie konnte nicht sehen, wie sehr sich sein Gesicht verändert hatte. Seine Stirn war schweißbedeckt, sein Blick irr, und er entblößte mit einer fürchterlichen Grimasse die Zähne. Sie konnte nur erkennen, wie er krampfhaft die Hände rang.

Unsicher sagte sie: »Vater, stimmt etwas nicht? Lasst uns wieder nach oben gehen, mich gruselt's hier unten.«

Der Pastor fuhr überrascht herum, und es dauerte eine Weile, bis er sich wieder gefangen hatte. Verwirrt stammelte er nur: »Gruseln? Äh, ja – lasst uns nach oben gehen.«

Erleichtert betrat die junge Frau wieder das Kirchenschiff, den Pastor unschlüssig hinter sich. Sie hatte sich etwas beruhigt, steuerte einen leeren Seitenaltar an und meinte: »Seht her, hier können wir uns auch ungestört unterhalten.«

Sie knieten sich nebeneinander auf eine Bank, und Maria begann stockend von der alten Frau und der Legende vom Brunnen, der bis ins Innere der Erde hinabreicht, zu erzählen. Langsam fasste sie Vertrauen zum Pastor, der sich als guter Zuhörer erwies. Sie ging sogar so weit, ihm ihr nächtliches Erlebnis auf der Burg zu schildern. Der Pastor schien nicht weiter verwundert und machte ihr lediglich Vorwürfe wegen ihres leichtsinnigen Verhaltens und schalt sie, wie leicht sie ein Opfer des Schattenwolfes hätte werden können. Erst als sie ihm den morgendlichen Vorfall beim Frisieren erzählte, merkte er auf. Zweimal sogar hakte er nach, ob die Darvulia wirklich Strafkammer gesagt hatte. Ponikenus schien recht gut über die Bedeutung dieser Kammer Bescheid zu wissen, und so fragte ihn Maria, was es damit auf sich habe. Anfangs zögerte er, Genaueres darüber zu sagen, als sie aber nicht lockerließ, begann er zu erzählen: »Die Strafkammer befindet sich tief unter dem Schloss in einem weitverzweigten Keller. Die ehemaligen Herren von Cseithé nutzten sie als Folterkammer, und es heißt, dass viele dort unter fürchterlichsten Qualen ihr Leben ausgehaucht haben. Wie du gesehen hast, ist Cseithé voll von Geschichten über übernatürliche Vorfälle und Gespenster. Vielleicht ist es nur die blühende Phantasie seiner Bewohner, die das bewirkt, oder, was ich eher glaube, dieser Ort wird aufgrund seiner besonderen Lage und wegen der sündigen Lasterhaftigkeit seiner Bewohner als Strafe Gottes von den Mächten der Finsternis heimgesucht. Viele von ihnen haben schon vor Jahrhunderten einen Pakt mit dem Teufel geschlossen, und so manch grausiger Fluch lastet auf den unheilvollen Dächern dieses Ortes. In bestimmten Vollmondnächten versammeln sich die Gottlosesten unter den Einwohnern und huldigen auf perverseste Art dem Satan. Er erscheint ihnen auf einer großen Wiese in Gestalt eines riesigen schwarzen Mannes. Zur Begrüßung küssen ihm die Hexen die Geschlechtsteile und den After, worauf er bestialischen Gestank von sich gibt. Er sitzt auf einem steinernen Thron und wählt mit seinem Stab, der wie ein verkrüppelter Bischofsstab aussieht, die Hexen aus, die den Versammlungsplatz zu erhellen haben. Dafür stellen diese sich dann auf den Kopf und schieben sich in die schleimigsten Körperöffnungen brennende Kerzen. Die anderen aber feiern einen unheiligen Sabbat, bei dem das Kreuz getreten und mit widerlichen Fäkalien beschmutzt wird. Dann verteilt der Satan das Abendmahl, das aus stinkendem Wein und fadem, rohem und oft fauligem Fleisch besteht. An besonders hohen Feiertagen wird auch ein ungetaufter Säugling dem Satan geopfert: die Hexen werfen sich den kleinen Körper gegenseitig zu, treten ihn und zerren an seinen Gliedern, bis er endlich tot und in Stücke gerissen ist. Anschließend aber löschen die Hexen, die den Platz erleuchten, mit ihrem eigenen Wasser das Licht, und alle, ob Mann oder Frau, Inkubus oder Succubus, Vater oder Tochter, Mutter oder Sohn und auch Geschwister untereinander geben sich den widernatürlichsten Ausschweifungen hin. Ich werde dir schildern, was sie da treiben. Das willst du doch hören, nicht wahr?« Der Pastor hatte sich in eine Art Rauschzustand geredet, und mit irrem Blick starrte er auf das Mädchen neben sich.

Ernüchtert und enttäuscht blickte er zu Boden, als Maria eisig entgegnete: »Vater, verzeiht mir, aber eigentlich bin ich nur an der Bedeutung der Strafkammer interessiert.«

Mürrisch fuhr er fort: »Also, was ich sagen wollte, ist, dass die Bewohner eine Heidenangst vor der Strafkammer haben, weil sie glauben, dass dort des Nachts die Geister der an diesem Ort Ermordeten umgehen. Man sagt, dass von der Decke des Gewölbes ein großer Käfig herabhängt, in dem sich noch immer die mumifizierte Leiche eines zum Hungertod Verurteilten befindet. Es ist nicht die Prügel, vor der sich das Mädchen fürchtete, sondern sie hatte Angst davor, eine Nacht an diesem unheiligen Ort verweilen zu müssen. Es heißt, dass schon so manche in der Strafkammer wahnsinnig geworden sei, andere wiederum nahmen sich das Leben, nur um den Schrecken der Nacht zu entfliehen. Wurde aber eine in die Strafkammer gesperrt, deren Körper und Seele von wollüstigen Ausschweifungen verunreinigt war, so holte sie sich der Schattenwolf zur Braut.« Drohend hob der Pastor seinen Zeigefinger und schloss mit den Worten: »Hüte dich, vor der Gräfin in Ungnade zu fallen. Mir ist deine unkeusche Vergangenheit bekannt – du würdest keine einzige Nacht in der Strafkammer überstehen!«

Mit erhobenem Haupt schritt der Pastor davon, Maria aber blieb verwirrt zurück. Gab es denn an diesem Ort keinen normalen Menschen mehr, fragte sie sich. Von allen Irren schien ihr Ponikenus der Schlimmste zu sein.

## Zehntes Kapitel
## *Ein würdiger Empfang*

Der Tross des Palatins bewegte sich durch eine raue, gebirgige Landschaft. Seit Stunden hatten sie keine menschliche Ansiedlung mehr durchquert. Die Straßen in den Weißen Karpaten waren schlecht und unwegsam, der Wald rechts und links des Weges finster und undurchdringlich. Im letzten Ort, einem Städtchen namens Verbo, waren sie wie Könige empfangen worden. Ein Reiter hatte das Banner des Palatins erkannt und war ihnen voraus nach Verbo geeilt. Als der Tross eintraf, war bereits eine große, jubelnde Menschenmenge zusammengeströmt, um den hohen Besuch zu bestaunen. Eine Abordnung, bestehend aus dem Bürgermeister, den Stadträten und dem Gutsherrn, einem feisten Baron, erwies dem Palatin die Ehre. Im Gegensatz zu König Matthias, den die Ungarn als Besatzer empfanden, stand der Palatin sehr hoch in der Gunst des Volkes, das ihn als einen der Ihren betrachtete. Er tat sich nicht durch Grausamkeiten hervor und gab sich meist sehr volksnah. Selbst jetzt, wo er es eilig hatte, verließ er, abgeschirmt von seinen Offizieren, die Kutsche und nahm die Huldigungen entgegen.

Ein älterer Mann rannte aufgeregt vor der Menge hin und her, den Stumpf seines Armes emporhaltend. Er schrie immer wieder: »Vivat, Vivat! Es lebe der Palatin.« Dann brüstete er sich, unter dem Kommando des Palatins gekämpft zu haben, und deutete stolz auf die Verletzung, die er sich dabei zugezogen hatte. Der Palatin ließ ihn zu sich rufen und legte ihm jovial die Hand auf die Schulter, während er vorgab, sich an gemeinsame Kriegserlebnisse mit dem Alten zu erinnern. Das waren die Szenen, die das Volk liebte; der Palatin bediente sich ihrer geschickt und wusste so das Herz der Leute zu gewinnen. Der Baron von

Verbo hingegen wirkte gereizt, da ihn das Volk mied und im Allgemeinen nie so stürmisch und begeistert feierte. Doch er machte gute Miene zum bösen Spiel, da er bestrebt war, die Gunst des in seinen Augen mächtigsten Mannes Ungarns zu gewinnen. Morgen war auch noch ein Tag, und da würde er dem Pöbel zeigen, wer der Herr in Verbo war. Mittlerweile hatte sich der Pastor zusammen mit seinem Diener und dem Kirchenchor einen Weg zum Palatin gebahnt, um die feinen Herren mit einer Probe ihrer musikalischen Fähigkeiten zu beglücken.

Baron Druget hatte sich gelangweilt in die Kutsche zurückgezogen. Die Darbietungen dieser Hinterwäldler waren nicht nach seinem Geschmack, darüber hinaus gab es wichtigere Dinge zu bedenken. Wie würde er seine Schwiegermutter begrüßen, und wie würde er es am geschicktesten anstellen, seinen Schwager in Misskredit zu bringen und gleichzeitig eine plausible Erklärung für seinen Brief zu finden?

Megyery fühlte sich wohl, obwohl er lieber zur Eile gedrängt hätte. Er liebte es, fröhliche Menschen zu sehen, Menschen, die sich über etwas anderes als Gewalt und Hinrichtungen freuen konnten. In seinen Augen gab es viel zu viel Grausamkeiten und Ungerechtigkeiten in dieser Zeit. Graf Zrinyi hatte keine Muße für Feierlichkeiten. Zwar hatte er es nicht eilig, seiner Schwiegermutter unter die Augen zu treten, aber irgendwie wollte er das Ganze möglichst rasch hinter sich bringen. Dem Palatin selbst war es nicht anzusehen, ob ihm der Auflauf lästig war oder ob ihm das Bad in der Menge gefiel. Er war zu lange schon Staatsmann, als dass er sich in die Karten hätte schauen lassen. Nachdem er höflich den hiesigen Wein und einige Spezialitäten der Umgebung probiert hatte, gab er freundlich, aber unmissverständlich das Zeichen zum Aufbruch. Sobald sie einen kleinen Pass überquert hatten, breitete sich vor ihnen die Silhouette von Cseithé aus. Mächtig und drohend thronte die gewaltige Burg über dem Ort.

Mehrere Rauchsäulen stiegen von den Kaminen der Gebäude auf. Eine große, schwarze Rauchwolke vor der Ansiedlung störte das friedliche Bild. Beunruhigt blickte Graf Zrinyi aus dem Wagen und sagte zu seinen Mitreisenden: »Das wirkt mir wie ein Scheiterhaufen. Gebe Gott, dass uns kein Inquisitionsgericht zuvorgekommen ist.«

Auch Megyery und Baron Druget drängten sich ans Fenster und lehnten sich hinaus, um besser sehen zu können.

«Ich glaube nicht, dass dies eine Richtstätte ist«, sagte Megyery nach einiger Zeit. »Der Richtplatz von Cseithé ist dort bei jenem Gerüst.« Er deutete auf den Galgen, der viel näher am Ort und weiter südlich der Rauchwolke lag.

Baron Druget war erleichtert. »Also doch kein Inquisitionsgericht?« Seine Schwiegermutter in den Fängen eines korrupten Hexenrichters; dieser Gedanke missfiel dem jungen Adligen, insbesondere wenn er daran dachte, dass womöglich ihr gesamtes Vermögen eingezogen wurde.

Gespannt warteten sie, bis die Wagenkolonne den Ausgangspunkt der Rauchwolke erreicht hatte. Beißender Qualm stieg von den Resten eines Zigeunerwagens auf. Vor dem Wagen lag weinend eine alte Frau über den Resten ihrer Habseligkeiten und wiegte sich wie ein kleines Kind hin und her. Von den anderen Mitgliedern der Zigeunersippe war keine Spur auszumachen. Das Pferd der Zigeuner war abgeschlachtet worden und lag mit aufgeschnittenem Bauch noch immer im Geschirr eingespannt vor dem Wagen. Megyery und Graf Zrinyi waren unwillkürlich aus dem Wagen gesprungen, um das Ausmaß der Verwüstung in Augenschein zu nehmen. Der Palatin hatte sich lediglich aus dem Fenster gelehnt und einen Offizier angewiesen, die Frau nach dem Tathergang zu befragen. Dieser war zu der Verzweifelten geritten und hatte sie unsanft aufgerichtet. Doch auf seine Fragen erhielt er keine Antwort, stattdessen hatte sie ihren Mund weit geöffnet und deutete mit ihrem Daumen immer wieder in ihren Rachen. Endlich begriff der Soldat und ließ die Frau einfach zu Boden sacken.

Zum Palatin zurückgekehrt, meinte er unzufrieden: »Das Weib wird selbst unter der Folter schweigen wie ein Fisch. Sie hat keine Zunge mehr.« Mit einem gleichgültigen Nicken entließ der Palatin den Offizier.

Graf Zrinyi war zum Palatin gegangen, um sich über das rohe Verhalten des Mannes zu beschweren. Als er aber sah, wie desinteressiert dieser gegenüber dem Vorfall war, verließ ihn der Mut, und er fragte: »Wer mag dafür verantwortlich sein? Das müssen Räuber oder gar versprengte türkische Soldaten gewesen sein.«

Der Angesprochene schüttelte das Haupt. «Räuber wohl kaum, diese hätten das Pferd gestohlen und nicht getötet. Nein, Wir sind uns sicher, dass dies das Werk der verzweifelten Bauern war. Sie machen das fahrende Volk für den Tod und das Verschwinden ihrer Töchter verantwortlich. Jetzt aber ist es Zeit, weiterzureisen.« Der Palatin klopfte mit dem Knauf seines Schwertes an die Außenwand seiner Kutsche und gab so dem Kutscher das Zeichen zum Weiterfahren.

Graf Zrinyi aber lief verwirrt neben der anfahrenden Karosse her und rief: »Herr, wollt Ihr Euch nicht um den Vorfall kümmern?«

Dieser schaute überrascht auf den jungen Grafen. »Graf Zrinyi, es ist nicht Aufgabe des Palatins, sich mit solchen Bagatellen zu beschäftigen, schon gar nicht, wenn es sich dabei um Zigeuner handelt.« Dann schloss er das Fenster seiner Kutsche. Graf Zrinyi war völlig verwirrt. Er fragte Megyery, der nicht weit von ihm stand: »Wo sind die anderen, oder ist die Frau allein mit dem Wagen unterwegs gewesen?«

Megyery schüttelte den Kopf. »Wohl kaum, Zigeuner reisen selten allein. Ich denke, dass es den anderen rechtzeitig gelungen ist, in die Wälder zu fliehen, denn es sind sonst keine Spuren eines größeren Kampfes zu sehen. Leider habe ich bei unserer Ankunft nicht auf die Wagenspuren am Weg geachtet. Alles, was davon übrig war, hat unsere eigene Kolonne zertrampelt.«

Nachdenklich kehrten die beiden Männer in ihre Kutsche zurück, ohne sich jedoch noch weiter um die Frau zu kümmern. Rasch entfernte sich der Tross von der Stätte der Verwüstung.

Der Wagenzug erreichte Cseithé, doch niemand war in den Straßen zu sehen. Keiner hatte mehr die Kraft zu jubeln, nicht einmal Kinder waren herbeigelaufen, um das prächtige Gefolge, die stolzen Reiter und die bunten Fahnen aus der Nähe zu bestaunen. Endlich, als sie schon fast nicht mehr daran glaubten, trat ihnen eine kleine Abordnung alter Männer entgegen. Sie hatten ihre beste Kleidung angezogen, weite, dunkle Wollhosen, die an den Waden durch den Lederschaft ihrer hohen, leicht nach oben gebogenen Stiefel gehalten wurden. Um den Bauch trugen sie breite Schärpen, darüber kurze Westen mit großen silbernen Knöpfen. Ihre schweren Wolljacken hatten breite, bestickte Revers und Taschen. Sie hatten sich ihre prächtigen Sonntagsmäntel übergeworfen, die aus weißen Schafsfellen bestanden, deren über und über mit reichen bunten und golden bestickte Lederseite sie nach außen trugen. Auf dem Kopf hatten sie kegelförmige Pelzkappen mit flauschigen Pelzkrempen. Ihre wettergegerbten Gesichter zierten buschige, graue Schnauz- oder Vollbärte. Der offensichtlich Älteste unter ihnen, mit langem schlohweißem Bart, war an den Wagen des Palatins herangetreten und überreichte ihm ein Dankesschreiben, das alle Männer von Cseithé mit ihrem Zeichen, einem Kreuz oder der unbeholfenen Andeutung einer Unterschrift versehen hatten. Das Ganze wurde durch unheimliches Schweigen begleitet, die Männer von Cseithé waren nicht für ihre Geschwätzigkeit bekannt.

Nachdem der Palatin das Schreiben überflogen hatte, machte er eine weit ausholende Handbewegung, mit der er den ganzen Ort einzuschließen schien, dann sagte er: »So wahr Wir, Graf Georg Thurzó von Bethlenfalva, Obergespan von Arva und großmütiger Palatin über das weite Ungarnland sind, versprechen Wir euch, dass die Schrecken eurer Töchter und Kindestöchter ein Ende haben werden.«

Voll Dankbarkeit ergriff der Greis die Hände des Palatins und küsste die schweren Ringe. Damit war dieser Tagesordnungspunkt für den Palatin abgehakt, und er gab Zeichen, weiterzufahren.

»Man erwartet uns bereits«, sagte Megyery, als sie sich dem Schloss näherten.

Die Tore waren weit geöffnet, und die Heiducken waren in voller Zahl angetreten. Auf der Freitreppe zum Hauptgebäude erwartete Erzsébet Báthory, begleitet von ihrem gesamten Hofstaat, die Kommission. Das Ganze glich eher einem Staatsempfang als einem freundschaftlichen Besuch. Ein Bursche öffnete den Schlag der Kutsche des Palatins, und dieser schritt majestätisch die Reihen der Heiducken bis hin zur Freitreppe ab. Als er die Treppe emporgestiegen war, machten alle Frauen, einschließlich der Gräfin Báthory, einen Hofknicks. Mittlerweile waren auch die Schwiegersöhne der Báthory und Emerich Megyery die Freitreppe heraufgekommen, und der peinliche Moment der Begrüßung stand bevor. »Was verschafft mir die Ehre, den hochwohlgeborenen Palatin, Graf Thurzó, zusammen mit meinen werten Schwiegersöhnen in diesen bescheidenen Mauern empfangen zu dürfen?«

Der Palatin deutete eine leichte Verbeugung an und sprach: »Edle Gräfin Báthory, uns erreichte die schlimme Kunde, dass Euer Land von einem grausigen, Frauen mordenden Ungeheuer – dem Schattenwolf – heimgesucht wird. Wir sind daher gekommen aus Sorge um Euer Wohlergehen und mit dem freundschaftlichen Anerbieten, Euch zur Seite zu stehen.«

Die Gräfin zeigte ihr strahlendstes Lächeln, deutete dabei

auf Megyery und sagte: »Wie ich sehe, habt Ihr keine Mühen gescheut und sogar meinen alten Freund, den Verwalter meiner Güter in Sárvár, Emerich Megyery, hinzugerufen. Sollte es vielleicht sogar er in seiner rechtschaffenen Fürsorge gewesen sein, der Euch diese traurige Kunde brachte?«

Megyery lief rot an. Er hatte diese Kriegserklärung zwar erwartet, aber er hatte gedacht, dass sich die Gräfin damit etwas mehr Zeit lassen würde.

Graf Thurzó zeigte weiterhin sein gewinnendstes Lächeln und antwortete ganz unerwartet: »Aber ich bitte Euch, natürlich gebührt Euren Schwiegersöhnen die Ehre, Uns zu Eurem Schutze angerufen zu haben. Insbesondere Georg Druget von Homonnay hat sich mit seiner Sorge hervorgetan.«

Dieser schnappte sichtlich nach Luft. Was für ein Spiel trieb der Palatin da mit ihm? Auch die Gräfin war auf diese Antwort nicht gefasst, und einen Moment lang lag ihr strenger Blick auf dem Schwiegersohn, der sich wünschte, augenblicklich im Erdboden zu versinken.

Mit zuckersüßer Stimme antwortete sie dem Palatin: »Ich bin voll der Freude über Euer freundschaftliches Anerbieten, und ich bin bester Hoffnung, dass Ihr meinen innigsten Wunsch erfüllen werdet. So wird denn auch das große Blutvergießen ein Ende haben, und meine Nachtruhe wird ungestört und frei von der Angst um Vergänglichkeit und Tod sein.«

Der Palatin neigte gewogen sein Haupt und entgegnete: »Wir werden Unsere und die Kraft derer aufbieten, die Uns untertan sind, um dieses Ziel zu erreichen.«

Ein Strahlen erschien auf dem Gesicht der Báthory und ließ sie noch jünger, noch verführerischer, noch bezaubernder erscheinen, als sie ohnehin schon auf Männer wirkte.

Megyery murmelte in sich hinein: »Als Gott den Engel Satan stürzte, sann dieser auf Rache und erschuf schließlich dieses Weib, um alle Engel Gottes zu versuchen.«

Die Worte Megyerys gingen aber in der herzlichen Antwort der Gräfin unter. »Lieber Palatin, liebe Gäste, eure Reise war lang und beschwerlich, meine Burschen und Mägde werden euch in eure Unterkünfte geleiten, wo ihr euch entspannen und erfrischen könnt. Eure Pferde werden versorgt, und ich lasse euer Gepäck nachbringen. Kümmert euch um nichts, vergesst für kurze Zeit eure Sorgen und eure Strapazen. In einer Stunde lasse ich zur Abendmette läuten, auf dass wir uns geistig und seelisch auf die schwere Aufgabe vorbereiten können. Ich lade alle Adligen und Edlen in den großen Saal des Schlosses zu einem Festmahl, die Bürgerlichen und Soldaten sollen im Marstall bei reichlich Wein, Fleisch und Brot an dem Fest teilhaben.«

Ein beifälliges Raunen ging durch die Reihen der Soldaten, die für gewöhnlich nicht an den Festen der Adligen teilhaben durften.

Graf Zrinyi raunte Megyery zu: »Sie muss uns erwartet haben, nie und nimmer wäre sie sonst in der Lage, in so kurzer Zeit Unterkunft und ein Fest für Adel und gemeines Volk zu veranstalten. Es ist mir ein Rätsel, wie ihr das gelungen ist.«

Baron Druget, der seine Ohren überall hatte, meinte: »Vielleicht hat ihr der Ältestenrat gestanden, dass er einen Boten an Megyery geschickt hat. Immerhin war ihre erste Reaktion, Megyery für unser Erscheinen verantwortlich zu machen.«

Megyery zuckte mit den Schultern und meinte: »Ich weiß nicht, der Gräfin Báthory wäre es auch zuzutrauen, dass sie über andere, weit mächtigere Methoden verfügt, um von solchen Ereignissen zu erfahren.«

Überraschenderweise stimmten die beiden Adligen Megyery stumm nickend zu.

Johannes Ponikenus stand zusammen mit seinem Diener Jano in der Tür zum Pfarrhaus und beobachtete beunruhigt die Vorgänge auf dem Hof. Leise murmelte er vor sich hin: »Die ehrwürdige Darvulia hatte also recht. Megyery hat sich erdreistet, hier persönlich zu erscheinen. Doch das Banner ist das des Vizekönigs, das heißt nichts Gutes. Wenn Graf Thurzó mit solch großem Gefolge reist, dann beabsichtigt er, hier in Cseithé eigene Untersuchungen anzustellen. Er wird jeden Stein umwenden, jedes Haus durchsuchen; selbst die Burg, ja vielleicht sogar die Kirche bleibt vor seinen Schergen nicht verschont. Wer verdächtig ist, wird auf die Folter gespannt, bis er selbst die finstersten Geheimnisse seiner Seele preisgibt.«

Das Gesicht des Pastors war aschfahl geworden, und seine Hände zitterten. »Die Folter, der allmächtige Weg zur Wahrheit. Man sagt, die Häscher des Palatins seien wahre Virtuosen in dieser Kunst. Sie spielen auf den Körpern ihrer Opfer wie auf einem Instrument und entlocken ihnen jedes ihrer Vergehen. Nicht schnell, sondern ganz langsam tasten sie sich an ihr Ziel heran. Und selbst der Verstockteste wird dann ganz fügsam, ganz geständig, wenn sich die Schrauben in sein Fleisch bohren und wenn sich seine Glieder aus den Gelenken lösen. Ich kenne die Schreie, ich kenne das Jammern, ich habe erlebt, wie schlachterprobte Männer den Scharfrichter anflehten, ihren Qualen ein Ende zu bereiten, ihnen das Genick zu brechen oder einen Dolch ins Herz zu stoßen.«

Der Diener blickte erstaunt auf Ponikenus und meinte: »Vater, Ihr zittert ja. Fürchtet Ihr etwa, selbst die Folter zu erleiden? Kein Richter wird es wagen, Hand an einen Geistlichen zu legen. Niemand wird Euch je eines Vergehens bezichtigen.«

Ponikenus schüttelte resigniert den Kopf. »Er ist zu mächtig, Jano. Nicht einmal der Kaiser kann den Palatin belangen, wenn er mich auf die Folter spannt. Und er wird mich auf die Folter spannen, das weiß ich! Er wird rasch herausfinden, dass ich Begräbnisse von Hexen auf geweihtem Boden gedeckt habe. Wer weiß, was die erlauchte Witwe Nádasdy über mich zu berichten hat?« Die Stimme des Pastors klang weinerlich, und sein Blick lag flehend auf seinem Diener. »Geh schnell, rufe den ehrwürdigen Pfarrer Georgius Kromholcius von Beckó, auf dass er an meiner Statt den Gottesdienst abhalte. Ich wage es nicht, den edlen Herren unter die Augen zu treten.«

»Aber bedenkt doch, Vater«, sagte Jano, »wenn Ihr heute nicht in der Kirche erscheint, so werden sie erst recht Verdacht schöpfen. Sie werden sagen: »Der Pfarrer von Cseithé wagt es nicht, den Gottesdienst abzuhalten. Hat er etwa etwas zu verbergen?«

Ponikenus rang die Hände und schluchzte: »Herr, du hast deinen Racheengel auf mich und all die Gottlosen in diesem Sündenpfuhl gehetzt, doch ich flehe dich an, lass diesen Kelch an mir vorübergehen.«

Die Gemächer der Gäste waren bereits vorbereitet und sogar vorgeheizt. Graf Zrinyi staunte nicht schlecht, als er in ein geräumiges Gemach im Hauptgebäude geführt wurde. Im offenen Kamin prasselte ein gemütliches Feuer, das Bett war mit frischen Leintüchern bezogen, und auf einer Kommode hatte man ein kupfernes Waschgeschirr mit dampfend heißem Wasser gestellt. Eine Karaffe mit rubinrotem, aromatisch duftendem Wein stand ebenso bereit wie eine Schale mit polierten Äpfeln und Südfrüchten. Als er sich umdrehte, um die Diener zu fragen, seit wann man ihren Besuch bereits erwarte, merkte er, dass sie ihn schon verlassen hatten. Erschöpft ließ er sich auf sein Bett fallen und versuchte, seine Gedanken zu ordnen.

Während sich die anderen von den Strapazen der Reise erholten, klopfte es an der Tür zu dem Zimmer, in dem Baron Druget untergebracht war. Er öffnete und fand sich der alten Darvulia gegenüber.

Diese sagte scharf: »Die Herrin möchte dich umgehend sprechen, folge mir!«

Baron Druget war zu erschrocken, als dass er sich über die

Anmaßung, geduzt zu werden, empören konnte. Wie ein betretener Junge folgte er der Greisin, die ihm mit überraschend schnellem Schritt vorauseilte. Baron Druget konnte sich leicht ausmalen, was der Grund für diese Vorladung war. Natürlich würde ihm die Schwiegermutter Vorwürfe wegen der Behauptung machen, er sei verantwortlich für das Erscheinen des Palatins in Cseithé.

Noch unangenehmer war ihm der Gedanke, sein Brief könnte bereits eingetroffen sein. Seit der Abfahrt von Pressburg hatte er darüber nachgegrübelt, wie er den Brief erklären sollte. Doch all seine Ideen waren durch die Worte des Palatins zunichte gemacht worden, und warum der ihn beschuldigt hatte, konnte er sich schon gar nicht erklären. Je näher sie den Gemächern der Gräfin kamen, desto unsicherer wurde der junge Mann. Sein Herz pochte ängstlich. Unerwartet behutsam klopfte die sonst so resolute Greisin an die hohe, reich verzierte Flügeltür, vor der sich selbst ein erwachsener Mann wie ein kleiner Junge vorkommen musste. Nachdem ein scharfes »Ja!« aus dem Inneren erschollen war, betätigte die Darvulia die über Augenhöhe angebrachte Türklinke. Mit einem leisen Knarren öffnete sich die Tür und gab den Blick frei in einen halbdunklen, großen Raum. Mit ihrem fledermausartig aufgestelltem Kragen, dem ausladenden Reifrock und der bedrohlich aufgetürmten Hochfrisur erschien Baron Druget seine Schwiegermutter wie die Reinkarnation einer Rachegöttin.

Zur Darvulia gewandt, sagte sie: »Lass uns allein, Anna.«

Als die Blinde aus dem Raum gegangen war, fuhr die Gräfin, ohne eine Erklärung ihres Schwiegersohnes abzuwarten, diesen heftig an: »Was für eine Natter habe ich da an meiner Brust genährt? Habe ich dich nicht mit Gunstbezeigungen überhäuft? Welch riesige Summen habe ich in die Aussteuer deiner Frau gesteckt! Für dich, elenden Wurm, habe ich Schloss Theben und meine Güter in Beczkó veräußert. Und was ist der Dank? Du Nichtswürdiger stellst mich vor dem Palatin, vor Ungarn, vor dem gesamten Kaiserreich bloß. Nun stehe ich als hilflose alte Witwe da, die nicht einmal in der Lage ist, ein paar lächerliche Morde aufzuklären! Selbst dieser Tunichtgut Graf Zrinyi hätte es nicht gewagt, mich derart zu brüskieren. Und der Gipfel der Unverschämtheit ist, dass du es auch noch gewagt hast, mir diesen unerträglichen Megyery unter die Augen zu schleppen. Du bist nicht mehr mein Schwiegersohn! Geh mir aus den Augen, ich will deine lächerliche Gestalt nie wieder in diesem oder einem anderen meiner Häuser zu Gesicht bekommen!«

Baron Druget zuckte unter jedem ihrer Worte zusammen. Zwar hatte er damit gerechnet, von der Gräfin Báthory zur Rede gestellt zu werden, doch ein derart vernichtendes Donnerwetter hatte er nicht erwartet.

Völlig zerstört und den Tränen nahe, stammelte er: »Großmütigste Schwiegermutter, das alles ist ein furchtbares Missverständnis, eine grausame Verschwörung. Nie habe ich Einmischung in Eure Gerichtsbarkeit gutgeheißen noch unterstützt oder gar gefordert. Bei meinem Leben, ich schwöre Euch, es war Graf Zrinyi im Verein mit diesem garstigen Megyery, die entgegen dem Willen des Palatin und meiner Person dieses Einschreiten ertrotzt haben.«

Giftig entgegnete seine Schwiegermutter: »Rede keinen Unsinn, warum hätte der Palatin dann sagen sollen, dass du es gewesen bist, der ihn überzeugt hat?«

Verzweifelt antwortete der junge Mann: »Ich weiß es nicht, vielleicht hat ihm dies Megyery, der ein alter Kampfgefährte von ihm sein soll, eingeflüstert. Dieser alte Griesgram ist zu allem fähig, um Euch von denen, die Euch lieben, zu entzweien.«

Erst bei diesen Worten schien die Gräfin ihrem Schwiegersohn Gehör zu schenken. Nachdenklich geworden, meinte sie: »Ich kann zwar nicht glauben, dass sich der weise Palatin von den Einflüsterungen dieses bösen Mannes beeinflussen lässt, doch traue ich Megyery alle Gemeinheiten zu, um mir meinen hart verdienten Lebensabend zu verleiden. Solltest du mir Beweise liefern, dass das, was heute vorgefallen ist, tatsächlich nicht dein Werk ist, so will ich dir vergeben. Wenn nicht …« Diesen Satz führte sie nicht zu Ende, doch ließ ihr Blick erahnen, wozu sie bereit wäre, um ihrer Vergeltung freien Lauf zu lassen.

Erleichtert erinnerte sich Baron Druget nun seines Briefes, aus dem genauestens hervorging, dass er sich gegen eine Einmischung in die Angelegenheiten seiner Schwiegermutter eingesetzt hatte. So sagte er etwas selbstbewusster: »Während unserer Audienz beim Palatin wandte ich mich entschieden gegen eine Einmischung von seiner Seite. Dies ist auch der Grund, weshalb ich Megyery und Graf Zrinyi überhaupt begleitet habe. Meine Intervention schien so erfolgreich zu verlaufen, dass der Palatin sich am Ende meiner Meinung anschloss. Da ich mich als treuer Schwiegersohn verpflichtet sah, Euch über die Intrige zu informieren, sandte ich Euch hierüber einen ausführlichen Brief, der wohl morgen eintreffen wird.«

Ungnädig entgegnete seine Schwiegermutter: »Und wie kommt es, dass der Palatin nun dennoch erschienen ist?«

Wie ein Schuljunge, der einen Klassenkameraden verrät, antwortete Baron Druget: »Es war Graf Zrinyi! Dieser Wahnsinnige hat damit gedroht, die Inquisition einzuschalten, falls Graf Thurzó nichts unternehmen würde. So konnte der Palatin nicht anders, als zu Eurem Schutze einzuschreiten.«

»Wenn das tatsächlich wahr ist«, die Gräfin brauste einer Furie gleich auf, »dann werde ich diesem missratenen Bastard die Augen auskratzen. Ich werde ihn enterben, ich werde ihn gesellschaftlich vernichten!«

Die Sache begann eine Wendung zu nehmen, die Baron

Druget sehr gelegen kam. Wenn er es nun richtig anstellen würde, so konnte es ihm gelingen, seinen Rivalen und Schwager um dessen Erbteil zu bringen. Kriecherisch sagte er daher: »Ich bin mir sicher, dass dies ein Komplott von ihm und Megyery war. Die beiden werden alles daransetzen, um an Euer riesiges Vermögen zu gelangen. Mit diesem ersten Schachzug wäre es ihnen beinahe gelungen, einen Keil zwischen uns zu treiben und mich in Ungnade zu bringen. Des Weiteren könnte es ihnen gelingen, ähnlich wie in Sárvár, Eure Hausmacht zu brechen, um sich de facto bereits zu Euren Lebzeiten Eure Güter anzueignen. Vielleicht ist ja der Einfluss Megyerys auf den Palatin so groß, dass sich dieser nicht nur dazu benutzen ließ, mich vor Euch in Misskredit zu bringen, sondern dass er sogar so weit gehen könnte, Megyery auch noch als Verwalter von Cseithé einzusetzen.« Er wusste zwar, dass diese Hypothese weit von der Realität entfernt war, aber wenn es um Megyery ging, war die Gräfin bereit, den übelsten Mutmaßungen Glauben zu schenken.

Schon sah es so aus, als würde sie nun endgültig außer sich geraten. Mit wutverzerrtem Gesicht und geballten Fäusten wollte sie offensichtlich eine unsichtbare Instanz als Zeuge dieser Ungeheuerlichkeit anrufen, als sie sich plötzlich eines Besseren besann. Völlig ruhig und beherrscht meinte sie: »Nun, wir werden sehen. Vorerst möchte ich erst einmal deinen Brief abwarten, bevor ich den Stab über Niklas breche. Noch steht dein Wort gegen das Wort des Palatins. Und die Tatsache, dass ich deinen ungeliebten Schwager enterben könnte – wobei natürlich ein nicht unerheblicher Anteil seines Erbes an dich fallen würde –, scheint dir große Genugtuung zu bereiten. Für mich ist das nicht gerade Anlass, deinen Worten besonderen Glauben zu schenken. Du kannst jetzt gehen.«

Völlig überrascht von diesem unerwarteten Gesinnungswechsel, starrte Baron Druget seine Schwiegermutter an, bevor er verstört nickte und den Raum verließ, streng darauf bedacht, Haltung zu bewahren.

Als er die Tür hinter sich geschlossen hatte, sagte die Gräfin trocken: »Und, wer hat nun gelogen?«

»Beide«, kam die Antwort hinter einem Vorhang hervor, der langsam beiseitegeschoben wurde. Graf Thurzó trat schmunzelnd in den Raum: »Als Wir behaupteten, Euer liebster Schwiegersohn habe Uns zu diesem Besuch angestiftet, haben Wir Uns lediglich das Vergnügen bereitet, ihm eine kleine Lektion zu erteilen. Eine Lektion, die er sich dank seiner Arroganz und seiner Gier nach Eurem Reichtum und Eurer Macht redlich verdient hat.«

»Soll das heißen, dass Graf Zrinyi tatsächlich beabsichtigt hatte, mir ein Inquisitionsgericht auf den Hals zu hetzen?«, fragte die Gräfin misstrauisch.

Graf Thurzó antwortete wahrheitsgemäß: »Ich bitte Euch, liebste Freundin, Ihr wisst doch, wie sehr er die Hexenverfolgung verabscheut.« Jede andere Antwort hätte Graf Zrinyi um sein Erbe gebracht. Das war dem Palatin zwar gleichgültig, aber er wollte alles vermeiden, um Baron Druget diesen Gefallen zu tun.

Skeptisch entgegnete die Gräfin: »Was war dann für Euch der Grund, hier schwerbewaffnet in meine Ländereien einzudringen?«

Graf Thurzó wiegte das Haupt: »Vielleicht haben Uns Megyerys Argumente überzeugt, vielleicht war es Sorge um Euer Wohlergehen, vielleicht war es aber auch nur der Wunsch, Euch wiederzusehen.«

Die Gräfin Báthory kannte den Palatin gut genug, um zu wissen, dass er nicht bereit war, die wahren Gründe preiszugeben. So konterte sie schnippisch: »Ihr habt Euch keinen Deut geändert in all den Jahren. Ihr kommt und geht, wann

Ihr wollt, denn der Palatin hat es offenbar nicht nötig, sein Erscheinen anzuzeigen.«

Graf Thurzó entgegnete charmant: »Liebste Gräfin, wir bitten Euch um Vergebung für Unser garstiges Verhalten. Doch zumindest hat Uns eine wundersame Fügung davor bewahrt, Euch unvorbereitet anzutreffen. Könnt Ihr Uns noch einmal verzeihen?« Doch sein Blick schien seine Worte Lügen zu strafen.

Die Gräfin begriff, dass weitere Kritik an seinem Erscheinen unweigerlich einige sehr unangenehme Fragen über den verblüffend gut arrangierten Empfang nach sich ziehen würde. So antwortete sie fügsam: »Wie könnte ich Euch gram sein, wenn es doch eine der höchsten Ehren ist, den Vizekönig Ungarns in meinen bescheidenen Mauern empfangen zu dürfen.«

Der Palatin lächelte geschmeichelt: »Auch für Uns ist es eine große Ehre, im Hause der wohl mächtigsten und wohlhabendsten Frau Ungarns Gast sein zu dürfen. Euer Wutausbruch war, nebenbei bemerkt, wundervoll. Bis auf ein kleines Detail wirkte er derart überzeugend, dass Wir an seiner Echtheit kaum gezweifelt hätten. Nur, dass Ihr Schloss Theben und Eure Güter in Beczkó angeblich für die Aussteuer Eurer jüngsten Tochter veräußern musstet, das war dann doch etwas zu dick aufgetragen. Wer glaubt schon, dass eine Frau mit Eurem Vermögen zu solch drastischen Maßnahmen Zuflucht nehmen muss?«

Empört entgegnete die Gräfin: »Werter Graf Thurzó, weder mein Wutausbruch noch meine finanziell angespannte Situation waren vorgetäuscht! Mir liegen solche Spielchen nicht. Auch wenn Ihr es nicht glauben mögt, so bin ich entgegen aller Gerüchte eine Frau, die lediglich über begrenzte Mittel verfügt. Und dies nicht zuletzt dank Kaiser und König.«

Graf Thurzó schien ehrlich überrascht zu sein. »Weite Teile Ungarns befinden sich in Eurem Besitz. Ihr seid eine der letzten Nachfahren zweier großer Adelsgeschlechter, deren über

Jahrhunderte angehäufte Reichtümer sich in Eurem Besitz befinden. Weder Abgaben noch Steuern und auch die Aussteuer Eurer Töchter oder der Erbteil Eures Sohnes können dieses immense Vermögen so schmälern, dass Ihr Euch bescheiden müsstet. Was ist der wahre Hintergrund für Eure Klagen?«

Die Gräfin antwortete missmutig: »Wie ich Euch bereits sagte, verantwortlich sind Kaiser und König, deren Zahlungsmoral jeden anderen längst in den Schuldenturm gebracht hätte. Der Kaiser schuldet mir noch die gewaltige Summe von über 17.000 Gulden aus den Feldzügen, die mein Gatte aus unserem privaten Vermögen vorgestreckt hatte. Stellt Euch nur vor, das ist ebenso viel Geld wie die immense Apanage, die unser König Matthias pro Jahr erhält, um damit seinen aufwendigen Hofstaat zu finanzieren. Doch anstatt voller Dank für unsere patriotischen Heldentaten mir umgehend die ausgelegten Gelder zu erstatten, vertröstet mich Kaiser Rudolf II. stets aufs Neue. Und nun habe ich erfahren, dass der Kaiser so gut wie bankrott ist. Also kann ich diesen Teil meines einst so großen Vermögens als verloren ansehen. Auch die Zahlungen für Schloss Theben, das ich infolge meiner finanziellen Kalamitäten an die ungarische Hofkammer veräußert habe, fließen nur zögerlich, und dies nur nach mehrfachem direktem Anmahnen bei König Matthias.«

Graf Thurzó nickte nachdenklich. »Bezüglich der kaiserlichen Schulden teilen Wir leider Eure pessimistische Einschätzung. Rudolf II. benötigt derzeit jeden Gulden, um damit sein marodierendes Söldnerheer im Zaum zu halten. Doch was die ungarische Hofkammer anbelangt, so haben Wir nicht unerheblichen Einfluss auf diese. Wir werden Uns umgehend nach Unserer Rückkehr in Pressburg für eine rasche Begleichung der noch ausstehenden Zahlungen verwenden.«

Die Gräfin lächelte freudig überrascht. »Edler Palatin, ich

danke Euch für Euren Großmut. Sollten zumindest diese Zahlungen rasch bei mir eingehen, bin ich einer sehr großen Last enthoben.«

Lauschend legte Graf Thurzó seinen Kopf zur Seite. »Es ist Uns eine große Freude, Euch mit Unserem bescheidenen Einfluss dienlich zu sein. Aber wie Uns scheint, läuten bereits die Glocken, so lasst uns nun gehen, es ist Zeit für den Gottesdienst.«

Graf Zrinyi schreckte auf; er musste eingenickt gewesen sein. Mit mächtigem Dröhnen drang das Läuten der Kirchenglocken, die zum Abendgottesdienst riefen, an sein Ohr. Rasch sprang er auf und eilte die Treppe hinab in die große Halle. Dort hatten sich bereits die Adligen versammelt. Megyery stand griesgrämig an eine Säule gelehnt da und nestelte gedankenverloren am Verband seiner linken Hand herum.

Sehr beliebt scheint er hier ja wirklich nicht zu sein, dachte Graf Zrinyi, der bemerkte, dass der alte Mann der Einzige war, der nicht in ein Gespräch verwickelt war. Er näherte sich ihm und riss ihn aus seinen Versuchen heraus, den Verband wieder zurechtzurücken. »Ihr wirkt recht unzufrieden, obwohl doch alles bisher bestens gelaufen ist. Sogar mein ekelhafter Schwager hat den Kopf gewaschen bekommen. Seht Ihr ihn da drüben bei der hässlichen Hofdame mit den hervorstehenden Augen? Er wirkt wie ein begossener Pudel. Die Behauptung Thurzós, er habe ihn zum Einschreiten gedrängt, macht ihm sichtlich zu schaffen. Mich würde bloß interessieren, was der alte Fuchs damit beabsichtigt hat.«

Megyery blickte ihn finster an und erwiderte: »Eben das ist es, was mir Kopfzerbrechen bereitet. Da kommen wir mit hundert schwerbewaffneten Reitern an, mischen uns in die Angelegenheiten der Gräfin und bringen gleich noch den Vizekönig samt Henkersknechten und Foltergerät mit. Der Palatin schwärzt den Einzigen, der eigentlich seine Meinung vertreten hat, an, das Ganze inszeniert zu haben, und die Báthory ist allerbester Laune. Ich kenne sie noch von Sárvár her, sie hat sich oft über ihre Gerichtskompetenzen und auch über das Gesetz hinweggesetzt. Fälle, die eigentlich in die Gerichtsbarkeit des Palatins gefallen wären, wie Mord unter Adligen und Hexerei, hat sie kurzerhand selbst und meist recht radikal gelöst. Wenn sie das in Cseithé ebenso handhabt, wie der Tote am Galgen ja beweist, müsste es ihr eigentlich sehr unangenehm sein, eine offizielle Untersuchung im Hause zu haben. Aber schaut, oben auf der Galerie kommt sie gerade Arm in Arm mit dem Palatin – ein Herz und eine Seele scheinen die beiden zu sein. Ich sage Euch, Niklas, hier läuft etwas gewaltig schief.«

Die Versammlung folgte der Gräfin und dem Palatin in die Kälte hinaus, wo sie, getrennt vom gemeinen Volk, als Erste die Kirche betrat. Auf der Galerie links vom Altar fanden die hohen Herrschaften, je nach Rang, ihren Platz, sodass Niklas und Megyery getrennt wurden. Rasch hatte sich die Kirche mit den Gläubigen in festlicher Sonntagstracht gefüllt. Im hinteren Teil des Kirchenschiffs bezogen Bewaffnete Stellung, die für die Sicherheit der Adligen, aber auch der anwesenden jungen Frauen sorgten. Die Orgel klang dumpf und verstimmt, und die einfache, aber düstere Melodie jagte so manchem ein eisiges Kribbeln über den Rücken. Ponikenus betrat mit vier Helfern gesenkten Hauptes den Chor.

Mit lauter, aber bebender Stimme begrüßte er die Gemeinde und begann den Gottesdienst. In seiner Predigt sagte er dann: »Was ist das Jüngste Gericht? Es ist nichts anderes als eine genaue Einforderung der Rechenschaft über das Leben der Menschen gemäß den Worten des heiligen Paulus im 2. Korintherbrief: Denn wir müssen alle offenbar werden vor dem Richterstuhl Christi, auf dass ein jeglicher empfange, nach dem er gehandelt hat bei Leibesleben, es sei gut oder böse.«

Im vorderen Teil des Langhauses, wo der niedere Adel saß, sprang plötzlich ein verwahrlost wirkender junger Adliger auf und schrie: »Du Hurensohn von einem Pfaffen, ich werde dich an deinem Schopf aus dieser Pfarrei hinausschleifen wie einen Hund!«

Rücksichtslos drängte er sich durch die Menge und verließ unter zahlreichen Beschimpfungen die Kirche. Es wurde unruhig in der Gemeinde, und lautes Gemurmel machte sich breit.

Graf Thurzó beugte sich zu seinem Privatsekretär Georg Záwodszky und sagte: »Geh und finde heraus, wer dieser Kerl war und warum er so wütend auf den Pfarrer ist.« Zur Gräfin gewandt, sagte er: »Welch ein treffendes Thema Euer Geistlicher da gewählt hat. Wir sind gespannt, ob er auch einen Bezug zu den Schäfchen seiner Gemeinde herstellen wird. Offensichtlich scheint dies so manch einer zu fürchten.«

Ponikenus hingegen bemühte sich verzweifelt, die Ruhe wieder herzustellen, indem er laut die Strafen des Jüngsten Gerichts herausschmetterte.

Derweil verließ der Sekretär des Palatins unauffällig die Kirche. Auf dem Weg nach draußen befahl er einem Heiducken der Gräfin, ihm zu folgen. In der Dunkelheit, die mittlerweile den Kirchhof erfüllte, war weder etwas von dem Störenfried zu sehen noch zu hören. Aus dem Inneren der Kirche schimmerte ein warmes Licht, man sang dort gerade einen Choral. Fröstelnd zogen die beiden Männer ihre Mäntel enger um sich, denn mit der Dunkelheit kam auch die Kälte. Georg Záwodszky starrte suchend in das Dunkel. Als er sich sicher war, dass eine Verfolgung des Mannes sinnlos war, sagte er zu dem Heiducken: »Wer war der Kerl, der soeben den Gottesdienst gestört hat?«

Der Heiduck, ein mittelgroßer, wild aussehender Bursche mit windgegerbtem Gesicht und struppigem Schnauzbart, antwortete: »Ich habe ihn schon mehrfach auf Festen erlebt.

Er betrinkt sich bis zur Besinnungslosigkeit und pöbelt dann jeden an, der ihm zu nahe kommt.«

Georg Záwodszky meinte trocken: »Nach der Vorstellung, die er gerade gegeben hat, wundert mich das nicht. Kennst du seinen Namen?«

»Leider nein, Herr, aber er muss aus dem näheren Umland stammen. Vielleicht kann Euch Ficzkó weiterhelfen. Für gewöhnlich kümmert er sich um die etwas schwierigeren Gäste der Gräfin.«

»Von diesem Ficzkó habe ich schon eine Menge gehört«, entgegnete Georg Záwodszky. »Ist er denn wirklich so erstaunlich, wie man von ihm sagt?«

Der Heiduck nickte. »Ich habe noch keinen Zweiten wie ihn erlebt. Selbst dieser Trunkenbold, hinter dem Ihr her seid, wurde stets zahm wie ein Lamm, wenn sich Ficzkó seiner annahm.«

»Gut, unterhalten wir uns also mit diesem außergewöhnlichen Mann«, meinte der Sekretär des Palatins und machte Anstalten, wieder in das Gotteshaus zurückzugehen.

»Herr«, sagte darauf grinsend der Heiduck, »wenn Ihr Ficzkó sucht, dann findet Ihr ihn sicher nicht in der Kirche.«

Mit steinerner Miene entgegnete Georg Záwodszky: »Willst du damit behaupten, dass sich ein Vertrauter der Gräfin den Segnungen des Gottesdienstes und der dabei gespendeten Sakramente entzieht?«

Der Heiduck bereute bereits seine losen Worte, war ihm doch nur zu genau bekannt, in welchem Ruf die Verhörpraktiken Georg Záwodszkys standen. »Herr, es steht mir nicht zu, über Ficzkós Frömmigkeit zu urteilen. Bitte befragt ihn selbst.«

Záwodszky blickte sein Gegenüber mit warnend hochgezogener Augenbraue an, wie er es bei seinem Dienstherrn gesehen hatte. Nachdem er sich von der Wirkung seines Mienenspiels überzeugt hatte, fuhr er fort: »Das werde ich tun, doch zunächst möchte ich etwas über unseren namenlosen Störenfried erfahren. Bring mich also umgehend zu Ficzkó.«

Der Soldat nickte, froh darüber, nicht weiter über die religiösen Gewohnheiten am Hofe der Gräfin befragt zu werden, und bedeutete dem Sekretär, ihm zu folgen. Schweigend gingen sie die steilen Treppen des Kirchenhügels hinab, überquerten die tief in den Boden eingegrabene Dorfstraße und betraten das schwerbewachte Kastell. In der Küche, die ihr Ziel war, hörten sie aufgeregtes Gekreisch. Da die Vertrauten der Gräfin Báthory alle in der Kirche waren, war das Gesinde sich selbst überlassen. Ficzkó, die einzige männliche Person im Haus, war hinter den Röcken der Mägde her. Die aber fanden die Zudringlichkeiten des grobschlächtigen, missgestalteten Mannes alles andere als amüsant. Als Georg Záwodszky den Raum betrat, erstarrte die Szene in peinlichem Schweigen. Der Vertraute des Palatins wirkte mit seinem schwarzen Umhang, der strengen quadratischen Kopfbedeckung, seinem eisigen Gesichtsausdruck und seiner erhabenen Haltung mehr als nur respekteinflößend. Seine kalten Augen waren auf den sonst so unerschrockenen Ficzkó gerichtet, der unter dem herrischen Blick wie unter einem Peitschenhieb zusammenzuckte.

»Johannes Ujváry, genannt Ficzkó! Was geht hier vor?«, fragte Záwodszky frostig.

In devoter Haltung stotterte dieser: »E-Euer Gnaden, ich, ich, wie soll ich sagen … Es ist nicht, wie Ihr denkt, ich – ich bin …«

»Schweig, du Elender!«, geißelte ihn Georg Záwodszky. »Wieso steigst du hier den Weiberröcken hinterher, anstatt dem Herrn unserem Gott in demütigem Gebet zu dienen?«

Verschüchtert antwortete Ficzkó: »Euer Gnaden, ich bin hier zum Schutz der Mägde.«

»Du hast eine seltsame Auffassung vom Umgang mit

Schutzbefohlenen!«, meinte Georg Záwodszky abschätzig. »Doch dies ist nicht der Grund meiner Befragung – noch nicht! Heute wurde der Gottesdienst durch einen Mann gestört. Es handelt sich dabei um einen Landadligen Anfang dreißig, groß, hager, unsteter Blick, eingedrückte Nase, altmodische Kleidung, scharfe, knarrende Stimme. Auf Feierlichkeiten soll er regelmäßig durch Trunkenheit und Streitigkeiten auffallen. Kennst du diesen Mann?«

Erleichtert, nicht mehr selbst im Zentrum der Aufmerksamkeit zu stehen, antwortete Ficzkó bereitwillig: »Euer Gnaden, das ist bestimmt Andreas Priderovith. Ein arger Trunkenbold, der überall Streit sucht. Er hat ein Landgut in der Nähe von Miawa.«

»Weißt du, wo er sich in diesem Moment aufhält?«, insistierte Georg Záwodszky.

»Euer Gnaden, ich weiß es nicht genau, aber er wird sich das Fest heute Abend nicht entgehen lassen.«

»Ich möchte ihn sofort sprechen. Denke gefälligst nach, wo er sein könnte. Hat er hier am Ort Freunde oder Verwandte?«

»Euer Gnaden, so einer wie der hat keine Freunde. Vielleicht ist er in den Stallungen bei seinem Pferd.«

Das genügte dem Sekretär des Palatins; er hatte schon genug Zeit mit diesem Pöbel verloren. Knapp bedeutete er dem Heiducken, der ungläubig dem Wortwechsel gelauscht hatte, ihn zu den Stallungen zu bringen.

In der Kirche hatte sich in der Zwischenzeit die Menge wieder beruhigt. Das Abendmahl wurde in beiderlei Form, Brot und Wein, eingenommen, und jeder war bedacht, seine Hände nicht dem Munde zu nähern, da aus diesem Grunde schon so mancher auf dem Scheiterhaufen gelandet war. Ketzer und Hexen wurden bezichtigt, den Leib des Herrn, die Hostie, aus dem Mund zu nehmen, um damit übelste Sakrilegien zu begehen.

Jeder, der sich daher direkt nach dem Abendmahl über den Mund fuhr, lief also Gefahr, als Hexe verdächtigt zu werden. Der Gottesdienst wurde hastig und oberflächlich zelebriert, sodass die Menge schon bald wieder die Kirche verlassen konnte.

Ponikenus aber war schon vollkommen niedergeschmettert. Wenn er bisher noch die Hoffnung gehabt hatte, der Palatin würde von einem Verhör seiner Person Abstand nehmen, so wusste er jetzt mit Gewissheit, dass er der Erste sein würde, den man befragen würde. Auch für ihn galt die Einladung zum Festessen, aber er hatte die Lust zum Feiern verloren. Verzweifelt zog er sich an einen Seitenaltar zurück und vertiefte sich ins Gebet.

Als Georg Záwodszky zusammen mit dem Heiduck die Stallungen betrat, entdeckten sie den Gesuchten tatsächlich vor einer der Pferdeboxen. Er redete gerade auf sein Pferd ein und war so in Gedanken versunken, dass er die beiden Männer nicht bemerkte. Er schien all die Dinge, die er dem Pastor vorzuwerfen hatte, nun dem unbeteiligt dreinblickenden Tier vorzuhalten. Als hätte er einen Menschen vor sich, gestikulierte er wild mit den Händen, wandte sich dann unvermittelt von dem Pferd ab, um nach ein paar Schritten wieder kehrtzumachen und mit verstärkter Energie seinen Beschimpfungen freien Lauf zu lassen. Er war stark angetrunken und presste seine Worte heiser hervor, sodass Georg Záwodszky nur bruchstückhaft verstehen konnte. Záwodszky räusperte sich und sagte im gewohnt scharfen Tonfall: »Andreas Priderovith, welchen Dämon suchst du da in deinem Pferd zu beschwören?«

Der Angesprochene zuckte erschrocken zusammen. Doch anders als Ficzkó ließ er sich nicht durch dessen herrisches Gehabe einschüchtern. Mit dem irren Blick eines tollwütigen Wolfs starrte er den Sekretär an und kam in gefährlich geduckter Haltung auf die Männer zu. Unwillkürlich wichen die beiden vor ihm zurück.

»Misch dich nicht in unsere Angelegenheiten ein, Büttel des Palatins!«, schleuderte er Záwodszky hasserfüllt entgegen.

Dieser versetzte barsch: »Was erlaubst du dir, Törichter! Soll ich dir mit glühenden Zangen Respekt vor dem Vizekönig einbrennen lassen?«

Der Heiduck hatte sicherheitshalber seinen Säbel gezogen. Dem Betrunkenen aber schienen weder die Worte des Sekretärs noch der blanke Stahl Respekt einzuflößen. Erst als sich die Säbelspitze unsanft in seinen Wanst bohrte, fragte er gereizt: »Was willst du von mir? Ich habe nichts verbrochen.«

Georg Záwodszky rang mit der Beherrschung, entgegnete jedoch betont ruhig: »Das werden wir zu gegebener Zeit feststellen. Und glaube mir, uns entgeht nichts, selbst wenn du es im finstersten Winkel deiner Seele verborgen hältst. Doch momentan beschäftigt uns die Frage, was dich zu deiner wenig zurückhaltenden Vorstellung heute in der Kirche bewogen hat.«

Störrisch entgegnete sein Gegenüber: »Ponikenus ist ein Schwein!«

Georg Záwodszky schaute ihn fragend an und wartete. Er wartete eine geschlagene Minute und blickte Priderovith in die Augen. Dieser hielt dem Blick stand, bis es ihm so unangenehm wurde, dass er es vorzog, zu sprechen. »Du wirst mir ohnehin nicht glauben, aber Ponikenus ist das mieseste Stück Abschaum in diesem durch und durch verdorbenen Drecksnest! Ich bin kein Heiliger, und die Zahl derer, die mir die Pest an den Hals wünschen, ist beileibe nicht klein. Aber ich habe auch meinen Stolz. Mag sein, dass ich es mit der ehelichen Treue nicht so genau nehme, doch ich würde niemals Abartigkeiten oder Widernatürliches treiben.«

»Was willst du damit sagen?«

»Das weißt du ganz genau!«, entgegnete Andreas Priderovith ungehalten. »Und was mich schier rasend macht, ist, dass dieser Pharisäer es wagt, sich auf die Kanzel zu stellen und mich wegen einer harmlosen Liebelei an den Pranger zu stellen!«

»Was legst du dem Pastor zur Last?«, fragte Georg Záwodszky nun deutlich schärfer.

»Nichts!«, blaffte Andreas Priderovith zurück, »Nichts, was nicht ohnehin jeder in diesem Ort weiß. Mir glaubt doch ohnehin keiner. Fragt, wen ihr wollt, alle wissen ganz genau, was hier vor sich geht.«

»Ich frage dich, und ich tue dies ein letztes Mal! Sage, wessen du den Pastor bezichtigst, andernfalls werde ich andere Maßnahmen der Befragung ergreifen.« Georg Záwodszky war es langsam leid, seine Zeit mit dem Trunkenbold zu verschwenden.

Dieser aber hatte genug gesagt und hüllte sich in Schweigen.

»Gut«, schloss Záwodszky, »du hast deine Gelegenheit gehabt. Du verlässt diesen Ort nicht ohne meine ausdrückliche Erlaubnis. Halte dich bereit für ein offizielles Verhör.«

Wieder im Schloss angelangt, erwartete der Palatin bereits seinen Sekretär.

Graf Thurzó zog ihn beiseite und fragte: »Was hast du über den garstigen Mann in Erfahrung bringen können?«

Der Sekretär antwortete: »Sein Name lautet Andreas Priderovith. Ein gottloser Trunkenbold, der überall Streit anzettelt und den heiligen Bund der Ehe mit Füßen tritt. Der Pastor hat ihm deshalb wohl die Leviten gelesen. Viel konnte ich nicht aus ihm herausbringen, doch deutete er an, dass sich der Pastor angeblich widernatürlichen sexuellen Praktiken hingibt. Ich halte das lediglich für einen Vorwand, um sich für die öffentliche Demütigung zu rächen. Soll ich ihn, um Genaueres zu erfahren, der peinlichen Befragung unterziehen?«

Graf Thurzó setzte eine abschätzige Miene auf und winkte ab. »Nein, Wir denken, das ist verfrüht. Er scheint Uns ein kleiner Fisch zu sein, lass ihn laufen. Wonach Wir suchen, ist eine höhere Macht, ein Wesen, das sich wohl kaum dem berauschten Hirn eines Narren offenbaren wird.«

Der Speisesaal befand sich im ersten Stock des Kastells. An einer hufeisenförmigen Tafel wurden von fast ebenso vielen Mägden und Dienern wie Gästen die Speisen und Getränke aufgetischt. In der Mitte der Tischgruppe thronte der Palatin zur Rechten der Gräfin Báthory. Rechts und links davon saßen ihre Schwiegersöhne, daneben je eine Hofdame. Graf Zrinyi hatte das Vergnügen, zwischen der reizenden Maria Czobor und seiner nicht minder bezaubernden Schwiegermutter zu sitzen. Baron Druget fühlte sich dagegen etwas unwohl zwischen dem undurchschaubaren Palatin und der feisten Adligen Soffia Arokhathy, die ihn mit ständigen Fragen über das Leben am kaiserlichen Hof in Wien bedrängte. Die restlichen Gäste saßen, je nach Stand, abwechselnd Männer und Frauen, an den Längsseiten des Hufeisens. Megyery war weitab vom Kopfteil der Tafel zwischen zwei alten Vetteln platziert worden, die über ihn hinweg den neuesten Tratsch bezüglich möglicher Günstlinge der Gräfin austauschten. Missmutig starrte er auf seinen halbleeren Weinbecher und überlegte, ob er die Sitzordnung durcheinanderbringen und den beiden anbieten sollte, sich nebeneinanderzusetzen, oder ob er sich einfach betrinken sollte, um dem oberflächlichen Geschwätz zu entfliehen. Das Essen war scharf gewürzt und förderte den Durst der Gesellschaft, sodass schon bald eine ungezwungene Stimmung aufkam.

Als eine Pause zwischen zwei Gängen eingetreten war, blickte die Gräfin Báthory mit einem gewinnenden Lächeln auf Graf Thurzó. »Man sagt von Euer Gnaden, Ihr seid recht bewandert in Dingen der Zauberei. Stimmt es, dass Ihr selbst über nicht unbedeutende magische Kenntnisse verfügt?«

Thurzó konnte sich eines Schmunzelns nicht erwehren und entgegnete: »Ihr schmeichelt Uns, werte Erzsébet. Aber Ihr habt recht, Unsere Rolle als oberster Richter des weiten

Magyarenlandes versetzt Uns in die teils faszinierende, teils bestürzende Lage, jedwede Form der Magie mit all ihren mannigfaltigen Ausprägungen untersuchen zu können. Aber glaubt Uns, es ist nicht alles Gold, was glänzt. Fast alle, die Uns vorgeführt werden, seien es Zauberer, Magier, Alchemisten, Hexen oder wie auch immer man sie nennen möge, entpuppen sich als harmlose verworrene Eigenbrötler, findige Betrüger oder hysterische Weiber, die Wir besser ins Tollhaus als auf den Scheiterhaufen schicken sollten. Unlängst hat man Uns eine Greisin zugeführt, die nicht mehr ganz richtig im Dachgestühl war. Die Ankläger behaupteten, sie habe ein fürchterliches Unwetter heraufbeschworen, das einen Großteil der Ernte vernichtete. Die Alte, panisch vor Furcht, unter die Folter gestellt zu werden, gestand alles und sogar noch weitere Verbrechen, zum Beispiel, dass sie ihrer Nachbarin das ungetaufte Kind geraubt und in Stücke gehauen hätte. Nur war besagte Nachbarin kinderlos und auch nie schwanger gewesen. Wir forschten in die Hexe hinein, versprachen Freilassung, drohten mit ärgster Folter, damit sie Uns nur ein einziges noch so winziges Zauberkunststück vorführe. Krampfhaft bemühte sie sich, brabbelte Zaubersprüche, die nichts als unzusammenhängende lateinische Brocken waren, die sie wohl beim Kirchgang aufgeschnappt hatte. Und wie Wir erwartet hatten, geschah – nichts.« Der Palatin blickte die Gräfin mit einem milden Lächeln an und zuckte mit der Schulter, als wolle er sich dafür entschuldigen, nichts Spannenderes berichten zu können.

Diese wirkte leicht irritiert und hakte nach. »Wollen Euer Gnaden damit etwa andeuten, dass alle Magie, selbst ein Bündnis mit dem Satan, völlig wirkungslos ist und nur auf Einbildung beruht?«

»O nein, aber nicht jeder, der von sich behauptet oder von dem man sagt, er sei ein Zauberer, ist auch wirklich einer. Was die Bündnisse mit dem Satan anbelangt, so sind Wir Uns sicher, dass der Böse es nicht nötig hat, einem alten Weiblein Zauberkräfte zu verleihen, um ihrer Seele habhaft zu werden. Nein, er hat höhere, gewaltigere Ziele, er will das Chaos, Hass, Blut, er will die Macht Gottes brechen und ein Reich der Finsternis errichten.

Und wir sagen Euch, Gräfin, er ist auf dem besten Wege dazu, sein Ziel zu erreichen! Jeder Scheiterhaufen, der im Namen Christi entzündet wird, ist in Wirklichkeit ein Triumph des Satans. Nicht in den Personen der als Hexen und Ketzer Verbrannten, sondern in den Richtern und Inquisitoren hat er seine Verbündeten. Der Satan, das ist nicht der einfältige Teufel, der sich brav an Spielregeln und Verträge hält, nein, er lässt seine Verbündeten nicht einmal merken, dass sie des Teufels sind, sie sind sogar der Überzeugung, sie erfüllten den Willen des dreieinigen Gottes. Er verwirrt ihre Seelen dergestalt, dass sie Glieder zerreißen, Augen ausstechen, brennen, morden und quälen, und das im festen Glauben, sie handelten im Namen Jesu Christi, der gepredigt hat, du sollst nicht richten, du sollst nicht töten. Ja, wir gehen sogar so weit, zu behaupten, Satan lenkt selbst Kaiser und Päpste, stiftet sie an, unter dem Banner der Nächstenliebe in Länder Andersgläubiger einzufallen, ihre Frauen und Kinder zu schänden und sie dann allesamt niederzumetzeln. Das ist Satan, allmächtig, allgegenwärtig, aber leise, heimlich, unmerklich. Kein Pferdefuß, kein Schwefelgeruch verrät ihn; kein Weihwasser, kein Kruzifix, kein Segen weiß ihn zu vertreiben. Da nun jedem von uns durch die Schöpfung ein Hauch Gottes und durch den Sündenfall ein Teil Satans innewohnt, ist es so manchem großen Geist gelungen, die sonst verschütteten Brücken zu überqueren und, je nach Gesinnung, Kontakt zu Gott oder dem Teufel aufzunehmen. Wir glauben zu wissen, dass es allein über diesen imaginären, nicht stofflichen Weg möglich ist, Magie zu wirken. Alle Zauberformeln, Hexensalben und

Tränke können nur dazu dienen, den eigenen Geist in die Verfassung zu versetzen, solche Brücken zu schlagen.«

Die Gräfin war fasziniert. »Ihr wollt damit also sagen, dass es keinen körperlichen, sondern nur einen geistigen Pakt zwischen Hexen und dem Satan geben kann? Ohne besondere Persönlichkeit und Willensstärke ist dieser aber nicht möglich. Ihr erwähntet Hilfsmittel, die es erleichtern, mit dem Teufel in Kontakt zu treten, doch wie funktionieren sie?«

Thurzó lehnte sich zurück, machte eine kurze Pause und antwortete dann: »Hexensalben beispielsweise enthalten giftige Substanzen, die aus gewissen Pilzen gewonnen werden. In großen Mengen sind sie tödlich, vorsichtig dosiert wirken sie aber berauschend, die Sinne vernebelnd. Der Geist wird fortgerissen vom Körper, wird aus dem Gefängnis, das ihn in dieser Welt hält, befreit und kann sich nun ungehemmt im Äther bewegen. Doch ein schwacher Geist ist auch hier nicht frei, wird von finsteren Kräften zu einem fürchterlichen Ziel in der anderen Welt hingezogen. Nichts anderes ist der Ritt der Hexen, schwerelos hin zu ihren Versammlungsplätzen, wo sie mit Luzifer zusammentreffen. Es muss vergleichbar sein mit der Welt, wie wir sie in unseren Albträumen erleben. Nichts hat mehr seine feste Gültigkeit, es gibt keine bindenden Naturgesetze, was hart ist, kann im nächsten Moment weich sein, winzige Augenblicke können Jahrtausende andauern, was oben ist, kann unten sein, Gottes Naturgesetze sind aufgehoben, was vorherrscht, ist Chaos, und je größer das Chaos wird, je weniger das Erlebte mit der Realität übereinstimmt, desto näher kommt man dem Ziel seiner Reise: Satan!«

Graf Zrinyi war an dem Gespräch über Magie und Satan nicht weiter interessiert, viel mehr faszinierte ihn Maria Czobor. Seine eigene Gattin war noch sehr jung, sie wirkte kindlich und naiv, Maria hingegen, die auch nicht älter war, war bereits eine richtige Frau, selbstbewusst, gebildet und von einer solch weiblichen Ausstrahlung, dass sie damit nicht nur den Kavalier in Zrinyi ansprach. Niklas blickte sie verstohlen von der Seite an, und sie erwiderte seinen Blick. Er hatte das Gefühl, sich in ihren Augen zu verlieren, und sein Herz schien ihm in den Magen zu rutschen. Sie schien seine Verwirrung zu bemerken und lächelte ihn verschmitzt an. Es war ihm, als hätte er sie schon eine Ewigkeit angestarrt, und er erwiderte erleichtert ihr Lächeln. Unbeholfen versuchte er, eine Konversation zu beginnen: »Wie lange ist es her, dass wir uns das letzte Mal gesehen haben?«

Maria entgegnete: »Es muss bei Eurer Hochzeit gewesen sein. Ich war damals noch ein Mädchen und einen ganzen Kopf kleiner als heute. Ich glaube, ich war furchtbar eifersüchtig auf Eure Braut, die ja selbst noch ein Kind war. Für mich wart Ihr damals wie der Prinz aus dem Märchen, in Euren prächtigen Kleidern und mit dem Säbel an Eurer Seite.«

Ein seltsames Gefühl stieg in Zrinyi auf, der seine Ehe bisher nur aus politischer und gesellschaftlicher Sicht gesehen hatte; erst jetzt wurde ihm bewusst, wie wenig er seine Gattin begehrte oder gar liebte. Ganz anders war es mit dieser bildhübschen Frau, die ihm so unverblümt ihre Zuneigung gestand.

Versonnen meinte er: »Ja, Ihr habt recht, ich hatte bei meiner Vermählung das letzte Mal das Vergnügen, Euch zu sehen. Doch wie habt Ihr Euch verändert. Aus dem Mädchen ist eine bezaubernde junge Frau geworden.« Wie zur Bestätigung seiner Worte strich er ihr eine Locke aus dem Gesicht und neigte sich ein wenig zu ihr, während er ihre Züge musterte.

Sie lachte auf, warf ihren Kopf in den Nacken. »Ihr sagt das nur, um mir zu schmeicheln, Niklas. Ich glaube Euch kein Wort.«

Die Spannung war von Ihm gewichen, und er entgegnete: »Sei es drum, aber sagt mir, welche Fügung des Schicksals hat Euch an diesen düsteren Ort verschlagen?«

Mit einem Male verschwand das Lächeln von ihrem Gesicht, und sie wirkte sehr bekümmert. »Ihr habt recht, wenn Ihr von einem düsteren Ort sprecht. Hier geht es nicht mit rechten Dingen zu, und ich sehne den Tag herbei, an dem ich Cseithé wieder verlassen kann.« Sie hatte ihre Stimme gesenkt und blickte unsicher um sich.

Graf Zrinyi nickte betroffen und sagte: »Das ist auch der Grund, warum wir hier erschienen sind. Ich hoffe, wir können dem Missetäter das Handwerk legen, bevor er ein weiteres Opfer findet.«

Mit einem verstohlenen Blickt prüften beide gleichzeitig, ob die Gräfin Báthory mithören konnte, was sie sagten. Doch diese befand sich noch immer in angeregtem Gespräch mit dem Palatin.

Flüsternd begann Maria zu erzählen: »Es gibt hier so viele unerklärliche Dinge und so viele unheimliche Leute. Die Kammerzofe meiner Tante beispielsweise, eine bösartige, blinde, alte Frau, taucht wie von Zauberhand an allen Plätzen des Schlosses auf. Sie scheint immer als Erste über die jüngsten Morde Bescheid zu wissen, gibt apokalyptische Weissagungen von sich und bestraft ungehorsame Mägde mit unmenschlicher Härte. Jeder hier, außer der Gräfin, fürchtet sich vor ihr, und die Küchenmägde munkeln hinter vorgehaltener Hand, sie sei eine Hexe. Aber Ihr wisst ja, wie wenig auf solches Geschwätz zu geben ist.«

Graf Zrinyi nickte verständnisvoll und meinte: »Ich selbst kenne die alte Darvulia, und es fiele mir schwer, etwas zu ihrer Verteidigung anzuführen, zumal ich glaube, dass sie seit dem Tod des Grafen Nádasdy einiges zur Veränderung meiner Schwiegermutter beigetragen hat.«

Ein bitterer Zug umspielte Marias Mund. »Da habt Ihr wohl recht, auch ich habe das Gefühl, dass meine Tante in den letzten Jahren immer mehr Gefallen an Grausamkeiten findet. Mir scheint, dass ihr das Aussprechen und der Vollzug von Leibesstrafen Vergnügen bereitet. Als wir vor zwei Tagen der Hinrichtung eines harmlosen Einsiedlers beiwohnten, wandte ich mich angewidert von dem grausigen Schauspiel ab. Mein Blick fiel dabei auf meine Tante, die fasziniert den Todeskampf des alten Mannes beobachtete. Ihr Gesicht strahlte eine wonnige Verzückung aus, und als er mit einem entsetzlichen Röcheln sein Leben aushauchte, schien sie ein wollüstiger Schauer zu durchlaufen.«

Graf Zrinyi fasste sie am Handgelenk und flüsterte ihr scharf zu: »Im Namen des Herren, hütet Eure Zunge, es ist gefährlich, so etwas über eine einflussreiche Frau wie sie zu verbreiten, schon gar, wenn sie neben uns sitzt!«

Doch Maria antwortete trotzig: »Ach was, sie ist im Moment viel zu vertieft in dieses alberne Gespräch über Teufelspakte, als dass sie etwas anderes wahrnehmen könnte. Außerdem habe ich nichts als die Wahrheit gesagt.«

Niklas hatte nicht beabsichtigt, sie zu verstimmen, war über ihr Schmollen sehr bekümmert. Er meinte beschwichtigend: »Ihr habt ja recht, aber ich mache mir Sorgen um Euer Wohlergehen. Doch erzählt weiter, wer sonst noch ist Euch unheimlich?«

Sie zögerte etwas, erkannte aber an seinem Blick, dass er sich wirklich Sorgen um sie zu machen schien. So antwortete sie: »Der Pastor, auch er weiß mehr über die Vorgänge in Cseithé, als es den Anschein hat, zumal er immer so ein irres Glimmen in den Augen hat, wenn er über Hexerei und Teufelswerk spricht. Er schildert mir das Ganze zu häufig und in viel zu schillernden Farben, sodass ich das Gefühl habe, er findet Gefallen an all diesen perversen Dingen. Heute Vormittag war ich zusammen mit ihm in der Gruft, da ich mit jemanden unter vier Augen über meine Ängste sprechen wollte. Als wir beide da unten waren, wirkte er ganz wirr, und ihm stand der

Schweiß auf der Stirn. Ich glaube auch zu wissen, was ihm so zugesetzt hatte, denn ich entdeckte etwas sehr Seltsames.«

»Ich hoffe, es schmeckt unseren jungen Gästen, auch wenn sie sich mit solch ernsten Themen beschäftigen.«

Beide fuhren erschrocken herum, als sie von der alten Darvulia angesprochen wurden, die lautlos hinter ihnen aufgetaucht war. Wie viel hatte sie von ihrem Gespräch mitbekommen? Ihrem Gesichtsausdruck war dies nicht zu entnehmen. Betreten schwiegen die beiden, als sich die Alte wieder entfernt hatte.

Baron Druget hatte das Gespräch des Palatins mit der Gräfin neugierig mitverfolgt und schaltete sich nun ein. »Mit Verlaub, edler Palatin, mir erscheinen Eure Theorien doch sehr unwahrscheinlich. Wenn sich die gesamte Magie auf rein geistiger Ebene abspielt, wie erklärt Ihr Euch dann das Auftreten von Werwölfen, die ja eine sehr handfeste Form der Magie sind?«

Graf Thurzó antwortete gemessen: »Ihr habt recht, Baron Druget, wäre alle Magie rein geistiger Form, so könnte sie auch allein auf Einbildung beruhen. Doch unsere Erfahrung zeigt, dass sich übernatürliche Vorgänge sehr wohl in unserer Welt ereignen. Denn der Satan ist ein dem Schöpfer ähnliches Wesen. Nun war Gott, der im Anfang reiner Geist war, in der Lage, die gesamte Welt zu erschaffen. Also ist es naheliegend, dass auch Satan, Kraft seines Geistes, vielleicht nicht schöpferisch, aber zumindest verändernd in unsere Welt eingreifen kann.«

Als das Wort Werwolf gefallen war, hatte auch Graf Zrinyi aufgehorcht und das Gespräch mitverfolgt. Nun meinte er skeptisch: »Ich gehe ja noch so weit mit, dem Satan zuzugestehen, dass er den Geist eines Menschen verwirren kann. Vielleicht ist er ja sogar in der Lage, aktiv in den Lauf der Dinge einzugreifen. Doch wie er es schaffen soll, einen Menschen in eine Bestie zu verwandeln, ist mir ein Rätsel. Zum einen, weil es sich um eine solch große Veränderung handelt, die selbst gewaltiger ist, als die Veränderung zwischen einem Säugling und einem erwachsenen Menschen und für die die göttliche Schöpfung zwei Jahrzehnte benötigt. Zum anderen, weil sich ein Wolf von den Organen her zu stark von einem Menschen unterscheidet, als dass eine einfache Metamorphose möglich wäre. Um ehrlich zu sein, weigere ich mich, die Existenz von Werwölfen anzuerkennen.«

Graf Thurzós Mund wurde von einem feinen Lächeln umspielt, als er antwortete: »Wir geben zu, dass die Vorstellung einer solchen Verwandlung allen wissenschaftlichen Theorien zuwiderläuft. Dennoch wollen Wir Euch eine Erklärung geben, die selbst einem gelehrten Humanisten wie Euch einleuchten wird. Wir alle kennen Schmetterlinge, kleine fliegende Wunder der Natur, die sich aus hässlichen, kriechenden Raupen entwickeln. Die Anatomie dieser Raupen unterscheidet sich noch wesentlich stärker von einem geflügelten Schmetterling mit sechs Beinen, als sich ein Mensch von einem Wolf unterscheidet. Die Natur benötigt für diese Verwandlung aber nur wenige Tage, und das ohne jegliche Magie. Das Geheimnis liegt darin, dass sich die Raupe auflöst und sich aus der aus ihr entstandenen Flüssigkeit im Kokon der Schmetterling entwickelt. Nun kennt die Alchemie gewisse Salze und Aschen, die Reaktionen stark beschleunigen oder gar erst ermöglichen, ohne dabei selbst zu reagieren. Wollt Ihr beispielsweise Zucker verbrennen, so gelingt Euch das nur, wenn Ihr etwas Asche hinzufügt, die ja beileibe nicht mehr brennen kann. So ist es möglich, eine rasche Metamorphose auf natürliche Weise zu erklären. Um wie viel schneller und allumfassender muss also eine Metamorphose auf magischem Wege vonstatten gehen?«

Graf Zrinyi war sichtlich erstaunt; er war vorbereitet gewesen auf eine langatmige, scholastische Erklärung mit haarsträubend interpretierten Bibelzitaten. Dass ihm aber eine halbwegs plausible Theorie mit wissenschaftlichem Hintergrund geboten wurde, hätte er nicht erwartet. Nur überzeugt hatte ihn die Erklärung des Palatins nicht. Ganz anders erging es Baron Druget, ihn durchzog ein eisiges Schaudern. Gegen seinen Willen machte sich seine Phantasie selbständig. In seiner Vorstellung sah er einen Menschen, der sich langsam und auf entsetzliche Art und Weise auflöste. Die Haut begann straff und glänzend zu werden, bis sie an mehreren Stellen aufplatzte und das darunterliegende Fleisch freigab. Wie flüssiges Wachs tropfte das Gewebe zu Boden, und der Mann wand sich unter fürchterlichen Qualen. Schließlich blieb lediglich das nackte Skelett übrig, das nach und nach in sich zusammensackte. Am Boden war nur noch eine schleimige Brühe. Von Zauberhand formte sich dann aus der Lache der nackte, glänzende Schädel eines riesigen Wolfes, der sich allmählich mit Fell überzog. Gleichzeitig wuchs aus der Flüssigkeit der restliche Körper der Bestie hervor, bis das Ungeheuer seine endgültige Gestalt erreichte und am Boden nur noch die Kleidung des Menschen lag. Erst als ein Page dem jungen Adligen einen großen Teller mit saftigem Wildschweinbraten hinstellte, fuhr er aus seinem Tagtraum auf. Er blickte angewidert auf die Speise.

Amüsiert bemerkte Graf Thurzó, wie sehr seine Ausführungen seine Zuhörer verwirrt hatten. An Baron Druget gewandt, sagte er: »Wir denken, Ihr könnt Euren Braten getrost essen. Von der Existenz von Werwildschweinen ist uns bisher nichts zu Ohren gekommen.«

Schallendes Gelächter schüttete sich über den jungen Mann aus, der sich mit gezwungenem Lächeln demonstrativ ein großes Stück Fleisch in den Mund schob.

Als dieser Gang beendet war, drang die Gräfin wieder in den Palatin. Sie wollte mehr über wirkliche Zauber und deren Wirkung erfahren.

Mit gespielter Zurückhaltung begann Graf Thurzó: »Im Jahre 1457 verbrannte im Tessiner Val Leventina die päpstliche Inquisition den Gelehrten und Zauberer Victor Mordrac. Mit ihm vernichtete sie all seine Bücher und Instrumente. Sie bemühte sich mit großem Eifer, keine Spur von seiner Existenz übrigzulassen. Dafür ging sie sogar so weit, einen ganzen Ort auszulöschen. Alles in allem verurteilte die Inquisition in Val Leventina innerhalb von zwei Jahren mehrere hundert Hexen und Zauberer zum Tod durch die Flammen. Dennoch gelang es einem Vertrauten Mordracs, dem Massaker zu entkommen und Teile seiner Aufzeichnungen zu retten. Das Ziel seiner Flucht lag außerhalb des katholischen Machtbereichs, es war die Stadt Ispahân im fernen Persien, die berühmt ist für ihre Universitäten, an denen neben Medizin und Mathematik noch allerhand geheime Wissenschaften gelehrt werden. Von der Schweiz war er zunächst über die Alpen nach Deutschland geflohen, um den bequemen Weg über die Donau zum Schwarzen Meer zu nehmen. Doch an der Grenze zur Walachei verließ ihn das Glück. Er hatte sich einer Handelskarawane angeschlossen, um unbehelligt den christlichen Boden verlassen zu können. Als aber der Führer der Karawane, der ein gottesfürchtiger Mann war, bemerkt hatte, welch unheiligem Zweck seine Reise diente, versuchte dieser zunächst, ihm das Werk des Bösen zu entwenden. Doch da dies nicht gelang, ersann er eine List, mit der er den Vertrauten Mordracs an den Hof von Vlad III., dem Fürsten der Walachei, lockte. Vlad III. war ein strenger und weiser Mann und eifriger Verfechter des christlichen Glaubens; auf ihn geht eine Reihe von Klöstern zurück. Der Fürst belohnte den Karawanenführer für seinen Scharfblick und sein umsichtiges Handeln und nahm den Vertrauten Mordracs in Gewahrsam. Doch er wäre kein weiser Mann gewesen, hätte er nicht zunächst durch seinen Hofalchemisten die Blasphemie und Verwerflichkeit der Schriften Mordracs feststellen lassen, bevor er ein Urteil fällte. Als er es aber als erwiesen ansah, dass die Apokryphen gotteslästerlichen Inhalts waren, nahm er sie unter Verschluss und ließ den Boten dieses finsteren Wissens zur Abschreckung für alle Zauberer und Ketzer im Hof seiner Residenz zu Tîrgovişte bei lebendigem Leibe auf einem hohen Pfahl aufspießen.

Durch einen glücklichen Zufall sind nun Wir im Besitz dieses höchst beeindruckenden Buches. Mordrac muss ein großer Gelehrter gewesen sein, denn es war ihm anhand arabischer Schriften und mit Hilfe der Aufzeichnungen des römischen Kaisers und Philosophen Hadrian gelungen, die Materie des Geistes zu ergründen. Mehrfach war es ihm geglückt, den menschlichen Geist von seiner sterblichen Hülle loszulösen und in geheimnisvolle Gefäße zu bannen. Als man seines Treibens gewahr wurde, glaubte er eine Methode entwickelt zu haben, um die so entleibte Seele in einen beliebigen Wirtskörper zu verpflanzen. Man stelle sich nur vor, welche gewaltigen Möglichkeiten ihm dies eröffnet hätte. Er hätte beispielsweise den Geist eines ihm willenlos ergebenen Gefolgsmannes in den Körper des Königs oder gar Kaisers versetzen und so die gesamte christliche Welt regieren können. Wie Ihr seht, hatten die Inquisitoren allen Grund, Mordrac und alle, die sein Wissen hätten teilen können, zu beseitigen.«

Die Gräfin Báthory bemerkte kühl: »Das würde bedeuten, dass Ihr den Schlüssel zu unbegrenzter Macht und ewiger Jugend in den Händen haltet. Denn wenn es möglich ist, seinen Geist in jeden beliebigen Körper zu pflanzen, so könnte man, seines alten Körpers überdrüssig, einfach einen unverbrauchten, neuen als Heimstatt seines Geistes wählen, und so fort, bis in alle Ewigkeit hinein!« In ihren Augen glomm ein beunruhigend bösartiges Feuer.

»So einfach ist das leider nicht«, entgegnete Graf Thurzó.

»Mordrac war es lediglich gelungen, eine eigenartig bläulich leuchtende Flüssigkeit mit ungewöhnlicher Dichte und merkwürdigem Verhalten zu gewinnen. Denn im Gegensatz zu allen anderen Flüssigkeiten strebte diese von unten nach oben. Da die Probanden, denen er diese Flüssigkeit entnahm, hinterher völlig apathisch und ohne jegliche menschliche Regung waren, schloss er, dass es sich hierbei um Vernunft, Seele oder Geist handeln müsse. Den endgültigen Beweis konnte er jedoch nicht mehr erbringen. Deshalb hoffte sein Schüler, in Ispahân die nötigen Kenntnisse zu erwerben, um das Werk seines Meisters zu vollenden.«

Unzufrieden antwortete Erzsébet ihrem Gast: »Also wieder nur Hirngespinste selbsternannter Magier, die uns mit ihren Possen unsere kostbare Zeit rauben.«

Mit einem vielsagendem Blick entgegnete Graf Thurzó: »Nicht ganz. Gestützt auf unsere palatinale Autorität begnadigten wir jüngst einen zum Tod durch Rädern verurteilten Mörder zu einem sanften Ende. Unser Hofalchemist verfuhr mit dem Leib des Verdammten gemäß der Anweisungen Mordracs. Und siehe, auch er konnte eine bläuliche, flüchtige Substanz auffangen, die sich entgegen allen Naturgesetzen verhält. Sie durchdringt selbst den dicksten Stahl, weder Glas noch Goldgefäße können sie fassen, doch ein hauchdünnes Stück menschlicher Haut ist für sie eine undurchdringliche Barriere.« Ein selbstgefälliges Lächeln umspielte seinen Mund, als er sich triumphierend zurücklehnte.

»Und?«, meinte die Gräfin provokativ. »Ein nettes Experiment, doch wie war Euer weiteres Vorgehen? Ist es Euch gelungen, den Geist dieses Unwürdigen auf einen anderen Körper zu übertragen?«

Graf Thurzó entgegnete mit gespielter Empörung: »Natürlich nicht! Ich habe selbstverständlich von weiteren Versuchen Abstand genommen. Allein schon, weil ich meine Seele ob solch eines gotteslästerlichen Unterfangens nicht der ewigen Verdammnis preisgeben wollte.« Jedoch die Miene, mit der er dies sagte, schien seine Worte Lügen zu strafen.

Inzwischen hatte Baron Druget seine Sorgen und Ängste im Rotwein ertränkt. Schwankend stand er von der Tafel auf und rülpste laut, was einige Gäste dazu ermunterte, ihm gleich zu tun und wortreich den Wohlgeschmack der Speisen zu loben.

Baron Druget machte sich auf den Weg an die frische Luft. Als er an seinem Schwager vorbeikam, fragte ihn dieser hämisch: »Ihr seid so grün im Gesicht, lieber Schwager, sollte Euch etwa das Werwildschwein nicht gemundet haben?«

Das gab dem Angetrunkenen den Rest. Mit einem gurgelnden Geräusch rettete er sich an eine Säule, wo er unter allgemeinem Gelächter den Inhalt seines Magens von sich gab.

## Elftes Kapitel
## *Des Rätsels Lösung*

Ein leichtes Schneetreiben hatte eingesetzt, und einige vom Wind verwehte Flocken ließen sich auf den Reliefs des Kirchenportals nieder, die das Jüngste Gericht darstellten. Auf der linken Seite war die Auferstehung der Toten abgebildet. Die Skelette erhoben sich aus ihren Gräbern, und Engel trugen die mittlerweile zu Fleisch Gewordenen hinauf ins Himmelsgewölbe zum Herrn, dem Herrscher. Eine dicke Flocke ließ sich auf dessen Antlitz nieder und schmolz langsam. Wie eine Träne rollte der Tropfen über die steinerne Wange. Auf der rechten Hälfte des Portals aber griffen sich grässliche Dämonen die verlorenen Seelen. Unter den jämmerlich Flehenden befanden sich junge Frauen in unzüchtigen Stellungen, Wucherer, Räuber und Könige. Selbst ein Bischof wurde von einem Teufel in die Tiefe gerissen.

Plötzlich war aus dem Innern der Kirche ein unterdrückter Schrei zu hören. Kurz darauf rannte der alte Jacobus völlig verstört aus dem Gebäude. Bald schon wimmelte es in der Kirche von Wachen und Schaulustigen. Bestürzt blickte Emerich Megyery zur Kanzel hin, von deren Brüstung der Pastor an einem Seil herabbaumelte. Aus seinem Munde quoll, schwarz aufgedunsen, die Zunge. Seine Züge waren verzerrt, und die Augen drohten aus ihren Höhlen zu springen. Eine Frau begann hysterisch zu kreischen, und die Anwesenden bekreuzten sich ängstlich.

»Das war der Leibhaftige!«, raunte eine alte Frau. »Er hat ihm das Genick gebrochen, weil er in seinen Predigten des Satans Machenschaften aufgedeckt hat.«

»Nein«, rief ein anderer, »das war der Schattenwolf, er hat ihn erwürgt, weil der Pastor ihm nicht mehr dienen wollte.«

»Schafft den Pöbel hier raus«, herrschte der Palatin einen Offizier an. »Wir wollen hier niemanden mehr sehen, der nicht zu Unserem oder dem Gefolge der Gräfin zählt!«

Unter unwilligem Murren wurden die Schaulustigen hinausgedrängt. Wer sich den Soldaten nicht sofort fügte, wurde mit Tritten und Schlägen verjagt.

Nach einer Weile war Ruhe in der Kirche eingetreten, und Gräfin Báthory stieß mit sichtlicher Bestürzung hervor: »Wer, in Gottes Namen, kann es an diesem heiligen Ort gewagt haben, einen solch verwerflichen Mord zu begehen?«

Der Palatin blickte abschätzend zur Leiche und antwortete hintergründig: »Jemand, der sehr große Angst hatte, so große Angst, dass er es sogar wagte, ein derartiges Verbrechen keinen Steinwurf entfernt von Hunderten von Wachen zu begehen. Jemand, der nichts mehr zu verlieren hat. Vielleicht aber auch jemand, der sich auf diese Art und Weise seiner gerechten Strafe entzogen hat.« Zu den Wachen gewandt, meinte er: »Holt ihn da herunter. Ein genauer Blick auf die Leiche wird uns womöglich Klarheit verschaffen.«

Graf Thurzó und Megyery untersuchten kritisch den Toten. Mit einem Ton der Befriedigung förderte Graf Thurzó aus einer Innentasche des Talars einen Brief hervor.

Flüchtig überflog er dessen Inhalt und pfiff dann verblüfft durch die Zähne. Er drehte sich zur Gräfin um: »Werte Gräfin, so erschütternd der Tod Eures Pastors auch sein mag, so frevelhaft dieses Verbrechen auch ist, so harmlos ist es im Vergleich zu dem, was ich Euch jetzt vorzulesen habe:

29. Dezember 1610

Viele hunderttausend Mal möge der Herr, unser gütiger Vater im Himmel, meine Sünden strafen. Seit nunmehr zwei langen Jahren bin ich ein Opfer des grausigsten aller Dämonen. Zunächst überkam er mich in meinen finstersten Träumen, versprach mir die süßesten Verlockungen und drohte mir mit höllischen Qualen. Doch bald darauf erschien er mir auch am helllichten Tage, selbst während des Gottesdienstes traktierte er mich mit seinen wollüstigen Sukkubi. Anfangs war ich noch standhaft, konnte mich gegen die Versuchungen der Dämonen erwehren. Aber leider musste ich erkennen, dass ich kein heiliger Antonius bin. Weder das härene Hemd noch mitternächtliche Geißelungen konnten mich auf dem Pfad der Tugend halten, und ich unterlag dem Drängen des bösen Feindes. Unter einem Vorwand lockte mich eine junge Zofe in die Krypta, kaum jedoch war sie dort unten angelangt, zwang mich Satan, ihr die Kleider vom Leibe zu reißen, um mich der Sünde hinzugeben. Ihre Schreie aber versetzten mich in eine Art Trance. Die einfachen Leute glaubten, in diesen unterirdischen Schreien das Winseln verdammter Seelen aus der Hölle zu hören, und dem war auch so! Endlich hatte ich den verruchten Quell all meiner Versuchungen wehrlos, nackt vor mir. Endlich konnte ich mich an dieser satanischen Verführung rächen, ich konnte zerstören, was mich Tag und Nacht quälte. Und das tat ich. Statt meinem Körper geißelte ich nun den Ursprung allen Übels, ich geißelte ihn so lange, bis nichts mehr an seine wollüstige Natur erinnerte. Erst als dem verfluchten Sukkubus kein Leben mehr innewohnte und mein Arm müde war vom Schlagen, erst als nicht einmal ihr Vater in ihr ein menschliches Wesen mehr erkannt hätte, erst da fiel der Zauber von mir ab, und ich sackte erschöpft in mich zusammen. Für einige Zeit hatte ich Ruhe, hatte ich meinen Seelenfrieden wiedergefunden und konnte endlich ruhig schlafen. Aber wen der Teufel einmal in seinen Fängen hat, den lässt er nicht mehr los. Und so überkam mich wieder und wieder die Versuchung. Doch jedes Mal, wenn es einem verdorbenen Weibe gelang, meiner habhaft zu werden, konnte ich mich aus den Klauen Satans losreißen und sein Geschöpf vernichten. Mit der Zeit ersann ich dafür allerlei wirksame Methoden. Ich brannte sie mit Kerzen und kniff sie mit Zangen, und hatte ich nichts weiter als meine bloßen Hände, so zerriss ich ihre Körper mit meinen eigenen Zähnen. Wie ein Fieber keimte in mir die Vorstellung auf, dass ich erst dann frei von den immerwährenden Versuchungen Satans sein würde, wenn ich alle Exemplare dieser seelenlosen, blasphemischen Kreaturen in meiner Umgebung vernichtet hätte. Und so machte ich mich daran, dies gewaltige Werk zu vollbringen. Ich war schon weit gekommen, als heute der Vizekönig höchstpersönlich erschien, um meinem in Wahrheit doch so wohltätigen Werke Einhalt zu gebieten. Nun bin ich nur ein schwacher Diener des Herrn, der weiß, dass er diesem mächtigen Fürsten nicht gewachsen ist. Auch würde ich weder die Folter noch die Qualen einer langsamen Hinrichtung ertragen, die mich zweifelsohne erwarten würden, da ich wohl niemandem meine wahren, edlen Beweggründe begreiflich machen könnte. So flüchte ich mich denn in die einzige Todsünde, die ich je beging und für die ich wohl auf ewig im höllischen Feuer brennen werde, und scheide, durch eigene Hand getötet, aus dieser verdorbenen Welt. Möge Gott mir vergeben.

Gezeichnet Johannes Abrahamides Ponikenus

Mit einer theatralischen Geste ließ Graf Thurzó den Brief sinken und blickte prüfend auf die Reihen der Zuhörer. Betroffene Gesichter starrten ungläubig auf die Leiche am Boden. Lediglich die Gräfin Báthory und Megyery wirkten sachlich, nüchtern und gefasst. Megyery untersuchte noch immer intensiv den Pastor und bewegte behutsam dessen Kopf hin und her. Dem verschlossenen Gesichtsausdruck des Alten war nicht anzumerken, ob er etwas entdeckt hatte oder ob er den Ausführungen des Palatins überhaupt gefolgt war. Die Gräfin hingegen blickte den Palatin mit ihren eisigen Augen forschend an, so als erwarte sie von ihm eine abschließende Erklärung. Diese ließ dann auch nicht lange auf sich warten.

Nachdem Graf Thurzó sich von der Wirkung des Vorgelesenen überzeugt hatte, hub er an: »Die Tat eines Geistesgestörten, eines von Gott verlassenen Religionsfanatikers. Dem Himmel sei gedankt, dass diese Bestie in Menschengestalt sich ihrer Grenzen bewusst war. Somit bleiben uns weitere Morde in der Zeit unserer Untersuchung erspart. – Edle Erzsébet Báthory«, mit einer ausholenden Handbewegung deutete er auf den Toten, »Wir präsentieren Euch, von seiner eigenen feigen Hand gerichtet, den Mann, der Euch und Euren Untertanen so viel Leid und Übel zugefügt hat – den Schattenwolf!«

Graf Thurzós Blick war triumphierend, und sein Kinn stolz vorgereckt. Das waren die Momente, die er liebte.

Allein sein Auftreten genügte, um einen Massenmörder zu entlarven, und er, Graf Georg Thurzó persönlich, löste das Rätsel der Morde.

Zumindest glaubte Megyery, dass Graf Thurzó das im Moment empfinden müsse. Griesgrämig schüttelte er den Kopf, denn in seinen Augen war das Rätsel des Schattenwolfes noch lange nicht gelöst.

Anders schien die Gräfin zu denken. Die ewig kalten Augen blitzten zufrieden, und ein unterdrücktes Lächeln umspielte ihre Lippen. »Was für eine Närrin ich doch war«, sagte sie mit gespielter Bestürzung, »wie konnte mir das seltsame Verhalten des Pastors so lange Zeit entgehen. Allein seine wirren, fanatischen Predigten, in denen er die wüstesten, diabolischen Orgien bis ins letzte Detail beschrieb. Ich hätte wissen müssen, dass ein Mensch, der sich so offensichtlich an solch abscheulichen Perversionen berauscht, ein Geisteskranker, ein potentieller Mörder sein muss!«

Der Palatin hatte ihre Hand ergriffen und drückte sie besänftigend. »Es ist überstanden, werte Gräfin«, meinte er. »Ihr habt Euch nichts vorzuwerfen. Diese Kreatur hatte sich heimtückisch unter dem Mantel der Kirche verborgen; Euch waren dadurch die Hände gebunden. Lasst uns diesen Albtraum beiseiteschieben und die letzten Spuren seiner Existenz auslöschen. Wachen, durchsucht die Kirche und das Pfarrhaus nach Beweismitteln, legt besonderes Augenmerk auf die Krypta!«

Megyery hatte sich zu Graf Zrinyi hinzugesellt und flüsterte diesem mit unbewegten Lippen zu: »Dass sich der edle Palatin da nur nicht täuscht. So klar ist der Fall beileibe nicht. Es könnte sein, dass der Pastor ermordet wurde.«

Wie vom Schlag getroffen, fuhr Graf Zrinyi herum. »Wie meint Ihr das, woher nehmt Ihr das Recht, so etwas zu behaupten?«

Megyery antwortete ungerührt: »Um sich so zu erhängen, wie wir die Leiche vorgefunden haben, hätte der Pastor die Kanzel besteigen und sich dann von dort herabstürzen müssen. Nimmt man an, dass er sich dazu sogar am Geländer herabgehangelt hat, so wäre er immerhin noch fünf Ellen frei gefallen. Der Knoten war professionell gebunden. Ich bin überzeugt, dass das selbst einem Ochsen das Genick gebrochen hätte. Ich habe schon Hinrichtungen erlebt, wo Menschen nach einem Fall von vier Ellen der Kopf abgetrennt wurde. Wie Ihr aber an den Würgemalen und der herausgetretenen Zunge erkennen könnt, ist der Pastor erwürgt worden. Das Genick ist weder gebrochen, noch ist die Halswirbelsäule zergliedert. Wenn ihn nicht der leibhaftige Satan auf einer Wolke hat herabgleiten lassen, so muss ich annehmen, dass er zuerst erwürgt und dann an der Kanzel aufgeknüpft wurde.«

Graf Zrinyi blickte ihn eine Weile abschätzend an, schüttelte dann aber den Kopf und entgegnete: »Ich denke nicht, dass der Palatin dieser Theorie Glauben schenken wird. Sie würde ihn selbst bloßstellen, wo er sich doch gerade in seinem Triumph sonnt. Darüber hinaus erscheint mir der Brief tatsächlich von Ponikenus' Hand zu sein. Ich kenne den Pfarrer schon eine Weile, nur er war in der Lage, solch einen Irrsinn zu Papier zu bringen. Jeder gedungene Mörder hätte ihm irgendeinen platten Abschiedsbrief untergeschoben. Aber dieser Stil, diese Schrift, das kann nur Ponikenus selbst verfasst haben.«

Megyery nickte niedergeschlagen. »Ihr habt recht, Graf, es ist auch denkbar, dass der feige Kerl nicht den Mut hatte, sich ins Seil fallen zu lassen und sich stattdessen langsam daran herabgelassen hat.«

Die beiden Männer kamen nicht dazu, sich weitere Gedanken über das Ableben des Pastors zu machen. Aus der Krypta drang aufgeregtes Stimmengewirr empor, und das schwere

Schleifen von Stein auf Stein war zu vernehmen. Rasch eilten sie herab und wurden Zeugen, wie die Wachen den losen Deckel des Grabmals beiseiteschoben. Was sich ihnen nun zeigte, verschlug selbst dem abgebrühten Megyery den Atem. Ein junger Heiduck, kaum zwanzig Jahre alt, blickte mit angstgeweiteten Augen ins Innere des Sarkophags, drehte sich dann schnell weg und unterdrückte ein angewidertes Würgen. Aus dem offenen Grabe glotzte sie mit starren Augen ein Etwas an, was vor nicht allzu langer Zeit ein Mensch gewesen sein mochte. Doch was davon übrig war, war entsetzlich zugerichtet. Es wäre unmenschlich, zu beschreiben, was mit dem armen Mädchen – denn dieses Etwas war mit viel Phantasie als Frau zu erkennen – angestellt worden war. Einer der Bediensteten der Gräfin meinte in dem Leichnam Susanna, eine der Kammerzofen Erzsébet Báthorys, zu erkennen. Man ließ Helene Jó rufen, um die Leiche zu identifizieren, denn der Palatin wollte der Gräfin den schaurigen Anblick ersparen.

Die Jó schaute kalt in den Sarkophag hinein und meinte dann: »Ich habe der Gräfin wiederholt gesagt, dass es mit der liederlichen Susanna kein gutes Ende nehmen würde. Aber anstatt ihr die Flausen aus dem Leib zu prügeln, hat sie ihr ihre Lüsternheiten mit den Burschen immer wieder durchgehen lassen. Für so eine empfinde ich kein Mitleid.« Sprach's und wandte sich mit den Worten: »Ich habe noch Wichtigeres zu tun« zum Gehen.

Selbst Graf Thurzó, der sich normalerweise absolut unter Kontrolle hatte, blickte ihr mit offenem Mund nach.

Die Gräfin Báthory hingegen wirkte betroffen, als man ihr mitteilte, wer das letzte Opfer des Schattenwolfs war. »Mein Gott!«, sagte sie. »Ich wusste, dass der Kleinen etwas zugestoßen ist. Wir haben sie schon seit Tagen vermisst.«

Vor der Kirche wartete eine Menschentraube auf Greuelgeschichten aus dem entweihten Gotteshaus. Mittlerweile hatte sich das Gerücht verbreitet, der Palatin hätte den Schattenwolf in der Krypta gestellt und eigenhändig zur Strecke gebracht. Als sich die Kirchenpforte öffnete und den Leuten der Sachverhalt geschildert wurde, ging ein wohlig erleichtertes Gruseln durch die Menge. Dann wurde Jubelgeschrei laut, und man geleitete den Palatin in einer feierlichen Prozession zum Kastell. Die Heiducken mussten die Leute mit Gewalt daran hindern, die Leiche von Ponikenus zu schänden und zu verbrennen.

Wieder im Schloss angelangt, fing Maria Czobor Graf Niklas Zrinyi ab und ließ sich von ihm die Vorfälle in der Kirche berichten.

Niklas schloss mit den Worten: »Was meint Ihr, Maria, haltet Ihr es für möglich, dass der Pastor all die Morde beging?«

Maria antwortete knapp: »Ja, ich habe dieses irre Glimmen in seinen Augen gesehen, der Mann war zu allem fähig.« Dann fügte sie erleichtert hinzu: »Mein Gott, wenn ich mir vorstelle, ich war zusammen mit ihm in der Krypta, er war ganz verwirrt. Es war auch schon alles vorbereitet, selbst die Bänder des Sarkophags hatte er gelöst. Jungfrau Maria, ich danke dir! Wenn ich nicht darauf bestanden hätte, die Krypta zu verlassen, so läge jetzt ich an Susannas Stelle.« Sie stockte, und ihr Gesicht wurde aschfahl.

»Susanna!«, hauchte sie. »O Gott, es ist meine Schuld, dass sie in die Hände dieser Bestie gefallen ist.«

»Nicht doch, Kindchen.«

Unbemerkt hatte sich ihnen die Gräfin Báthory genähert. »Niemand wird dir die Schuld am Tod einer einfachen Zofe geben.«

Erschrocken starrte Maria in das Gesicht ihrer Tante.

Die Gräfin jedoch zeigte ihr eisigstes Lächeln und sagte: »So, jetzt aber genug. Junge Damen in deinem Alter müssen schon längst im Bett sein, besonders, wenn sie unter meiner Obhut stehen. Helene! Begleite meine Nichte in ihre Gemächer.«

Zurück blieb ein verwirrter Graf Zrinyi, der nur zu gern gewusst hätte, warum Maria Czobor sich für die Gräueltat verantwortlich machte. Nachdem ein Diener ihn in sein Schlafgemach geführt hatte, ließ sich Niklas erschöpft auf sein Bett fallen. Die Gedanken wirbelten durch seinen Kopf, und er ließ den Tag nochmals Revue passieren. Etliches hatte sich seit heute Morgen ereignet, als sie in Bicsé den alten Kutscher zu Grabe getragen hatten. Zunächst war da die überraschende Wendung während der Audienz beim Palatin, dann die unerwartet tiefsinnigen Gespräche während der Reise nach Cseithé, die überfallene Zigeunerin und die gleichgültige Reaktion des Palatins, der überraschend gut vorbereitete Empfang durch die Gräfin, der seltsame Vorfall während des Gottesdienstes, die makabren Ausführungen während des Gastmahls, die Vermutungen von Maria Czobor, seine Gefühle gegenüber der jungen Frau, der erhängte Pastor, der abscheuliche Abschiedsbrief, der grausige Fund in der Krypta und schließlich die geheimnisvollen Andeutungen von Maria Czobor. Eigentlich hätte Graf Zrinyi zufrieden sein müssen mit dem Verlauf des Tages. Am Morgen noch hatte er geglaubt, ihr Anliegen würde vom Palatin abgewiesen werden. Er hatte sich schon unverrichteter Dinge nach Hause zurückkehren sehen, während in Cseithé das Morden weiterging. Und nun, kaum sechzehn Stunden später, war das Verbrechen aufgeklärt und der Mörder durch eigene Hand gerichtet. Und dennoch hatte er ein ungutes Gefühl in der Magengegend. Nichts, was er genauer hätte beschreiben können, nur so eine undefinierbare Empfindung, die ihm sagte, dass etwas an der Geschichte nicht stimmte. Das alles war ihm zu glatt, zu schnell über die Bühne gegangen. Während er noch so vor sich hin grübelte, wurde er durch ein Pochen an der Tür aufgeschreckt. Er öffnete und stand Megyery gegenüber, der vor Wut kochte. Der Bart des alten Mannes war zerzaust, und der Verband an seiner Linken hatte sich gelöst.

Sein Atem roch nach Wein.

»Dieser eitle und arrogante Fatzke!«, knurrte er.

»Beruhigt Euch doch, Megyery. Erzählt mir in aller Ruhe, was vorgefallen ist«, entgegnete Graf Zrinyi. Das tat Megyery dann auch. Nachdem sie wieder ins Schloss zurückgekehrt waren, hatte sich Megyery zu dem Entschluss durchgerungen, dem Palatin mitzuteilen, dass er es für möglich hielt, dass der Pastor ermordet wurde. Aber der Palatin wollte nicht gestört werden, und so hatte Megyery mit dessen Privatsekretär vorliebnehmen müssen. Dieser hörte sich gleichgültig an, was Megyery zu sagen hatte und meinte dann, dass es doch das Albernste sei, was man ihm je erzählt habe. Er solle sich hüten, solchen Unsinn zu verbreiten. Als Megyery aber darauf bestand, beim Palatin vorgelassen zu werden, ließ ihn Záwodszky durch die Wachen hinauswerfen und drohte ihm sogar Stockhiebe an, wenn er es nochmals wagen würde, im betrunkenen Zustand den Palatin zu belästigen.

Graf Zrinyi meinte beschwichtigend: »Ich verstehe Eure Empörung, Megyery. Auch ich kann nicht recht glauben, dass sich der legendäre Schattenwolf selbst gerichtet haben soll, nur weil der Palatin hier aufgetaucht ist. Doch alle Indizien sprechen dafür. Und für die Tatsache, dass Ponikenus erdrosselt wurde, habt Ihr selbst eine plausible Erklärung geliefert. Darüber hinaus ist der Palatin, wie alle Mächtigen, eitel, sodass er, solange nicht das Gegenteil bewiesen ist, der Theorie Glauben schenken wird, die ihn als den Helden der Geschichte hinstellt.«

Mürrisch stimmte Megyery dem zu, entschuldigte sich für die mitternächtliche Störung und schickte sich gerade an zu gehen, als es erneut zaghaft an der Tür klopfte. Megyery und

Graf Zrinyi tauschten einen verblüfften Blick, dann öffnete Graf Zrinyi schulterzuckend die Tür. Ein verlegenes Grinsen huschte über sein Gesicht, als er die in ein Nachtgewand gekleidete Maria Czobor erblickte.

Auch Megyery machte aus seiner Verblüffung keinen Hehl und meinte dann mit Verschwörermiene: »Ähm, ich wollte ohnehin gerade gehen. Sollte man mich fragen, so habe ich natürlich weder etwas gesehen noch gehört.« Wutschnaubend baute sich Maria Czobor vor ihm auf und fauchte ihn an: »Dass ihr Männer beim Anblick einer jungen Frau immer nur das eine denkt, widert mich an! In diesem verfluchten Nest lebt kein normaler Mensch, dem man seine Probleme anvertrauen kann. Ich wollte mit dem edlen Graf Zrinyi reden, nichts weiter. – Geht das in Euren Schädel hinein, ja?«

Megyery japste nach Luft, noch nie hatte eine Frau, außer vielleicht die Gräfin Báthory, so mit ihm geredet. Er wurde puterrot, und Graf Zrinyi befürchtete, dass er sogleich explodieren würde.

Er sprang zwischen die beiden und sagte: »Sachte, sachte. Das alles ist doch nur ein Missverständnis. Jetzt tretet erst einmal ein, Maria, und sagt uns, was Euch so schwer auf dem Herzen liegt, dass Ihr zu nächtlicher Stunde mein Gemach aufsucht. Und Ihr, Megyery, bleibt bitte hier. Maria, Ihr könnt ihm vollstes Vertrauen schenken. Und ich möchte, offen gesagt nicht, dass irgendein Gerede aufkommt, wenn Ihr um diese Zeit allein mit mir angetroffen werdet.«

Mürrisch folgten die beiden Hitzköpfe der Aufforderung des Grafen.

Nur zögernd begann Maria zu berichten: »Ich versuchte es Euch schon vorhin in der Halle zu erzählen. Ich fühle mich verantwortlich für den Tod der armen Susanna.«

»Ich weiß«, entgegnete Graf Zrinyi verständnisvoll. »Ihr haltet Euch für schuldig, weil Ihr dem Pastor entkommen konntet und glaubt, dass er sich ein neues Opfer gesucht hat, nämlich Susanna.«

Maria schüttelte ungeduldig den Kopf. »Nein, so ist es nicht! Das Ganze begann heute Morgen, bei der Toilette der Gräfin. Da geschah etwas Merkwürdiges. Meine Tante sprang plötzlich auf, während ihr die Zofe das Haar kämmte. Ich hatte nicht gesehen, warum, doch Susanna starrte entsetzt auf ihre Bürste, an der ein Büschel Haare klebte. Vorlaut, wie ich dummerweise bin, glaubte ich, dies sei der Grund für die Reaktion meiner Tante, und sagte das auch gleich. Ich konnte ja nicht ahnen, dass sie das Mädchen dafür so hart bestrafen würden.«

Megyery war sichtlich verblüfft und ließ ein »Aha!« vernehmen.

»Was ist, stimmt etwas nicht?«, fragte sie ihn.

»Nein, nein«, entgegnete er. »Fahrt fort. Wer genau hat Susanna bestraft, und wie haben sie das gemacht?«

»Ich weiß nicht, sie sagten nur, dass sie sie in die Strafkammer schicken würden. Das Mädchen, kaum hatte sie das aus dem Munde der alte Darvulia vernommen, war furchtbar entsetzt und flehte um Gnade.«

Graf Zrinyi sagte: »Nun gut, Ihr habt die Zofe zwar in eine unangenehme Lage gebracht, aber das ist doch kein Beweis, dass sie deshalb in die Fänge dieses perversen Pastors geraten ist.«

»Jetzt lasst mich bitte endlich ausreden!«, entgegnete Maria gereizt. »Ich hatte ein furchtbar schlechtes Gewissen und wollte herausbekommen, was es mit dieser Strafkammer auf sich hat. Da mir aber niemand darüber Auskunft geben wollte, suchte ich schließlich den Pastor auf und erzählte ihm die ganze Geschichte. Versteht Ihr, was ich meine, ich Idiotin habe dieser Bestie das Mädchen ausgeliefert.«

»Wieso seid Ihr Euch da so sicher?«, fragte Megyery.

»Als ich wissen wollte, was dem Mädchen in der Strafkammer bevorstünde, wurde er furchtbar nervös und erzählte mir irgendeinen Unsinn über Gespenster, die in der Strafkammer umgehen sollen. Dann versuchte er mich einzuschüchtern und ließ mich einfach stehen. So hastig, wie er mich verließ, bin ich sicher, dass er schnurstracks ging, um sich Susanna aus der Strafkammer zu holen.«

Megyery schüttelte den Kopf: »Das ergibt keinen Sinn, Kerker und dergleichen sind meist gut verschlossen und bewacht. Ich denke, dort wäre sie vor seinen Nachstellungen sicherer gewesen als sonstwo im Schloss. Zudem passt noch etwas nicht ins Bild: Warum lügt die Gräfin?«

»Wie kommt Ihr denn darauf?«, fragte Graf Zrinyi.

»Nun, ganz einfach. Als man ihr heute in der Kirche mitteilte, dass die Leiche in der Gruft die ihrer Kammerzofe Susanna sei, tat sie ganz bestürzt und meinte dann mit gespielter Betroffenheit, sie habe dergleichen schon befürchtet, da sie das Mädchen bereits seit Tagen vermisst habe. Und Ihr erzählt uns gerade, dass sie von der Ärmsten heute Morgen noch frisiert wurde. Ich fürchte, mir wird einiges langsam klar.«

Maria Czobor und Graf Zrinyi blickten sich einander fragend an. Megyery erkundigte sich nun bei Maria: »Ihr seid bereits einige Zeit in Cseithé, sind Euch sonst noch Dinge aufgefallen, die ungewöhnlich waren oder irgendwie mit den Morden in Verbindung stehen könnten?«

Die junge Frau nickte und begann, ihr nächtliches Abenteuer auf der Burg zu schildern. Sie erzählte, wie sie mit der Kutsche das Kastell verlassen und wie sie es geschafft hatte, in die Burg zu gelangen. Sie beschrieb, wie sie sich in das unheimliche Brunnenhaus geschlichen und ihre Laterne an einem Seil herabgelassen hatte. Es kostete sie große Überwindung, darüber zu sprechen, was sie dann in der Tiefe des Schachtes erblickt hatte. »Langsam glitt der Eimer in den finsteren Schlund hinab, und je weiter sich die Laterne nach unten bewegte, desto schwächer wurde ihr Leuchten. Es war fast, als würde flüssige Finsternis aus den Wänden des Brunnenschachts quellen und gierig jedes Licht, das zu ihr hinabdrang, verzehren. Als ich nur noch ein schwaches Glimmen erahnen konnte, tat es einen heftigen Schlag. Es war ganz so, als hätte ein starker Arm den Eimer ergriffen und ihn mit aller Macht gegen die Brunnenwand geschleudert. Plötzlich sah ich ein helles, unnatürliches Feuer wie aus dem tiefsten Höllenschlund emporlodern, und mir wehte ein schwüler, seltsam fader Odem entgegen. Als sich meine Augen an die unerwartete Helligkeit gewöhnt hatten, konnte ich endlich erkennen, was da unten auf mich lauerte. Ein Höllenwesen mit mehreren Köpfen streckte seine seltsam verrenkten Gliedmaßen nach mir aus. Die knochigen Arme wuchsen aus zwei Brustkästen hervor, deren Rippen wie zwei Hände ineinander verkrallt waren. Dieser ekelerregende Torso schien wie mit Pergament bespannt zu sein. Doch am entsetzlichsten waren die Schädel. Im flackernden Feuerschein der Hölle schienen sie sich fortwährend zu verändern. Der eine Schädel erinnerte an einen menschlichen Kopf, lange Haare umgaben ihn, und ich glaubte sogar, die Züge einer Frau zu erkennen. Es waren liebliche Züge, doch kaum änderte sich das Licht, so starrten mich diabolische, leere Augenhöhlen an, und da, wo eigentlich Lippen hätten sein müssen, grinsten mich boshaft gefletschte Zähne an. Der andere Schädel aber war kaum noch als solcher zu erkennen. Er war zu einem grotesken Klumpen geworden und anstelle eines Gesichtes stierte mir ein aufgeplatztes Etwas entgegen. Dann plötzlich erlosch das schreckliche Licht, und eine noch furchterregendere Finsternis umschloss mich. Mein Geist war nur noch erfüllt von der panischen Furcht, dass das, was da unten lauerte, mit einem gewaltigen Satz aus der Tiefe emporschnellen könnte, um mich zu sich herabzuzerren. Kopflos stürmte ich aus dem Brunnenhaus und rannte eine Wache über den Haufen. Ich weiß nicht, wie; doch es gelang mir, unbeschadet wieder ins Kastell zurückzukehren.«

Als sie mit ihrer Schilderung fertig war, war Megyery sehr nachdenklich. Er sagte: »Es gibt zwei Möglichkeiten, entweder Ihr habt wirklich einen Blick in den tiefsten Schlund der Hölle getan, oder jemand hat den versiegten Brunnen vor einiger Zeit dazu benutzt, mehrere Leichen zu beseitigen. Egal was zutrifft, ich glaube kaum, dass der Pastor damit etwas zu tun hatte. Oder war er öfter auf der Burg anzutreffen?«

Sowohl Graf Zrinyi als auch Maria schüttelten den Kopf.

Megyery fuhr fort: »Ihr sagtet vorhin, Ihr konntet die Schlosswachen täuschen, indem Ihr Euch hinten auf einer Kutsche versteckt hattet, die das Kastell verließ. Das ist um diese nächtliche Stunde sehr ungewöhnlich. Wisst Ihr, wer in der Karosse saß?«

Maria nickte. »Es war die blinde Darvulia.«

»Sehr merkwürdig«, entgegnete Megyery, der sich erhoben hatte und nachdenklich im Zimmer auf und ab ging. Am Kaminsims angekommen, wandte er sich um und sagte: »Ihr wisst nicht zufällig, was ihr Ziel war oder was sie vorhatte?«

Maria schüttelte den Kopf.

»Hört mir zu«, sagte Megyery, »geht zurück auf Euer Zimmer, verriegelt die Tür und öffnet sie niemandem außer uns beiden, auch nicht Eurer Tante.«

Widerwillig nickte Maria und verließ verärgert den Raum.

Megyery aber wandte sich nun Graf Zrinyi zu und meinte: »Ich will meine Seele verwetten, wenn der Schattenwolf nicht immer noch sein Unwesen in Cseithé treibt!«

Mit ernstem Blick sah er den unschlüssigen Grafen an. Als er merkte, dass dieser ihm nicht folgen konnte, sagte er: »Begreift Ihr denn nicht? Der Pastor war nur ein Wekzeug, vielleicht wusste er zu viel, doch in erster Linie wurde er umgebracht, um den Verdacht vom eigentlichen Schattenwolf abzulenken. Ich sage Euch, spannt die alte Darvulia auf die Folter und Ihr werdet ihr das wahre Geheimnis des Schattenwolfs entlocken.«

»Gut«, sagte Graf Zrinyi, »ich werde morgen früh mit dem Palatin sprechen und ihn auffordern, die alte Hexe der peinlichen Befragung zu unterziehen. Mehr können wir zu dieser Stunde nicht tun.«

Megyery schüttelte verbittert den Kopf. »Nein, wenn er Euch überhaupt vorlässt, wird er Euch auslachen und einen Narren schimpfen. Wir haben keinerlei Beweise außer dem Gerede, das um die Blinde gemacht wird. Wenn die kleine Czobor keine Gespenster gesehen hat und sich wirklich im Burgbrunnen mehrere Leichen befinden, so fällt ihnen schon eine Erklärung ein, wie sie der Pastor dort hingebracht haben könnte. Immerhin ist es ja selbst diesem Wildfang von einem Mädchen gelungen, dort oben einzudringen. Nein, ich sage Euch, wir müssen auf eigene Faust vorgehen. Zunächst möchte ich dieser geheimnisumwitterten Strafkammer einen Besuch abstatten. Sollten wir dort nicht fündig werden, müssen wir uns etwas einfallen lassen, um die Burg genauer zu erkunden. Ich möchte wissen, was es mit dem Brunnen auf sich hat.«

## Zwölftes Kapitel

## *Im Zentrum des Grauens*

Verärgert schritt Maria durch die finsteren Gänge des Schlosses. Wieso hatte sie sich von diesem unmöglichen, rothaarigen Rohling erst aushorchen und dann wie ein kleines Kind auf ihr

Zimmer schicken lassen? Musste er sie denn gleich so bloßstellen? Sicher hatte sie den Grafen aufgesucht, um sich bei ihm auszuweinen, aber insgeheim hatte sie natürlich gehofft, dass er sie tröstend in den Arm nehmen würde, ihr vielleicht sogar die Tränen von den Wangen küssen und wer weiß wie nahe noch kommen würde. Sie war dafür sogar so weit gegangen, ein Kammerfräulein zu bestechen, damit es ihr den Weg zum Gemach des gutaussehenden Grafen zeigte. Was für eine Enttäuschung war es dann aber, ihn zusammen mit diesem nach Wein stinkenden Kerl anzutreffen. Und dieser Tölpel von Graf beharrte auch noch darauf, dass Megyery dableiben solle, wo er doch schon auf dem Weg nach draußen war. Das ärgerte sie eigentlich am meisten, sie hatte sich in Niklas getäuscht.

Maria war jedoch nicht die Einzige, die sich über diesen Vorfall ärgerte. Da saß er nun, der junge Graf, und hörte sich die wilden Pläne und Theorien Megyerys an, anstatt mit der begehrenswerten Maria Czobor beisammen zu sein. Darüber hinaus war er todmüde und wollte eigentlich nur schlafen. Warum ließ sich dieser störrische Haudegen nicht von seiner fixen Idee abbringen, dass der Pastor nicht der Schattenwolf war? Dass seine Schwiegermutter gelogen hatte, bewies doch rein gar nichts. Wahrscheinlich wollte sie dem Palatin gegenüber verheimlichen, dass sie die Letzte war, die das Mädchen lebend gesehen hatte und dieses dann auch noch in die Strafkammer hatte bringen lassen. So etwas hätte unangenehme Fragen nach sich gezogen, und die wollte die Gräfin natürlich vermeiden. Aber Megyery war taub für alle Argumente, für ihn trieb sich der Schattenwolf immer noch in Cseithé herum. Und jetzt sollte er auch noch mit ihm heimlich nachts durch das Schloss streifen. Graf Zrinyi malte sich aus, wie sie dabei ertappt und wie Einbrecher vor seine Schwiegermutter gezerrt werden würden. Und dennoch, irgendwie gelang es dem befehlsgewohnten Megyery, ihn für dieses Abenteuer zu gewinnen. Niklas ärgerte sich am meisten über sich selbst und darüber, dass nicht abgelehnt hatte. Schließlich schlichen sie leise durch die Galerie, die zur großen Halle hinführte. Niklas blickte unruhig um sich, jeden Moment erwartend, entdeckt zu werden. Im Licht ihrer abgedeckten Laternen wirkten die Bilder der Ahnengalerie noch bedrohlicher als bei helllichtem Tage.

»Und was ist, wenn uns jemand erwischt?«, flüsterte er ängstlich.

Megyery flüsterte unwirsch: »Schscht, wenn Ihr weiter hier herumredet, werden sie uns freilich erwischen.«

Beleidigt schwieg Niklas und starrte fasziniert auf das düstere Porträt König Stefan Báthorys. Ängstlich weiteten sich seine Augen, denn es war ihm, als würde ihn der Blick des Königs verfolgen. Auch schien es, als würden sich die Augenbrauen des Königs wütend heben und seine Mundwinkel herabsinken. Da! Hatte er sich nicht gerade bewegt? Ja, jetzt konnte Niklas erkennen, was sich verändert hatte. Die Rechte des Fürsten ruhte nicht mehr auf dem Gürtel, wie er sich zu erinnern glaubte, sondern auf dem Knauf seines Schwertes. Angstschweiß bildete sich auf der Stirn des jungen Mannes; er zupfte Megyery am Ärmel und deutete auf das Porträt.

»Er, er hat sich bewegt, ich hab es genau gesehen!«, flüsterte er, von Panik ergriffen.

Megyery blickte den jungen Mann gereizt an, nahm aber dann doch das besagte Bild in Augenschein. Das flackernde Licht ihrer Laternen schien tatsächlich Leben in das königliche Gesicht zu bringen. Wie hypnotisiert standen beide Männer da und starrten in das Antlitz Stefan Báthorys.

Schaudernd löste sich Megyery von dem fesselnden Blick und murmelte: »Ihr habt recht, dieses Bild hat eine ungute Ausstrahlung, es würde mich nicht wundern, wenn es magische Kräfte besäße. Zrinyi?« Er stieß den Grafen leicht an, doch dieser schien nicht zu reagieren.

Mit einem Ruck zerrte er ihn vom Bild weg. Der junge Mann fuhr wie aus einem Albtraum hoch. »Mein Gott, was ist geschehen?«

Megyery antwortete finster: »Noch nichts, aber wir müssen auf der Hut sein, hier geht es nicht mit rechten Dingen zu.«

In der großen Halle angekommen, blickte sich Megyery vorsichtig um, konnte aber nichts Verdächtiges erkennen. »Sagt, wo befindet sich Eurer Meinung nach diese Strafkammer?«, fragte er Graf Zrinyi.

Dieser war verblüfft; aus der Zielstrebigkeit Megyerys hatte er geschlossen, dieser wüsste genau, wo er zu suchen hätte. Etwas verärgert meinte er: »Im oberen Teil des Schlosses kenne ich nahezu alle Räume, dort dürfte sie sich wohl kaum befinden. Das Schloss soll aber über einen weit ausgedehnten Keller verfügen. Wenn Ihr mich fragt, so vermute ich sie dort. Der Zugang zu den Gewölben liegt hier rechts von uns.« Graf Zrinyi deutete in besagte Richtung.

Megyery aber fluchte leise. Ein schwacher Lichtschein drang aus dieser Ecke, und als sie näher kamen, entdeckten sie zwei Wachen, die gelangweilt vor einer eisenbeschlagenen Tür standen. »Verdammt, Heiducken! Eure Schwiegermutter scheint keinen unerwünschten Besuch dort unten zu wünschen.«

Die beiden Männer zogen sich unter die Treppe in der Halle zurück, um sich zu beratschlagen.

»Wir sollten aufgeben«, meinte Graf Zrinyi, »ich sehe keine andere Möglichkeit, zur Strafkammer zu gelangen.«

Megyery brummte verärgert: »Aufgeben, nie! Ein Megyery gibt nicht auf. Euer Vater, Gott hab ihn selig, würde Euch die Leviten lesen, würde er Euch so reden hören.«

Der Graf schwieg zerknirscht, es war nicht einfach, der

Sohn des Helden von Szigetvár zu sein. Sein Vater war von aufbrausendem Temperament gewesen und hatte ihn für einen jämmerlichen Weichling gehalten, der sich lieber hinter Büchern und Gedichten verbarg, als sich wie ein Mann dem Kriegshandwerk zu widmen. Megyery hatte recht, sein Vater hätte ihm nicht nur die Leviten gelesen, er wäre vielleicht sogar handgreiflich geworden.

Megyery arbeitete indessen fieberhaft an einem Plan. Leise schlug er sich mit der flachen Hand an die Stirn. »Warum habe ich nicht gleich daran gedacht. Wie, glaubt Ihr, ist die Zofe in die Krypta gekommen?«

»Na ja, der Pastor wird sie dahin gelockt haben.«

»Vergesst den Pastor, der war es nicht! Ich sage Euch, sie war bereits tot, als man sie in die Krypta schaffte.«

Graf Zrinyi war nachdenklich geworden. »Solltet Ihr recht haben, was ich nicht glaube, so wäre das kaum möglich gewesen. Bedenkt doch nur, sie hätten die Leiche entweder in der Zeit zwischen heute Morgen, als die Zofe das letzte Mal lebend gesehen wurde, und unserer Ankunft, also am helllichten Tage, über den Marktplatz tragen müssen oder danach bei Dunkelheit, als die ganze Gegend voll von Wachen war.«

»Korrekt«, antwortete Megyery, »das wäre schlichtweg unmöglich gewesen.«

»Also ist Eure Theorie, ein anderer als der Pastor könnte der Schattenwolf sein, falsch. Ergo können wir uns getrost auf unsere Zimmer zurückziehen und uns zumindest die verbleibenden Stunden bis zum Morgengrauen niederlegen.«

Graf Zrinyi schickte sich an, zurückzugehen.

Megyery grinste: »Falsch, meine Theorie ist richtig, nur muss es eben noch einen anderen Weg in die Krypta geben, außer durch die Kirche. Ist Euch nicht aufgefallen, wie dicht das Schloss an die Kirche gebaut ist? Die Baumeister unserer Vorfahren waren sehr umsichtige Leute und haben selten eine

Festung ohne geheime Fluchtmöglichkeit errichtet. Wäre es da nicht naheliegend, dass die Krypta und die Kellergewölbe durch einen Geheimgang verbunden sind?«

Graf Zrinyi verdrehte die Augen – schon wieder so eine unmögliche Theorie Megyerys!

Am Schlosstor hielt ein Mann aus der Gefolgschaft des Palatins Wache, er kannte Megyery und den Grafen Zrinyi und ließ die hohen Herren anstandslos passieren, auch wenn er sich fragte, wen sie wohl um diese Zeit im Dorf aufsuchen wollten. Aber das eine oder andere Bauernmädchen würde den Herren schon eine angenehme Nacht bereiten. Neidvoll blickte er den Männern nach und sehnte sich nach einer handfesten Schlacht, einer Belagerung oder Plünderung. Einmal schon hatte er das miterlebt. Es war eigentlich nur ein kleines Scharmützel gewesen. Es ging darum, einen Marktflecken zurückzuerobern, der seit Jahren von den Türken besetzt gehalten wurde. Sie waren zahlenmäßig weit überlegen, und der Ort war nur schwach befestigt. Als die Tore fielen, stürmte er zusammen mit einer kleinen Gruppe durch enge Gassen. Sie erschlugen jeden, der sich ihnen in den Weg stellte. In den Häusern aber barg sich die Erfüllung ihrer Wünsche. Frauen und Kinder hielten sich dort mit all ihrer Habe versteckt. Es war wie ein Rausch. Wertvolle Teppiche, silberne Becher, Schmuck, mehr als jeder von ihnen tragen konnte. Sie brauchten sich nur zu bedienen. Sie ermordeten die Alten und Kinder, denn diese heidnische Brut musste ja ausgelöscht werden. Die unglücklichen Frauen aber, die das Pech hatten, mit Schönheit gestraft zu sein, mussten furchtbare Qualen und abscheuliche Erniedrigungen über sich ergehen lassen, bevor die Söldner auch ihrem Leben ein Ende bereiteten. Verträumt dachte er an diesen Tag zurück, an dem er schwelgen und schalten und walten konnte, wie es diese hohen Herren wohl das ganze Leben hindurch taten. Ein zufriedenes Lächeln lag auf seinem Gesicht, ja, die Verteidigung des Abendlandes war eine wundervolle Aufgabe.

Megyery und Graf Zrinyi näherten sich dem großen Portal der Kirche. Ein heftiger Sturm tobte, der wild an ihren dunklen Mänteln zerrte. Wetterleuchten erhellte den wolkenverhangenen Himmel.

Sorgenvoll blickte Megyery in die Richtung, aus der das Unwetter kam. »Wenn mich nicht alles täuscht, werden wir heute Nacht noch ein schweres Schneegewitter erleben. Rasch, lasst uns machen, dass wir in den Schutz der Kirche kommen.«

Vor dem Hauptportal verharrte Graf Zrinyi nachdenklich für eine Weile und meinte: »Mir ist nicht wohl bei dem Gedanken, hier wie ein Räuber in der Finsternis einzudringen.«

»Kommt weiter, wir haben keine Zeit für solche Betrachtungen.« Megyery hatte einen kleinen Haken aus der Tasche gezogen und machte sich an dem massiven Türschloss zu schaffen.

Graf Zrinyi beobachtete verwundert, mit welcher Geschicklichkeit der Alte den Mechanismus überlistete. Mit einem Knarzen öffnete sich ihnen das Portal.

Megyery hatte die Verblüffung seines Gefährten bemerkt und sagte mit einem entschuldigenden Lächeln: »Wisst Ihr, Graf, als Gutsverwalter muss man so manches Schloss öffnen können, zu dem sein Besitzer den Schlüssel verloren hat.«

Gespenstisch wurde das Mittelschiff durch einzelne, weit entfernte Blitze erhellt. Unwillkürlich starrten die Männer auf die Kanzel, wo vor wenigen Stunden noch die Leiche des Pastors gebaumelt hatte. Hinter ihnen warf ein Windzug krachend den Türflügel ins Schloss. Die Männer zuckten zusammen und wagten kaum zu atmen. Doch nichts geschah, und sie näherten sich vorsichtig der Krypta. Die schwere Holztür war nur angelehnt, und ein schwacher Lichtschimmer drang durch die Türritze. Megyery und Graf Zrinyi blieben wie angewurzelt stehen und blickten einander an. War ihnen irgendwer oder gar irgendetwas zuvorgekommen? Megyery lugte vorsichtig durch den Türspalt. Als er nichts Auffälliges bemerkte, öffnete er beherzt die Tür. Vier glasige, weit aufgerissene Augen starrten sie vorwurfsvoll an. Graf Zrinyi entfuhr ein unterdrückter Schrei. Vor ihnen lagen Pastor Ponikenus und die arme Susanna, oder besser gesagt, die sterblichen Reste von ihnen.

»Nicht den geringsten Respekt vor den Toten, diese Soldaten! Nicht einmal die Augen haben sie ihnen geschlossen. Wie nasse Säcke haben sie die Leichen einfach auf den Sarkophag geworfen«, entfuhr es Megyery verärgert.

Graf Zrinyi schlotterte am ganzen Leib. Auch wenn ihm seine Vernunft sagte, dass ihm die Toten nichts anhaben konnten, so war etwas in seinem Innersten, was ihm lebhaft vorgaukelte, wie die zwei auf ihn zustaksten und mit ihren blassen Händen nach ihm griffen.

Megyery blickte sich derweil aufmerksam in der von einer Totenkerze erhellten Krypta um. »Sagt, wo würdet Ihr hier eine geheime Tür unterbringen?«

Graf Zrinyi schreckte aus seinen Gedanken hoch, und sein Blick fiel unwillkürlich auf einen großen stehenden Sarkophag an der Südwand, den die Gestalt einer furchteinflößenden Frau zierte. Er deutete auf die in der Wand eingelassene Platte und sagte: »Wenn, dann nur hinter diesem stehenden Sarkophag.«

Megyery schritt zwischen den beiden Leichen hindurch zu besagter Wand. Unsicher folgte ihm der junge Graf, ängstlich einen Bogen um die grausig entstellte Leiche der Zofe machend. Plötzlich spürte er ein Zerren an seinem Mantel. Erschrocken fuhr er herum und sah zu seinem Entsetzen, wie des Pastors linke Hand in die Falten seines Umhangs langte. Er riss instinktiv am Stoff, um sich dem vermeintlichen Griff zu entwinden. Die grausige Hand flog beiseite, und der Leichnam rollte ihm langsam, aber unaufhaltsam entgegen. Als wollte er sich aufsetzen, glitten zuerst die Beine zu Boden, einen Moment wirkte es so, als wollten sie die Last ihres einstigen Herren wieder tragen, doch dann knickten sie in sich zusammen, und Ponikenus fiel dem von Todesangst erfassten Graf Zrinyi vor die Füße.

»Verflucht! Müsst Ihr so einen Lärm verbreiten?«, zischte Megyery. Er wusste, wenn es ihm jetzt nicht gelänge, den jungen Mann in die Realität zurückzuholen, so würde dieser schreiend aus der Kirche stürmen.

Graf Zrinyi indessen schnappte nach Luft und bemühte sich, seine Fassung wiederzugewinnen.

»Steht nicht herum und haltet Maulaffen feil, helft mir lieber, ihn zurück auf den Sarkophag zu heben.« Megyery starrte den Grafen erwartungsvoll an.

Endlich hatte sich dieser wieder in der Hand und half ihm tatsächlich, die Leiche hochzuhieven. Megyery dachte bei sich, dass der Bursche wohl doch etwas vom Blut seines Vaters in den Adern haben musste und nicht nur rote Grütze. Er kehrte zur Geheimtür zurück und untersuchte diese nach einem verborgenen Mechanismus. Er tat sich schwer dabei, denn auch er hatte eine Heidenangst vor dem, was sie hinter dieser Wand erwarten würde, und so glitten seine Hände zitternd und ungeschickt über den Stein. Graf Zrinyi merkte gottlob nichts davon, denn das Wissen um die Gemütsverfassung seines Gefährten hätte ihm den letzten Mut geraubt. Ein leises metallisches Klicken war zu hören, und mit schwerem, schleifendem Geräusch ließ sich der steinerne Sargdeckel in die Wand hineinschieben und legte einen finsteren und engen Durchgang frei. Megyery entfuhr ein leiser Triumphschrei.

»Bei allen Teufeln, Ihr habt recht behalten«, meinte der junge Graf anerkennend.

Doch Megyery war bereits in dem dunklen Loch verschwunden. Hastig beeilte sich Niklas, ihm zu folgen. Sein Blick wanderte unruhig von einer Seite der Katakombe zur anderen. Was er da sah, war nicht gerade dazu angetan, seine langsam wiederkehrende innere Ruhe zu festigen. Beim Anblick der Skelette musste er unwillkürlich an das Jüngste Gericht draußen am Kirchenportal denken, und ihm drängte sich das Bild auf, wie die Toten wieder zum Leben erwachten und sich aus ihren Gräbern erhoben. Angsterfüllt schaute er zurück in die Krypta, um sich zu vergewissern, ob die Geheimtür noch offen war und der Pastor noch an seinem Platz lag. Fast wäre er dabei ausgeglitten und zu Boden gestürzt. Neugierig hielt er seine Laterne tiefer, um den Grund für seinen Fehltritt näher zu betrachten. Seine Augen weiteten sich, und Brechreiz stieg in ihm hoch. Eine Armada aus schleimigem, farblosem Gewürm und Käfern kroch, vom Licht angezogen, in Richtung Krypta. Er sprang angewidert zur Seite.

Auch Megyery hatte die Prozession bemerkt und flüsterte: »Leichenkäfer und Maden. Hier unten müssen vor nicht langer Zeit mehrere Beerdigungen stattgefunden haben. Ansonsten würden sie nicht in solchen Massen auftreten. Wer weiß, was sich hinter diesen Nischen alles verbirgt.« Er schluckte hörbar, dann drehte er sich um und betastete die raue Steinplatte, die das andere Ende der Katakombe bildete. »Das muss der Durchgang zum Schlosskeller sein.« Nach einer Weile meinte er verärgert: »Das darf doch nicht wahr sein, ich kann den Öffnungsmechanismus nicht finden.«

Unruhig trat der junge Graf von einem Bein aufs andere, der kalte Angstschweiß stand ihm auf der Stirn, und seine weit aufgerissenen Augen irrten unstet durch die Finsternis. Ein Luftzug trug süßlichen Verwesungsgeruch an seine Nase. Das war zu viel für ihn, er musste raus aus diesem grausigen Loch, koste es, was es wolle. Aber an der Leiche des Pastors und der des entsetzlich zugerichteten Mädchens mochte er nicht noch einmal vorbei.

Ungeduldig schob er den überraschten Megyery beiseite und stöhnte: »Lasst es mich versuchen!« Hektisch rasten seine Hände über den Stein – umsonst. Mit seinen Fingernägeln krallte er sich in den schmalen Spalt zwischen Platte und Wand, zerrte daran, bis seine Nägel brachen. Tränen der Wut und Verzweiflung füllten seine Augen, und er warf sich mit der Schulter gegen die Geheimtür. Ein stechender Schmerz holte ihn in die Realität zurück. »Nichts! Wir können aufgeben«, sagte er resignierend.

»Es muss eine Möglichkeit geben!«, erwiderte Megyery trotzig.

Graf Zrinyi schüttelte den Kopf. »Wenn nun der Mechanismus nur von der anderen Seite zu betätigen ist? Dieser Gang sollte den Schlossherren als Fluchtweg dienen und nicht ihren Feinden eine Möglichkeit zum Eindringen bieten.«

»Verdammt, daran habe ich nicht gedacht. Es ist bitter, so nah vor dem Ziel doch noch aufgeben zu müssen.« Irritiert blickte er Graf Zrinyi an, der nervös versuchte, das Gewürm zu seinen Füßen zu zertreten. »Hört doch endlich auf, hier herumzutrampeln, dadurch werden die Dinger auch nicht weniger.«

Unbeirrt machte der junge Mann weiter und erwiderte: »Zumindest kommen keine neuen hinzu, denn sie quellen aus diesem Loch unten an der Tür.«

Megyery senkte seine Laterne und rief: »Das ist es, lasst mich vorbei!«

Ungeachtet der Würmer, die versuchten, sich an seiner Hand vorbeizuschlängeln, tastete er in die kleine Öffnung hinein. Plötzlich war ein leises Klicken zu vernehmen, und die Steinplatte glitt langsam in den Gang. Der Verwesungsgestank wurde von einem modrigen Kellergeruch verdrängt, und mit pochendem Herzen betraten die Männer einen größeren Raum. Sie hatten ihre Lampen wieder abgedeckt und starrten vorsichtig in das Dunkel, in der Angst, es könnte jemand auf sie aufmerksam werden. Als nichts geschah, wagten sie es, den Raum zu erhellen, um sich dort umzusehen.

»Ha, die Schlosskapelle«, meinte Megyery zufrieden.

Sie schlichen ans andere Ende der Kapelle und blickten durch die Eingangstür in einen Vorraum, von dem mehrere Gänge abzweigten. In den ersten der gotischen Gänge bogen sie ein und passierten lange Reihen von Weinfässern. Schon nach wenigen Metern trafen sie wieder auf eine Kreuzung. Megyery und Graf Zrinyi blickten sich fragend an.

Graf Zrinyi zuckte mit den Schultern und stellte entschuldigend fest: »Ich sagte Euch doch, ein sehr ausgedehnter Keller. Soviel ich weiß, wird hier der gesamte Wein des Umlandes gelagert. Wir werden es wohl kaum schaffen, bis zum Morgengrauen alle Winkel zu durchsuchen.«

Megyery nickte. »Ihr habt recht, wir müssen uns trennen, um das gesamte Gewölbe zu erkunden.«

Niklas meinte zu spüren, wie ihm der Boden unter den Füßen wegsackte. »Nein!«, sagte er langgezogen. »Ich hier unten allein, das kann doch nicht Euer Ernst sein.« Energisch schüttelte er seinen Kopf.

Also doch nur rote Grütze, dachte Megyery und sagte ärgerlich: »Ich wäre wohl besser mit der jungen Czobor heute Nacht hier heruntergestiegen. Dieses Weib hat mehr Mut als die meisten Männer, die ich kenne. Erkundet auf eigene Faust den Schlund zur Hölle. Und Ihr? Ach was, ich hab's nicht so gemeint. Lasst uns von hier verschwinden, bevor uns noch jemand entdeckt.«

Beleidigt starrte Graf Zrinyi vor sich hin, aber Megyery hatte recht, der heldenhafte weiße Ritter, als den ihn Maria angesehen hatte, war er wirklich nicht. Er gab sich einen Ruck und antwortete dem ihn erwartungsvoll anblickenden Megyery: »Na gut, Ihr habt meinen wunden Punkt erkannt. Also lasst uns schon damit beginnen, bevor ich meinen Entschluss bereue.«

Ein Schmunzeln huschte über Megyerys Lippen, als er entgegnete: »Ihr seid also doch der Sohn Eures Vaters. Geht zurück zur Kapelle und nehmt den gegenüberliegenden Gang. In etwa einer Stunde wollen wir uns wieder dort treffen. Und tut bitte nichts auf eigene Faust.«

Graf Zrinyi nickte ernst und griff dann in seinen Mantel, um eine kunstvolle Taschenuhr herauszubefördern.

»Was ist das für ein Spielzeug?«, fragte Megyery neugierig.

»Eine Uhr«, antwortete Graf Zrinyi.

»Wir treffen uns also gegen drei Uhr.«

»Nein, so geht das nicht. Wenn nur einer von uns beiden so ein Gerät besitzt, werden wir uns sicher verfehlen. Darüber hinaus traue ich diesen neumodischen Erfindungen nicht. Gebt mir Eure Lampe.«

Megyery öffnete die Laterne und markierte die darin befindliche Kerze auf halber Höhe. In derselben Höhe markierte er auch seine eigene Kerze, dann meinte er: »Wenn die Kerze bis zu dem Strich herabgebrannt ist, wollen wir uns wieder in der Kapelle treffen. Das ist zuverlässiger als Eure Höllenmaschine.«

Mit einem mulmigen Gefühl im Bauch und schlotternden Knien schickte sich der junge Mann an, in die besagte Richtung zu gehen. »Graf Zrinyi!«, rief Megyery ihm leise nach.

»Ja?«

»Nehmt dieses Amulett, es möge Euch vor dem Bösen hier unten schützen.« Megyery hielt ihm ein kleines, ovales Amulett entgegen.

Auf dem silbernen Gehäuse war ein schlichtes Kreuz eingraviert, von dem Strahlen ausgingen. Anstatt den Heiland zu tragen, war im Kreuz eine Scheibe eingelassen, unter der sich auf violettem Samt eine Alraunwurzel befand. Mit einem schrägen Lächeln nahm Graf Zrinyi dankbar die väterliche Geste entgegen.

Vorsichtig schlich er durch die Kellergewölbe, vorbei an mannshohen Fässern, in deren Schatten er beständig einen Hinterhalt befürchtete. Schon nach kurzer Zeit blieb er stehen und lauschte. Wie eine Motte dem Licht folgte er dann einem Geräusch, das wie ein leises Wimmern klang. Bald schon verlor er die Orientierung in dem Gewirr der Gänge, Abzweigungen und Nischen. Mit schlafwandlerischer Sicherheit, wie in Trance, näherte er sich der Quelle des Geräusches. Schließlich stand er vor einer schweren, eisenbeschlagenen Tür. Darunter hervor drang ein seltsam flackerndes, rötliches Licht.

Angestrengt versuchte er, die nun deutlicher gewordenen Geräusche durch das Klappern seiner vor Angst aufeinanderschlagenden Zähne hindurch zuzuordnen. Schaudernd erkannte er ein diabolisches Seufzen und Wimmern. Doch was ihn weit mehr beunruhigte, waren Geräusche, die eigentlich nicht an diesen Ort gehörten. Da war ein seltsames Knarren und Knarzen, wie man es an Bord eines alten, morschen Schiffes im Sturm vernahm, so als würden Taue bis zum Zerreißen gespannt. Als er sich vorzustellen versuchte, was wohl der Ursprung des scheußlichen Knackens war, wie man es beim Brechen eines grünen Astes hörte, trieb es ihm den kalten Angstschweiß auf die Stirn. Er vernahm leise Befehle und dumpfes Murmeln, gefolgt von Kettengerassel und Schleifen, als würde ein schwerer, nasser Sack eine Treppe hochgezerrt. Ein Rumoren, als ob Hufe auf hölzernen Bohlen aufschlugen, und ein Stöhnen, das nicht aus menschlichem Munde zu kommen schien, drangen an sein Ohr. Das Ganze war untermalt von einem dämonischen Prasseln und Knistern, wie es nur vom ewigen Höllenfeuer stammen konnte. Da war auch ein Zischen zu vernehmen, ähnlich dem, das man hört, wenn glühendes Eisen ins Wasser getaucht wird. Graf Zrinyi begann zu ahnen, was all dies zu bedeuten hatte, doch seine Furcht ließ es nicht zu, dass diese Ahnung Gestalt annahm.

Hin- und hergerissen zwischen Widerwillen, Angst und Neugierde verharrte der junge Mann eine Weile vor der Tür. Er wollte bereits umkehren, um Megyery Bescheid zu geben, dass er die Strafkammer gefunden hatte, doch dann überkamen ihn Zweifel, ob er überhaupt hierher zurückfinden würde. Er fragte sich, wie sich Maria Czobor wohl an seiner Stelle verhalten würde. Ein gewaltiger Kloß bildete sich in seinem Hals, dann gab er sich einen Ruck und öffnete die Tür einen Spalt. Sofort bereute er es, denn ein lautes Knarren kündigte sein Kommen an. Blut schoss ihm ins Gesicht, und er hielt erwartungsvoll den Atem an. Doch seltsamerweise schien ihn niemand zu bemerken. Ein ungutes Gefühl stieg in ihm auf, aber er hatte den ersten Schritt gewagt, jetzt wollte er die ganze Wahrheit erfahren.

Vor ihm tat sich ein Abgrund auf, von dem ein waberndes rotes Licht ausging. Eine glitschige steile Wendeltreppe führte hinab in einen engen Schacht. Die halsbrecherisch hohen Stufen waren mit schleimig braunen Flecken übersät, so dass der Graf verzweifelt nach einer Möglichkeit, sich festzuhalten, suchte. Sich mit den Händen vorsichtig an den Wänden entlangtastend und einige der geborstenen Stufen sogar auf allen vieren hinabkriechend, stieg er widerstrebend in den Höllenschlund hinab. Die Treppe erschien ihm endlos, und je näher er dem gefürchteten Ziel kam, desto beklemmender, desto modriger wurde die Luft, die er atmete. Seltsame fluoreszierende Rauchschwaden drangen von unten herauf und benebelten seine Sinne. Bald schon glaubte er, in den

Schwaden verzerrte Grimassen und dürre Klauen, die nach ihm zu greifen schienen, zu erkennen. Je näher er den unheilvollen Geräuschen kam, desto weniger gefiel ihm der Gedanke, deren schauerlichem Ursprung entgegenzutreten. Auch wurden nun Töne vernehmbar, die an seltsame Hexengesänge erinnerten, mit Dissonanzen und Disharmonien, die nicht aus dieser Welt zu kommen schienen. Ein seltsames Vibrieren übertrug sich von den Wänden auf seine Fingerspitzen, und ihm wurde bewusst, dass dies nur eines sein konnte: Furcht! Furcht, die aus den altersgrauen Steinen sprach, ja aus ihnen herauszuquellen schien. Eine Aura des Todes ging von diesem Ort aus, und ein unsichtbarer Strom zog ihn mit sanfter, aber unüberwindlicher Gewalt ins innerste Zentrum des Grauens. Doch der junge Graf war trotz allem nicht gefasst auf das, was sich nun schlagartig und in gewaltigen Ausmaßen vor ihm auftat, und so torkelte er wie betäubt ins flackernde Licht der Hölle.

Ein riesiger unterirdischer Hohlraum mit beklemmend hohen Gewölben lag vor ihm. Die Größe dieser Halle, in der leicht ein Kirchenschiff Platz gefunden hätte, war wohl auch dafür verantwortlich, dass niemand sein Erscheinen bemerkt hatte. Was sich ihm aber hier unten darbot, war so bizarr, war eine solch unaussprechliche Orgie, dass sie in ihrer Groteskheit die wildesten menschlichen Träume überbot. Graf Zrinyi erwartete, augenblicklich in Ohnmacht zu fallen oder gar den Verstand zu verlieren. Mit lethargischer Benommenheit und unfähig, sich zu bewegen, war er dazu verdammt, einen dämonischen Sabbat in all seinen schrecklich, grauenerregenden Einzelheiten mitzuverfolgen.

Es ist also wahr, hier unter Cseithé liegt der Schlund der Hölle, dachte er. Dabei starrte er wie im Delirium auf die große Feuerstelle oder was immer das sein mochte, was die Flammen in der Mitte der Halle ausspie. Das erklärte auch, warum die Leute sich erzählten, dass von dem abgrundtiefen Brunnen der Burg aus des Nachts der Schattenwolf sein Unwesen treiben sollte. Graf Zrinyi war sich sicher, dass irgendwo von hier unten der Brunnenschacht wie ein Kamin emporsteigen musste. Der ganze Raum war angefüllt mit seltsamen Dingen, die nicht von Menschenhand zu stammen schienen. Sie waren zu nichts anderem als der Erniedrigung und Entfleischung der sterblichen Hülle von Menschen bestimmt. Nur Luzifer selbst konnte diese gottlos perversen Techniken erdacht haben. Vermummte Gestalten, Graf Zrinyi konnte nicht sagen, ob Teufel, Dämonen oder was auch immer, verrichteten geschäftig ihr grausames Handwerk. In die diabolische Maschinerie waren auf groteske Weise nackte weibliche Körper eingespannt. Es war nicht mehr zu erkennen, was noch Teil ihrer zerfleischten Leiber war und was bereits zu den Höllenwerkzeugen gehörte. Mensch und Maschine waren zu einer Einheit verschmolzen. Graf Zrinyi wollte schreien, doch vor Entsetzen gelähmt, brachte er keinen Ton hervor. Er sah Dinge, die noch kein Mensch vor ihm erblickt haben mochte. Ein ekliger, pyramidenförmiger Körper von erheblichem Ausmaß war im Begriff, sich mit einem Mädchen auf sodomitische Art und Weise zu vereinen. Doch kein Schrei kam über die Lippen des Mädchens, kein Laut der Klage war zu vernehmen, denn aus seinem weit geöffneten Mund quoll ein glänzend schwarzes Zwitterwesen aus Aal, Schlauch und Tentakel, dessen eigentliche Funktion nicht zu erkennen war, obwohl es seltsam zu pulsieren schien und auf magische Art und Weise durchblutet zu sein schien. Gewaltsam musste sich Graf Zrinyi von diesem abartigen Anblick losreißen, nur um Zeuge eines neuen, weitaus befremdlicheren Szenarios zu werden. Eine kleine Gruppe tief vermummter Kapuzenträger bewegte sich in einer Art Prozession von der großen Feuerstelle aus auf ein weiteres Opfer zu. Waren es ihre fremdartigen Gesänge oder die eigenartigen Dinge, die sie in den Händen trugen, die den Atem des Grafen stocken und sein Blut in den Adern gerinnen ließen? Er konnte es nicht sagen, auch wenn er mit Bestürzung erkannte, dass einige der Instrumente, die Zangen und Greifwerkzeugen ähnelten, wie von einem magischen Licht durchdrungen, von innen heraus ein fahles weißes Licht verbreiteten. Das Ziel des geisterhaften Zuges war ein bezauberndes Geschöpf, das die Physiognomie der adligen Schönheiten aus dem Süden Ungarns trug, aber sich in höchster Verzweiflung wand in der Hoffnung, vielleicht doch noch seinem Schicksal zu entgehen. Mit einem Mal wurde Graf Zrinyi die Bedeutung der Instrumente und des Zischens, welches er bereits auf der Treppe vernommen hatte, bewusst. Noch bevor die teuflischen Schergen ihr Werk verrichten konnten, presste er die Hände auf die Ohren und kniff die Augen zu, um nicht mit ansehen oder hören zu müssen, was nun kommen mochte. Ein ekliger Geruch nach verbranntem Fleisch bestätigte seine schlimmsten Vermutungen, und ein würgender Brechreiz überkam ihn. Als er es endlich wagte, die Augen wieder zu öffnen, musste er erfahren, dass seine ärgsten Befürchtungen um ein Tausendfaches übertroffen wurden. In einem teuflischen Reigen umtanzten die dämonischen Gestalten jetzt ihr Opfer und hielten unter triumphierendem Geheul eine bis zum Rand gefüllte Schale empor. Mit einem Mal unterbrachen sie ihr abscheuliches Treiben und wandten sich einem imaginären Punkt am anderen Ende der Halle zu. Dort befand sich auf einem von diabolischen Ornamenten geschmückten Thron eine seltsame, lebensgroße Statue aus einem bläulich geäderten Material, die einen makellosen weiblichen Körper darstellte. Dieses Idol, womöglich eine heidnische Göttin oder das Abbild der Höllenfürstin, zu deren Ehre diese entsetzlichen Riten veranstaltet wurden, war der Anlass für die plötzliche Andacht ihrer Jünger. Sie bewegten sich unter Demutsbezeigungen auf den Thron zu, vorbei an einem Pandämonium geschundener und ausgemergelter Leiber, die von allerlei Gerätschaften gequält und ausgesogen wurden. Als die satanische Priesterschar vor ihrer höchsten Gottheit angelangt war, hob ihr Oberhaupt unter gutturalen Beschwörungen und Gesten uralter Magie die dampfende Schale empor, und ein Schwall einer fast schwarzen Flüssigkeit ergoss sich über die Statue. Nun fielen auch die anderen in die Beschwörungen ein, und unter dem Rhythmus ihrer schrillen Gebete, die mehr und mehr in das Jaulen von Wölfen übergingen, bahnte sich der Höhepunkt des Schreckens an. Alles in der Halle verlor an Leucht-, aber auch an Lebenskraft. Selbst Graf Zrinyi musste sich festhalten, denn irgendetwas schien ihm seine Lebensernergie auszusaugen. Den Priestern ging es wohl ebenso, sie sanken zu Boden, stützen sich mit den Händen ab und jaulten nun endgültig wie die Wölfe. Die Statue veränderte sich auf furchtbare Weise. Je weiter die dunkle Flüssigkeit in dünnen öligen Nasen an ihr herabrann, desto mehr verdichtete sich die unheilvolle Atmosphäre. Es war, als gingen all der Glanz und alle Leuchtkraft der Flammen in der Halle auf sie über. In ein unwirkliches Licht getaucht, wirkte ihre Oberfläche auf einmal seltsam weich und beunruhigend lebendig. Der junge Graf wurde von einer entsetzlichen Ahnung ergriffen. Mit einem lauten Schrei erwachte er aus seiner Lethargie, denn die Statue hatte ihre Augen geöffnet und ihn mit eiskaltem Blick angestarrt. Wie von Sinnen, ergriff er die Flucht. Er hatte etwas gesehen, was bei weitem seine Kräfte überforderte. Wie von selbst rannten seine Beine die enge Wendeltreppe empor. In seinem Kopf war nur Platz für einen Gedanken – er, Graf Niklas Zrinyi, hatte das Rätsel des Schattenwolfs gelöst. Doch um welchen Preis! Völlig außer Atem und in einem bedrohlichen geistigen Zustand, gelangte er am oberen Ende der Treppe an. Doch anstatt hier auch das Ende seines Albtraumes zu erreichen, erlebte er eine gnadenlose Verschmelzung von Traum und Realität. Denn vor ihm tauchte plötzlich eine der dämonisch vermummten Gestalten auf. Im Licht seiner Laterne erkannte er unter der braunen Kapuze die blicklose Fratze der blinden Darvulia. Schwindel überkam ihn, und das Amulett, das er noch immer in Händen hielt, entglitt seinen Fingern. Im selben Moment aber veränderten sich die Züge der alten Hexe, langsam schoben sich ihre Kiefer nach vorn, während ihre toten Augen zur Seite wanderten. Fell wuchs aus der gespannten Haut und mächtige Fänge aus ihrem stinkenden Rachen. Graf Zrinyi aber, starr vor Entsetzen, konnte nur hilflos mit ansehen, wie sich ein riesiger grauer Wolf mit gefletschten Zähnen auf seine Kehle stürzte.

## Dreizehntes Kapitel
## *Das Amulett*

Megyery starrte ungläubig auf die Kerze in seiner Laterne. Die Stelle, an der er die Kerbe eingeritzt hatte, war längst heruntergebrannt. Von Graf Zrinyi hingegen war nicht die geringste Spur auszumachen. Hatte sich der junge Adlige verirrt, oder war er den Wachen in die Arme gelaufen? Oder – Megyery scheute sich, diese Möglichkeit in Betracht zu ziehen – war der junge Graf etwa auf den Urheber des satanischen Treibens gestoßen, allein, weder im Kampf Mann gegen Mann noch im Kampf gegen übernatürliche Kräfte geübt? Hatte er, Megyery, das Leben eines der bedeutendsten Adelssprosse dieses Landes aus reiner Eitelkeit und Rachsucht geopfert?

Von Zweifeln und Selbstvorwürfen gepeinigt, wartete er in der eisigen unterirdischen Kapelle, jederzeit fürchtend, von den Wachen oder dem Bösen, das zweifelsohne hier unten umging, überrascht zu werden. Erst als seine Kerze sich dem Ende zuneigte, entschied er sich, zurück zum Kastell zu gehen, in der Hoffnung, dort auf einen unversehrten Graf Zrinyi zu stoßen.

Vorsichtig durchquerte er den Verbindungsgang zwischen Kastell und Krypta und verschloss gewissenhaft die Geheimtüren. Megyery hoffte inbrünstig, dass ihr nächtlicher Ausflug unbemerkt geblieben war. Er bemühte sich, dessen Spuren, so gut es nur irgend ging, zu beseitigen. Fast war es ihm, als könne er auf diese Art und Weise auch das Verschwinden des jungen Grafen ungeschehen machen. Wieder in der Krypta angekommen, bemerkte er ein Geräusch, das er unter der Erde nicht vernommen hatte. Schrill pfeifend donnerte der erwartete Schneesturm über den Ort hinweg. Die Mauern der auf einem erhabenen Fels gelegenen Kirche schienen unter der Macht des Sturmes zu beben. Durch Ritzen an den undichten Fenstern und unter dem Portal hatte es bereits Schnee hereingedrückt, der langsam zu schmelzen begann und in dünnen Bächen, Fingern gleich, Richtung Krypta floss.

Furcht keimte in Megyery auf. War Ponikenus womöglich doch der Schattenwolf? Versuchte eine satanische Macht, mit Hilfe dieser zielstrebigen Flüssigkeit zum Leib ihres treuen Dieners vorzudringen? Megyery überfiel nacktes Entsetzen bei dem Gedanken, was passieren würde, wenn dieses schwarz glitzernde Netz sein Ziel erreicht haben würde. Von Panik erfüllt, stürmte er zum Portal. Kaum hatte er die Klinke berührt, bemerkte er, wie die dicken Holzbohlen unter der ungewöhnlichen Wut des Sturmes erbebten. Er wusste nicht, welche Dämonen da draußen auf ihn lauern mochten, doch er konnte nicht in der Kirche bleiben, bis die Höllenbrut aus den unterirdischen Gängen zu ihm emporsteigen würde. Mit einem Ruck riss er die schwere Eichentür auf und wurde, wie von einer riesigen Faust, ins Innere der Kirche zurückgeschleudert. Schneeböen drangen, Schattenwesen gleich, in das entweihte Gebäude ein. Mit aller Macht stemmte sich der alte Krieger gegen die entfesselten Gewalten der Natur. Doch kaum hatten sich die eisigen weißen Schwaden bis in die hintersten Winkel des Gebäudes verteilt, da legte sich der Sturm plötzlich – ganz so, als hätte er sein Ziel erreicht. In wilder Flucht sprang Megyery ins Freie und schlug das Portal hinter sich zu. Mit kalten Fingern nestelte er nervös mit seinem Haken im Schloss herum, bis sich nach schier endlosen Augenblicken die Mechanik mit einem erlösenden Klicken wieder verriegelt hatte. Megyery wusste genau, dass dies nicht ausreichen würde, um aufzuhalten, was womöglich dort unten durch sein Zutun zu widernatürlichem Leben erwacht sein mochte. So eilte er denn, wie von tausend Teufeln gejagt, die steile Treppe hinunter zum Kastell. Knöcheltief hatte der Sturm Schnee angeweht. Megyery glitt auf den vereisten Stufen aus und stürzte der Länge nach die letzten Meter der Treppe hinunter. Ein stechender Schmerz durchzuckte seine verletzte Hand. Blut tropfte in den frischen Schnee. Fluchend bemerkte Megyery, dass seine Wunde erneut aufgeplatzt war. Der Schmerz hatte ihn wieder in die Realität zurückgerissen und seine namenlose Furcht vertrieben. Nüchtern erfasste er die Situation. Das Kirchenportal blieb verschlossen, und die erwartete Höllenbrut erschien nicht. Doch was ihn beunruhigte, war die Tatsache, dass im Schnee jeder seiner Schritte einen Abdruck hinterließ. Zusammen mit den Blutspuren machte das alle seine Bemühungen zunichte, das nächtliche Abenteuer zu verheimlichen.

»Der Sturm hat sich gelegt, edle Gräfin«, sagte die alte Darvulia, ihre blinden Augen auf ihre Herrin gerichtet.

Lächelnd antwortete diese: »Er legt sich immer, wenn man ihm ein bescheidenes Opfer darbietet.« Fröstelnd zog sie die Tücher, in die sie gehüllt war, enger um ihren Leib.

Die kleine Gruppe um die Gräfin bewegte sich leise und zielsicher durch die Gänge. Wenn sie Wachen passierten, so grüßten diese knapp, aber ehrerbietungsvoll. Am Zugang zum privaten Trakt der Báthory trafen sie auf den Kastellan Michael Horwath. Als dieser seine Herrin erkannte, ließ er die Wachen beiseitetreten.

»Was macht der garstige alte Mann?«, fragte diese ihn unverwandt.

»Einer meiner Männer hat ihn am Fuße der Kirche gesehen. Er hat sich anscheinend in der Krypta umgeschaut. Soll ich ihn festnehmen lassen?«

»Nein, das ist nicht nötig. Solange er außerhalb des Kastells sein Unwesen treibt, lasst ihn frei gewähren, verstößt er jedoch innerhalb dieser Mauern gegen das Gastrecht, so setzt ihn fest und führt ihn mir morgen früh vor. Die Tage sind vorbei, an denen er mir Schaden zufügen konnte.«

Von Dorothea Szentes, Helene Jó und der alten Darvulia gefolgt, betrat sie zufrieden ihre Gemächer. Geschäftig entzündeten die Frauen die Kerzen in dem großen Raum.

Doch plötzlich fuhr die Darvulia auf. »Es befindet sich ein Fremder in diesem Gemach!«

Ein Räuspern war aus dem hintersten Winkel des Raumes zu vernehmen, und eine stattliche Gestalt erhob sich aus einem den Frauen abgewandten Sessel.

»Ihr hier, mein Palatin?«. Überrascht blickte die Gräfin auf den Mann, der nun im Lichtkegel einer Kerze stand. »Verlasst uns bitte«, bedeutete sie sogleich ihren Bediensteten.

Nachdem sich die drei Alten zurückgezogen hatten, hob Graf Thurzó an: »Wir haben Euch gesucht, doch konnten Wir Euch nicht finden, also entschieden Wir Uns zu warten.«

Langsam hatte sich die Gräfin gefasst: »Bei allem Respekt, mein Fürst, doch findet Ihr es nicht als unschicklich, des Nachts in die Gemächer Eurer Gastgeberin einzudringen? Und überhaupt – wie ist es Euch gelungen, hier unbemerkt hereinzukommen?«

Nach einer theatralischen Pause entgegnete Graf Thurzó mit einem ironischen Lächeln um die Lippen: »Beste Gräfin, Ihr enttäuscht uns. Es ist nun einmal so, dass im weiten Ungarnland dem Palatin alle Türen offenstehen, selbst die zu Euren Gemächern. Was Uns jedoch nachdenklich stimmt, ist die Tatsache, wieso Wir Euch zu nachtschlafender Zeit nicht in eben diesen Euren Gemächern vorfanden?« Er neigte sein Haupt leicht zur Seite und machte ein Gesicht, als wolle er der Gräfin die Antwort von den Lippen ablesen.

Die aber brauste empört auf. »Es geht Euch überhaupt nichts an, was ich des Nachts in meinem eigenen Hause zu schaffen habe!«

Nachdem sie jedoch den warnenden Blick ihres Gegenübers bemerkt hatte, fügte sie schnippisch hinzu: »Ich fühlte mich nicht wohl, also ließ ich mir ein warmes Bad bereiten.«

»Soso, ein warmes Bad«, entgegnete Graf Thurzó mit beißendem Sarkasmus. »Egal, Wir sind nicht gekommen, Euch zu verhören – noch nicht. Seid gewiss, dass Wir danach trachten, soweit es in Unserer Macht steht, Euren begehrenswerten Körper von der Folter fernzuhalten.«

Sichtlich verwirrt entgegnete die Gräfin: »Was wollt Ihr damit sagen, Euer Gnaden? Die Verbrechen sind doch bereits aufgeklärt, wieso sprecht Ihr dann von solch schrecklichen Dingen?«

»Werte Freundin«, entgegnete der Graf mit nachsichtiger Miene, »Ihr enttäuscht Uns erneut. Haltet Ihr Uns denn für derart naiv, dass Ihr annehmt, Wir würden dieser ganzen Farce Glauben schenken? Das, was Uns da als von eigener

Hand gerichteter Schattenwolf präsentiert wurde, war nichts weiter als die durch einen gedungenen Mörder erwürgte Leiche eines mehr oder minder harmlosen, sexuell verwirrten Psychopathen. Wir waren so frei, Erkundigungen über diesen Ponikenus einzuholen, der, nebenbei bemerkt, eine willfährige Kreatur einer sehr einflussreichen Persönlichkeit war. Und ebendiese einflussreiche Persönlichkeit halten Wir für den wahren Anstifter zu all diesen Widerwärtigkeiten, die uns letztendlich zum persönlichen Einschreiten gezwungen haben.«

Erwartungsvoll blickte er seine Gesprächspartnerin an. Zufrieden über das unverhohlene Entsetzen in ihren Augen, fuhr er, ohne ihr Gelegenheit zu einer Antwort zu lassen, fort: »Nein, meine Liebe – Ihr verzeiht doch, wenn ich hier, in trauter Zweisamkeit, auf den Pluralis Majestatis verzichte – es liegt nicht in meiner Absicht, Euch mit solch unangenehmen Themen zu langweilen. Ich muss Euch vielmehr gestehen, dass ich seit unserer kleinen Liaison Euer Bild stets vor Augen habe, dass ich seit dieser Zeit keine Frau mehr anblicken konnte, ohne sie mit Euch zu vergleichen. Ich habe, weiß Gott, schon viele Liebschaften gehabt, doch keines dieser farblosen Wesen konnte sich je mit Euch messen. Ich versuchte die Erinnerung an Euch zu verdrängen, doch je mehr ich mich bemühte, desto weniger konnte ich Euch vergessen. Der Boden, den Ihr einst berührt hattet, der Kelch, aus dem Ihr zu trinken pflegtet, die Briefe, die Ihr an mich gerichtet hattet, all dies wurde für mich immer mehr zum Symbol eines unerreichbaren Traumes. Ich begann, all diese Dinge wie Reliquien zu verehren, ja geradezu anzubeten. Es schien mir eine ungeheure Magie von ihnen auszugehen, so als könnte ich eine Verbindung mit Euch durch sie aufbauen, auch wenn es nur eine Verbindung mit meinen Erinnerungen an Euch war. Als sich mir dann aber eine Gelegenheit bot, Euch nach all den Jahren wiederzusehen, da sträubte sich alles in mir dagegen. Ich fürchtete, Euch des Glorienscheins der Erinnerung beraubt, ich glaubte Euch durch die gnadenlose Klaue der Zeit verunstaltet, ich hatte Angst, dass diese Enttäuschung all meine Illusionen und Träume zerstören würde. Doch als ich heute Euer Antlitz erblickte, da dankte ich dem Schicksal für seine grausame Fügung. Eure Schönheit und Anmut übertraf alles, was mir mein jämmerliches Gedächtnis all die Jahre vorgegaukelt hatte, eine Göttin schien meinen Träumen entstiegen zu sein, um nun leibhaftig vor mir zu stehen. Erzsébet, ich liebe Euch.«

Ein eisiges Lächeln umspielte die Lippen der Gräfin. »Edler Palatin, Eure Liebeserklärung schmeichelt mir. Auch ich empfand ähnlich bei dem Gedanken daran, Euch wiederzusehen, doch im Gegensatz zu Euch musste ich erkennen, dass meine Befürchtungen sich bewahrheiteten. Denn vor mir steht nicht der junge, kraftstrotzende Feldherr, als den ich Euch in Erinnerung habe, sondern ein schlaffer, vom übermäßigen Genuss aufgeschwemmter Greis. Nein, Graf Thurzó, ich kann Eure Gefühle nicht erwidern.«

Zögernden Schrittes bewegte sich Emerich Megyery den Gang zu den herrschaftlichen Gemächern entlang. Es war ihm schwergefallen, der Wache am Tor zum Kastell begreiflich zum machen, wieso er ohne seinen Freund zurückkehrte. Erst ein peinlicher Zufall half ihm, die Situation zu retten.

Ein angetrunkener Offizier war durch die Auseinandersetzung am Tor aufgewacht und mischte sich in die Diskussion ein. »Was treibt Ihr zu nachtschlafender Zeit außerhalb des Kastells?«

Die Wache kam dem schweigsamen Megyery zuvor. »Er war mit seinem Kumpan, diesem Graf Zrinyi, im Ort, und nun will er mir nicht sagen, wo dieser abgeblieben ist.«

Der Offizier blickte Megyery mit einem zynischen Grinsen an. »Soll ich dir sagen, wo dein Graf geblieben ist? Bei irgendeiner Dirne wird er sein, und dich haben sie wohl zurückgeschickt, weil du ihnen zu alt und zu mürrisch bist. Hab ich nicht recht?«

Megyery erwog kurz die Möglichkeit, sowohl der Wache als auch diesem trunkenen Flegel den Bauch aufzuschlitzen, zog es jedoch vor, ein mürrisches Brummen von sich zu geben, was die beiden Soldaten grinsend als Zustimmung interpretierten. Noch immer bebend vor Wut über die Unverschämtheit des Offiziers, aber auch voller Angst, war Megyery inzwischen vor einer bestimmten Tür angelangt. Nach einer kurzen Pause und einigen tiefen Atemzügen klopfte er behutsam an. Als sich daraufhin im Inneren des Raumes nichts rührte, klopfte er erneut, aber diesmal wesentlich bestimmter. Doch auch jetzt erhielt er keine Antwort. Vorsichtig versuchte er die Tür zu öffnen, die, wie er zu seiner Überraschung feststellte, nicht verschlossen war. Ein seltsamer Geruch stieg ihm sogleich in die Nase, der ihn an modrige Kellergewölbe und Weihrauch erinnerte.

Zuversicht bemächtigte sich seiner. Mit zitternden Händen entzündete er eine Kerze und sah sich im Gemach von Graf Zrinyi um. Nichts schien sich verändert zu haben, seitdem sie gemeinsam den Raum verlassen hatten. Doch dieser Geruch bewies ihm, dass erst vor kurzem jemand aus den Kellergewölben hier gewesen sein musste. Und wer außer Graf Zrinyi hätte dies sonst sein können? Megyery löschte die Kerze wieder und verließ den Raum. So bemerkte er nicht, wie sich ein seltsamer Schatten mit raubtierhafter Geschmeidigkeit aus einer finsteren Nische des Raumes löste. Vielleicht erwartete ihn der Graf ja in seiner eigenen Kammer. Raschen Schrittes eilte Megyery voller Erwartung dorthin. Enttäuscht stellte er fest, dass sich dort ebenfalls niemand aufhielt. Er muss hier gewesen sein, dachte Megyery, nachdem er auch an diesem Ort den seltsamen Geruch bemerkte. Wo in Gottes Namen mochte sich Graf Zrinyi aufhalten? Dass er in die Kellergewölbe zurückgekehrt war, hielt Megyery für ausgeschlossen, ebenso wie die Möglichkeit, dass er bei Graf Thurzó oder gar bei der Gräfin war. Er musste bei jemandem sein, zu dem er Vertrauen hatte. Doch von Freunden am Cseithér Hof hatte Megyery nichts bemerkt. Natürlich! Es gab keine andere Möglichkeit! Megyery hetzte los, er wollte den Grafen kein weiteres Mal verpassen. Glücklicherweise hatte die Czobor in seiner Anwesenheit den Weg beschrieben, den sie von ihrem Gemach aus zum Zimmer des jungen Grafen genommen hatte. Leise pochte Megyery an die Tür der jungen Frau.

Graf Thurzó schien die brutale Abfuhr der Gräfin nicht weiter zu verletzen. »Ihr habt recht, meine Liebste. Dieser Körper ist nicht, was eine solch bezaubernde und mächtige Frau, wie Ihr es seid, begehren könnte. Nein, selbst ich schäme mich seiner, und sein Anblick erfüllt mich mit Abscheu. Ich frage Euch aber, wäret Ihr bereit, mein Werben zu erhören, wäre ich in der stattlichen und jugendlichen Gestalt früherer Jahre zu Euch gekommen?«

Die Gräfin verdrehte die Augen und antwortete: »Macht Euch nicht lächerlich, Georg, Ihr seid der, der Ihr seid. – Aber wenn Ihr es wissen wollt, warum nicht, Ihr wart ein einfallsreicher und charmanter Liebhaber, gepaart mit Eurer Macht und Erfahrung könnte ich mir vorstellen …« Erzsébet blickte ihn verheißungsvoll an.

Über Graf Thurzós Gesicht lief ein zufriedener Ausdruck, dann beugte er sich mit vielversprechender Miene zur Gräfin und sagte beinahe flüsternd: »Ich halte den Schlüssel dazu in Händen – die Aufzeichnungen Mordracs. Erzsébet! Ewige Jugend, Schönheit, Macht und wir beide in Liebe vereint, all dies kann bald schon unser sein.« In Graf Thurzós Augen lag ein irres Leuchten.

Ungerührt erwiderte die Báthory: »Warum nicht heute, mein Lieber? Wieso tretet Ihr mir nicht jetzt schon als prächtiger Jüngling entgegen? Warum muss ich mir eine Liebeserklärung von einem verlebten Greis anhören?«

Krachend donnerte die Faust des Palatins auf ein zerbrechlich wirkendes Beistelltischchen. »Warum, warum, warum! Weil noch nicht alles entschlüsselt ist. Mordracs Aufzeichnungen sind lückenhaft, sie bestehen teils aus alchemistischen Symbolen und Geheimzeichen, deren Bedeutung sich über die Jahrhunderte hin verschoben hat oder gar verloren gegangen ist. Selbst die Hofalchemisten Kaiser Rudolfs konnten mir für einige kabbalistische Elemente keine schlüssige Erklärung liefern. Auch die Kommentare, die Mordracs Vertrauter angefügt hat, scheinen sich zu widersprechen. Das Geheimnis lässt sich nur durch das vergleichende Studium der zeitgenössischen Meister, wie Roger Bacon oder Ibn Ata'Illah al-Iskandari, lösen. Das braucht seine Zeit, zumal ich mich hüte, zusammenhängende Passagen des Manuskripts an Dritte zur Analyse weiterzugeben.«

Erzsébet lächelte wissend, dann erwiderte sie sanft: »Es gibt noch einen anderen, direkteren Weg.«

Plötzlich versteinerte sich ihr Blick, und ihre Stimme klang spröde, »das Experiment!«

Graf Thurzó blickte ihr verblüfft in die Augen und erwiderte abwehrend: »Wisst Ihr überhaupt, wie vieler Experimente es bedarf, wie viele Leben Ihr auslöschen müsstet, um alle Rätsel Mordracs zu lösen?«

Erzsébet deutete ein Nicken an: »Wäre es das nicht wert? Was bedeuten schon die Leben einiger weniger Bauerntölpel im Vergleich zu diesem Aurum potabile? Wie viel Christenblut wurde schon wegen weit geringerer Anlässe geopfert? Erobert eine von den Türken besetzte Stadt Ungarns zurück, verkneift Euch ausnahmsweise das Vergnügen, die heidnischen Hunde zu Tode zu schinden und bedient Euch ihrer zum Erlangen dieser höchsten Erkenntnis! Somit hättet Ihr eine gute Tat gleich mit dem Praktischen verbunden und dabei auch noch Eure christlichste Seele frei von jeglicher Sünde gehalten.«

Graf Thurzó wusste nicht, ob er die Gräfin ob dieser Betrachtungen bewundern oder sich voll Abscheu abwenden sollte.

»Wer da?« Angst schwang in der Stimme von Maria Czobor mit.

Es dauerte eine Weile, bis es Megyery gelang, die junge Frau dazu zu bewegen, ihm die Tür zu öffnen.

»Ihr sucht Graf Zrinyi, was ist mit ihm? Wieso ist er nicht auf seinem Zimmer?«

»Wir waren in der Krypta, auf der Suche nach der Strafkammer«, erwiderte Megyery mit steigendem Unbehagen.

Vorwurfsvoll blickte sie dem zerrauften und blutverschmierten alten Mann ins verlegen wirkende Gesicht. Langsam begann sie zu begreifen, und ihre Furcht verwandelte sich in Wut: »Was habt Ihr angerichtet, Unglücklicher! Wolltet Ihr etwa auf eigene Faust diese Höllenbrut ausheben? Redet schon, habt Ihr den Grafen da mit hineingezogen?«

Schuldbewusst begann Megyery, ihr heimliches Unterfangen zu schildern. Als er in seiner Erzählung zu der Stelle kam, an der sie auf getrennten Wegen das Labyrinth unter dem Schloss erkundeten, starrte sie ihm ungläubig ins Gesicht.

Gefährlich leise murmelte sie: »Sagt, dass das nicht wahr ist! Megyery, Ihr könnt doch nicht so wahnwitzig gewesen sein, Graf Zrinyi völlig allein in die Höhle des Löwen zu schicken!«

»Noch ist nicht alle Hoffnung verloren«, versuchte er ihr

Mut zu machen, »ich bin mir sicher, dass er wieder aus den Katakomben zurückgekehrt ist. Als ich soeben in seinen und meinen Gemächern nach ihm suchte, bemerkte ich darin den typischen Geruch der Kellergewölbe. Er muss diesen Geruch noch in seinen Kleidern gehabt haben, als er von dort zurückkam. Und überhaupt«, konterte er, »wieso macht eine junge Frau zwei erwachsenen Männern Vorwürfe für etwas, was sie mutterseelenallein in der Nacht zuvor selbst unternommen hat?«

Verzweifelt rang Maria die Hände. »Versteht doch, mir war nicht bewusst, was für eine ungeheuerliche Macht hinter all den Verbrechen hier steckt. Meine Unternehmungslust ist einer unbeschreiblichen Todesangst gewichen. Das Böse hier lässt sich nicht in die Karten schauen, jeder, der zu viel weiß, wird beseitigt, Ponikenus war der Erste. Und jetzt auch noch Graf Zrinyi.«

Megyery wollte ihr widersprechen, doch sie ließ sich nicht beirren: »Gebt Euch keinen falschen Hoffnungen hin. Was beweist denn schon der Modergeruch in Euren Kammern – doch nur, dass da irgendetwas aus dem Keller emporgestiegen ist, Euch bereits auf der Spur! Graf Zrinyi wäre direkt zu mir gekommen oder hätte zumindest eine Nachricht hinterlassen. Wer wird der Nächste sein? Ihr? Vielleicht ich? Sicher wurde der Graf aufs grausamste gefoltert und hat zuvor noch all sein Wissen preisgegeben!« Schluchzend sackte die junge Frau in sich zusammen.

Megyery gab sich einen Ruck. »Vielleicht habt Ihr recht. Doch um einen Graf Zrinyi zum Reden zu bringen, bedarf es mehr, als nur eine Stunde peinlicher Befragung. Ich werde nochmals in die Katakomben zurückkehren und, wenn dem so ist, ihn aus den Krallen dieser Bestie befreien, das bin ich ihm schuldig.« Megyery schickte sich an, die junge Frau zu verlassen.

Ängstlich bat sie ihn: »Megyery, lasst mich nicht allein. Wenn der Schattenwolf heute Nacht ein Opfer sucht, dann mich. Ich weiß zu viel, die Gräfin weiß das, die Darvulia weiß das, der Schattenwolf weiß das.« Flehend blickte sie den alten Krieger an.

Doch wenn sich in dessen starrsinnigem Hirn eine Idee eingenistet hatte, so war er davon nicht mehr abzubringen. So antwortete er: »Hier besteht für Euch so lange keine Gefahr, wie Ihr die Tür verschlossen haltet. Ich hingegen kann nicht hier untätig warten, während ein durch meine Schuld in Gefahr Geratener womöglich unter der Folter stirbt.« Mit einer heroischen Geste stürmte er aus dem Raum und ließ Maria Czobor verzweifelt zurück.

»Ihr täuscht Euch, großmütigste Erzsébet, die Zeiten haben sich geändert. Matthias hat nicht ohne mein Zutun Frieden mit der Pforte geschlossen. Eine unbedachte militärische Aktion gegen die Türken, und das von mir aufgebaute Gleichgewicht, welches die Habsburger und den Sultan davon abhält, Ungarn mit ihren machthungrigen Klauen zu zerreißen, würde zusammenbrechen. Die Folge wären schreckliche Kriegswirren, danach die Aufteilung des Landes unter den beiden Machtblöcken und die völlige Entmachtung und Unterdrückung des ungarischen Adels. Zu Lebzeiten Eures heldenhaften Gattens, Franz Nádasdys, wäre es ein Leichtes gewesen, so zu handeln, wie Ihr vorschlagt. Der schwache Kaiser Rudolf hatte damals noch den Königsthron unseres geschundenen Landes inne, ihm war es nur wichtig, dass er in Ungarn ein Bollwerk gegen die Mohammedaner besaß. Er unterstützte unsere Truppen und schickte uns Verstärkung. Unsere feudale Macht ließ er unangetastet wie auch unseren protestantischen Glauben. Anders sein machtgieriger Bruder Matthias. Seit dieser dem Kaiser die ungarische Krone abgerungen hat, versucht er, seine Vasallen in allen wichtigen Ämtern des Landes unterzubringen. Unseren Glauben will er uns ebenso wenig wie der Sultan zugestehen, und er versucht, die Gegenreformation mit eiserner Faust voranzutreiben. Nur das Kräftegleichgewicht und seine Angst, wir könnten zu den Türken überlaufen, bewahrt uns vor der völligen Unterjochung durch den verhassten Habsburger.«

Unbeeindruckt von diesen Worten entgegnete die Gräfin: »Habt Dank für Euren Unterricht in Sachen hoher Politik; ich bin mir der momentan angespannten Lage durchaus bewusst. Ihr habt den Wert der Mordracschen Apokryphen eben einfach zu spät erkannt, als dass Ihr den bequemeren Weg ihrer Entschlüsselung hättet gehen können. Wer weiß, ob Ihr nun in der Lage sein werdet, dieses Rätsel zu lösen, bevor Euer Lebenslicht erlischt.« Beinahe mitleidvoll blickte sie dem Grafen ins verwunderte Gesicht.

»Erzsébet«, entgegnete dieser lauernd, »ist es möglich, dass Ihr mehr über das Opus Aeternam wisst, als Ihr mir bisher glauben gemacht habt?«

Mit Unschuldsmiene erwiderte sie: »Ich bitte Euch, mein Palatin, ich dummes Weib, wie könnte ich? Gab ich Euch etwa Anlass, in solcher Art von mir zu denken?«

»Vielleicht ist es Euch nicht bewusst, doch eben dies ist der Fall!« Graf Thurzó blickte sein Gegenüber prüfend an, um sich der Wirkung seiner Worte zu vergewissern. Doch die ungerührte Miene der Gräfin ließ keinen Rückschluss darauf zu, ob sie verunsichert oder gar erschrocken war. So fuhr der Graf erklärend fort: »In meiner Rolle als Palatin wähle ich meine Worte sorgfältig und vergesse nie, was ich erwähnt und was ich ausgelassen habe. In meiner Rolle als oberster Richter habe ich zudem gelernt, auch die geringste Ungereimtheit zu bemerken. Als Ihr Euch soeben mit beißendem Sarkasmus an dem aussichtslosen Stand meiner Forschungen geweidet habt, ist Euch ein grober Fehler unterlaufen! Ihr habt recht, Mordracs Apokryphen befinden sich schon seit langem in meinem Besitz – oder besser gesagt, eine mäßige Abschrift davon. Doch außer demjenigen, der mir diese Abschrift einst auf mysteriösen Wegen hat zukommen lassen, konnte niemand wissen, dass ich sie bereits vor dem Friedensschluss mit der Pforte besaß. Welches doppelte Spiel treibt Ihr, was wisst Ihr wirklich über das Opus Aeternam, Erzsébet?«

Megyery war wieder in die finsteren und modrigen Eingeweide des Kastells eingetaucht. Die Torwache hatte er mit der einfachen Entschuldigung abgespeist, dass es nun an der Zeit sei, seinen Herrn, den jungen Grafen, wieder in seine Gemächer zurückzugeleiten. Es hatte ihn einige Überwindung gekostet, die Kirche nochmals zu betreten. Furchtsam war er in das Gotteshaus eingedrungen, jederzeit erwartend, von der nun mit dämonischem Leben beseelten Leiche Ponikenus' angefallen zu werden. Doch die Leiche lag weiterhin friedlich in der Krypta und machte auch dann noch keine Anstalten, Megyery zu zerfleischen, als dieser sie fast berührte, während er zum Geheimgang schlich. In dem Teil der Gewölbe, den Graf Zrinyi hatte durchsuchen sollen, erinnerte alles an einen Weinkeller. Keine Spuren eines Kampfes, keine eisenbeschlagene Tür, die in die ominöse Strafkammer hätte führen können. Megyery war verwirrt, immer und immer wieder legte er den Kopf zur Seite, um in die Finsternis hineinzulauschen – aber er hörte kein Kettengerassel, kein Stöhnen und auch sonst kein Geräusch, das ihn auf die Spur des vermissten Grafen hätte bringen können. Als er sich sicher war, selbst den letzten Seitengang erforscht zu haben, machte er sich resigniert auf den Rückweg. Vor einem riesigen, in die Wand eingelassenen Fass stutzte er plötzlich. Etwas hatte unter seinen Füßen geknirscht. Vorsichtig suchte er den Boden vor sich ab und entdeckte zu seinem Entsetzen das zerbrochene Amulett, welches er Stunden zuvor Graf Zrinyi gegeben hatte.

Wild entschlossen blickte er das Fass vor sich an und murmelte: »Nun wird sich zeigen, ob die Strafkammer nur eine Einbildung oder tatsächlich das Nest dieser Höllenbrut ist!«

Mit der schmerzenden Linken hielt er zitternd die Lampe hoch, während die Rechte nervös nach einem geheimen Mechanismus suchte, um das Fass zu öffnen. Doch erst eine schmale Rinne im Boden verriet ihm, dass sich der runde Fassdeckel wie ein Rad beiseiterollen ließ. Dahinter wurde eine schwere, eisenbeschlagene Tür mit einem komplizierten Schließmechanismus sichtbar. Fürwahr, dachte Megyery bei sich, hier hat jemand ein großes Geheimnis zu verbergen. Es dauerte lange, bis es ihm schließlich gelang, die massive Tür mit Hilfe seines Hakens zu öffnen. Schweren Schritts und mit gezücktem Schwert trat er den Abstieg auf der steilen Wendeltreppe an. Zitternd erreichte er eine riesige Tropfsteinhöhle, welche das schwache Licht seiner Laterne nicht zu erhellen vermochte. Was aber von den gelblichen Strahlen erfasst wurde, ließ Megyerys schrecklichste Vorahnungen wie harmlose Kinderphantasien erscheinen. Was selbst der Anblick erschlagener Soldaten, verbrannter Ketzer und von Türken zu Tode gefolterter Christen nicht vermocht hatte, bewirkte nun der schemenhafte Anblick der hier vollbrachten Grausamkeiten. Der alte, kaltblütige Krieger, der von seinen Feinden respektvoll Roter Megyery genannt wurde, sank, von einem Weinkrampf geschüttelt, auf die Knie. Sich heftig gegen das Bedürfnis wehrend, vor Panik aus der Höhle zu rennen, suchte er jeden Winkel nach einer Spur von Graf Zrinyi ab. Was er fand, ließ sein Blut in den Adern gerinnen, aber nichts von alledem wies auf den jungen Grafen hin. Viel zu erschüttert, als dass er einen Hauch von Erleichterung oder gar Triumph ob seiner Entdeckung hätte verspüren können, schlich sich Megyery zurück zur Treppe, peinlich darauf bedacht, alle Grausamkeiten auf diesem Weg zu umgehen. Er fühlte sich nicht imstande, nochmals den entstellten und geschundenen Opfern des Schattenwolfes entgegenzutreten. Froh, dieser Hölle entronnen zu sein, begab er sich auf den Weg nach oben. Er zermarterte sein Hirn, wer oder vielmehr was für all diese Gräueltaten verantwortlich zu machen sei. Das Beste würde wohl sein, alle diese Hohlräume mit geweihter Erde zuzuschütten, die Zugänge zu den Kellern zu vermauern, Kirche, Burg, Kastell und auch alle anderen Gebäude niederzubrennen, die Grundmauern niederzureißen und alles dem Erdboden gleichzumachen. Dann sollten alle Verdächtigen, und Megyery schwebten einige neben der alten Darvulia vor, so lange unter Folter befragt werden, bis auch der Letzte, der dieser Bestie gedient haben mochte, entdeckt und den reinigenden Flammen übergeben wäre. So würde zwar nicht der Schattenwolf vernichtet sein, doch seine Brut und sein Unterschlupf wären ausgelöscht. Von derartigen Gedanken bewegt, erreichte der alte Krieger die verfluchte, eisenbeschlagene Tür, die er sorgsam zu verriegeln gedachte. Doch zu seinem Entsetzen wurde er dort erwartet. Das Licht seiner Laterne erhellte die dämonische Fratze der alten Darvulia. In der einen Krallenhand hielt sie eine abscheulich verzierte Schale, der ein seltsam beißender Qualm entstieg, der die Hexe bald ganz einhüllte und Megyery die Sinne verwirrte. Kraftlos entglitt das Schwert seiner mächtigen Hand, mit dem er eben noch die Alte in Stücke hatte hauen wollen.

Wie aus großer Ferne vernahm er ihre Stimme, während sich ihre Züge immer mehr in die eines Wolfes verwandelten. »Du einfältiger Tor, glaubtest du wirklich, du könntest die Pläne des Schattenwolfs durchkreuzen, seinen geheimen Tempel der Zerstörung preisgeben oder gar ihn selbst vernichten? Nie! Das Lächerliche und Tragische an dir ist, dass du zudem die, die dir vertrauten und sich unter deinen Schutz stellten, verlassen und verraten hast! Zuerst den jungen Grafen und jetzt auch noch die ach so liebreizende Maria Czobor.« Ein hässliches, grollendes Lachen der wolfsartigen Bestie zwang den baumstarken Mann endgültig in die Knie.

Erzsébet Báthory starrte den Palatin feindselig an; seine sentimentale Liebeserklärung hatte sie unvorsichtig werden lassen. Nun hing sie ihm wie ein zappelnder Fisch am Haken. Leugnen half nichts, denn sie selbst hatte ihm den Beweis erbracht, dass sie es war, die ihm fünfzehn Jahre zuvor das Opus Aeternam untergeschoben hatte. In der Hoffnung, ihr damaliger Geliebter und Kenner der okkulten Lehren sei in der Lage, das Geheimnis Mordracs zu enträtseln, hatte sie eine Abschrift des Werkes anfertigen lassen und es ihm mit einem Boten anonym zukommen lassen. Doch anstatt sofort zur Tat zu schreiten, hatte Graf Thurzó das Pergament nach einigen ergebnislosen Studien in seinem Geheimarchiv verschwinden lassen, was sie ihm mehr als übel nahm und deswegen bald darauf die Beziehung zu ihm abbrach. Es war eben diese Wut über seine damalige Untätigkeit, die sie zu der unüberlegten Äußerung getrieben hatte. Ärgerlich über sich und ihre lose Zunge beschloss sie, die Fügsame zu spielen: »Nun gut, ich gebe zu, dass ich es war, die Euch die Abschrift sandte. Vor vielen Jahren entdeckte ich in der Bibliothek meines Vaters die Aufzeichnungen Mordracs, ich erkannte ihren Wert, konnte sie aber nicht entschlüsseln. Als ich erfuhr, dass Ihr Euch mit Alchemie befasst, keimte in mir die Hoffnung auf, dass Ihr mir bei der Entschlüsselung helfen könntet.«

»Und wieso vertrautet Ihr Euch mir damals nicht an?«, fragte der Palatin verständnislos.

»Weil ich fürchtete, dass Ihr mich als Mitwisserin des Geheimnisses um die ewige Jugend womöglich hättet beseitigen lassen. Ich glaubte, dass es sicherer sei, Euch zunächst anonym eine Abschrift zu schicken und Eure Reaktion abzuwarten, bevor ich mich Euch offenbarte.«

»Sagtet Ihr nicht gerade, Ihr konntet die Apokryphen nicht entziffern?«, insistierte der Graf. »Woher konntet Ihr dann überhaupt wissen, dass in ihnen derart brisantes Wissen verborgen ist, das selbst einen Menschen, der Euch liebt, zum Mörder machen könnte?«

Die Gräfin sammelte sich einen Moment, bevor sie sich zu einer Antwort durchrang. »Nun, es ist die Art, wie das Werk in den Besitz unserer Familie gelangte, die mich davon überzeugte, dass es das Geheimnis des ewigen Lebens birgt. Wie Ihr wisst, blicke ich auf eine Reihe großer Vorfahren zurück. Einer der ruhmreichsten unter ihnen war mein Ururgroßonkel István Báthory, der Fürst von Siebenbürgen. Er war ein enger Vertrauter des damaligen Königs von Ungarn. Dieser betraute ihn 1476 mit der Aufgabe, Vlad III., den ehemaligen Herrscher der Walachei, wieder auf den walachischen Thron zu heben. Vlad III. war ebenjener Fürst, unter dem Mordracs Vertrauter den Tod fand. Mit einem gewaltigen Heer zog Báthory nach Curte de Argeş, setzte den dortigen Woiwoden ab und erzwang die Wiedereinsetzung von Vlad III. durch den orthodoxen Metropoliten. Aus Dankbarkeit, aber auch aus der Angst heraus, sie könnten in die falschen Hände fallen, vermachte Vlad III. meinem Vorfahr die Schriften Mordracs. Er hatte diese und weitere Vorsichtsmaßnahmen getroffen, da er sich der Gefahr, in die er sich begab, bewusst war. Kaum war István Báthory mit seiner Kriegsmacht abgezogen, fielen die Türken in die Walachei ein, um den verhassten Vlad III. zu vernichten. Wie Ihr wisst, musste das Werk von großer Bedeutung sein, wenn Vlad III. es unter keinen Umständen in die falschen Hände gelangen lassen wollte.«

Der Palatin schien wenig überzeugt. »Aber wieso übergab

er es dann einem Heerführer, der ihm vom ungarischen König an die Seite gestellt worden war, und nicht einem langjährigen Vertrauten aus seinem eigenen Umfeld?«

»Die beiden verband weit mehr als nur dieser eine Feldzug«, erklärte die Báthory. »Es gab zu der Zeit eine mächtige Bruderschaft, die sich dem Kampf gegen die türkischen Ungläubigen verschrieben hatte. Es handelte sich um den Drachenorden. Noch heute erkennt man die Anhänger von damals daran, dass ihre Nachfahren in ihrem Namen oder in ihrem Wappen einen Drachen führen. Auf diesen Orden geht auch das Drachenwappen des Hauses Báthory zurück. István Báthory und Vlad III. waren Ordensbrüder, die einander mehr Vertrauen entgegenbrachten als Vater und Sohn.«

Graf Thurzó blickte sie nachsichtig an, als er trocken entgegnete: »Klingt nett, doch so ganz kann ich das nicht glauben. Auch ich kenne die ruhmvolle Geschichte des Drachenordens. Es war eine hohe Ehre, durch Kaiser Sigismund persönlich in diesen Orden aufgenommen zu werden, dem zahlreiche bedeutende Fürsten jener Zeit angehörten. Und wie Ihr so treffend bemerkt habt, übernahmen die meisten Familien, die ihm angehörten, den Drachen in ihr Wappen. Für das Haus Báthory mag dies zutreffen, doch das Wappen, das neben dem Namenszug von Vlad III. in der mir vorliegenden Abschrift prangt, zeigt einen Adler, und sein Beiname Tepeş lässt ebenfalls nicht auf seine Zugehörigkeit zum Drachenorden schließen. Mit Hilfe dieser Randnotizen konnte ich, nebenbei bemerkt, auch die Geschichte des Mannes rekonstruieren, den Vlad III. als Überbringer der Apokryphen hat pfählen lassen.«

»Wollt Ihr mich Lügen strafen?«, brauste die Gräfin empört auf. »Das Haus Báthory verbindet eine lange Tradition mit den Herrschern der Walachei. Wir sind sehr stolz auf diese Verbindung, und unser Familienwissen um Vlad III. geht weit über ein paar Randnotizen hinaus. Er führte als Woiwode das Adlerwappen der Walachei, doch das Wappen seiner Familie trägt sehr wohl den Drachen. Ich besitze Münzen aus seiner Zeit, auf deren Vorderseite er den Adler, auf der Rückseite aber den Drachen prägen ließ. Den Beinamen Tepeş, der Pfähler, hatte er sich in mehreren Feldzügen erworben, bei denen er Zehntausende gefangener Türken zur Abschreckung aufspießen ließ. Doch er besaß auch einen weiteren Beinamen, der auf seinen ruhmvollen Vater hindeutet, Vlad der Sohn des Drachens oder, wie die Walachen sagen, Vlad Dracula!«

Graf Thurzó hielt dem wütenden Blick der Gräfin stand, als er ungerührt konterte: »Nun gut, das erklärt zwar, wie das Opus Aeternam in Euren Besitz gelangt ist. Ihr seid mir jedoch immer noch die Antwort schuldig, woher Ihr wusstet, dass dieses Werk mit dem Erlangen ewiger Jugend in Verbindung steht.«

Erzsébet Báthory kochte vor Wut und entgegnete scharf: »Eure Beharrlichkeit überschreitet langsam meine Geduld!« Doch der warnende Blick des Palatins bedeutete ihr, dass er willens war, sein Verhör auch unter weniger angenehmen Bedingungen fortzusetzen. So beantwortete sie ihm, wenn auch widerstrebend, diese Frage: »Es waren die Begebenheiten nach István Báthorys Heimkehr, die mir Gewissheit gaben, welcher Art Vlad Draculas Vermächtnis war. Bald nach dem Feldzug in die Walachei zog sich mein Vorfahre von all seinen Ämtern zurück. Er ließ sich auf Gut Marott nieder, das ihm der ungarische König in Anerkennung seiner Dienste verliehen hatte. Dort widmete er sich geheimnisvollen Studien, über deren Inhalt nur wenig bekannt ist. Es deutet jedoch vieles darauf hin, dass er an der Entschlüsselung der Mordracschen Aufzeichnungen arbeitete. Und das im Gegensatz zu Euch mit Erfolg!« Diesen Seitenhieb konnte sie sich nicht verkneifen.

Doch der Graf bedeutete ungerührt, sie solle in ihren Schilderungen fortfahren. Also sagte sie: »Es gibt da eine Legende, die behauptet, die Jahre auf Schloss Marott seien spurlos an ihm vorübergegangen. Vielmehr noch schien es, als würde für ihn die Zeit rückwärts laufen und er von Tag zu Tag jünger werden. Doch eines Tages war er des Lebens müde, legte sich nieder und entschlief. Sein Atem stand still, und sein Herz hatte aufgehört zu schlagen, aber sein Körper weigerte sich zu verfallen. Niemand vermochte ihn aufzuwecken, und so wurde er betrauert und schließlich beerdigt. Viele Jahre später sollte sein Leichnam umgebettet werden, und so öffnete man seinen Sarkophag. Was die Arbeiter dabei fanden, erschreckte sie zutiefst, denn statt eines Skeletts lag dort István Báthory ebenso unversehrt, als wäre er noch am Leben. Ich entdeckte diese Legende, die ein gewisser Timon aufgezeichnet hat, ebenfalls in der Bibliothek meines Vaters.«

Der Palatin nickte nachdenklich, dann blickte er sein Gegenüber lange an und sagte: »Ja, so könnte es sich tatsächlich abgespielt haben. Beim Durchsehen des Nachlasses Eures Vaters stießt ihr sowohl auf das Opus Aeternam als auch auf die Chronik Eures Vorfahrs. Ihr musstet nur noch eins und eins zusammenzählen, um Euch der Bedeutung dieser Entdekkung bewusst zu werden.«

Worauf die Gräfin Báthory spitz entgegnete: »Wie schön, dass der ach so weise Palatin es endlich begriffen hat.«

Mit lauerndem Unterton meinte dieser: »Ja, ich glaube, Ihr wart damals tatsächlich nicht in der Lage, das alchemistische Werk zu entschlüsseln. Doch im Gegensatz zu mir wart Ihr sicherlich nicht so lange untätig. Immerhin hattet Ihr ja noch das Original. Und findet Ihr es nicht seltsam, wie sich Timons Legende und Eure eigene Entwicklung ähneln. Denn auch Ihr scheint von Tag zu Tag jünger zu werden. Ich bin überzeugt, dass Ihr begannt, dem Geheimnis auf Eure eigene, wie soll ich sagen, unorthodoxe Art nachzuforschen. Unterstützung fandet ihr durch Euren Euch willenlos ergebenen Gatten.«

»Reine Hypothese«, konterte Erzsébet Báthory. »Ihr habt dafür keinerlei Beweise.«

»Das würde ich nicht so sehen, liebste Erzsébet. Meine Nachforschungen haben ergeben, dass Ihr vor nicht allzu langer Zeit einige Güter erworben habt, die einst Vlad Dracula gehörten. Was wird wohl hierfür der Anlass gewesen sein?«

Graf Thurzó machte an dieser Stelle eine erwartungsvolle Pause, doch die Gräfin hüllte sich in Schweigen. So gab er sich selbst die Antwort: »Wirtschaftliche Gründe können wir getrost ausschließen. Weder sind in der Gegend Bodenschätze bekannt, noch eignet sich der Boden zur Landwirtschaft. Die Äcker sind in einem jämmerlichen Zustand. In den zahlreichen Kriegen zur Zeit Draculas ließ dieser von seinen abziehenden walachischen Truppen die gesamte Vegetation niederbrennen. Und statt blühender Felder fanden die Türken einen Wald voller Tausender gepfählter Leichen vor. Als schließlich die osmanischen Besatzer ihrerseits die Ländereien wieder verlassen mussten, bestand ihre Rache darin, das gesamte Erdreich zu vergiften. Der Boden hat sich bis heute nicht von diesem Frevel erholt, und die Bauern pflügen mehr Knochen und Schädel aus der Erde als Feldfrüchte. Das einzig Nennenswerte an Euren neuerworbenen Ländereien dürfte eine alte, halbverfallene Burg sein, von der es heißt, dass dort Vlad Dracula oft zu Gast war. Ist es nicht naheliegend, dass Euch Eure Forschungen am Opus Aeternam auf die Idee gebracht haben könnten, einen Ort zu erwerben, an dem sich womöglich noch weitere Hinweise zur Auflösung des Rätsels verbergen? Besonders pikant ist dabei die Tatsache, dass die dortige Bevölkerung der festen Überzeugung ist, dass Vlad Dracula noch heute in der Burg umgeht. Die Leute berichten von gewaltigen Fledermäusen, die nachts aufsteigen, um sich vom Blut der Dorfbevölkerung zu nähren. Sicherlich ist das alles purer Aberglaube, doch finde ich es dennoch bemerkenswert, dass auch in diesen Ortschaften in letzter Zeit zahlreiche junge Frauen verschwunden sind.«

Der Gräfin Báthory schien das Thema mehr als nur unangenehm zu sein, und so versuchte sie, vom eben Gesagten abzulenken. »Was bezweckt Ihr überhaupt mit diesem Disput? Er dient doch nun wirklich nicht der Auflösung der Vorfälle hier in Cseithé.«

»Da wäre ich mir nicht so sicher«, erwiderte der Palatin. »Ich sehe einen engen Zusammenhang zwischen dem Opus Aeternam, dem Verschwinden und dem Tod so vieler Mädchen, sowohl in Cseithé als auch anderen Orts, und Eurer geradezu unnatürlichen Jugend! Ist es nicht seltsam, dass das Auftauchen des Schattenwolfes, der sich Jungfrauen aus der Umgebung suchen musste, in die Zeit nach dem Tod von Franz Nádasdy fällt? In eine Zeit, in der Euch der Zugriff auf Kriegsgefangene, oder sollte ich besser sagen, weibliche Kriegsgefangene, verwehrt war? Denn genau die, unterstelle ich, hat Euch Franz Nádasdy aus blinder Liebe zu Euch geliefert. Er hat bei der Eroberung von Pápa, Adony, Tona und Ofen die eine oder andere Gefangene für Eure Experimente abgezweigt. Zudem bin ich überzeugt, dass zwischen Mordracs Apokryphen und dem Tod von Ponikenus eine Verbindung besteht. Ich ließ das bei seiner Leiche gefundene Schreiben mit Schriftproben von seiner Hand vergleichen. Und ich erlebte gleich eine doppelte Überraschung. Zunächst, was ich eigentlich schon erwartet hatte, stimmten die beiden Schriften nicht überein; Ponikenus letzter Brief ist also eine Fälschung. Aber ich machte eine noch viel bedeutendere Entdeckung. Die Handschrift des Pastors ist die gleiche, mit der auch meine Kopie des Opus Aeternam angefertigt wurde! Er war also ein unangenehmer Mitwisser eines verfänglichen Geheimnisses; Grund genug, ihn vor einer offiziellen Befragung zu beseitigen. Womöglich wäre es doch angebracht, Euch auf die Folter zu spannen. Offiziell natürlich ausschließlich zur Aufklärung der Malefizien, nebenbei verspreche ich mir aber auch so manche Erkenntnis bezüglich meiner eigenen, bescheidenen Forschungen.«

Die Gräfin ließ sich nicht anmerken, wie sehr sie die Worte Graf Thurzós trafen. Ungerührt antwortete sie: »Würdet Ihr mich auf die Folter spannen, so stünde der gesamte ungarische Adel gegen Euch. Die Morde habt Ihr höchstpersönlich und offiziell aufgeklärt. Es gibt außer Euren vagen Vermutungen keine Gründe mehr, daran zu zweifeln. Ihr könnt gegen mich nicht so vorgehen wie gegen irgendeinen einfachen Verbrecher. Das Verfahren müsste sich exakt an die kaiserliche Gesetzgebung halten. Die Befragungsmethoden, die dort für eine Frau von Stand vorgesehen sind, sind nie und nimmer dafür geeignet, eine Báthory zum Sprechen zu bringen.«

Graf Thurzó begegnete schmunzelnd ihrem hasserfüllten Blick. »Oh, Ihr unterschätzt meine Macht, liebste Erzsébet. Dem Gesetz nach bin ich zwar Kaiser und König Rechenschaft schuldig, doch in Wirklichkeit schalte und walte ich nach eigenem Gutdünken. Wie ich mit protestantischen Ungarn, egal welchen Standes, verfahre, ist den Habsburgern gleichgültig. Hauptsache ist, dass nach erfolgtem Urteilsspruch die konfiszierten Güter an Kaiser und König fallen. Ich kann Euch so oft und so hart befragen, wie es mir beliebt. Anstatt mich zu rügen, wird Matthias voll Zufriedenheit Eure riesigen Besitztümer an sich bringen und meine, ohnehin schon umfassenden Vollmachten voll Dankbarkeit erweitern. Der ungarische Adel hingegen wird zwar murren, aber nicht weiter aufbegehren, vor allem aus der Angst heraus, selbst zur Zielscheibe der habsburgischen Expansionspolitik zu werden.«

Nun war es vorbei mit der Selbstbeherrschung der Gräfin, vor Wut schäumend, sprang sie auf. »Wenn Ihr es wagt, mir nur ein Haar zu krümmen, wird mich mein Oheim, der jetzige Fürst von Siebenbürgen, rächen. Er verfügt über ein mächtiges Heer und hat auch an Eurem Hof seine Agenten. Noch bevor Ihr in der Lage wäret, Hand an mich zu legen, wäret Ihr und die Eurigen am eigenen Blute erstickt!«

Megyery presste beide Fäuste an die Schläfen, so als könne er dadurch ein weiteres Verblassen seiner Sinne vermeiden. Das einzige Gefühl, zu dem er noch fähig war, war Hass. Er hasste die Alte dafür, dass sie aus ihm einen tumben Versager zu machen versuchte.

Mit einer übermenschlichen Anstrengung riss er sich vom Bann des Wolfsweibes los und streckte ihr das zerborstene Amulett entgegen. »Mich könnt Ihr nicht mit Euren Zeug behexen!« Er ergriff sein Schwert und schickte sich an, sie niederzustrecken.

Als sie das Klirren harten Stahls auf dem Boden vernahm, fiel die Blinde auf die Knie und flehte: »Edler Herr, verschont mich altes, blindes Weib, und ich werde Euch alles gestehen.«

Megyery, der hinter dem Wimmern eine List vermutete, packte die Blinde, warf sie gegen die Wand und presste ihr die Klinge an die Kehle. »Sprich, Hexe! Und wehe, du wagst es, mich zu belügen oder gar zu behexen!«

»Als ich vor sechs Jahren in die Dienste der Gräfin trat, war sie auf der Suche nach der Formel für das ewige Leben. Ihr war jedes Mittel bei dieser Suche recht, und sie schreckte dabei vor keiner Grausamkeit zurück. Doch erst durch meine Hilfe gelangte sie in den Besitz der richtigen Formel. Seither saugt sie als Vampir das Leben der ihr zugeführten Mädchen aus, um sich ihre Jugend zu bewahren. Ich jedoch musste die ganze Drecksarbeit verrichten. Doch sieh mich an, alles hat sie nur für sich behalten. All die Jugend, all das Leben, nichts von alledem hat sie mit mir geteilt.«

»Wie, du Ausgeburt der Hölle, willst du etwa behaupten, die ehrwürdige Gräfin Báthory höchstpersönlich sei der Schattenwolf?« Megyerys Klinge drückte sich bedrohlich tief in den Hals der Alten.

Röchelnd erwiderte diese: »Edler Herr, um des Mädchens willen, glaubt mir! Noch zu dieser Stunde, ich spüre es genau, ist Maria Czobor auserkoren, durch der Gräfin eigene Hand ermordet zu werden.« Blut quoll langsam und dickflüssig aus Darvulias Hals, doch Megyery ließ nicht von ihr ab.

»Du lügst, alte Hexe!«, schrie er. »Um des Mädchens willen – dass ich nicht lache. Du, die du die Grausamste unter all den Häschern des Schattenwolfes bist! Ich sollte dich hier sofort erschlagen, doch ich will nicht den Folterknechten des Palatins zuvorkommen. Und nun will ich dir verraten, warum ich dir kein Wort glaube. Hier im Schoß der Erde verbirgt sich der unheilige Tempel des Schattenwolfes – und nur hier werden ihm seine Opfer dargebracht. Heute Nacht waren es drei. Es wird kein viertes Opfer mehr geben. Du versuchst lediglich, deinen Kopf aus der Schlinge zu ziehen! Und jetzt sprich, wo befindet sich Graf Zrinyi?« Wiederum verstärkte er den Druck seines Schwertes.

»Der junge Herr? Ihm droht keine Gefahr mehr, denn er weilt nicht mehr in diesen Mauern.« Ein zynisches Lächeln umspielte ihre runzligen Lippen. »Doch dank Eures Starrsinns werdet Ihr zu spät kommen, um das Mädchen noch zu retten.«

Ihre leeren Augen schienen in die Unendlichkeit zu sehen, sie begann wie in Trance zu reden: »Soeben vollzieht die Gräfin in ihren Gemächern das Ritual. Ich sehe ein mächtiges Wesen, das das Opfer entgegennimmt. Wehrlos und unter furchtbaren Qualen wird das junge, schöne Weib an den Blutaltar gezerrt. Ja, bei allen Dämonen der Finsternis, bald ist es vollbracht!«

Ihre Stimme erstarb, und sie stürzte totenbleich mit blutüberströmter Kehle zu Boden, die Augen weit aufgerissen.

Megyery erschauerte. Hatte die Alte vielleicht doch recht gehabt? Er stieß den leblosen Körper angewidert mit dem Stiefel beiseite. Was mochte es wohl bedeuten, dass Graf Zrinyi keine Gefahr mehr drohte? Einem Toten kann keine Gefahr mehr drohen!, schoss es ihm durchs Hirn. Und da er nicht mehr unter den Lebenden ist, weilt er auch nicht mehr in diesen Mauern, geißelte ihn eine Stimme in seinem Innersten. Ihm kamen nun auch wieder die verzweifelten Worte der Czobor in den Sinn. Ein eisiger Schauer lief ihm den Rücken herab. Ohne die tote Darvulia eines weiteren Blickes zu würdigen, raste er los, um das Schlimmste noch abwenden zu können. Er wählte nicht mehr den umständlichen Weg durch die Krypta, sondern rannte die Treppe empor, die direkt ins Kastell führte. Die beiden Wachen, die zum Schutz der Katakomben vor neugierigen Besuchern abgestellt waren, waren viel zu verblüfft, als dass sie Megyery daran hindern konnten, in Richtung der herrschaftlichen Gemächer zu stürmen. Sie wagten es auch nicht, ihn zu verfolgen, da ihnen bei Todesstrafe untersagt war, ihren Posten zu verlassen. Zudem würde die Leibwache der Gräfin seinem Wüten ein rasches Ende bereiten. Draußen hatte der Wind wieder an Heftigkeit zugenommen, und ein eisiger Hauch wehte durch die Korridore des Kastells. Emerich Megyery aber jagte schweißgebadet den langen Gang hinunter, an dessen Ende er die Gemächer der Báthory vermutete.

»Emerich, bleib stehen, oder meine Heiducken spießen dich auf!«, erschallte die harte Stimme des Kastellans.

Als wäre er gegen eine Wand gerannt, machte er halt. Keuchend und mit wirren Worten versuchte er, den vier Wachen, die sich ihm mit gesenkten Lanzen in den Weg gestellt hatten, begreiflich zu machen, dass es um Leben und Tod ging. Ein schauriges Johlen und Pfeifen begleitete den unirdischen Sturm, der, je mehr sich Megyery den gräflichen Gemächern genähert hatte, stärker und stärker geworden war.

Es dauerte einige Sekunden, bevor er in der Lage war, sich zu artikulieren: »Michael, ich flehe dich an, alter Waffenkamerad, die Darvulia hat mir, während sie ihr verfluchtes Leben aushauchte, verraten, dass just in diesem Moment der Schattenwolf in den Räumen der Gräfin sein Unwesen treibt.« Er vermied es, die Báthory der Verbrechen zu bezichtigen, wusste er doch, dass dies sein sofortiges Todesurteil bedeutet hätte. So aber hatte er die Wachen verunsichert, und sie fürchteten um das Wohlergehen ihrer Herrin.

»Also gut«, antwortete der Kastellan, »ich lasse dir drei Sekunden Vorsprung. Hast du dich jedoch geirrt, so schlage ich dir den Kopf ab, noch ehe du einen Schritt über die Schwelle des gräflichen Schlafgemachs gesetzt hast.«

Megyery wusste, dass es auf jede Sekunde ankam, wollte er das verhindern, woran er nicht einmal zu denken wagte. Irgendetwas in seinem Innersten sagte ihm, dass, solange der Sturm tobte, noch nicht alles verloren war. Mit jedem Schritt, mit dem er sich dem Ort seiner albtraumhaften Befürchtungen näherte, gewann der Sturm an Intensität. Als er nach schier endlosen Momenten vor der bewussten Flügeltür angelangt war, schien ihm der Mut zu sinken, und er zögerte kurz. Die Wachen hatten ihn beinahe erreicht, da legte sich der diabolische Orkan wie von Zauberhand und machte einer unheilvollen Stille Platz. Selbst den Wachen schien dieser Umschwung ungeheuerlich zu sein, und sie drosselten ihren Schritt. Megyery begriff, was dies zu bedeuten hatte, und warf sich mit aller Macht gegen die verschlossene Tür, sodass diese mit lautem Krachen aufflog. Michael Horwath stand mit erhobenem Schwert hinter ihm und wollte bereits seine Drohung in die Tat umsetzen, als beide Männer erstarrten.

Vor ihnen stand, blutverschmiert und halbnackt, Erzsébet Báthory. Ihre Augen glühten wie feurige Kohlen, und eine schwarze Aura schien von ihr auszugehen. Unwillkürlich wichen die Männer zurück. Noch bevor jemand ein Wort hätte sagen können, tauchte hinter den Wachen der Palatin, Graf Thurzó, auf. Niemand hatte bemerkt, woher er gekommen war. Er wirkte irgendwie verändert. Machte das der orientalische Morgenrock, den er trug, der über und über mit ineinanderverwobenen schwarzen Fabelwesen reliefartig bestickt war, oder ging es auf seine ungewohnt jugendliche und dynamische Ausstrahlung zurück?

»Beiseite!«, rief er gebieterisch. Folgsam machten ihm die Heiducken Platz. Selbst der eben noch zu allem bereite Megyery wich ehrerbietig zurück. »Dies hier ist nicht für gewöhnliche Sterbliche bestimmt«, sprach er mit würdevoller Stimme. »Es obliegt allein unserer palatinalen Autorität, das Vorgefallene zu untersuchen. Wartet hier, bis wir Eurer Dienste bedürfen.« Gemessenen Schrittes betrat der Palatin den Ort des Verbrechens.

Die Gräfin hatte sich bis zu diesem Moment weder gerührt noch ein Wort gesprochen. Den Betrachtern schien es, als hieße sie das Erscheinen ihres Richters willkommen. Sorgfältig verschloss der Palatin die Tür von innen, sodass die Männer weder sehen noch hören konnten, was in den folgenden langen Minuten dort vor sich ging. Für Megyery waren es die längsten Minuten seines Lebens, denn immer noch hoffte er, dass die bezaubernde Maria Czobor zu retten sei.

Als sich dann, nach schier endloser Zeit, die Flügel der Tür wieder öffneten, trat ihnen Graf Thurzó gesenkten Hauptes entgegen.

Megyery konnte nicht mehr an sich halten und bestürmte ihn: »Edler Fürst, erlöst mich von meinen Zweifeln. Ist das Mädchen noch am Leben, besteht noch Hoffnung für sie?«

Irritiert blickte Graf Thurzó Megyery an, der ihm offenbar seinen großen Auftritt verdorben hatte. Nach einer theatralischen Pause schüttelte er andeutungsweise und mit zerknirschter Miene das Haupt. Etwas in Megyery schien daraufhin zu zerbrechen. Ein dumpfer Schleier legte sich über seine Sinne, und er starrte mit leerem Blick in Richtung der Geschehnisse. Stimmen drangen an sein Ohr, doch was er sah und hörte, fand nicht mehr den Weg in sein verwirrtes Hirn. Hinter dem Palatin war nun die Gräfin stolz erhobenen Hauptes aufgetaucht, ihren Körper in einen weiten, seidenen Umhang gehüllt.

Ungerührt vernahm sie die Worte Graf Thurzós: »Wir, der Palatin, stellen die großmütige Gräfin Báthory, Witwe des ruhmreichen Oberstallmeisters Graf Franz Nádasdy, ab sofort unter Hausarrest. Wachen, sorgt dafür, dass sie umgehend in die Schachitzburg überführt wird. Es ist weder Hand an sie zu legen, noch ist sie in Ketten zu schmieden. Vielmehr ist ihr die Ehre zu erweisen, die einer Gräfin Báthory gebührt. Ihr haftet Uns mit eurem Leben für ihre Unversehrtheit.«

Emerich Megyery bemächtigte sich ein seltsam schwebendes Gefühl. Sein Atem stockte, und wie in Trance glaubte er sehen zu können, wie sich schwarze Nebel von der diabolischen Gestalt der Gräfin lösten, um den Raum mit Finsternis zu erfüllen. Selbst das Leuchten der Kerzen verblasste, und obwohl die Flammen weiterbrannten, schien jegliches Licht von dem unirdischen Dunkel aufgesogen zu werden. Nur noch schemenhaft konnte er die Silhouette der Dämonin in Menschengestalt als Zentrum der Finsternis erahnen. Nun wurde ihm bewusst, was sein unglücklicher Kutscher im Moment des Todes erblickt haben musste. Es war das Tor zu einer fremden, unaussprechlichen Welt aufgerissen worden, und mit der Finsternis aus den innersten Sphären der Hölle drang noch etwas in die Welt der Lebenden hinüber. Zäh, schwarz und schleimig kroch dem einst unerschrockenen Krieger die Angst in die Glieder und schob sich mit jedem Atemzug, den die grauenhafte Silhouette tat, tiefer und tiefer in sein Herz. Nichts von alledem schienen die Heiducken zu bemerken, die die Gräfin in ihre Mitte nahmen und schweigend hinausgeleiteten. Michael Horwath, der Kastellan, begriff nun gar nichts mehr. Sollte etwa die Gräfin der Schattenwolf sein? Er wunderte sich über die stoische Ruhe, mit der sich seine Herrin abführen ließ, dies war doch so gar nicht ihre Art. Fragend blickte er hinüber zu Megyery, der ja verantwortlich für den nächtlichen Spuk war. Doch der stierte mit leerem Blick in die Richtung, in der die Gräfin verschwunden war. Tränen sammelten sich in seinen Augen, und er schickte sich an, gesenkten Hauptes und mit eingefallenem Gesicht das verfluchte Haus zu verlassen. Ein gebrochener alter Mann irrte ziellos durch die klirrende Kälte der Nacht. Sein Herz war voll Trauer und Reue, in seinem Kopf aber hallte unbarmherzig das hysterische Kichern der greisen Darvulia wider.

## Vierzehntes Kapitel
## *Das Strafgericht*

Bicsé, 7. Januar 1611. In dem kleinen Marktflecken am Rande des Waagtals befand sich die Privatresidenz des Palatins, Graf Thurzó. Der sonst eher verträumte Ort quoll an diesem Tag über vor buntem Treiben. Prächtige Schlitten, teils zwei-, teils vierspännig, stoben über die verschneiten Felder auf Bicsé zu. Der Landadel und alle, die rechtzeitig von dem großen Ereignis erfahren hatten, strömten zuhauf herbei, um zu sehen und gesehen zu werden. So hatte sich jeder mit seinem schönsten

Festtagsrock herausgeputzt, um dem Anlass gerecht zu werden. Gaukler, fahrendes Volk und Händler waren in großer Zahl erschienen und bauten Bühnen, kleine Zelte und bunte Stände mit billigem Tand auf. Kopfschüttelnd schritt der Profos von Schausteller zu Schausteller und kassierte, je nach Standgröße und Gutdünken, ein mehr oder minder angemessenes Standgeld. Worüber er sich wunderte war, mit welcher Schnelligkeit das fahrende Volk die Kunde von dem Ereignis erreicht haben musste. Vor kaum zwei Tagen hatte der Palatin den Termin festgelegt, und nun schienen sie aus dem ganzen Reich zusammengekommen zu sein. Österreicher aus dem nahen Wien, Deutsche aus Passau, Tschechen, natürlich auch die heimischen Slowaken, Ungarn aus Sárvár, Kroaten und selbst ein türkischer Fakir und Feuerschlucker waren erschienen. Wunderheiler boten ihre Künste an, und Huren lockten mit unmissverständlichen Gesten ihre Freier, obwohl das Gesetz ihnen für ihre Liebesdienste mit dem Tode drohte. Doch die Miliz war mit ganz anderen Dingen beschäftigt, als die Frauen, deren Umarmung wohl schon jeder aus ihren Reihen genossen hatte, ans Messer zu liefern. Zwischen all den bunten Trachten und Kostümen irrte ein hünenhafter, rothaariger Bettler im Büßergewand umher. Er wirkte verwirrt und ungepflegt, doch das ungewohnte Treiben um ihn herum riss ihn aus seinem dumpfen Brüten.

Nach Einbruch der Dunkelheit sprach er ein schmalbrüstiges Bürschchen an: »Junge, was hat dieser ganze Rummel zu bedeuten, heute ist doch kein Feiertag?«

»Alter, du bist wohl nicht von hier, auch wenn du unseren Dialekt sprichst, sonst wüsstest du, dass unser Herr Palatin heute Gericht hält über die Hexen, die im nahen Cseithé und den anderen Gütern der Gräfin Báthory insgesamt 650 Mädchen umgebracht haben sollen. Die Scheiterhaufen sind schon aufgeschüttet, doch hoffen alle, dass der Henker uns die Weiber noch etwas vorführt«, dabei machte er einige vielbedeutende Gesten, »bevor er sie hoffentlich bei lebendigem Leibe verbrennt.«

Dann zog er den Roten Megyery am Arm, was er wohl nicht gewagt hätte, wäre ihm bewusst gewesen, wem er da gegenüberstand, und meinte: »Los, lasst uns schnell zum Marktplatz laufen, bevor die besten Plätze belegt sind. Schade, dass wir nicht auf die Tribüne gelassen werden. Von dort kann man am besten sehen.«

Megyery wirkte plötzlich wie ausgewechselt: »Du hast recht, Kleiner, das will ich sehen, wie sie der Báthory den Prozess machen. Verdient hat sie's allemal.« Traurig dachte er an Graf Zrinyi und die schöne Maria Czobor, die ihr zum Opfer gefallen waren.

An der hell erleuchteten Richtstätte angelangt, starrte er verwirrt auf die gegenüberliegende Tribüne. Dann bekreuzigte er sich mehrfach und murmelte: »Bei Jesus Christus, der für uns am Kreuze gestorben ist, das Jüngste Gericht ist angebrochen, die Toten erheben sich aus ihren Gräbern, und der Herr wird kommen, um zu richten, die Lebenden und die Toten.« Sein Gesicht war aschfahl geworden, und er konnte den Blick nicht von dem jungen Paar abwenden, das soeben seine Sitzplätze aufsuchte: Graf Zrinyi und Maria Czobor!

Noch bevor Megyery zu irgendeiner Reaktion fähig war, hatte ihn der junge Graf entdeckt und bedeutete seinem Diener, er möge den völlig verwirrten Gutsverwalter zu ihm holen. Es dauerte eine Weile, bis sich dieser durch die Menschenmenge gekämpft hatte und dem verblüfften Megyery gegenüberstand. »Ich weiß nicht, was seine Durchlaucht dazu bewogen hat, doch mein Herr, der edle Graf Zrinyi, wünscht dich zu sprechen.« Dabei hielt er sich demonstrativ ein Spitzentüchlein vor die Nase.

Megyery wurde sich schlagartig seiner stinkenden und verdreckten Erscheinung bewusst.

Der Kleine neben ihnen protestierte lautstark: »Das ist ungerecht, der Alte wusste nicht einmal, dass heute Prozesstag ist, und nun darf er sich zu den feinen Pinkeln auf die Tribüne setzen.«

Widerstrebend, als ginge er zu seiner eigenen Hinrichtung, ließ sich Megyery zum Grafen führen.

Dieser blickte ihn besorgt an und sagte: »Megyery, wo wart Ihr die ganze Zeit? Wir alle haben uns große Sorgen um Euch gemacht. Nachdem Ihr spurlos verschwunden wart und Ihr Eure persönliche Habe in Cseithé zurückgelassen hattet, dachten wir schon, Ficzkó oder die alten Weiber hätten Euch aus Rache für Eure Enthüllungen ermordet und Eure Leiche beseitigt.«

Megyery stammelte: »Ich … ich dachte, Ihr wäret tot. Ihr und die edle Maria Czobor. Die alte Darvulia hatte mich glauben gemacht, dass die Gräfin sich Maria als nächstes Opfer ausgesucht hätte. Als ich dann in die Gemächer der Báthory stürmte, hatte sie tatsächlich gerade ein Mädchen ermordet, sodass ich annehmen musste, es sei Maria. Ich fühlte mich schuldig; ich hatte sie ja trotz ihres Flehens alleingelassen. Auch Euch glaubte ich verloren, nachdem Ihr nicht mehr aus den Katakomben zurückgekehrt wart und ich vor der Strafkammer das zerbrochene Amulett fand. Ich wagte mich nicht mehr unter die Augen der Gesellschaft. Ich hatte versagt, ich glaubte, ich hätte Euch für meinen eitlen Ehrgeiz geopfert.«

Der bestens erholt und jugendlich wirkende Graf Zrinyi entgegnete ernst: »Fast wäre es auch so gekommen. Ich hatte die Strafkammer entdeckt und musste ohnmächtig mit ansehen, wie eine grausame Blutorgie gefeiert wurde. Drei Mädchen wurden in einem bestialischen Ritual einer satanischen Dämonin geopfert. Als die Zeremonie ihren Höhepunkt erreicht hatte, erkannte ich zu meinem größten Entsetzen in der Dämonin meine eigene Schwiegermutter. Wie von Sinnen versuchte ich zu fliehen, doch ich lief geradewegs der alten Darvulia in die Arme, der es gelang, mich zu behexen. Willenlos, doch bei vollem Bewusstsein schleifte man mich in eine fensterlose Kammer. Eines der Weiber fesselte mich, dann versperrten sie die Tür von außen, wohl um mich zu einem späteren Zeitpunkt zu beseitigen. Mit der Zeit erlangte ich die Kontrolle über meinen Körper zurück. Offensichtlich war das Weib, das mich gebunden hatte, es nur gewohnt, schwache Mädchen zu fesseln, sodass es mir schließlich gelang, mich selbst zu befreien. Als Stunden später mein Henker den Raum betrat, stellte ich mich schlafend. Mit einem Fußtritt, den er natürlich nicht erwartet hatte, stieß ich den Kerl zu Boden und flüchtete, nicht ohne ihn zuvor in mein Gefängnis einzuschließen. Ich fand weder den Weg zur Krypta, noch gelangte ich zurück zum Kastell. Ich hatte mich hoffnungslos in den Kellergewölben verlaufen, als ich durch eine verriegelte Tür einen blassen Lichtschimmer erspähte. Wie sich herausstellte, war ich an einen gartenseitigen Kellerzugang des Kastells angelangt. Da die schwere Eichentür von innen verriegelt war, hatte man es nicht für nötig befunden, diesen Zugang zu bewachen. Somit gelangte ich unbehelligt zurück zum Kastell. Ich wagte jedoch weder meine Gemächer noch die Eurigen zu betreten, aus Furcht, dort auf meine Häscher zu stoßen. Meine erste Reaktion war es daher, den Palatin aufzusuchen, um mit seiner Hilfe dem satanischen Treiben Einhalt zu gebieten. Doch fand ich seltsamerweise außer seinem arroganten Sekretär niemanden vor. Da mir dieser Schnösel ohnehin nur unterstellt hätte, ich hätte schlecht geträumt, vertraute ich mich ihm nicht an. Also wollte ich mich an den einzigen Menschen wenden, dem ich in diesem verfluchten Hause noch vertrauen konnte, Maria Czobor.« Er deutete dabei charmant lächelnd neben sich auf die in einen prächtigen Pelz gehüllte Dame. Megyery bemerkte, dass auch Maria weitaus jugendlicher und frischer wirkte als an den Tagen zuvor.

Sie setzte Graf Zrinyis Schilderung fort: »Was sich aber als schwierig erwies. Auch ich glaubte ja, dass Niklas dem Schattenwolf zum Opfer gefallen sei. So weigerte ich mich, ihm zu öffnen, aus Angst, es könnte sich um eine Falle handeln. Er redete mit Engelszungen auf mich ein, doch ich begann lediglich, die Tür zu verstellen. Plötzlich vernahm ich seltsame Geräusche aus meinem Kleiderschrank. Sie versuchten also nun, mich über einen Geheimgang zu holen. Ich saß wie die Maus in der Falle, aber ich wollte mich nicht kampflos ergeben. Also packte ich eine Vase und entschloss mich, die Initiative zu ergreifen. Rasch räumte ich die Tür wieder frei und öffnete lautlos den Riegel. Dann riss ich die Tür auf und schlug der überraschten Person, die gegenüberstand, die Vase mit aller Kraft über den Kopf. Zu spät erkannte ich, dass es wirklich Niklas war, der da zu Boden taumelte. Nun überstürzten sich die Ereignisse. Gerade noch rechtzeitig konnte ich die Zimmertür von außen schließen, als der Wandschrank aufgestoßen wurde. Anscheinend hatten meine Verfolger nicht bemerkt, dass ich gerade den Raum verlassen hatte, denn sie schienen zunächst das Zimmer nach mir zu durchsuchen. So packte ich den völlig benommenen Niklas und zerrte ihn unbeobachtet in die nächste offene Kammer und verriegelte diese. Als meinen Verfolgern klar wurde, dass der Vogel ausgeflogen war, untersuchten sie die angrenzenden Räumlichkeiten, fanden uns aber glücklicherweise nicht. Durch einen Türspalt konnte ich erkennen, wer mir da nach dem Leben trachtete. Es waren der grobschlächtige Ficzkó, die gemeine Dorothea Szentes und die hässliche Helene Jó mit ihrem steifen Arm. Alle drei trugen seltsame Umhänge und machten Miene, als wollten sie mich bei lebendigem Leibe auffressen.

Das war sie schon, die Geschichte meiner Rettung vor dem

Schattenwolf. Was mich aber zutiefst betrübt, ist, dass meinetwegen ein weiteres unschuldiges Mädchen sein Leben lassen musste.«

Eine gewisse Trauer hatte sich ihrer bemächtigt, obwohl sie mit dieser Nacht nicht nur Unangenehmes verband. Was sie wohlweislich nicht zu schildern beabsichtigte, waren die nachfolgenden Stunden bis Tagesanbruch. Kaum waren sie sich sicher, dass ihre Verfolger von ihnen abgelassen hatten, widmete sich Maria aufopfernd dem arg angeschlagenen Grafen. Behutsam betastete sie die große Beule, die sich auf seiner Stirn gebildet hatte. Leise stöhnend ließ er die Untersuchung über sich ergehen. Der Grund für seine Seufzer war aber weniger der Schmerz, den sie ihm dabei bereitete, als vielmehr der Anblick, der sich ihm bot. Während sie sich über ihn beugte, gab ihr leichtes Nachthemd den Blick auf ihren weichen und für ihr Alter sehr weiblichen Busen frei. In Graf Zrinyis Lenden begann sich etwas zu rühren, was sich so gar nicht von seinem Willen steuern ließ. Mühsam unterdrückte er das Bedürfnis, ihre zarten Brüste zu berühren und zu liebkosen. Als sie beruhigt die Untersuchung beenden wollte, konnte er es sich nicht verkneifen, ihr vorzuheucheln, er hätte auch große Schmerzen am Hinterkopf. Sie beugte sich wunschgemäß noch weiter über ihn, sodass seine Nase beinahe den Ort der Begierde berührte. Gierig sog er den Duft ihrer Haut ein und stellte sich dabei genüsslich vor, wie sich diese unter seinen Händen anfühlen würde. Verwundert fand Maria heraus, dass sein Hinterkopf unversehrt war. Doch erst, als sie seinen lüsternen Blick bemerkte, begriff sie, was gespielt wurde. Aber anstatt ihm Vorhaltungen zu machen, schaute sie ihm mit einem seltsam fordernden Ausdruck in die Augen. Ihr Mund war leicht geöffnet, und ein leises Beben umspielte ihre Lippen. Niklas näherte sich kaum merklich ihrem Gesicht, und auch sie schien ihm entgegenzukommen. Ein wohlig heißer Schauer ergriff den jungen Mann, als er den Atem Marias auf seiner Haut spürte. Sein Herz begann zu rasen, während er seine Hand zitternd auf ihre Taille zu bewegte. Doch noch wagte er nicht, sie zu berühren. Seine Hand zögerte, als fürchte er, sich zu verbrennen. Ein seltsam schwebendes Gefühl und ein angenehmes Kribbeln in der Magengegend bemächtigten sich seiner, als er endlich ihre warme Haut durch das Nachthemd hindurch fühlte. Sanft zog er sie zu sich heran, und ihre heißen Lippen trafen sich zu einem innigen Kuss. Die gesamte Anspannung der letzten Tage entlud sich in stürmischen Umarmungen. Dies und auch etwas anderes, das beiden in den Tagen seit der Aufklärung der Morde widerfahren war, behielten sie wohlweislich für sich.

In der Zwischenzeit hatten sich die Ränge gefüllt, und der Marktplatz quoll über vor Menschen. Fanfaren kündigten das Kommen des Palatins an, der unter Jubel wie ein römischer Imperator unter einem Baldachin Platz nahm. Auf ein Zeichen von ihm hoben Dutzende von Trommlern an, einen dumpfen, bedrohlichen Rhythmus zu schlagen. Das Trommeln war bis in die Magengrube zu spüren. Furcht breitete sich aus in dem Menschenkessel. Als dann endlich der geckenhaft buntgekleidete Henker in Pluderhosen und einem Hemd mit weiten Puffärmeln, gefolgt von den Henkersknechten, durch ein Spalier von Landsknechten einmarschierte, schrien, pfiffen und johlten die Schaulustigen. Die Stimmung erreichte ihren absoluten Höhepunkt, als der Karren mit den Verurteilten von einer Schindmähre herangezogen wurde. Sprechchöre wurden laut, die in slowakischer Sprache die grausamsten Strafen forderten. Die Verurteilten selbst waren in einem jämmerlichen Zustand. Man hatte ihnen während des Verhörs Daumen- und Beinschrauben angelegt und sie mehrfach mit Gewichten an den Beinen aufgezogen. Welche Verletzungen sich unter ihren Büßergewändern verbargen, war nur mit Schauder zu erahnen. Als der Karren sich der Richtstätte näherte, konnten auch die adligen Gäste auf der Tribüne die Gesichter der Delinquenten erkennen. Als Einziger war Ficzkó noch in der Lage zu stehen, sein ohnehin hässliches Gesicht war jetzt verschwollen und blutverkrustet. Wimmernd in sich zusammengekauert, aber ohne verrenkte Glieder saß neben ihm die einfältige Katharina Benetzky. Mit leerem Blick stierte Helene Jó auf die Richtstätte, ihr sonst steifer Arm baumelte unnatürlich verrenkt aus dem Wagen. Nur die Letzte der Verurteilten, Dorothea Szentes, hatte sich die Bösartigkeit ihres stechenden Blickes bewahrt, auch wenn ihre ausgerenkten Glieder ihr nicht mehr zu gehorchen schienen.

Baron Druget, der bisher geschwiegen hatte, fragte verwundert: »Wo in drei Teufels Namen steckt die alte Hexe, die meine Schwiegermutter zu alledem angestiftet hat? Wo ist Anna Darvulia? Gebe Gott, dass sie nicht ungestraft davonkommt.«

Kleinlaut entgegnete Megyery: »Es ist meine Schuld. Als sie mich ähnlich wie den edlen Graf Zrinyi zu behexen suchte, da zwang ich sie mit der blanken Klinge meines Schwertes, mir den Urheber allen Übels zu verraten. Leider habe ich ihr dabei anscheinend die Kehle durchgeschnitten, sodass ihr die gerechte Strafe durch einen weltlichen Richter erspart blieb.«

Graf Zrinyi beugte sich zu seinem Schwager und machte eine wegwerfende Handbewegung. »Egal, Hauptsache, ihr wurde das Handwerk gelegt.«

Dieser entgegnete düster: »Ich hoffe, man hat zumindest ihre Leiche verbrannt.«

Megyery war das Thema sichtlich unangenehm, denn er hatte es versäumt, sich vom Tod der Alten zu überzeugen.

Vielleicht hatte sie ja auch überlebt, denn er musste sich eingestehen, dass er sie zwar am Hals verletzt hatte, doch ihre Kehle eigentlich nicht durchtrennt haben konnte. War sie nicht, wie er hoffte, an einem Herzanfall gestorben, so mochte sie womöglich ihr furchtbares Treiben in den Katakomben des verfluchten Kastells fortsetzen. Mit ihren dämonischen Kenntnissen, ihren rätselhaften Hexengesängen und dem Wissen um das Erlangen ewiger Jugend war sie in den Augen Megyerys eine ungeheuerliche Bedrohung, nicht nur für die Bewohner von Cseithé. Zwar hätte er mit einer einzigen Frage an den Palatin seine Ungewissheit beseitigen können, doch fürchtete er sich zu sehr vor der Bestätigung seiner Vermutungen. Mit einer Fanfare wurde die Bevölkerung zur Ruhe gerufen, der Palatin hatte sich erhoben, um das Urteil zu verlesen. Über die eben noch grölenden Massen hatte sich gespannte Stille gelegt. Nur noch das gelegentliche Schnauben eines Pferdes war zu hören.

»Voll Trauer und Entsetzen stehen Wir, Graf Georg Thurzó von Bethelenfalva etc. pp., vor dem ungarischen Volke, um ihm die entsetzlichen Verbrechen dieser gottverlassenen Kreaturen zu schildern und das gerechte Urteil Unseres palatinalen Gerichts zu verkünden.« Der Palatin befand sich in seinem Element. Mit pathetischen Gesten begleitete er seine Worte, und sein Mienenspiel unterstrich die Dramatik seiner Ausführungen. »Als Wir am 29. Dezember des Jahres 1610 neuer Zeitrechnung am Hofe der großmütigen und verehrungswürdigen Gräfin Erzsébet Báthory, Witwe des verdienstvollen königlichen Oberstallmeisters Graf Franz Nádasdy zu Cseithé in Erfüllung Unseres palatinalen Amtes erschienen, fanden Wir dort die Leichen mehrerer ermordeter Jungfrauen vor. Unsere Untersuchungen ergaben, dass die hier anwesenden Personen Johannes Ujváry, genannt Ficzkó, Dorothea Szentes, Helene Jó und Katharina Benetzky für die Morde verantwortlich zu machen sind. Aus freien Stücken und während der peinlichen Befragung unter der Folter gaben sie alle ihre Verbrechen übereinstimmend zu. So gestanden sie, über 600 Mädchen, sowohl niedrigen als auch adligen Standes, auf bestialische Art und Weise gequält und ermordet zu haben.« Graf Thurzó machte eine Pause, um sein Gesicht mit gespielter Ergriffenheit in der Hand zu bergen. Raunen machte sich unter den Zuschauern breit. Als er weitersprach, schien ihm die Stimme versagen zu wollen. »Manche ließen sie nackt im Winter bei Eiseskälte im Freien stehen und übergossen sie so lange mit Wasser, bis dies zu Eis gefror und sie schließlich ihren Geist aufgaben. Die meisten aber fesselten sie mit dünnem Spagat, bis ihnen das Blut aus den Fingern schoss, und prügelten, zwickten und brannten sie so lange, bis diese jämmerlich ihr Leben aushauchten. Viele der Grausamkeiten, die sie verübten, waren so schrecklich und pervers, dass Wir unter Rücksichtnahme auf das Seelenheil der hier Anwesenden darauf verzichten wollen, sie zu schildern.«

Ein enttäuschtes Murren ging durch das Volk, das ja nur danach lechzte, abartige Scheußlichkeiten zu hören, vor allem aber zu Gesicht zu bekommen. Dennoch hatte der Palatin die Massen voll im Griff, und mit einer gebieterischen Geste brachte er sie zum Schweigen.

»Trotz dieser furchtbaren Verbrechen sind Wir in unserer väterlichen Güte bestrebt gewesen, ein gerechtes und mildes Urteil zu fällen. Katharina Benetzky konnten nur wenige Grausamkeiten nachgewiesen werden, und sie wurde von Zeugen als die Gutmütigste unter den Angeklagten geschildert. Wir haben daher beschlossen, sie so lange in Kerkerhaft zu halten, bis entweder weiteres belastendes Material auftaucht oder Beweise ihrer Unschuld gefunden werden. Johannes Ujváry hingegen hat erwiesenermaßen mit eigener Hand gemordet. Doch aufgrund seiner Jugend und seines geringen Verstandes wollen Wir Gnade vor Recht walten lassen.

Man soll sein Haupt vom Rumpf trennen, dann aber seinen verfluchten Leichnam dem Feuer übergeben. Was jedoch die beiden anderen Weiber anbelangt, so konnten Wir keinerlei Grund finden, sie vor ihrer gerechten Strafe zu bewahren. Daher haben Wir beschlossen, dass der Henker ihnen zunächst mit glühenden Zangen die Finger, als Werkzeuge ihrer Gräueltaten, abreißen soll. Im Anschluss daran sind sie zusammen mit der Leiche des Johannes Ujváry auf dem Scheiterhaufen zu binden und bei lebendigem Leibe zu verbrennen! Gegeben am 7. Januar 1611 zu Bicsé.«

Das war mehr nach dem Geschmack des Volkes, zunächst mit salomonischer Weisheit die weniger Schuldigen begnadigen, um dann mit aller Härte gegen die Hauptschuldigen vorzugehen. Auch wenn einige alte Vetteln murrten, dass das Urteil viel zu milde sei, wobei sie mit blitzenden Augen ausmalten, zu welchen Torturen sie die Verbrecher verurteilt hätten. Megyery hingegen verstand die Welt nicht mehr. Kein Wort vom Schattenwolf, kein Wort von der alten Darvulia und erst recht keine Anschuldigungen gegen die Gräfin.

Empört blickte er Graf Zrinyi und Maria Czobor an und rief: »Das darf nicht wahr sein! Wir alle haben doch nicht unser Leben riskiert, damit nun die Hauptschuldigen ungestraft davonkommen. Dieser ganze Prozess ist eine Farce!«

»Beruhigt Euch«, versuchte ihn Graf Zrinyi zu besänftigen. »Der Palatin hat seine Gründe, die eigentlichen Zusammenhänge nicht an die Öffentlichkeit dringen zu lassen.«

»Ich weiß schon, welche Gründe dies sind!«, geiferte Megyery. »Er will seine Mätresse nicht ans Messer liefern. Was sind schon ein paar Menschenleben, im Vergleich zu den geilen Bedürfnissen unseres Herrn Palatins!«

»Schweigt, Megyery!«, fauchte von hinten Druget von Homonnay, der die wütende Auseinandersetzung mitbekommen hatte. »Wenn Ihr weiter solche Schmähungen von Euch gebt, könnt Ihr Euch gleich zu den Delinquenten da unten hinzugesellen!«

»Begreift doch«, versuchte Maria Czobor die erhitzten Gemüter zu beruhigen, »die alte Darvulia als Triebfeder des Ganzen zu erwähnen, das wäre unklug gewesen. Das Volk hätte verständlicherweise nach ihrer Bestrafung verlangt, die dank Eures Eifers jedoch nicht mehr möglich ist. Vielleicht wäre es sogar zu Ausschreitungen gekommen.«

»Die Geschichte mit dem Lebenselixier konnte Graf Thurzó erst recht nicht publik machen«, griff Graf Zrinyi den Faden auf. »Stellt Euch vor, was das bewirken würde. Jedes Kräuterweib, das sich mit Magie beschäftigt, würde versuchen, selbst dieses Lebenselixier zu gewinnen. Wir hätten es über kurz oder lang mit einer beispiellosen Mordserie und Massenhysterie zu tun. Ihr würdet ganz Ungarn ins Verderben stoßen!«

»Das mag schon so sein«, erwiderte Megyery trotzig, »doch ich bestehe darauf, dass Eurer Schwiegermutter der Prozess gemacht wird. Immerhin ist sie für all die Bestialitäten verantwortlich.«

Baron Druget blickte Megyery geringschätzig an. »Ihr habt nichts, aber rein gar nichts begriffen. Unsere Schwiegermutter ist derzeit die reichste Frau Ungarns. Sie hat Besitzungen in allen Teilen des Landes, über zwanzig Städte und Marktflecken nennt sie ihr Eigen. Ein Prozess, verbunden mit ihrer Verurteilung, wäre verheerend für uns und für ganz Ungarn. All ihre Güter würden an die Krone, das heißt an die Habsburger, fallen. Über Nacht hätten diese erreicht, was sie in Jahrzehnten brutaler Unterdrückung des ungarischen Volkes nicht geschafft haben. Die Habsburger hätten die Mehrheit in unserer Ständevertretung und somit nicht nur nominell, sondern auch de facto die Macht im Lande. Der ungarische Adel hätte dann nichts mehr im eigenen Lande zu sagen; wir wären bessere Leibeigene der Habsburger!«

Megyery ließ sich nicht beirren. »Ich mag zwar nur ein einfacher Gutsverwalter sein, doch für dumm lasse ich mich nicht verkaufen. Die Hälfte der über zwanzig Orte, die Eure Schwiegermutter einst besaß, gehört bereits ihrem Sohn Franz. Ebenso die Hälfte ihres Vermögens. Darüber hinaus bin ich mir sicher, dass schon eine Überschreibungsurkunde für ihr restliches Eigentum zugunsten ihrer Schwiegersöhne existiert. Ihr hattet lange genug Zeit, entsprechende Vorkehrungen zu treffen.«

»Nicht dumm, Megyery«, entgegnete beinahe anerkennend Baron Druget, »doch sind die Advokaten des Königs genauso schlau. Sie werden die Fälschung bemerken, und selbst ein Original würden sie wohl als solche ausweisen. Und ob das Erbe des minderjährigen Paul durch die Krone unangetastet bleibt, wage ich zu bezweifeln. Es steht zu viel auf dem Spiel, als dass Ihr es durch Euer überkommenes Gerechtigkeitsbewusstsein zunichte machen dürft. Ich warne Euch, es gibt eine Reihe von Leuten, die nicht vor einem Mord zurückschrecken würden, um Euch zum Schweigen zu bringen.«

Graf Zrinyi war entsetzt über die letzten Worte seines Schwagers, wusste er doch, wie wenig eine solche Drohung bei Megyery ausrichten würde. Das war für ihn eher eine Aufforderung, genau das Gegenteil zu tun. Einschüchtern ließ sich der alte Haudegen durch so etwas nicht. Rasch versuchte er die Situation zu retten. »Vergesst bitte, was mein Schwager da angedeutet hat. Er fürchtet zu sehr einen Vergeltungsschlag des Fürsten von Siebenbürgen, Gabriel Báthory, der sich für eine Hinrichtung seiner Nichte Erzsébet rächen könnte. Seid hingegen sicher, dass unsere Schwiegermutter eine angemessene Strafe bekommt. Der Palatin hat sie auf ewig in der Schachitzburg einkerkern lassen, sodass sie niemals wieder ein Verbrechen begehen kann.«

Noch bevor Megyery antworten oder Baron Druget etwas richtigstellen konnte, brach unbeschreiblicher Jubel aus. Der Henker hatte mit nur einem mächtigen Schlag seines türkischen Krummsäbels den kräftigen Nacken Ficzkós durchtrennt. Die Menge wusste diese »Glanzleistung« entsprechend zu honorieren. Megyery aber hatte genug gesehen; die Hinrichtung der beiden jämmerlichen Helfershelferinnen interessierte ihn nicht mehr. Zudem wusste er nicht, wie lange er noch das falsche Geschwätz Baron Drugets ertragen konnte, bevor er handgreiflich werden würde. So zog er sich zurück, mit dem festen Vorsatz, Beschwerde beim König zu führen. Sollte Baron Druget nur kommen und ihm nach dem Leben trachten, er würde seine Haut teuer verkaufen.

## Fünfzehntes Kapitel

## *Der Plan*

Überall wimmelte es von Soldaten. Ihr Hals schmerzte sehr, doch das war jetzt unwichtig. Offensichtlich hatte es Megyery tatsächlich geschafft, die Machenschaften am Hofe von Cseithé aufzudecken. Nun gab es niemanden mehr im Ort, der ihr helfen oder gar Unterschlupf gewähren würde. Und was ihr als Mitwisserin und Mittäterin der Gräfin seitens eines ordentlichen Gerichts bevorstand, konnte sie sich leicht ausmalen. Man würde sie foltern, ihre Glieder zerreißen und die kümmerlichen Überreste ihrer sterblichen Hülle bei lebendigem Leibe verbrennen. Sie überlegte fieberhaft, ob es nicht einen Ausweg geben mochte. Vielleicht konnten ihr jetzt ihre Hexenkünste weiterhelfen. Noch immer versteckte sie sich in dem weitläufigen Keller des Schlosses. Die Truppen des Palatins kämmten systematisch die Gewölbe auf der Suche nach Leichen und wohl auch nach ihr, der blinden Darvulia, durch. Sie hörte schon, wie sich ihr die schweren Schritte von Soldaten näherten. Ein Funke Hoffnung keimte in ihr auf, denn es klang, als käme nur einer der Männer auf ihr Versteck zu. Ein Mann, was war das schon? Selbst ein Graf Zrinyi war ihr nicht gewachsen gewesen, und sogar der verfluchte Megyery hatte ihr nur mit größter Mühe widerstehen können. Sie hörte – nein, sie spürte, wie er näher kam. Er bog um die Ecke und stand völlig unvorbereitet vor der verrückten Greisin. Diese vollzog nun ein beklemmend anmutendes Ritual. In ihrer Rechten hielt sie eine kleine Schale, der schwerer bläulicher Rauch entstieg, und beschrieb damit kunstvolle magische Figuren in der Luft. Noch bevor der Mann begriff, wie ihm geschah, stimmte die alte Darvulia einen eigentümlichen Gesang an, dessen Worte anfangs völlig unverständlich waren, dann aber immer deutlicher wurden: »Dies ist ein blinder Gang, er endet hier, und es ist niemand zu sehen.« Nach einigen bangen Sekunden spürte sie, wie sein Widerstand brach. Sie bemerkte, wie er sich zögernd umdrehte, um plötzlich mit sicherem Schritt zu seinen Kameraden zurückzukehren. Zufrieden vernahm sie seine Stimme: »Der Gang endet nach ein paar Metern, ich konnte nichts Nennenswertes entdecken.«

Als die Schritte der Männer verhallt waren, drehte sie sich um und folgte dem Gang, in dem sie sich befand und der in Wirklichkeit zu eben dem Ausgang führte, den auch Graf Zrinyi zur Flucht genutzt hatte. Noch war es Tag, und sie konnte es nicht wagen, die Gewölbe zu verlassen. Da sie sich seit Jahren nicht mehr am Tageslicht orientieren konnte, hatte sie ein erstaunlich genaues Zeitempfinden entwickelt. Es würde noch mehrere Stunden bis zum Einbruch der Dämmerung dauern. Sie hatte einen Plan ersonnen, der ihr nicht nur das Leben retten, sondern ihr auch die Jugend zurückbringen sollte. Zwar kannte sie nicht das gesamte Geheimnis ihrer Herrin, doch wusste sie, wo sie die geheimen Schriften Mordracs verbarg.

Die Alte verharrte reglos in ihrem Versteck, und ihre anfängliche Verzweiflung wich langsam einer Euphorie, wie sie sie seit ihren Jugendtagen nicht mehr erlebt hatte. Wenn es ihr tatsächlich gelingen sollte, die Aufzeichnungen an sich zu bringen, so wäre der zweite Teil ihres Planes ein Leichtes. Nichts und niemand wäre dann in der Lage, sie noch aufzuhalten. Sie würde durchs ganze Land reisen und ihren grausamen Lüsten frönen. Sie würde ihre Kenntnisse an all diejenigen verkaufen, die skrupellos genug wären, für die Verjüngung ihrer alten Körper über Leichen zu gehen. Der gesamte europäische Hochadel würde ihr zu Füßen liegen, denn sie würde ihre Geheimnisse natürlich für sich behalten und nur das Kostbarste aller Güter, den erfrischenden Hauch von Jugend, veräußern. Und da dieses Labsal nur von begrenzter Wirkung war, würden all diejenigen, die einmal davon gekostet hatten, ihr wie Süchtige verfallen. Nach kurzer Zeit wäre sie genauso mächtig, einflussreich und wohlhabend wie ihre einstige Herrin, die Gräfin Báthory. Selbst der Kaiser würde in ihrem Bann stehen, und bald schon würde sie eine der mächtigsten Frauen Ungarns – nein, der ganzen Welt sein. Sie, die Grausamste und Gefühlloseste am Hofe der Báthory, zitterte vor freudiger Erregung, als sie sich endlich auf den Weg machte, das diabolische Werk zu holen. Langsam schlich sie zurück zum Aufgang, der ins Kastell führte. Anders als am Vorabend befand sich keine Wache vor dem Zugang zum Keller. Aber selbst das hätte sie nicht gehindert. Zwei gelangweilte und müde Wachen wären ein leichtes Spiel für sie gewesen. Fast etwas enttäuscht, schob sie ihre magische Räucherlampe zurück in eine Falte ihres Gewandes. Dann witterte sie in alle Richtungen, doch sie konnte keine Menschenseele wahrnehmen. Hatte man das Kastell bereits geräumt? Sie beschloss, dennoch Vorsicht walten zu lassen, und verschwand mit gewohnter Gelassenheit hinter einer Tapetentür.

Auch die Dienstbotengänge schienen verlassen zu sein, und so erreichte sie unbemerkt die Gemächer der Gräfin. Auch hier war alles ruhig, und nach längerem Lauschen war sie sich sicher, dass ihre ehemalige Herrin nicht mehr anwesend war. Nun erst begann der schwierigste Teil ihres Plans. Sie durchquerte das Zimmer, in dem es ungewohnt kalt war. Ein weiterer Beweis dafür, dass die Gräfin Báthory das Schloss verlassen hatte. Somit gab es keinen Grund mehr, die Gemächer zu beheizen. Am anderen Ende des Raumes befand sich eine hohe Regalwand. Hier, ganz offen, waren Mordracs Apokryphen zwischen Tausenden ähnlicher Bücher versteckt. Hätte sie noch die Kraft ihrer Augen besessen, so wäre es ein Leichtes für sie gewesen, das Buch zu entdecken. Nun aber stand sie vor einer schier unlösbaren Aufgabe.

Wie sollte sie ein Buch, das sie nie zuvor in den Händen gehalten hatte und das sie lediglich ein oder zweimal zuvor gesehen hatte, jetzt viele Jahre später in der absoluten Finsternis ihrer Blindheit erkennen? Sie überlegte lange und versuchte sich, Größe, Gewicht, Material des Einbandes sowie die Form des Buchrückens ins Gedächtnis zu rufen. Das Außergewöhnlichste an diesem Buch war seine unbeholfene Bindung, bei der die Seiten teilweise über die Buchdeckel hinausstanden. Zudem war die Handschrift nicht auf Papier, sondern auf Pergament verfasst. Bald schon hatte sie so die Anzahl der in Frage kommenden Bücher auf etwa ein Dutzend eingegrenzt. Doch leider war das deutlich mehr, als sie hätte forttragen können. Aber sie konnte aus dem Wenigen, was sie über das Werk noch wusste, keine engere Auswahl mehr treffen. Alle Bücher, die sie nun um sich aufgebaut hatte, entsprachen in etwa dem, an was sie sich noch erinnern konnte. Alle waren schlecht gebundene Handschriften auf Pergament mit einem wulstigen Buchrücken. Lange überlegte sie, wie sie das richtige herausfinden könnte. Anfangs war sie versucht, ein Gottesurteil zu fällen und ein oder zwei der Bücher rein nach Gefühl auszuwählen. Doch zweifelte sie an der Verlässlichkeit dieser Wahl, allein schon wegen des gotteslästerlichen Inhalts dieses Buches. So verfiel sie wieder in tiefes Grübeln. Rein mechanisch griff sie ein Buch nach dem anderen und ließ ihre Finger über die einzelnen Seiten gleiten. Gedankenverloren saß sie so da, und fast schon zärtlich strich sie über die angenehm ledrige Oberfläche der Pergamentseiten. Langsam bemerkte sie gewisse Unterschiede. Unter ihren Fingern begannen die Seiten, ihren Inhalt zu offenbaren. Winzige regelmäßige, leicht stumpfe Erhebungen erkannte sie als Textpassagen. Flächen, auf denen ihre Finger komplexere Strukturen entdeckten, waren Zeichnungen. Sie glaubte es sogar zu ertasten, wenn eine solche Zeichnung koloriert war. Denn dann war die feine Maserung des Pergaments von einer glatten, etwas erhabenen Schicht überzogen, die sie als Farbe deutete. Sie konnte auch Stellen ertasten, an denen Text mit dem Radiermesser gelöscht worden war. Auf diese Weise war sie in der Lage, zumindest einen groben Überblick über den Aufbau und die Art der ihr vorliegenden Bücher zu gewinnen. Somit konnte sie genauso viel aus den Büchern herauslesen, wie nahezu jeder andere – sehende – Mensch in diesem Lande; denn Lesen konnten nur die allerwenigsten.

Sie erinnerte sich noch daran, dass Mordracs Schriften von vielen alchemistischen Darstellungen geziert wurden, und konnte so etwa die Hälfte der Bücher aussortieren, da sie keine oder nur wenige Zeichnungen enthielten. Auch vermochte sie zwei weitere Bücher auszuschließen, die zwar reich bebildert waren, aber deren Bilder offensichtlich aufwendig koloriert waren. Dies war bei dem gesuchten Werk nicht der

Fall, es war ausschließlich mit einfarbigen Tuschzeichnungen bebildert. Es blieben noch vier Bücher – gerade so viele, wie sie zu tragen in der Lage gewesen wäre. Doch sie war noch immer nicht zufrieden. Der Triumph, als Blinde ähnlich viel über die Bücher aussagen zu können wie ein Sehender, hatte sie wagemutig werden lassen. Jetzt wollte sie es genau wissen. Zudem fürchtete sie, dass auch vier der dicken Folianten noch zu schwer waren, um sie über eine längere Distanz hinweg zu tragen. Und sie hatte einen langen und für eine Blinde überaus schweren Weg vor sich. Vier Bände lagen vor ihr, vier nahezu identische Werke, und nur eines enthielt die diabolischen Offenbarungen des Mordrac. Sie schnupperte an jedem der Bände, und jeder hatte seinen ganz individuellen Geruch. Der Erste roch leicht modrig, als hätte er lange in einem Keller gelegen, der Zweite verbreitete einen pfeffrigen Geruch, der entsteht, wenn sich Pergament durch Feuchtigkeit und gewisse Pilze zersetzt. Der Dritte roch nach Leder und Leim, so als wäre er vor nicht allzu langer Zeit gebunden worden. Der Vierte schließlich roch nach Weihrauch, als wäre er lange in einer Kirche aufbewahrt worden. Den dritten Band, der nach frischem Leder roch, schob sie zufrieden beiseite. Denn das gesuchte Buch war mehr als 150 Jahre alt, und diese Tatsache schloss ein Buch, das neu roch, natürlich aus. Auch das letzte Werk, welches nach Weihrauch roch, kam nicht in Frage, denn in einem Gotteshaus hatten Mordracs Aufzeichnungen sicher nicht gelegen. Also blieben noch das modrige und das pfeffrig riechende Buch zur Auswahl. Doch sosehr sie die beiden auch betastete, in ihrer Größe und in ihrem Gewicht verglich, an ihnen roch, über die Seiten strich, ja sogar daran leckte, sie fand nichts, was eine endgültige Entscheidung ermöglicht hätte. Doch warum sollte sie sich noch weiter damit aufhalten? Eines der beiden Bücher musste das gesuchte sein, und zwei Bücher würden sie nicht übermäßig belasten.

Sie packte die beiden Bände, holte sich aus der Garderobe der Gräfin einen warmen Pelzumhang, denn jetzt war Schluss mit der Bescheidenheit, und schickte sich an, die gräflichen Gemächer zu verlassen. Doch an der Tür stockte sie plötzlich. Ihr Instinkt sagte ihr, dass sie gerade dabei war, den größten Fehler ihres Lebens zu begehen. Sie kehrte um und ließ die beiden eben so sorgsam ausgewählten Bände achtlos zu Boden krachen. Der dabei verursachte Lärm störte sie wenig. Nach ein paar Sekunden hatte sie das Buch wiedergefunden, welches nach Weihrauch roch. Sie führte den Buchrücken an ihren Mund und leckte an ein paar kleinen Flecken, die ihr beim Abtasten zuvor aufgefallen waren, und sie schmeckte – BLUT! Das waren Mordracs Apokryphen! Hatten nicht alle Leichen ebenfalls nach Weihrauch gerochen? War nicht das Verbrennen von Weihrauch ein wesentlicher Anteil der grausigen Orgien ihrer Herrin gewesen? Wie konnte sie das nur vergessen haben? Ein triumphierendes, lautloses Lachen schüttelte ihren greisen Körper und verzerrte ihr hartes Gesicht zu einer diabolischen Fratze. Zufrieden verließ sie die Räumlichkeiten, als sie Schritte vernahm. Es waren die harten, schweren Schritte von beschlagenen Lederstiefeln. Sie fluchte leise, denn sie hatte sich der Illusion hingegeben, dass das Schloss verwaist sei. In all den Stunden, die sie nach dem Buch gesucht hatte, hatte sie kein einziges Geräusch vernommen. Nun war sie unvorbereitet, ihre Räucherlampe war längst erloschen, und es war ihr nicht möglich, diese rasch erneut zu entfachen. Doch ohne die Lampe war sie eine wehrlose, blinde Greisin. Rasch zog sie sich hinter eine Tapetentür zurück – gerade rechtzeitig, um nicht von der eintretenden Wache bemerkt zu werden. Was dem Mann jedoch sofort im Licht seiner schwachen Lampe auffiel, waren die verstreut auf dem Boden liegenden Bücher. Die Darvulia schlich davon, so schnell sie konnte, denn jetzt kam es auf jede Sekunde an. Schaffte sie es nicht, rechtzeitig den Keller zu erreichen, so würde es bald vor Wachen nur so wimmeln, und an eine Flucht war nicht mehr zu denken. Schon hörte sie, wie Alarm geschlagen wurde.

Als sie im Erdgeschoss die Dienstbotengänge verlassen wollte, war die Halle, die sie durchqueren musste, um zum Keller zu gelangen, bereits voll von Wachen. Aber auch im Dienstbotengang hörte sie rasche Schritte näher kommen. Glücklicherweise stürmten die Soldaten aus der Halle nach oben, und es herrschte für kurze Zeit Ruhe. Obwohl sie nicht feststellen konnte, ob noch jemand anwesend war, nahm sie ihren ganzen Mut zusammen und durchmaß ruhigen Schrittes die Halle. Sie versuchte sich so selbstverständlich wie nur möglich zu bewegen, um einem möglichen Beobachter nicht das Gefühl einer Flucht zu vermitteln. Endlich erreichte sie den Kellereingang und verschwand erleichtert durch die schwere, eisenbeschlagene Tür. Schwer atmend verweilte sie dort für einige Minuten. Ihr Herz raste, und ihre Glieder schmerzten fürchterlich – sie war zu alt für eine derartige Aufregung.

Trotzdem gelang es ihr dank ihres eisernen Willens bald schon, neue Kräfte zu mobilisieren. Über ihr wimmelte es von Soldaten, die nach dem nächtlichen Eindringling suchten. Sie hörte scharfe Kommandos, und es war ihr bewusst, dass die Wachen nicht ruhen würden, bevor sie nicht den Bücherdieb gefasst hatten. So rasch es ihr möglich war, kehrte sie in ihren unterirdischen Fluchtgang zurück. Eigentlich hatte sie vorgehabt, sich einen weiteren Tag hier zu verbergen, bevor sie das Kastell verlassen wollte, doch fürchtete sie, dass der Keller ein zweites Mal durchsucht würde, und diesmal vielleicht mit mehr Erfolg. Sie hatte noch etwa vier Stunden Zeit, bevor der Morgen dämmerte. Nicht viel, doch Zeit genug, um ihre vorläufige Zuflucht zu erreichen. Unbehelligt konnte sie die Gewölbe durch den Ausgang ins Freie verlassen. Sie brauchte eine gewisse Zeit, bis sie die Orientierung wiedergefunden hatte, denn es war viele Jahre her, dass sie das letzte Mal mit eigenen Augen den Weg nach Miawa gesehen hatte. Und in Miawa befand sich die Lösung zum zweiten Teil ihres Planes. Es war die Meierin von Miawa, die ihre letzte Hoffnung darstellte. Die als Hexe verschriene Frau war der einzige Mensch, der ihr Unterschlupf gewähren würde. Sicher hatte sie nicht vergessen, wie ihr die Darvulia beim Versagen ihres Zaubers gegen den Roten Megyery das Leben gerettet hatte. Zudem hieß es von der Meierin, sie könne lesen. Zusammen mit ihren eigenen Kenntnissen würde es der alten Darvulia rasch gelingen, das Geheimnis ihrer Herrin zu lüften. Sie war sich sicher, dass sie mit der Wiedererlangung ihrer Jugend auch das Augenlicht zurückgewinnen würde. Danach wäre ihre Mitwisserin nicht länger von Nutzen, und sie würde sich ihrer zur Sicherheit entledigen.

Doch noch war es nicht so weit, noch musste sie den weiten Weg nach Miawa mitten in der Nacht hinter sich bringen. Sie hielt sich immer am Fuß des Berges und stolperte unsicher über abgeerntete Felder. Endlich erreichte sie den Bachlauf, dem der Weg in Richtung Miawa folgte. Sie musste rasch gehen, um noch vor Sonnenaufgang am rettenden Hof der Meierin zu sein. Immer ihrem Gehör folgend, versuchte sie sich weit genug vom Bach entfernt zu sein, denn sie wusste, dass der Weg teilweise unterspült war und sie bei der Geschwindigkeit, mit der sie wanderte, Gefahr lief, in das eisige Gewässer zu stürzen. Und das hätte für sie den sicheren Tod bedeutet. Doch Satan hatte etwas anderes mit ihr vor. Trotz ihrer Eile benötigte sie länger als geplant, um Miawa zu erreichen. Etwa einen Kilometer vor dem Ort begann es zu dämmern. Die Tiere, die sich nachts im Unterholz verkrochen hatten, verließen nun ihre Verstecke. Plötzlich hatte die alte

Darvulia das Gefühl, beobachtet zu werden. Doch weder ihre Ohren noch ihr feiner Geruchssinn konnten ihr verraten, was da auf sie lauerte. Erst als sie um sich herum die tappenden Schritte und ein leises Knurren vernahm, wusste sie, was ihr bevorstand. Denn dies konnte nur eines bedeuten: ein Wolfsrudel hatte ihre Spur aufgenommen. Ganz ruhig, als hätte sie einen alten Freund vor sich, begann sie auf die Tiere einzureden: »Die Narren werden glauben, sie hätten den Schattenwolf vernichtet. Er aber wird dereinst wiederkehren, noch schrecklicher, noch wütender, um dann erneut Rechenschaft einzufordern und die Spreu vom Weizen zu trennen.«

Die Greisin spürte, wie sie die Tiere mit ihren beschwörenden Worten in einer gewissen Distanz halten konnte. Und tatsächlich waren die Raubtiere unschlüssig, denn das Wesen, dem sie gegenüberstanden, zeigte weder Furcht noch hatte es die Witterung von Beute an sich. Zudem führten die raunenden Laute, die es von sich gab, dazu, dass sich den Bestien die Nackenhaare aufstellten. Schon begannen sich die Schwächeren des Rudels zurückzuziehen, als der Anblick des prächtigen Pelzes den Jagdinstinkt des Leittiers weckte. Die alte Darvulia hörte lediglich ein fauchendes Geräusch, dann spürte sie den Aufprall eines schweren Körpers, der sie zu Boden riss. Ein dumpfer Schmerz explodierte in ihrer rechten Seite, dann folgten weitere Attacken in der Brust- und Bauchregion. Unzähliges Reißen und Zerren malträtierte ihren alten Körper. Doch ihr kaltes Herz wollte nicht aufhören zu schlagen. So grausam es einst gegenüber den Leiden der jungen Frauen gewesen war, so erbarmungslos ließ es nun seine eigene Besitzerin miterleben, wie die Raubtiere über sie herfielen.

Als am frühen Vormittag ein Waldarbeiter an den Ort der nächtlichen Begegnung kam, fand er im frischen Schnee die Spuren eines Kampfes. Am Ende dieser Spuren entdeckte er im hellrot schimmernden Schnee lediglich einige Haare,

Stofffetzen sowie einen wertvollen Pelzumhang – weiter jedoch nichts. Keine Leiche und auch kein Buch!

In der Zwischenzeit hatte Megyery ohne seine Habseligkeiten und bar jeden Geldes den Weg zurück nach Sárvár in vier Tagen und Nächten hinter sich gebracht. Zu Fuß kämpfte er sich durch das verschneite Land, doch weder Frost noch Hunger konnten ihn aufhalten. Er schlief in offenen Scheunen und ernährte sich von den kargen Almosen, die er sich erbettelte. Sein Stolz verbot es ihm, sich um Unterstützung an die beiden Schwiegersöhne der Báthory oder gar an den Palatin zu wenden. So kam er völlig erschöpft und halb erfroren am Abend des vierten Tages in Sárvár an. Die Wache hätte ihn beinahe davongejagt, ehe sie bemerkte, dass ihr eigener Gutsverwalter und nicht irgendein Bettler Einlass begehrte. Ohne sich von der kräftezehrenden Reise zu erholen, schickte Megyery nach einem Schreiber und diktierte ihm folgenden Brief:

*Sárvár, 11. Januar 1611*

*Großmächtiger Matthias II., von Gottes Gnaden König von Ungarn, Dalmatien, Kroatien, Slavonien, Erzherzog von Österreich etc.*

*Hiermit führe ich, Emericus Megyery, Seiner Majestät untertänigster Diener und Verwalter der Nádasdyschen Güter zu Sárvár, Beschwerde gegen die ehrwürdige Gräfin Báthory, Witwe des ruhmreichen königlichen Oberstallmeisters und Generalkapitäns Graf Franz Nádasdy. Seiner Majestät Palatin, der umsichtige und großmütige Graf Georg Thurzó von Bethlenfalva, führte im Orte Cseithé im Waagtale am 29. Dezember des Jahres 1610 eine Untersuchung gegen obengenannte Gräfin Erzsébet Báthory. Die Untersuchung ergab, dass sich die Gräfin vom Blut junger Mädchen nährte, um ihrem alternden Körper eine unheilige Jugendlichkeit zu erhalten. Unter Hintansetzung aller Gottesfurcht und unter Verachtung der Menschlichkeit von teuflischem Sinn getrieben, hat diese Person unzählige Jungfrauen jeglichen Standes getötet. Ohne irgendeine Beteiligung der Justiz und ohne das geringste Verschulden der Opfer wurden diese auf geradezu ungeheuerliche und bestialische Art und Weise zu Tode gefoltert. So wurden sie mit glühenden Eisen verbrannt, wurden ihnen Stücke aus dem Fleisch gerissen, im Feuer gebraten und sie dann dazu gezwungen, das Gebratene auf kannibalische Art zu verzehren. Der Herr Palatin hat daraufhin die Mittäter verurteilt und ihnen die gerechte Strafe zuteil werden lassen. Die Haupttäterin selbst aber ist bis jetzt nicht belangt worden, und es sind auch keine Bestrebungen im Gang, einen offiziellen Prozess gegen sie anzustrengen. Im Namen der ermordeten Jungfrauen flehe ich Euch an, diese böse Frau ihrer gerechten Strafe zuzuführen.*

*Euer untertänigster Diener*

*Emericus Megyery*

Zwei Tage, nachdem der Brief des Emerich Megyery abgesandt worden war, erreichte er tatsächlich den König persönlich. Obwohl dieser, ähnlich seinem Bruder, dem Kaiser, ein eher zögerlicher Charakter war, reagierte er umgehend und forderte bereits in einem Schreiben vom 14. Januar Graf Thurzó auf, eine rasche Verurteilung der Gräfin einzuleiten.

Warum aber hatte der Palatin versucht, die Gräfin Báthory vor ihrer gerechten Strafe zu bewahren? Er musste doch wissen, dass ein Mann wie Emerich Megyery Beschwerde beim König führen würde? Hatte Graf Thurzó denn wirklich geglaubt, er könne durch einen solch einfachen Schachzug den Fall Báthory beenden? War es nur sein Bedürfnis als Patriot, die Verurteilung der Gräfin und somit die Einziehung ihrer Güter durch die Habsburger zu verhindern? Oder war es gar die Androhung der Gräfin gewesen, ihr Oheim, der Fürst von Siebenbürgen, würde blutige Rache an ihm nehmen, sollte er ihre Gräueltaten zur Anklage bringen? – Nichts von alledem traf zu.

Vollkommen unbeeindruckt hatte Graf Thurzó in der Nacht der Enthüllung auf die Drohung der Gräfin reagiert, dass der Fürst von Siebenbürgen Rache an ihm nehmen könnte. Er hatte nur gelacht und ihr dann mit einem charmanten Lächeln entgegnet: »Wie ich es liebe, Euch aus der Reserve zu locken, geliebte Erzsébet. Glaubtet Ihr wirklich, ich würde es zulassen, dass dem Tempel meiner Verehrung, Eurem begehrenswertem Körper, auch nur der geringste Schaden zugefügt würde? Nie und nimmer! Vielmehr ist mein gesamtes Trachten darauf ausgerichtet, mir Euer auf immer und ewig sicher zu sein – egal, zu welchem Preis.«

Verblüfft starrte die Gräfin den sichtlich amüsierten Palatin an. »Wisst Ihr überhaupt, welche Mächte der Finsternis Ihr heraufbeschwören müsstet, um dies zu erreichen?«

»Ich bin kein Narr, um mir nicht bewusst zu sein, dass ich meines Seelenheils verlustig gehe, wenn Ihr mir Zugang zu Eurer Sublimatio Ultima gewährt. Doch ich bin bereit, jeden Preis zu zahlen, für ein Leben an Eurer Seite in ewiger Jugend bis hin zum Jüngsten Tage. Wie einst der sagenumwobene Dr. Faustus will ich meine Seele dem Satan oder vielmehr Euch verschreiben, nur um dies eine Ziel zu erreichen. Was hat mir im Gegensatz dazu der christliche Glaube zu bieten? Ein vages Paradies im Jenseits? Wäre ich überhaupt würdig, zu seinen Pforten eingelassen zu werden, selbst wenn ich dieser größten Versuchung hier widerstände? Klebt nicht bereits zu viel menschliches, nein, christliches Blut an meinen Händen – vergossen im Krieg mit Hilfe eines kühnen Schwertstreichs –, vergossen im Frieden aufgrund eines harten Richterspruchs? Zudem wage ich zu bezweifeln, dass es überhaupt zu diesem Jüngsten Gericht Gottes kommen wird. Just in unserer Zeit werden wir Zeugen einer großen Auseinandersetzung zwischen Gut und Böse, zwischen Gott und Satan. So wie die Dinge stehen, wird wohl das Böse den Sieg davontragen – Barmherzigkeit und Nächstenliebe, das sind Begriffe, die nirgends mehr vorzufinden sind. Krieg, Scheiterhaufen, Siechtum, Pest, Inzest, Sodomie, das sind die Begriffe, die unsere Welt beherrschen! Wer weiß, vielleicht ist dies ja bereits die Herrschaft des Antichrist. Gibt es überhaupt noch einen Gott der Christen? Ist er nicht bereits ebenso tot wie Isis und Seth, wie Zeus und Athene, wie Wotan und Freya? Meine Antwort lautet: ›Ja!‹ Ja, Erzsébet, ich bin bereit, jede nur erdenkliche Sünde auf mich zu nehmen, nur um mit Euch Euer Geheimnis teilen zu dürfen.« Mit fiebrigem Blick endete Graf Thurzó sein Plädoyer, um nun gespannt die Reaktion der Gräfin abzuwarten.

Die Gräfin zögerte eine Weile, ehe sie sich eine Antwort abrang. »Ihr forschtet in die falsche Richtung, als Ihr glaubtet, Mordracs Magie könnte die Seele vom Körper trennen, auf dass man sie in einen anderen Leib verpflanzen könnte. Das, was sich als seltsame bläuliche Flüssigkeit gewinnen lässt, ist vielmehr das reine Lebenselixier, das Lebenslicht, oder wie Ihr es auch immer nennen mögt. In einer abscheulichen Zeremonie, unter Anrufung längst vergessener Dämonen und vermengt mit dem noch warmen Blut des Opfers ist das Elixier in der Lage, Euch die Jugend zurückzugeben und Euch das ewige Leben zu bewahren. Doch der Fluch, der darauf liegt, ist, dass das Lebenselixier eines Menschen die Jugend nur kurze Zeit erhält. Wollt Ihr ewig jung bleiben, so müsst Ihr Euch ständig vom Leben anderer ernähren!«

»Wie lange?«, entgegnete der Palatin mit spröder Stimme, »wie lange hält die Lebenskraft eines Einzelnen vor?«

Mit kühler Überlegung, als ginge es darum, die Haltbarkeit

irgendeines Vorrats abzuschätzen, antwortete die Gräfin: »Zwei, vielleicht vier Wochen, je nach Jugend und Geschlecht. Mädchen um die Geschlechtsreife herum verschaffen Euch sogar bis zu sechs Wochen Frieden.«

»Und all die Grausamkeiten, all die Qualen und Verstümmlungen? Sind sie auch Teil der Zeremonie? Sind sie denn wirklich nötig?« Bohrend lag der Blick des Palatin auf der Gräfin.

Ein diabolisches Lächeln der Báthory ließ ihn erschaudern. »Vielleicht ist es auch möglich, das Lebenselixier auf sanfterem Wege, ohne Qualen zu gewinnen. Ich habe es nie versucht. Was für eine Verschwendung, die Mädchen einfach nur so zu töten, vielleicht gar zuvor noch zu betäuben! Ich will es genießen, sie leiden zu sehen, mich an ihren Qualen zu ergötzen! Ihre kleinen zarten Leiber auszusaugen, das kostbare Lebenselixier vermischt mit ihrem Blut zu trinken, mich darin zu baden, zu spüren, wie ihre Jugend, ihre Kraft, ihre Schönheit, ihr Leben auf mich übergehen. Ihre Schreie sind mir Musik, ihre Angst ist mir Wollust, ihre Schmerzen sind mir Labsal. Wenn ich ihre furchterfüllten Augen sehe, so erwacht der Wolf in mir, die Bestie bricht hervor, und ich kann nicht eher ruhen, bis sich meine Zähne tief und tödlich in ihr weiches Fleisch bohren! O Georg, wir werden eine solch wunderbare Zukunft erleben, Eure Macht, vereint mit der meinigen, wird uns nie geahnte Möglichkeiten eröffnen. Wir werden aus dem Vollen schöpfen können, prall im Saft ewiger Jugend stehen.« Schier verzückt hatte sie die Hände des Grafen ergriffen, der zwischen Abscheu und Begierde hin und her gerissen war.

Es war die Berührung, die seine letzten Zweifel hinwegfegte. »Ich will Euch.« Er zog die sich nur schwach sträubende Gräfin an sich. »Noch heute Nacht will ich Euch nehmen, mich mit Euch vereinen. Gebt Euch mir hin, und ich werde Euer Schutzpatron sein, auf dass wir auf ewig in unheiligster Verdammnis, doch voller Wollust und völlig ungehemmt unseren Begierden frönen können.«

Mit einem triumphierenden Lachen riss sich die Báthory von ihm los und ließ sich wie eine zum Sprung bereite Katze zu Boden gleiten. Ihre Augen blitzten, und sie sagte mit verführerisch sanfter Stimme: »Lasst uns diesen Pakt schließen, lasst uns das Ritual vollziehen, auf dass Euer Geist und Körper erfrischt werde, auf dass es mich in die rechte Stimmung bringe, Euch eine geile, unkeusche Gespielin zu sein!« Schon hatte sie eine verborgene Glocke geläutet, und Dorothea Szentes erschien eilfertig.

Was dann geschah, bleibt wohl auf immer und ewig ein Geheimnis von Erzsébet Báthory und Graf Thurzó. Als Emerich Megyery in den Raum stürmte, war tatsächlich eine Gräueltat vollzogen worden. Doch Graf Thurzó war aufgrund eines glücklichen Umstandes gerade nicht im Zimmer. Geistesgegenwärtig gelang es ihm jedoch, kurz nachdem die Gräfin in flagranti ertappt worden war, in wenigen Minuten einen Plan zu erdenken, der selbst dem persönlichen Einschreiten des Königs standhalten sollte.

Ein rohes Glimmen lag in den Augen der Gräfin, als der Palatin Megyery und die Heiducken nach draußen geschickt und die Tür hinter sich zugezogen hatte. Sie wirkte wie ein verhungerndes Raubtier, dem die frisch geschlagene Beute noch vor dem ersten Bissen entrissen wurde. »Bring ihn um! Bring diesen Bastard von Megyery um! Ich will seinen Kopf, aber zuvor will ich ihm bei lebendigem Leibe seine verdammten Augen aus den Höhlen reißen. Diese ewig missmutigen, selbstgerechten Augen, die es gewagt haben, mein intimstes Geheimnis zu erblicken. Niemand darf am Leben bleiben, der auch nur die leiseste Ahnung von den Ereignissen dieser Nacht haben könnte!«

Graf Thurzó schaute sie mitleidvoll an, als er entgegnete:

»Sieh mich an, Erzsébet, mein Körper ist erfrischt von diesem unseligen Opfer, doch fehlt es mir an Kraft und Waffen, es mit diesem Berserker von Mann und deinen bis zu den Zähnen bewaffneten Heiducken aufzunehmen. Oder glaubst du etwa, dass sie sich nach dem, was sie soeben zu Gesicht bekommen haben, wie wehrloses Schlachtvieh von mir festnehmen und erschlagen lassen? Das Geschehene lässt sich nicht ungeschehen machen.«

»Du seniler Feigling! Lock sie in eine Falle, lass dir etwas einfallen. Ficzkó könnte sie im Schlaf unbemerkt erwürgen. Ich will nicht sterben! Ich will nicht brennen! Nicht jetzt, wo ich den Schlüssel zum ewigen Leben in den Händen halte.« Sie hatte Graf Thurzó am Kragen gepackt und starrte ihn mit panikerfüllten Augen an.

Graf Thurzó hob nur warnend eine Augenbraue, und sie ließ überrascht von ihm ab.

»Es freut mich, dass du anscheinend bereit bist, Vernunft anzunehmen. Nun höre mir aufmerksam zu: Dein Leben hängt an einem seidenen Faden. Sobald dein Fall vor einem unabhängigen königlichen Gericht verhandelt wird, ist dein Tod beschlossene Sache. Andererseits kann ich dich nicht als freie Frau aus diesem Raum entlassen.«

»Du Verräter! Ich werde ihnen alles von der heutigen Nacht gestehen, ich werde dich beim König denunzieren, ich werde dafür sorgen, dass du neben mir brennen wirst!«

»Schweig, du Närrin! Nimmst du allen Ernstes an, irgendeine Menschenseele wird dir Glauben schenken? Eine Massenmörderin und Hexe bezichtigt den Stellvertreter des Königs der Mittäterschaft, als er sie unter Zeugen auf frischer Tat ertappt. Diesen Unsinn würde man dir rasch aus dem Leib foltern.«

Die Gräfin machte Anstalten, mit bloßen Fäusten auf den Palatin loszugehen, doch dieser rang sich lediglich ein müdes

Lächeln ab. »Erzsébet, mein Liebes, denkst du etwa, ich würde es so weit kommen lassen? Ich wollte dir doch nur deutlich machen, dass es für dich keine andere Wahl gibt, als dein Schicksal bedingungslos in meine Hände zu legen.« Erwartungsvoll blickte er sie an.

Innerlich vor Wut kochend, zischte sie: »Und wie stellst du dir das vor? Willst du mir die jämmerliche Gnade eines raschen Todes als Gegenleistung gewähren für all die Rätsel, die ich dir entschlüsselt habe?«

»Sei bitte nicht zynisch. Ich bin in der Lage, dir das Leben und völlige Unversehrtheit zu schenken. Einzige Bedingung ist, dass du dich verhältst, wie ich es von dir verlange. Wenn ich diesen Raum verlasse, werde ich dich festnehmen lassen. Ich erwarte, dass du dies ohne Widerstand mit dir geschehen lässt. Ich werde dich dann unter Hausarrest stellen. In der Zwischenzeit werde ich mit Richtern meiner Wahl einen Schauprozess gegen die Hauptschuldigen, will sagen Mitwisser, führen. Damit schlage ich zwei Fliegen mit einer Klappe, zum einen kann ich mit einer raschen Urteilsvollstreckung einen Großteil der Beweise und Zeugen beseitigen, zum anderen ist somit der offiziellen Strafverfolgung Genüge getan.«

Skeptisch entgegnete die Gräfin: »Und was geschieht mit mir? Lässt du meine Güter konfiszieren, um mich dann im Hausarrest vermodern zu lassen?«

»An die Güter habe ich bereits gedacht. Wie wäre es, wenn du eine zurückdatierte Schenkung zugunsten deiner Schwiegersöhne aufsetzt? Somit könnte die Krone unter keinen Umständen dein Vermögen antasten. Und der Gedanke, dich im Hausarrest vermodern zu lassen, bringt mich auf eine Idee. Wir werden dich zu ewiger Kerkerhaft verdammen, natürlich nur offiziell, nach außen hin. Sobald diese leidige Angelegenheit in Vergessenheit geraten ist, lassen wir dich verscheiden. Keine Feierlichkeiten, keine Zeugen. Danach biete ich dir allen Luxus dieser Welt in meinem Schloss im abgelegenen Bicsé.«

»Du glaubst doch nicht im Ernst, dass ich diesen Taugenichtsen von Schwiegersöhnen auch nur einen Taler überschreibe!«, rief sie empört aus.

Graf Thurzó erwiderte entnervt: »Mir kannst du dein Vermögen nicht überschreiben, denn dann würde selbst der naivste Hofbeamte durchschauen, was hier gespielt wird. Du kannst es deinen Töchtern überschreiben, aber dann landet es de facto auch wieder in den Händen deiner Schwiegersöhne. Überschreibst du es deinem Sohn, wird es Megyery als Vormund in Verwahrung nehmen, und du siehst genauso wenig davon, wie wenn du nichts unternimmst und König Matthias es konfisziert. Deine Schwiegersöhne hingegen werden mir die Füße küssen, weil ich ihnen ihren Erbteil rette, indem ich dich zu der Schenkung überrede. Als Gegenleistung werde ich von ihnen einen ›bescheidenen‹ Betrag fordern, mit dem ich dir ein Leben in Saus und Braus ermöglichen kann. Hast du aber einen besseren Vorschlag, dann lass ihn mich hören, ansonsten sei schlau und befolge meinen Ratschlag.«

Noch schien sie nicht vollends überzeugt, doch ihr kühl berechnender Verstand sagte ihr, dass es keine Alternativen gab. So entgegnete sie matt: »Und mein jugendliches Aussehen? Lass mich nicht altern, zwinge mich nicht dazu, meinen eigenen Verfall erleben zu müssen. Das wäre schlimmer für mich als ein rascher Tod. Denke an den Pakt, den wir geschlossen haben.«

»Ich weiß, was ich dir noch vor wenigen Stunden versprochen habe. Du bist zwar nicht in der Lage, Forderungen zu stellen, doch werde ich aus, zugegebenermaßen eigennützigem Interesse dafür sorgen, dass dir, oder vielmehr uns, deine Schönheit erhalten bleibt. Doch es wird keine Orgien und

Massaker mehr geben. Hier und da ein zum Tode Verurteilter, mehr nicht!«

Nachdem er dies gesprochen hatte, ging der Palatin nochmals in sich wie ein Schauspieler, bevor sich der Vorhang hebt, dann schritt er zur Tür, öffnete die Flügel und trat den gespannt Wartenden gesenkten Hauptes entgegen.

Der König hatte mit dem Widerstand seines Palatins gerechnet! Er stellte ihm zwei Kommissare für Zeugenvernehmungen zur Seite. Doch diese Vorsichtsmaßnahme sollte sich als Fehler erweisen. Wie viele seiner Zeitgenossen unterschätzte auch Matthias II. den Einfallsreichtum und den Weitblick Graf Thurzós.

Der Brief, in dem König Matthias II. die Aufklärung der Vorgänge in Cseithé forderte, wurde vom königlichen Protonotar Mózes Cziráky überbracht. Als dieser nach endlosem Warten endlich zum Palatin vorgelassen wurde, fand er nach den üblichen Höflichkeitsfloskeln denn auch sehr deutliche Worte für das, was sein Dienstherr wünschte: »Großmütiger Palatin, Statthalter unseres Königs Matthias II., König von Ungarn, Dalmatien, Kroatien, Slavonien, Erzherzog von Österreich etc. Unsere königliche Majestät ist zutiefst beunruhigt über die Schreckenstaten im Machtbereich der Gräfin Báthory. Die mysteriösen Umstände, unter denen die Morde begangen wurden, lassen unsere Majestät befürchten, dass in seinem Reich ein satanisches Treiben von ungeahntem Ausmaß vonstatten geht. Insbesondere die Vermutung, dass allerhöchste Kreise an den Übeltaten beteiligt sein sollen, erfordert eine diskrete, aber lückenlose Aufklärung. Euer großer Eifer, die Taten umgehend zu sühnen, ist verständlich, doch König Matthias II. missbilligt ausdrücklich, dass Ihr dies in einer Zeit tatet, während der die ungarische Hofkammer nicht tagte. Somit haftet dem Prozess der Ruch des Oberflächlichen und vor allem des Lückenhaften an. Seiner Majestät ist zu Ohren gekommen, dass hochrangige Persönlichkeiten involviert sind, gegen die in nur ungenügendem Maße vorgegangen wurde. Es mag zahlreiche Gründe hierfür geben, doch besteht König Matthias II. ausdrücklich auf der vollständigen Aufklärung der Übeltaten sowie der schonungslosen Bestrafung der Schuldigen, egal welchen Standes sie sind! Aus diesem Grunde wurden Andreas Keresztúr und ich dazu berufen, eine außerordentliche Untersuchung zu leiten. Wir sind vom König dazu befugt, auch gegen Euren Willen Einblick in alle Akten zu erhalten und Befragungen aller Stände durchzuführen. Die Ergebnisse unserer Untersuchungen werden wir umgehend an den König weiterleiten. Seid versichert, Graf Thurzó, dass wir alles daran setzen werden, die Vorgänge lückenlos und schonungslos aufzuklären!«

Graf Thurzó blickte den Protonotar mit einem ernsten, unergründlichen Gesichtsausdruck in die Augen und ließ sich sehr viel Zeit, ehe er antwortete. Die anfangs zur Schau getragene Selbstsicherheit des Jüngeren verflüchtigte sich rasch, und er nestelte nervös an seinem Kragen herum. Erst als sich Schweißperlen auf seiner Stirn bildeten, bemüßigte sich der Palatin, auf die offene Brüskierung durch den König zu reagieren: »Mózes Cziráky, Ihr seid sehr mutig! Doch Ihr werdet diesen Mut nötig haben, wenn Ihr Euch mit diesen abscheulichen Dingen beschäftigen wollt. Wir beneiden Euch nicht um diese Aufgabe. Die Vorfälle von Cseithé waren so furchtbar, die Auseinandersetzung mit dem Bösen war derart grauenvoll, dass Wir nur allzu bestrebt waren, die Kreaturen Satans so rasch, wie es nur möglich war, mit der reinigenden Kraft des Feuers in das Reich der Finsternis zurückzuschleudern.«

Mózes Cziráky musste sichtlich schlucken, bevor er seinen Körper straffte und antwortete: »Edler Herr, Andreas Keresztúr und ich wurden durch den König als Kommissare eingesetzt und sind somit die höchste Aufklärungsinstanz in diesem Fall. Weder Drohungen noch Einschüchterungen werden uns davon abhalten, Licht in diese widerwärtigen Vorfälle zu bringen.«

»Das finden Wir außerordentlich löblich«, entgegnete Graf Thurzó gelassen. »Denn als Palatin und somit Stellvertreter des Königs und höchster Richter Ungarns legen Wir sehr großen Wert darauf, dass die Kommissare, die Unserer Gerichtsbarkeit zuarbeiten, unbestechlich und furchtlos sind. Denn Wir akzeptieren nur Arbeit von vorzüglicher Qualität.«

Mózes Cziráky war verunsichert. Bis zu diesem Zeitpunkt hatte er geglaubt, alle Trümpfe in der Hand zu halten. Die Protonotare waren jedoch nur mit der Aufklärung der Verbrechen betraut worden, verfügten aber nicht über richterliche Vollmachten. So durften sie zwar mit königlichem Mandat ermitteln, wo es ihnen beliebte, doch war es noch immer der Palatin, für den sie all ihr Material sammelten.

Säuerlich lächelnd entgegnete er daher: »Seid gewiss, edler Palatin, dass wir Euch Material von solch zwingender Beweiskraft liefern werden, dass der richterliche Akt nur mehr eine Frage des Strafmaßes sein wird.«

Der Palatin deutete nun zu seinem Sekretär und meinte: »Da Wir uns offensichtlich einig sind, welche Bedeutung die Untersuchung hat und welch großangelegte Nachforschungen dazu vonnöten sind, erlauben Wir uns, Euch an Unseren treuen Sekretär Georg Záwodszky zu empfehlen. Er wird Euch mit dem Material aus den bereits durchgeführten peinlichen Befragungen sowie einer Liste aller Ortschaften und Personen versorgen, die in irgendeinem Bezug zu dem Fall stehen. Wir erwarten, dass Ihr jedem noch so kleinen Hinweis nachgehen und eine umfassende Befragung aller aufgelisteten Personen vornehmen werdet.«

Nachdem der Protonotar zusammen mit Georg Záwodszky den Raum verlassen hatte, lehnte sich Graf Thurzó zufrieden zurück. Es hätte für seinen Plan nicht besser laufen können. Er dachte nicht im Mindesten daran, der indirekten Forderung des Königs nach einer Verurteilung der Gräfin Báthory nachzukommen. Dennoch ließ er den beiden Kommissaren nicht nur freie Hand bei ihren Nachforschungen, sondern er hielt sie sogar zu größter Gewissenhaftigkeit und Genauigkeit an. Man sollte ihm nicht nachsagen können, er hätte sich dem königlichen Befehl widersetzt. Also reisten die königlichen Kommissare Mózes Cziráky und Andreas Keresztúr durch halb Ungarn, um auf Drängen Graf Thurzós die gesamte Einwohnerschaft zahlreicher Orte zu vernehmen. In ihrem blinden Diensteifer und dem, auch die letzte Grausamkeit der Gräfin aufzudecken, merkten sie nicht, welches Spiel er mit ihnen trieb. Es dauerte fast ein ganzes Jahr, bis sie ihre Untersuchungen abgeschlossen hatten. Matthias II. wurde zwar allmählich ungeduldig, doch seine wiederholten Aufforderungen, der Palatin möge endlich den Prozess eröffnen, verpufften wirkungslos, da ja die von ihm persönlich beauftragten Kommissare noch mitten in ihren Ermittlungen steckten. Mit der Zeit wurde Matthias II. müde, zumal ihn wichtigere Dinge beschäftigten. Sein kaiserlicher Bruder lag im Sterben, und er sah sich dem Ziel all seiner Träume zum Greifen nahe: der Kaiserwürde!

Welche Anstrengungen, welche Wagnisse hatte er auf sich genommen, um dieses Amt zu erlangen! Im Habsburger Bruderzwist hatte er jahrelang gegen Rudolf intrigiert, bis er ihm 1608 mit militärischer Gewalt die Regierung von Österreich, Mähren und Ungarn abgerungen hatte. Doch dies war nur ein erster Schritt. Als Nächstes setzte er den Kaiser in dessen Prager Residenz fest und riss 1611 auch die Böhmische Krone an sich. Rudolfs Ableben im Januar 1612, knapp einen Monat nach Abschluss der Zeugenvernehmungen im Fall Báthory, ersparte Matthias den letzten Schritt, nämlich den Kaiser endgültig zu stürzen. Dennoch beanspruchte ihn die bevorstehende Kaiserwahl derartig, dass der Fall Báthory langsam in Vergessenheit geriet. Zum Kaiser gekrönt, hatte Matthias kaum mehr Zeit, sich um Ungarns Regierungsgeschäfte zu kümmern. Nominell war er zwar noch König des Landes, faktisch aber hatte er die Macht abgegeben. Graf Thurzó triumphierte, er war nun das ungekrönte Staatsoberhaupt seines Landes und nahm als solches gegenüber dem Kaiser eine ähnlich einflussreiche Stellung ein, wie sie die Kurfürsten innerhalb des restlichen Reichs innehatten.

Knapp ein Jahr nach seiner Krönung fiel Matthias im Januar 1613 die Akte Báthory erneut in die Hände. Doch obwohl er sich als mächtigster Regent Europas verstand, konnte er nicht mehr so schalten und walten wie einst als König. Völlig überfordert von seiner Aufgabe, ein riesiges, politisch wie religiös zerrissenes Reich zu regieren, versuchte er sich zumindest der Gunst derer zu versichern, die die Stütze seiner Autorität darstellten. So fiel denn auch sein letzter Versuch, den Palatin zum Handeln zu bewegen, eher zaghaft aus. In einem Schreiben bestätigte er Graf Thurzó ausdrücklich, dass dieser nach ihm, dem Kaiser, im Königreich Ungarn die höchste Stelle einnahm. Auch bestand er nicht mehr auf einer Bestrafung der Gräfin, sondern forderte lediglich, das Geschehene öffentlich anzuprangern. Graf Thurzó hatte die Machtprobe für sich entschieden. Der Kaiser verlangte, um sein Gesicht zu wahren, lediglich den symbolischen Gehorsam seines Palatins. Dieser entsprach diesmal denn auch prompt und pflichtbewusst dem Wunsch seines Herrn.

Der Gräfin Báthory aber wurde nie der Prozess gemacht. Sie fügte sich in ihr Schicksal und verstarb, wie es offiziellen Chroniken zu entnehmen ist, im August 1614, knapp ein Jahr, nachdem der Kaiser auf eine weitere Strafverfolgung verzichtet hatte. Bis heute wurde ihr Grab nicht gefunden. Es existiert lediglich ein Brief, in dem ihr Ableben beurkundet ist. Sanft sei sie entschlafen, heißt es darin. Der Verfasser dieses Briefes an den Palatin ist aber kein Geringerer als dessen Bruder, Stanislas Thurzó. Bezeichnend ist auch die für Uneingeweihte unverständliche Schlussformel des Schreibens: Perpetuus terrae scopus, was so viel bedeutet wie: der Sterblichen ewiges Ziel…

## Sechzehntes Kapitel
## *Epilog*

Trotz des abgestandenen Geschmacks trank sie die lauwarme Flüssigkeit, sog sie wie ein Lebenselixier in sich auf. Sie wartete eine Weile, dann öffnete sie die Augen. Doch es blieb finster. Mit zitternder Hand fuhr sie über ihr Gesicht; erleichtert spürte sie, dass zumindest ihr Verfall nicht weiter voranschritt. Dennoch entwich ein bösartiger Fluch ihren spröden Lippen. Er hatte sie betrogen, er hatte sie benutzt, er, dem sie bedingungslos vertraut hatte, er, dem sie alles geopfert hatte. Dieses Scheusal, dieser Satan! Er hatte sich alles genommen, das Buch, ihr Wissen, ihre Macht, ihren Leib. Er hatte nur gewartet, bis sie ganz in seiner Hand war, bis sie außerhalb ihres schützenden Reiches war. Er hatte sie in seinen Bann gezogen, hatte sie mit seiner Meute eingekreist und ihr dann alles entrissen, was für sie von Bedeutung war. Er hatte sie erniedrigt, gedemütigt, missbraucht und eingekerkert. Was hatte er ihr nicht alles versprochen? Ein Leben an seiner Seite in Reichtum und Macht und ewige Jugend! Doch kaum hatte sie sich ihm hingegeben, kaum hatte sie ihr Wissen preisgegeben, hatte er zugeschlagen. Er hatte sie eingesperrt in diesem finsteren Loch. Immer wieder hielt er sie mit seinen Versprechungen hin. Warum war sie überhaupt noch am Leben? Doch vielleicht tat sie ihm auch Unrecht, vielleicht war es nach der Serie an Morden tatsächlich weitaus schwieriger geworden, neues frisches Blut zu finden, das sie jung und schön bleiben ließ. Vielleicht saß sie ja auch nur deshalb in diesem finsteren Verlies, damit sie vor neugierigen Blicken geschützt war? Immerhin gab er ihr zu essen und zu trinken. Doch was für ein Fraß war das? Wütend schleuderte sie die Schüssel an die Wand, wo sie in tausend Scherben zerbrach. Sie hatte es verdient, von goldenen Tellern zu essen, nur die zartesten Speisen gereicht zu bekommen, ein Heer aus Dienern und Zofen standen ihr zu, er hätte sie in prachtvolle Kleider hüllen und ihr lichtdurchflutete Zimmerfluchten einrichten müssen. Doch was hatte er getan? Sie in ein Verlies gesperrt, sie in fadenscheinige Lumpen gekleidet, die selbst einer Zofe unwürdig waren, und das Essen taugte nicht einmal für die Hunde. Nein, sie tat ihm nicht Unrecht, er war ein gemeiner Bastard und hielt sie nur deshalb am Leben, um sich ihres Wissens, ihrer Kenntnisse um die Entschlüsselung der Mordracschen Apokryphen sicher zu sein. Wieder fuhr sie sich prüfend übers Gesicht. Wie lange saß sie nun schon in diesem Kerker? Wie konnte er es wagen, sie, die ihm die Werke des Mordrac ausgehändigt hatte, so mies zu behandeln? Ein schneller Tod wäre gnädiger gewesen, als sie langsam in der Finsternis vermodern zu lassen! Doch in ihrem tiefsten Inneren wusste sie, was der wahre Grund für seinen Treuebruch war. Es war das Buch, es war dieses diabolische Werk, von dem selbst eine Abschrift genügt hatte, um, wie es vor langer Zeit bei ihr der Fall war, nun auch sein Herz zu vergiften.

Sie trommelte verzweifelt gegen die Tür ihres Verlieses und brüllte: »Georg Thurzó, du verfluchter Narr, du einfältiger

Tor, begreifst du denn nicht, dass es Mordracs Schriften sind, die dich in ihrem Bann halten, die deine Seele zerfressen?« Als ihr nur Schweigen antwortete, sank sie kraftlos zu Boden, die einst so strahlende Gräfin Báthory.

Der letzte Morgen des Jahres 1610 war angebrochen. Von scharfen Fängen zerrissen, lag der entstellte Leichnam der alten Darvulia im blutroten Schnee. Ihre rechte Hand umklammerte noch immer ein dickes, uraltes Buch, das in der aufgehenden Sonne diabolisch schimmerte. Zwei Reiter näherten sich dem grausigen Schauplatz. Sie glitten von ihren Pferden und gingen vorsichtig auf die Leiche zu. Umgeben von der Meute ihrer Jagdhunde standen sie lange schweigend vor der Toten. Erst als eines der Tiere seinen blutverschmierten Schädel am Bein des einen Reiters rieb, löste sich die Spannung. Der Mann tätschelte den Kopf des Jagdhundes und sagte: »Es ist vorbei, sie ist tot.«

Die andere Person, eine junge Frau, entgegnete: »Es war gut, Niklas, dass wir noch einmal ins Schloss zurückgekehrt sind. Wäre es der alten Hexe gelungen, hiermit zu fliehen, hätte sie das Übel aufs Neue in die Welt getragen.« Dann bückte sie sich und löste vorsichtig das Buch aus der starren Klaue der Leiche. Ein leichter Schauder durchlief sie, als sie endlich den schweren Folianten in den Händen hielt.

Graf Zrinyi starrte gedankenverloren auf die Tote, zuckte dann unmerklich mit den Schultern und erwiderte fast schon enttäuscht: »Das also ist er, der Schattenwolf.« Und mit einem flüchtigen Blick auf das, was seine Begleiterin in Händen hielt, fuhr er fort: »Ein Buch, nichts weiter als ein altes Buch.«

Maria Czobor schüttelte den Kopf. »Nein, es ist nicht das Buch, es ist die Idee, die darin festgehalten ist. Der Traum von der ewigen Jugend, die Hoffnung auf Unsterblichkeit, die

Verlockung, seinen Körper vor Alter, Verfall und Tod zu bewahren.« Während sie das sagte, lag ihr Blick fasziniert auf dem satanischen Werk, und sie betrachtete es vorsichtig von allen Seiten.

»Aber um welchen Preis! Deine Tante war dafür bereit, zahllose Menschen zu quälen, auf bestialische Weise zu töten, nur um ihr eigenes Leben zu verlängern. Sie hat sich wie ein Vampir vom Leben anderer genährt!«

»Niklas, sind wir denn anders?«

Der junge Adlige blickte Maria angesichts ihrer Frage erstaunt an. Doch sie fuhr mit sanfter, fast schon beschwörender Stimme fort: »Nähren wir uns denn nicht auch vom Leiden und Leben anderer? Denk doch an unser Volk, das nur dazu da zu sein scheint, uns ein sattes Leben in Saus und Braus zu ermöglichen. Ein Volk, das wir frieren und hungern lassen und das wir zur Durchsetzung unserer Machtbedürfnisse in Krieg, Tod und Verderben führen.«

»Was willst du damit sagen?«, fragte Graf Zrinyi beunruhigt.

»Ist Genusssucht und Machtgier denn ein edleres Motiv als das verständliche Verlangen, den eigenen Tod, das eigene Siechtum zu besiegen?« Während sie das sagte, fuhr sie gedankenverloren, fast zärtlich über den ledernen Bucheinband, wobei ihre Hand ein wohliges Kribbeln durchströmte. Dann öffnete sie behutsam den Deckel, so als fürchtete sie, etwas Furchtbares könnte sich dahinter verbergen. Als ihr Blick auf die reich bebilderten Seiten fiel, zuckte sie zusammen, und ihre Augen weiteten sich ungläubig. Doch es waren nicht die blasphemischen Darstellungen in dem alchemistischen Werk, sondern eine feine, regelmäßige Handschrift am Rand der Seiten, die sie in ihren Bann zog. Erst als Graf Zrinyi sie besorgt am Arm fasste, fand sie in die Realität zurück. Mit belegter Stimme flüsterte sie: »Es ist kommentiert, Mordracs Apokryphen sind kommentiert von der Hand meiner Tante.

Weißt du, was das bedeutet? Das Geheimnis des ewigen Lebens liegt unverschlüsselt in unseren Händen!«

Graf Zrinyi begriff sofort, worauf sie hinauswollte.

»Maria, gib nicht dieser Versuchung nach. Denke an dein Seelenheil, denke an das Strafgericht Gottes.«

Trotzig schüttelte sie ihr Haupt und sagte verächtlich: »Geh doch, geh nach Hause zu deiner Frau, die du nicht liebst und die du betrügst. Geh zu deinen Knechten, beute sie weiter aus, versklave sie. Kehre zurück zu deinen gräflichen Verpflichtungen, die dich bald schon in den nächsten Krieg rufen werden, wo du dann wieder mit höchstem Segen quälen und töten kannst. Doch denke dabei an dein Seelenheil, denke an das Strafgericht Gottes, vor das du am Tage deines Todes treten wirst. Ich zumindest habe nicht vor, so rasch vor dieses Strafgericht zu treten!«

Graf Zrinyi schaute sie erschüttert an. »Sprich nicht weiter! Sprich nicht aus, was du zu tun beabsichtigst. Denke nicht einmal daran. Vergiss dieses Buch, ich werde es nehmen und verbrennen, denn dies ist die Kraft und die Quelle allen Übels.«

Er schickte sich an, ihr das Objekt ihrer Begierde zu entreißen. Verzweifelt stemmte sie sich gegen ihn. Als es ihm endlich gelungen war, das Werk an sich zu bringen, ballte sie die Fäuste und fauchte ihn mit bebender Stimme an: »Du kannst Gedanken nicht verbieten. Du kannst eine Erkenntnis, eine Idee nicht vernichten, indem du ein Buch verbrennst. Das Einzige, was du dabei vernichten kannst, ist unsere Liebe!«

Maria schaute ihren Geliebten herausfordernd an. Ihr glühender Blick brannte in seiner Seele. Das Buch lag schwer in seinen Händen, und auch von ihm schien ein wütendes, diabolisches Feuer auszugehen. Fast schon war er versucht, es wie eine glühende Kohle von sich zu werfen. Sie standen sich lange schweigend gegenüber. Seine Augen wanderten zwischen dem selbst in der Erregung noch wunderschönen, jugendlichen

Antlitz von Maria und dem Buch hin und her. Er spürte, wie das hasserfüllte Brennen ihrer Augen einem zärtlichen, beinahe flehenden Ausdruck wich und wie auch das Brennen in seinen Händen in ein wohlig warmes Prickeln überging. Irgendetwas tief in seinem Inneren versuchte noch, sich gegen die unheilvolle, verführerische Aura aufzulehnen, die sowohl von Maria als auch von dem Buch ausging. Bald schon erstarb jedoch auch dieser letzte Funke von Widerstand, und wie in der stürmischen Nacht wenige Tage zuvor, näherten sich ihre Lippen bebend einander. Sein Herz begann zu rasen, und das gleiche, seltsam schwebende Gefühl bemächtigte sich seiner, als sich ihre Lippen in einem innigen Kuss berührten und er ein triumphierendes Pulsieren in seinen Händen wahrnahm. Lange standen sie in zärtlicher Umarmung da, den Leichnam der alten Darvulia zu ihren Füßen, flüsterten sich sanfte Worte ins Ohr und erzählten einander von einer traumhaften Zukunft in immerwährender Jugend.

*Homo homini lupus.*

Der Mensch ist des Menschen Wolf.

## Personen- und Sachregister

*Adept*, (lat.) »der das Ziel erreicht hat«, fortgeschrittener Alchemist, der über Kenntnisse zur Bereitung des Steins der Weisen verfügt

*Arcimboldo, Guiseppe* (1530–1593), Hofmaler unter Kaiser Rudolf II., bekannt für seine aus Früchten und Gegenständen zusammengesetzten Bilder

*Arokhathy, Soffia*, Adlige aus dem Umland von Cseithé, Tischnachbarin des Georg Druget von Hommonay

*Bacon, Roger* (1214–1294), berühmter engl. Okkultist und Alchemist; er vertrat die Theorie, man könne sein Leben durch Einnahme des Steins der Weisen um Hunderte von Jahren verlängern

*Báthory, Erzsébet* (1560–1614), ungarische Gräfin, Witwe des Grafen Franz Nádasdy

*Báthory, Gabriel* (1589–1613), Fürst von Siebenbürgen

*Báthory, Stefan* (1533–1586), Fürst von Siebenbürgen; 1576 zum König von Polen gewählt

*Báthory, István*, (gest. 1493/94) Fürst von Siebenbürgen, setzte 1476 den Fürsten der Walachei Vlad III. wieder in sein Amt ein

*Batthány*, ungarisches Adelsgeschlecht

*Beczkó*, Ort in der heutigen Slowakei und Gutsbesitz der Erzsébet Báthory, welchen sie im Jahre 1610 veräußerte

*Beg Abdullah Pascha*, türkischer Statthalter um 1600 und Gegenspieler Franz Nádasdys

*Benetzky, Katharina*, Waschfrau und Vertraute der Gräfin Báthory

*Boda, Benedict*, Sohn des Johannes Boda

*Boda, Christina* (gest. 1610), Frau des Benedict Boda

*Boda, Johannes*, Freier Bauer in Cseithé

*Brahe, Tycho* (1546–1601), dänischer Astronom und Alchemist, Hofastronom Rudolfs II., Lehrmeister Keplers

*Carolina*, Abk. für *Constitutio criminalis Carolina* (C.C.C.); die von Kaiser Karl V. 1532 auf Grundlage der Bambergischen Halsgerichtsordnung als Reichsgesetz erlassene Peinliche Gerichtsordnung war lange Zeit Grundlage des deutschen Strafrechts und Strafprozesses

*Cseithé*, Ort in der heutigen Slowakei und Gutsbesitz der Erzsébet Báthory, bis 1610 Schauplatz zahlreicher Gräueltaten

*Czobor, Maria*, Nichte der Erzsébet Báthory

*Darvulia, Anna* (gest. 1610), engste Vertraute der Erzsébet Báthory, seit 1604 als Hausdame im Dienst der Gräfin, später erblindet
*Delrio, Martin*, Jesuit, der in seiner *Disquisitiones magicae* 1599 für die Verfolgung von Hexen eintrat
*Deseó, Benedikt*, Hofmeister der Erzsébet Báthory in Sárvár
*Dévay*, Lutherfreund und Gast auf Schloss Kotburg in Sárvár
*Dracula*, Beiname des Fürsten Vlad III. der Walachei, der im Rumänischen »Sohn des Drachen« oder »Sohn des Teufels« bedeutet
*Druget von Homonnay, Georg*, Reichsbaron und Schwiegersohn der Erzsébet Báthory, vermählt mit deren jüngster Tochter Katharina

*Erdödy*, ungarisches Adelsgeschlecht

*Ficzkó*, eigl. Johannes Ujváry (gest. 1611), seit 1594 enger Vertrauter von Erzsébet Báthory
*Fugger*, gräfliches, später fürstliches Geschlecht, seit 1367 in Augsburg, stand in engen Handelsbeziehungen zum Hause Thurzó

*Gönczy, Anna*, Bäuerin aus Cseithé, der es untersagt wurde, ihre ermordete Tochter ein letztes Mal zu sehen
*Gönczy, Ursula*, Tochter der Anna Gönczy, im Alter von 10 Jahren ermordet
*Gutenberg, Gensfleisch zum* (1400–1468), erfand um 1445 den Druck mit einzeln gegossenen Lettern

*Hadrian, Publius Aelius* (76 n. Chr.–138 n. Chr.), römischer Kaiser und Philosoph
*Harold*, (gest.1457) Schüler des Victor Mordrac
*Heiducken*, bewaffnete Hausmacht der Erzsébet Báthory
*Harun ar-Raschid* (766–809), in Deutschland auch in der Schreibweise Harun al-Raschid bekannt, Kalif von Bagdad, in *1001 Nacht* zum Ideal eines gerechten u. ritterlichen Herrschers stilisiert; im Abendland wurde sein Bild durch seine, mit reichen Geschenken begleitete Gesandtschaft an Karl den Großen geprägt
*Hexenhammer*, (lat.) *Maleus Maleficarum*, verfasst nach einer Bulle des Papstes Innozenz VIII. aus dem Jahre 1484, bildete die Grundlage der Hexenverfolgungen
*Hohe Pforte*, Bezeichnung der Residenz des Sultans und später der türkischen Monarchie; der Begriff wird hergeleitet vom orientalischen Brauch, vor den Pforten der Städte und Paläste Recht zu sprechen
*Horwath, Michael*, Kastellan am Hof von Cseithé

*Ibn Ata'Illah al-Iskandari* (gest. 1309), Sufi des shadihilitischen Ordens, der die berühmten *al-Hikam (Weisheiten)* verfasst hat
*Institoris (Krämer), Heinrich*, Dominikaner und Inquisitionsrichter, der angeblich zusammen mit Jakob Sprenger den *Maleus Maleficarum*, den Hexenhammer, 1484 verfasste

*Ispahân*, zentralpersische Provinzhauptstadt, eine der größten und prächtigsten asiatischen Städte mit einst 173 königlichen Palästen; seit Abbas I. (um 1600) persische Residenz

*Iwan IV., Wassiljewitsch* (1530–1584), genannt Iwan der Schreckliche, russischer Großfürst

*Jó, Helena* (gest. 1611), Kinderfrau und Vertraute von Erzsébet Báthory

*Karl V. von Habsburg* (1500–1558), römisch-deutscher Kaiser; er schuf mit seiner *Constitutio criminalis Carolina* die Grundlage des deutschen Strafrechts und Strafprozesses

*Kepler, Johannes* (1571–1630), Schüler Brahes, Hofastronom und Mathematiker Rudolfs II., bestätigte das kopernikanische Weltsystem

*Kopernikus, Nikolaus* (1473–1543), deutscher Astronom, Domherr in Frauenburg, Begründer des kopernikanischen, heliozentrischen Weltsystems

*Kotburg*, Schloss zu Sárvár im Besitz von Erzsébet Báthory

*Kromholcius, Georgius*, Pfarrer von Beckó

*Luther, Martin* (1483–1546), deutscher Reformator, dessen seit 1555 im Augsburger Religionsfrieden als Konfession anerkanntes Bekenntnis große Verbreitung in Ungarn fand

*Machiavelli, Niccolò* (1469–1527), florentinischer Politiker und Schriftsteller; in seinen Schriften formulierte er die strategischen Ansätze einer erfolgreichen Machtpolitik

*Maleus Maleficarum*, genannt der Hexenhammer, verfasst nach einer Bulle des Papstes Innozenz VIII. aus dem Jahre 1484, bildete die Grundlage der Hexenverfolgungen

*Matthias II. von Habsburg* (1585–1618), Bruder von Kaiser Rudolph II., 1608 König von Ungarn, 1611 König von Böhmen, 1612 römisch-deutscher Kaiser; in seine Regierungszeit fällt der Ausbruch des 30jährigen Krieges

*Maximilian II. von Habsburg* (1527–1603), römisch-deutscher Kaiser, Vater von Matthias II. und Rudolf II.

*Megyery, Emerich*, genannt der Rote Megyery, Gutsverwalter von Sárvár, Gegenspieler von Erzsébet Báthory

*Meierin aus Miawa*, Bäuerin aus dem Umland von Cseithé, die von sich behauptete, Zaubertränke zubereiten zu können

*Miawa*, kleiner Ort in der Nähe von Cseithé im Besitz von Erzsébet Báthory

*Mordrac, Victor*, (gest. 1457) Alchemist und Ketzer

*Nádasdy, Franz Graf* (1555–1604), genannt der Schwarze Beg, seit 1575 Gatte von Erzsébet Báthory, Sieger in zahlreichen Türkenschlachten, Oberbefehlshaber von Ungarn

*Nádasdy, Paul Graf*, Sohn von Franz Nádasdy und Erzsébet Báthory

*Nádasdy, Thomas Graf*, Vater von Franz Nádasdy, 1554 Palatin von Ungarn

*Palatin*, Bezeichnung für den Statthalter Ungarns, höchster Richter und Vizekönig
*Palffy*, ungarisches Adelsgeschlecht
*Pápa*, ungarische Stadt, die 1600 von Franz Nádasdy aus türkischer Hand befreit wurde
*Pluralis Majestatis (Pluralis majestaticus)*, im Hellenismus entstandene Selbstbezeichnung eines Fürsten oder Herrschers, der von sich ausschließlich in der Mehrzahl »Wir« spricht
*Ponikenus, Johannes*, protestantischer Pfarrer von Cseithé
*Prag*, Hauptstadt von Böhmen, von Kaiser Rudolf II. als Residenzstadt gewählt
*Pressburg*, ehemalige ungarische Krönungsstadt und Königsresidenz, Amtssitz des Palatins Graf Georg Thurzó
*Priderovith, Andreas*, Adliger aus der Gegend um Cseithé
*Protonotar*, hoher kaiserlicher Untersuchungsbeamter, auch päpstlicher Würdenträger

*Rektifikation*, alchemistische Bezeichnung für das Reinigen oder Konzentrieren einer Flüssigkeit durch Destillation
*Rubens, Peter Paul* (1577–1640), Hauptmeister der flämischen Barockmalerei
*Rudolf II. von Habsburg* (1552–1612), römisch-deutscher Kaiser, König von Ungarn (1572–1608), Förderer von Kunst und Wissenschaft, Freund des Okkultismus und der Geheimwissenschaften
*Rais, Gilles de* (gest. 1440), französischer Marschall, kämpfte an der Seite von Jeanne d'Arc; hat nach Prozessakten »hundert, zweihundert und mehr« Chorknaben ermordet

*Sárvár*, Ort im heutigen Ungarn und Gutsbesitz der Erzsébet Báthory
*Schachitzburg*, deutscher Name der Burg über dem Ort Cseithé, im Besitz der Erzsébet Báthory
*Soliman II., der Große* (1494–1566), türkischer Sultan, eroberte Ungarn, belagerte Wien, unter ihm hatte das osmanische Reich die größte Ausdehnung
*Sprenger, Jakob*, Dominikaner und Inquisitionsrichter, der angeblich zusammen mit Heinrich Institoris den *Maleus Maleficarum*, den Hexenhammer, 1484 verfasste
*Sylvester, Johannes*, Lutherfreund und Gast auf Schloss Kotburg in Sárvár
*Szentes, Dorothea* (gest. 1611), genannt Dorka, Mädchen für alles, seit 1605 im Dienste von Erzsébet Báthory und deren enge Vertraute

*Tepeş*, Beiname des Fürsten Vlad III. der Walachei, der im Rumänischen Pfähler bedeutet
*Thurzó, Georg Graf* (gest. 1615), Palatin, oberster Richter und Vizekönig von Ungarn
*Tîrgovişte*, Hauptstadt Rumäniens zur Zeit von Vlad III.

*Transmutation* (lat.) Umwandlung, Alchem. die Umwandlung eines unedlen Metalls in Gold oder Silber

*Tschesko, Nikolaus von*, Alchemist des Fürsten Vlad III. der Walachei; Tschesko ist die Geburtsstadt Draculas

*Ujváry, Johannes* (gest. 1611), genannt Ficzkó, seit 1594 enger Vertrauter von Erzsébet Báthory

*Verbo*, kleine Ortschaft auf dem Weg nach Cseithé

*Vespucci, Amerigo* (1451–1512), zur damaligen Zeit herrschte die verbreitete Meinung vor, dass Vespucci Amerika entdeckt hätte

*Vlad III. Fürst der Walachei* (1431–1476), genannt Vlad Tepeş oder Vlad Dracula, dreimal Fürst der Walachei (Okt.–Nov. 1448, 1456–1462, Nov.–Dez. 1476), Sieger zahlreicher Türkenschlachten, pflegte seine Feinde zu pfählen

*Wien*, Erzsébet Báthory besaß selbst in Wien ein Palais am Lobkowitz-Platz, unweit der Hofburg

*Záwodszky*, Georg, Sekretär und Staatsanwalt des Palatins Georg Thurzó

*Zrinyi*, Georg Graf, Vater von Niklas Zrinyi, Held von Szigetvár, Kampfgefährte von Franz Nádasdy

*Zrinyi*, Niklas Graf, Schwiegersohn der Erzsébet Báthory, seit 1605 vermählt mit deren ältester Tochter Anna

## Literaturverzeichnis


Ammer, Vladimír, *Cachtice, Trencianske Múzeum*, Trencianske múzeum v Trencine, Trencin 1990

Behringer, Wolfgang, *Mit dem Feuer vom Leben zum Tod – Hexengesetzgebung in Bayern*, Hugendubel, München 1988

Borovský, Stefan, *Mestské múzeum v Bratislave 120 rokov*, Bratislava, 1988

Brunovský, Ferdinand, *Trenciansky hrad*, Trencin 1991

Cavendish, Richard, *Die schwarze Magie*, Verlag Richard Schikowski, Berlin 1980

Csuday, Eugen, *Die Geschichte der Ungarn*, Steinamanger 1900

Farin, Michael, *Heroine des Grauens - Elisabeth Báthory*, P. Kirchheim, München 1990

Gebelein, Helmut, *Alchemie - Die Magie des Stofflichen*, Diederichs, München 1991

Gleichen-Russwurm, A. von, *Die Sonne der Renaissance – Sitten und Gebräuche der Europäischen Welt 1450–1600*, Hoffmann, Stuttgart 1921

Gobineau, *Die Renaissance – Historische Szenen*, Müller, München 1921

Hartmann – Schnith, *Die Kaiser – 1200 Jahre europäische Geschichte*, Graz – Wien – Köln, Styria 1996

Held, Robert, *Inquisition und das Verbrechen der Todesstrafe*, Avon&Arno Publishers, Aslockton, England 1992

Holcík, Stefan P., *Bratislavská radnica*, Bratislava 1990

Holcík – Stefananovicová., *The Castle of Bratislava*, Publishing House, Obzor 1982

Holubanska – Guldanová – Hykisch, *Bratislava/Pressburg – Stadt an der Donau*, Edition Temmen, Bremen 1991

Janco, Simon, *Farmaceutická Expozícia Mestského múzea v Bratislave*, Bratislava 1981

Kindermann, Heinz, *Handbuch der Kulturgeschichte – Kultur der Slawischen Völker – Kultur der Ugro-Finnischen Völker*, Athenaion, Potsdam 1936

Lévi, Eliphas, *Geschichte der Magie*, Sphinx, Basel 1990

McNally – Florescu, *Auf Draculas Spuren – Die Geschichte des Fürsten und der Vampire*, Ullstein, Frankfurt am Main 1996

Rätsch, Christian, *Lexikon der Zauberpflanzen aus ethnologischer Sicht*, VMA-Verlag, Wiesbaden 1992
Rätsch – Guhr, *Lexikon der Zaubersteine aus ethnologischer Sicht*, VMA-Verlag, Wiesbaden 1992
Ravelsberg (R. A. v. Elsberg), *Elisabeth Báthory – Ein Sitten- und Characterbild*, Schottlaender, Breslau 1904
Roob, Alexander, *Das Hermetische Museum – Alchemie & Mystik*, Taschen, Köln 1996
Romanow – Payne, *Iwan der Schreckliche*, Scherz, Basel/München 1975

Saitschick, Robert, *Menschen und Kunst der italienischen Renaissance*, C. H. Beck, München 1925
Schöpf, Hans, *Fabeltiere*, VMA-Verlag, Wiesbaden 1992
Schwarzenfeld, Gertrude von, *Rudolf II. – Ein deutscher Kaiser am Vorabend des Dreißigjährigen Krieges*, Callwey, München 1979
Sebald, Hans, *Hexen damals – und heute*, Gondrom, Bindlach 1993
Soldan-Heppe, *Geschichte der Hexenprozesse*, Müller&Kiepenheuer, Hanau/Main 1911
Sprenger – Insistoris, *Malleus Maleficarum – Der Hexenhammer*, Reprint-Verlag, Leipzig 1937/38
Strong, Roy, *Feste der Renaissance 1450–1650 – Kunst als Instrument der Macht*, Ploetz, Freiburg 1991
Sturm – Völker, *Von denen Vampiren*, Carl Hanser Verlag, München 1968

Weber, Georg, *Allgemeine Weltgeschichte*, Engelmann, Leipzig 1882
Werner, Helmut, *Lexikon der Esoterik*, Fourier, Wiesbaden 1991
Wolf, Hans-Jürgen, *Hexenwahn – Hexen in Geschichte und Gegenwart*, Historia, Oberelchingen 1989

Yates, Frances A., *Die Okkulte Philosophie im Elisabethanischen Zeitalter*, Edition eber, Amsterdam 1991